KB058071

禍

화

재앙의 책

오다 마사쿠니 소설

최고은 옮김

검은숲

차례

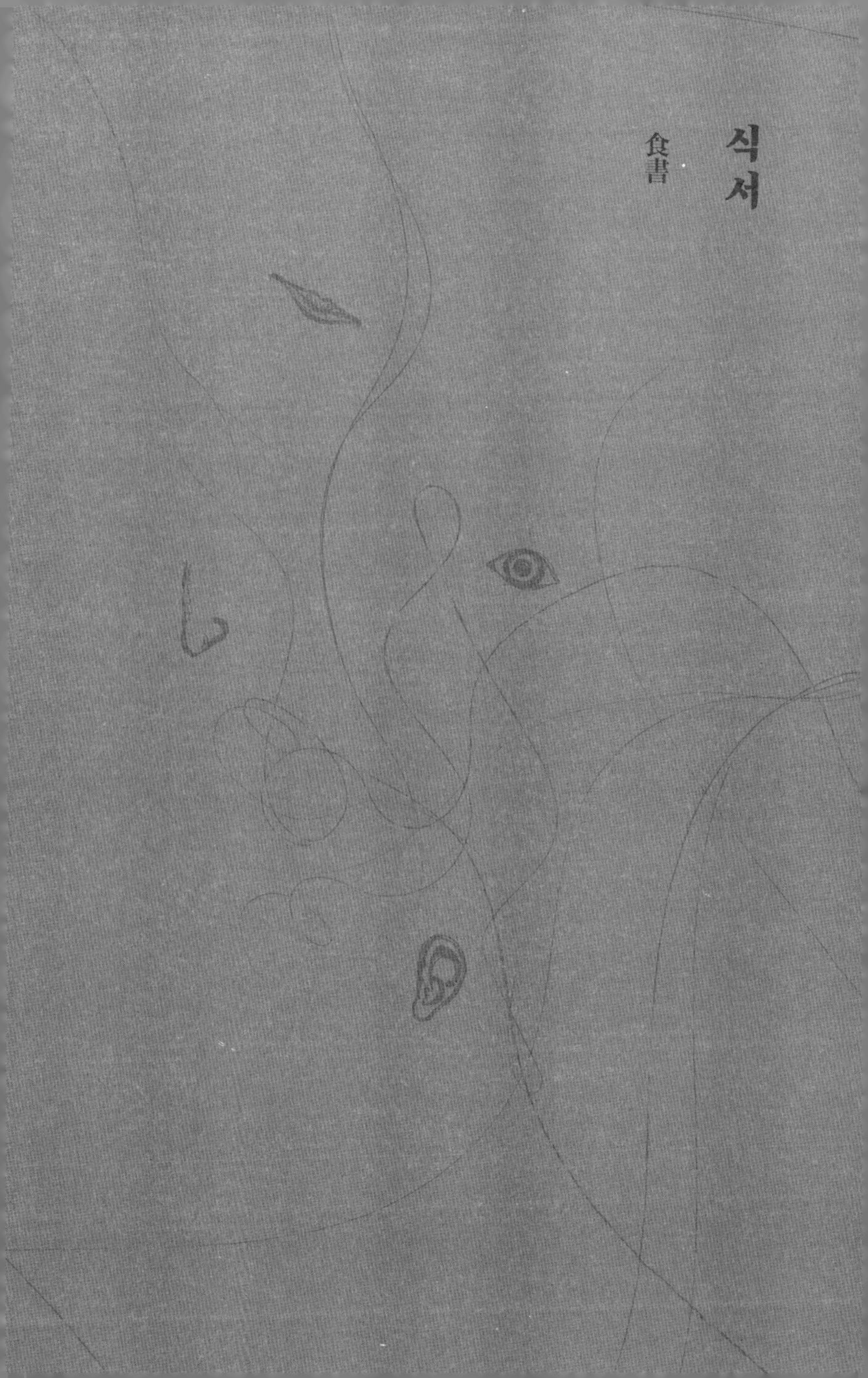
식서
食書

1

어릴 때부터 장이 약해서 고생한 탓인지, 화장실을 찾아 헤매는 꿈을 자주 꾼다. 게다가 힘들게 화장실을 찾아내도 발 디딜 곳조차 없이 오물이 흘러넘치거나, 변기가 찻잔처럼 작거나, 칸막이가 전혀 없어서 생판 모르는 사람과 얼굴을 마주하며 긴장하는 경우가 많다. 이번에 정상적인 화장실을 찾으면 거기 눌러앉아 꼼짝도 하지 않으리라 결심할 정도다.

그러고 보니, 대학 시절 사귀던 여자 친구가 공중화장실에서 변기 뚜껑이 내려져 있는 걸 보면 늘 꺼림칙한 기분이 든다고 했었다. 뭔가 속내를 감추고 시치미를 떼고 있는 변기의 모양새를 보면 뚜껑을 올리기 두렵다고 했다. 무엇이 들어 있을까. 뭐가 나올까. 그 심정을 이해 못 하는 건 아니다. 화장실은 모습을 드러내서는 안 되는 추악한 배설물들을 보내는, 한마디로 인간의 암부와 치부를 받아들이는, 끝없는 지하 세계로 들어가는 입구라고도 할 수 있다. 실수로 변기에 엉덩이가 끼어서, 허둥지둥하다 물 내리는 레버에 손이 닿아 물과 함께 쓸려가, 음산한 암흑 이세계로 흘러드는, 그런 몽상에 잠겨본 적 없는 아이가 있을까.

하지만 눈발이 날리던 2월 어느 날, 나는 어느 화장실에서 지하로 흘러갈 것까지도 없이, 변기 뚜껑을 열어볼 것도 없이, 꿈에도 생각하지 못했던, 불가사의한 사태와 맞닥뜨려, 돌이킬 수 없는 세계에 발을 들이게 되었다.

재작년에 이혼한 뒤로 나는 H 시의 공동주택에서 혼자 살고 있다. 집에서 도보로 10분 거리에 '스카이 게이트'라는 깔끔한 쇼핑몰이 있다. 그곳에 크지도 작지도 않은 규모의 '에이분도'라는 서점이 입점해 있는데, 소설가라는 직업 특성상, 책을 살 것도 아니면서 자주 찾고는 한다. 이제 책이라면 질렸지만, 그래도 뜻밖에 심금을 울리는 제목이나 디자인, 띠지 문구를 만날 수 있을지 모른다는 일말의 희망을 품고서 뻔질나게 드나들었다.

그런데 서점에 오래 머물면 꼭 배설 욕구를 느끼는 사람이 있다고 한다. 신기하게도 여성 중에 많다고 들었는데, 남자인 나도 이따금 서점 바로 옆 화장실로 뛰어 들어가고는 하니,

남의 이야기라고 치부할 수도 없다. 집 화장실보다도 깨끗하고 비데도 달려 있는 환경이 배를 자극하며 변의에 박차를 가하는 건지도 모른다. 거기에 요즘은 이상한 버릇까지 생겼다. 다목적 화장실이라고 불리는, 휠체어 표시가 붙은 화장실에 들어가고 싶은 것이다. 널찍해서 마음에 들었다. 비어 있는 걸 보면 소소한 사치를 부리듯 문으로 손을 뻗었다. 그게 잘못이었다.

묵직한 미닫이문을 옆으로 밀어 열면, 세 평 남짓한 내부가 나온다. 왼쪽에는 세면대, 오른쪽에는 기저귀 교환대가 있고, 정면에 변기가 자리하고 있다. 문이 열렸으니 당연히 비어 있을 거라 생각했다. 하지만 사람이 있었다. 여자가 변기에 앉아 있었다. 번데기 같은 베이지색의 무릎까지 오는 롱 패딩을 껴입은 40줄의 통통한 여자. 어찌할 도리 없이 여자와 정면으로 마주 보는 모양새가 되었다. 네다섯 걸음쯤 떨어져 있었지만, 한순간 코를 부딪친 것 같은 느낌이었다.

기겁해서 곧바로 문을 닫지 않은 건 왜였을까. 단순히 너무 놀라서 몸이 굳어버렸다는 이유도 있었다. 하지만 그뿐만이 아니었다. 불행 중 다행이라 할까, 여자는 변기에 앉아 있기는 했지만 볼일을 보고 있던 건 아니라, 봐서는 안 될 것을 봐버린 긴급한 상황은 아니었다.

여자는 변기 뚜껑을 닫고 그 위에 앉아 있었다. 무릎 위에는 어찌 된 영문인지 책을 펼쳐놓고 있었다. 무슨 책인지는 모르지만, 좌우지간 하드커버 단행본이었다. 무의식적으로 책을 읽고 있었나 보다, 지레짐작했다. 여자가 하의를 내리고 있어 그 은밀한 곳의 그늘을 보기라도 했다면 나 역시 용수철처럼 펄쩍 뛰었겠지만, 설마 독서 중이었다니……. 순간적으로 가슴을 쓸어내렸다. 하지만 생각해보면 이상한 상황이다. 바쁜 아침에 화장실에서 신문을 읽는 골칫덩이 아버지도 아닌데, 한기 드는 쇼핑몰 화장실에서 구태여 책을 읽는다고?

이상한 점은 또 있었다. 여자는 고개를 살짝 숙이고 시선을 책에 고정한 채 내 쪽을 쳐다보지도 않았다. 문 여는 소리를 들었을 터인데, 그렇게까지 독서에 몰두한 건가? 의아하게 생각한 순간, 여자가 찍, 날카로운 소리를 내며 책장을 찢었다. 유려하기 짝이 없는 번개 같은 동작에, 종이 한 장이 깔끔하게 책에서 분리되었다. 소름이 끼쳤다. 썩어도 글쟁이라고 내 머릿속에는 책을 찢는다는 폭력적인 발상이 전혀 없었기 때문이다. 누군가의 손톱을 뽑아버리겠다는 생각을 하지 않는 것처럼.

여자는 그 책장을 오른손으로 꾸깃꾸깃 반죽하듯 뭉치기 시작했다. 바닥에 휙 버릴 줄 알았는데, 이번에는 뭉친 종이를 갑자기 입에 넣는 게 아닌가. 그러더니 염소처럼 우물우물 씹었다. 인간이 종이를 먹고 있다. 아연실색했다. 지금까지 몇 번이나 기회가 있었음에도 매번 말을 걸 타이밍을 놓쳤지만, 이 상황에서 말을 거는 건 아무래도 꺼려졌다. 이대로 조용히 자리를 떠야겠다고 생각했다.

그렇게 생각한 순간, 여자가 홱 고개를 들었다. 그제야 눈이 마주쳤다. 여자의 턱이 동작을 멈췄다. 반쯤 벌어진 입에서 아직 종이가 허옇게 들여다보였다. 화장기 없는 얼굴에 진흙처럼 낯빛이 탁했다. 짧은 갈색 머리는 아무렇게나 뻗쳐 있었고, 가르마는 먹이라도 빨아들인 것처럼 새카맸다. 해진 회색 스웨트셔츠를 입고 지저분한 흰 운동화를 신었다. 한마디로 한밤중에 담배가 떨어져 마지못해 사러 나온 것처럼, 품위와는 거리가 먼, 생활에 찌든 행색이다. 하지만 사러 나온 건 담배가 아니다. 책이다. 여자의 발밑에는 에이분도 서점의 파란 비닐이 떨어져 있었다.

좌우지간 무슨 말이든 해야 한다. 살며시 문을 닫고 자연스레 이곳을 떠날 수 있는 말을. 하지만 입에서 튀어나온 건 어처구니없을 만큼 황당한 말이었다.

"아니…… 그게…… 문이 안 잠겨 있어서……."

여자는 눈을 부릅뜨더니 놀란 듯 오른손으로 입을 막았다. 기괴한 행동이 부끄러워서 종이를 뱉으려는 줄 알았는데, 주름 잡힌 짧은 목이 뱀의 배처럼 꿀렁 물결쳤다. 언뜻 보아도 뭔가가 가슴 쪽으로 내려가는 걸 알 수 있었다. 아니, 뭔가가 아니라 종이다. 여자는 종이를 삼켰다. 이제야 알아챘는데, 무릎 위에 펼쳐놓은 책의 초반 몇 페이지는 이미 먹은 것 같았다.

여자는 내 말도 책장처럼 삼켜버렸는지 아무 대꾸도 없었다. 앉은 채 온몸을 샅샅이 훑듯이 의아한 표정으로 나를 둘러봤다. 수면 부족인지 눈에는 핏발이 서 있었고, 눈동자는 기름이 낀 듯 끈적거리는 빛을 발했다. 미간의 주름이 깊어지며 한껏 길어지더니, 금방이라도 여자의 이마가 세로로 갈라질 것 같았다. 눈매도 험악해졌다. 뒤늦게 달려들어 물 것 같은 기세였다.

"안에 사람이 없는 줄 알고……. 죄송합니다……."

나는 우물거리며 한 발짝 뒷걸음질 쳤다.

황급히 문을 닫으려는데 여자는 에이분도의 봉지를 잽싸게 주워 뜻밖에도 재빨리 일어났다. 봉지와 책을 같이 옆구리에 끼고, 눈을 부릅뜬 채 주저 없이 이쪽으로 다가왔다. 그러고는 닫히려는 문을 확 잡았다. 주눅이 든 나는 멈칫거리며 두세 걸음 더 물러났다. 여자는 문을 난폭하게 열고 뛰쳐나왔다. 내 가슴께로 성큼성큼 다가오더니, 집게손가락을 내 코에 들이댔다.

"무슨 생각인지 모르겠지만……."

성난 목소리로 입을 연 여자는 날벌레라도 삼킨 것처럼 갑자기 말을 더듬더니, 고개를 돌리고 추접스럽게 마른기침을 했다.

나에게 날리려던 호통도 그 기침과 함께 흩어졌는지, 기세도 몸도 점점 위축되는 것 같았다. 그나저나 이 여자야말로 대체 무슨 생각일까. 화장실 문을 잠그지 않은 당신 잘못이잖아. 아니, 본인은 잠갔다고 생각하겠지. 눈앞의 남자가 이상한 잔재주를 부려서 잠긴 문을 열었다고 착각하는 것이다.

주변 시선이 신경 쓰이기 시작했다. 여자 친구를 기다리는 듯한 젊은 남자가 호기심 어린 시선으로 이쪽을 힐끗거렸다. 쇼핑 카트를 밀던 할머니도 걸음을 멈추고 구경꾼처럼 고개를 내밀었다. 나는 재수 없게 이상한 여자와 시비가 붙은 양 그저 미간을 찌푸리며 서둘러 화장실을 떠나려 했다. 그런데 여자가 뒤에서 내 어깨를 잡고 홱 당기는 게 아닌가.

"절대로 먹으면 안 돼!"

여자는 귓불을 깨물 기세로 말했다.

놀라움보다 분노가 먼저 솟아올라서, "뭐 하는 거야?" 하고 버럭 소리를 지르며 손을 뿌리쳤다.

"한번 먹기 시작하면," 여자는 뜸을 들이듯 목소리를 낮췄다. "더는 돌이킬 수 없어."

그렇게만 말하더니 여자는 종종걸음으로 내 옆을 지나쳐 서점과는 정반대 방향의 모퉁이 너머로 모습을 감췄다. 마치 뺑소니 사고를 낸 사람처럼.

그저 어안이 벙벙할 뿐이었다. 보란 듯이 더 어처구니없는 표정을 짓고 싶을 정도로. 한번 먹으면 돌이킬 수 없다고? 책을 말하는 건가. 그렇겠지. 아까 상황을 생각하면. 방금 그 말은 뭐지, 고개를 갸웃거리며 다시 화장실 안을 들여다보았다. 둘러봤지만 역시 종이를 뱉은 것 같지는 않았다. 정말 먹은 건가. 단행본을 몇 장이나. 변기 뚜껑을 열어봤지만 맑은 물이 희미하게 흔들릴 뿐이었다. 변기 뚜껑은 살짝 따뜻했다.

그때 애초에 변의를 느끼고 이곳에 왔다는 걸 떠올렸다. 문을 잠그고, 속옷을 내리고 변기에 엉덩이를 댔다. 하지만 배가 단단히 뭉쳐서 아무것도 나오지 않았다. 배 속에 뭉쳐놓은 종이가 꽉 차 있는 모습이 연상됐다. 의외로 적확한 상상일지도 모른다는 생각이 들었다. 지금까지 살면서 책을 너무 읽었다. 너무 많은 문장이 배 속에 가득 들어차, 이제는 목구멍까지 올라와 종이에 허우적대고 있다. 덕분에 무엇을 읽어도 기시감을 느낄 정도였다. 새로이 얻은 지식에 백 년 전부터 염증을 느꼈고, 처음 읽은 이야기에 천 년 전부터 진저리가 났다.

2

이제 기쁘지도 우습지도 않은 서른여덟 살의 생일날, 교코에게 전화가 왔다. 작년 서른일곱 살 생일에도 전화가 왔기에 올해도 혹시나 했는데 예상대로였다. 여자란 헤어진 전남편의 생일에 일일이 연락하는 존재일까. 그런 건 아닐 것이다. 그게 교코란 여자다. 확 밀어냈다가 살짝 당긴다. 나와의 관계를 완전히 실패한 것으로 생각하고 싶지 않다. 그건 그거대로, 둘도 없다고까지는 말할 수 없더라도, 피할 수 없었던 인생의 1막으로 가슴속에 자리매김하고 싶은 것이리라. 그건 나 역시 마찬가지지만. 그나저나 전화를 받자마자,

"축하해. 다자이를 따라잡았네"라고 훅 들어와서 좀 놀라기는 했다.

지금은 아니지만 역시 소설가의 아내였기 때문일까. 다자이 오사무, 서른여덟 살이나 되어서 여자와 동반 자살이라니, 천재란 이토록 한심한 것일까. 아닌 게 아니라 그 나이가 되긴 했다. 언제였던가, 둘이서 그런 얘기를 했다. 서른다섯 살에 아쿠타가와를 따라잡고, 마흔다섯 살에 미시마를 따라잡고, 일흔둘에 가와바타를 따라잡는다고. 부러운 건 아니지만, 작가의 죽음이 근사하게 비치던 시대가 있었다. 이미 3년 전에 아쿠타가와를 지르밟았고, 이번에는 다자이 차례인 것이다. 하지만 다자이는 영 겸연쩍었다. 따라잡지 않는 것도, 따라잡는 것도, 추월하는 것도. 쓰러진 다자이를 밟으면 괴상한 비명을 지를 것 같다.

"아니, 따라잡지 못했어. 다자이는 영원히 부끄러워."

그렇게 대답했더니 교코는 하하, 하고 건조한 웃음을 흘렸다. 그런 소리를 하는 네가 더 부끄럽다는 양.

그 뒤로는 한동안 두서없이 이야기를 나눴다. 하지만 뭔가 이상했다. 덥지도, 춥지도 않은 변덕스러운 봄 날씨에 대한 불만이나 곧 초등학교 3학년이 되는 딸아이의 근황을 어딘지 안절부절못하는 목소리로 이야기하면서도, 교코는 아무래도 중요한 말을 뒤에 숨기고 있는 것 같았다. 그리고 역시나, 절묘한 타이밍에 뼈아픈 말을 휙 귓가에 던졌다.

"요새 책이 안 나오는 것 같더라."

그 비슷한 소리를 하겠거니 싶어 마음의 준비를 하고 있었는데, 역시나였다. 예상은 적중했지만 그렇다고 시원하게 되받아칠 만한 말도 없었다.

"응, 잘 아네."

그렇게만 답하며 얼버무렸다.

교코가 내 책이 언제 나올지를 이제나저제나 기다린 건 아닐 터였다. 내 신작을 도깨비방망이처럼 흔들면 술술까지는 아니더라도 일단은 양육비가 나오니까 묻는 것이리라. 딸이 스무살이 될 때까지 앞으로 12년, 피눈물로 글을 쓰는 일이 있더라도 앞으로 계속해서 책을 내야 한다.

그런데도 1년 반이나 신작을 내지 못했다. 이혼 전 살던 S시의 맨션을 나오기 직전에 낸《질질 끄는 인간》이라는 단편집이 마지막 책이다. 처음 발표한 괴기소설집이었는데, 악마들이 줄줄이 늘어선 것처럼, 완성도가 상당히 높은 책이었다고 내심 자부하고 있다. 마니아나 전문가들의 평가도 나쁘지 않아서, 이 정도면 괜찮다고 스스로를 위로할 정도로는 팔렸다. 하지만 그게 오히려 악재였을지도 모른다. 좋은 작품을 쓸 때마다 다음 작품에 대한 고민이 깊어진다. 한 계단 올라갈 때마다 발밑이 위태로워지고, 공기도 희박해지며, 똑같은 걸 내놓을 수 없다는 긍지가 더욱 무거운 짐이 되어 어깨를 짓누른다. 한마디로 내가 글을 쓰지 못하게 된 건 어제오늘 갑자기 시작된 일이 아니라는 것이다. 이제는 글을 쓰는 족족 문장이 죽어간다. 아니, 애초에 문장이 전체적으로 죽어 있다. 어쩌면 나는 깨서는 안 될 꿈에서 깼고, 치유해서는 안 될 병을 치유해버린 건지도 모른다.

요즘은 컴퓨터 전원을 켜는 것조차 힘겹다. 원고 파일을 불러오려고만 해도 또렷한 고통을 느낀다. 자신의 관 뚜껑을 여는 것처럼 두렵다. 그곳은 사막이다. 한없이 막막한 새하얀 사막. 도중에 쓰러진 마지막 문장이 오아시스 없는 공백을 앞두고 절규하고 있다. 다음 문장을 내뱉지 못하고 숨이 끊어졌다. 그게 나다. 마지막에 죽은 문장이 나다. 글을 쓰지 못하게 된 나는 이제 쓰여진 글처럼 얄팍하다. 문장처럼 메말랐고 문자처럼 여위었다.

"내 말 듣고 있어?"

교코가 말했다.

"어?" 현실로 돌아왔다. "뭐라고 했지?"

"다음 책은 언제 나오냐고."

"다음 책……."

얼버무리듯 웃으며 시간을 벌었다.

전처를 상대로 건곤일척의 대작을 준비하는 중이라고 허세를 부려봤어도 됐을 것이다. 새빨간 거짓말도 아니었으니까. 나를 집어삼킨 이 거대한 잿빛 파도가 사라지면 다시 몸을 일으켜 그 대작이라는 놈에 생생한 문장을 엮어갈 수 있을지도 모르니까. 하지만…….

"돈은 아직 좀 여유가 있으니까……."

구태여 허연 배를 보이듯 이야기를 다른 데로 돌렸다.

"그런 얘기를 하는 게 아니잖아."

"아니었구나."

"그 버릇 못 고쳤네."

이야기를 다른 데로 돌리는 건 내 취미이고, 다시 되돌리는 건 교코의 취미다. 하지만 문제는 내가 놀리는 건 이야기만이 아니라는 점이다. 정상적인 생활인의 길에서 벗어났기 때문에 지어낸 이야기로 입에 풀칠을 하고 있으며, 거기에 한 가족의 아버지라는 길에서도 벗어났기에 습하고 볕도 안 드는 방 두 개짜리 공동주택에서 이 나이에 홀로 소금을 뒤집어쓴 민달팽이처럼 꿈틀거리는 것이다.

"그냥 뭐, 이야기가 어디로 갈지 앞을 내다본 거지……."

"좀 평범하게 대화하자."

"평범한 대화는 어떻게 하는 건데?"

"어렵지 않지. 그냥 물어본 거에 제대로 대답해."

"그게 의외로 쉽지 않아. 요즘 글이 잘 안 써져서……."

"흐음. ……그렇구나."

교코는 탁한 목소리로 대꾸했다.

그 이상 추궁하지는 않았다. 그녀도 당연히 아는 것이다. 아이들 숙제와는 다르다는 걸.

"뭐, 어떻게든 되겠지. 발등에 불이 떨어지면……."

"발등에 불이 떨어져도 걸작은 못 쓴다고 하지 않았어?"

"옛날의 나는 그런 명언도 했었어?"

"별의별 얘기를 다 했었지, 옛날 당신은."

"옛날 당신도 그랬고."

"그럴지도 모르지. 그나저나 밥은 잘 챙겨 먹고 있어?"

갑작스레 교코가 물었다.

아주 찰나였지만 어처구니없는 질문을 들은 것 같은 기분이었다. 교코가 보일 법한, 평범한 마음 씀씀이였지만, 마지막까지 고이 간직해두었던 회심의 일격처럼 내 귓가를 때렸다. 왜 당신이 그런 걸 묻지? 먹고 있냐고? 뭘? 물론 그렇게 이상한 질문은 아니었다. 교코는 그저 나를 걱정했을 뿐이다. 혹은 전 남편을 걱정하는 다정한 여자를 연기했거나.

"응, 먹고 있지. 먹기만 해."

그렇게 대답하는 목소리에 불편한 자조가 섞여 있었다.

3

변기 뚜껑에 앉아 몰래 책을 뜯어 먹던 그 여자. 어둡고 탁한 두 눈, 소나 말처럼 칠칠치 못하게 꿈틀거리는 턱, 꿀꺽 위아래로 물결치는 늘어진 목……. 그날부터 그 광경이 머리에서 떠나지 않았다. 불현듯 정신을 차려보면 동작을 멈추고, 1분인지 한 시간인지 분간이 가지 않을 만큼 그 여자의 모습을 한없이 반추하고 있었다. 한마디로 글을 못 쓰는 소설가의 무위도식하는 일상이 그 범상치 않은 사건에 목덜미를 잡혀 기둥에 묶어놓은 못된 개처럼 빙글빙글 비생산적인 궤도를 돌기 시작한 것이다.

한번 먹기 시작하면 더는 돌이킬 수 없어.

무슨 뜻일까. 어디서 돌이킬 수 없다는 거지. 너무 맛있어서 먹는 걸 멈출 수 없다는 건가. 셀룰로스, 헤미셀룰로스, 지력증강제, 사이즈제,* 전료,** 염료……. 종이 성분을 알아봤지만, 어느 나라에서 이런 식재료를 쓰겠는가. 식욕을 자극할 만한 건 하나도 없었다. 에도 시대에 기근이 들면 종이를 물에 불려서 먹었다는 이야기를 들은 적이 있지만 그것과는 차원이 다르다. 염소도 아니고, 그냥 구겨서 입에 넣는 걸 과연 인간이 할 수 있을까. 아니, 할 수 있다. 마음만 먹으면 가능하다. 그 여자는 이미 그러고 있었다. 당연하다는 듯 입에 넣고 있었다. 그 여자가 할 수 있는 걸 내가 못 할 리 없다. 어째서인지 그런 기분이 들었다. 분명 사소한 일이다. 마음을 비우고 한 걸음 발을 내디디면 쉽게 넘어설 수 있을 것 같은 선이다. 그런 선은 도처에 존재한다.

이를테면 맞은편에서 오는 아름다운 여자의 손을 잡는 행위는 어떤가. 쓱 손을 내밀어 그냥 잡는다. 아무 저항도 없겠지.

---

* 잉크가 번지거나 종이가 뜯기는 것을 방지하기 위해 사용하는 물질.

** 종이를 평평하게 하고, 인쇄 시 뒷면에 활판 자국이 나지 않도록 첨가하는 미세한 가루.

잡을 때까지는. 이를테면 눈앞에서 전철을 기다리는 남자의 등을 떠미는 건 어떤가. 아무 비난도 받지 않을 것이다. 남자가 승강장에서 떨어질 때까지는. 그렇게 누구나 할 수 있지만 아무도 하지 못하는 일들이 보이지 않는 선이 되어 세상을 빙 에워싸고 붕괴를 막고 있는 것이다. 책을 먹는 것도, 어쩌면 그러한 행위의 일환이 아닐까. 책장에서 한 권을 빼서 펼치고, 한 장을 찢어 뭉친 뒤 입에 넣는다. 그 순간에 세상의 붕괴가 시작되는 건 아닐까. 아니, 그런 표현이 과장되었다고 느낀다면, 제 일상의 붕괴라 해도 좋다. 분명 그러하리라. 그래서 그 여자는 그런 말을 한 것이다.

그렇다면 내가 그걸 목격했을 때 그 여자의 일상은 이미 붕괴되어 있던 것이리라. 대체 어떤 식으로? 한번 책을 먹기 시작하면 돌이킬 수 없는 뭔가가 일어나는 건가?

모르겠다. 그저 엄청나게 맛있을 뿐일까. 서점에서 책을 사면, 집에 돌아가 먹을 때까지 기다리지 못할 만큼 중독적인 맛일 뿐일까. 아니, 이유는 모르지만 그건 아닐 것 같다. 하지만 그게 사실이라면, 오히려 바라던 바가 아닌가. 내가 지금 처한, 시간이 정체된 듯한, 이 견디기 힘든 일상이 붕괴한다면, 오히려 두 팔 벌려 환영해야 할 일 아닌가. 아니, 잠깐. 내가 무슨 생각을 하는 거지, 어처구니가 없군. 그 여자는 그저 정신이 이상한 사람일 뿐이다. 딱 봐도 정신이 이상한 여자의, 그야말로 비정상적인 행동을 왜 제정신인 내가 흉내 내야 하지. 아무리 글을 못 쓰고 있는 처지라지만, 황당한 행동 하나로 세상이 단숨에 선명하게 보이는 일이 있을 리가.

그렇게 2주쯤 머릿속으로 같은 자리를 맴돈 끝에 하나의 명쾌한 결론에 도달했다. 실제로 먹어보면 된다. 시험 삼아 한 장만 먹어봐도 된다. 그 결과, 역시 먹을 만한 게 아니라는 사실을 알게 되면, 그걸로 이 일은 끝이다. 여자 생각은 더 하지 않을 것이다. 종이를 먹는 행위도 생각나지 않을 것이다. 또다시 일상과의, 그리고 무엇보다 소설과의 무딘 싸움을 다시 시작할 뿐이다. 그것이 인생의 정도正道란 것이다.

좋아, 그렇게 정했으면 빠를수록 좋다. 내일로 넘어가면 마음이 어떻게 바뀔지 모른다. 아니, 내일까지 가지 않더라도, 한 시간 후에 마음이 어떻게 바뀔지 모르니까. 지금 먹는다. 당장 먹는다. 10분 안에 반드시 먹는다. 몇 년 전에 교코가 선물한 전파시계를 보았다. 오후 4시 26분. 좋아, 4시 36분까지다. 그때까지 먹지 않으면 나는 죽는다. 왜 죽지? 개구리처럼 항문에 다이너마이트라도 쑤셔 넣은 건가? 아니, 독이 좋겠어. 몇 번 들어도 그때마다 조금씩 다르게 들리는 장황한 이름의 독에 중독된 것이다. 하지만 그 독의 또 다른 이름은 '말(로고스)'이다. 나는 골수까지 새카매질 만큼 '말'에 중독되어 있다. 중독이 심화되어 10분 뒤에는 파쇄기에 넣은 듯 몸과 마음 모두 불연속적인 존재로 변해, 한숨을 내쉴 때마다 피가 아니라 분해된 나를 술술 내뱉으며 붕괴하게 된다. 그리고 마지막에는 봉

분처럼 한 더미의 말만 남겠지. 해독제는 하나밖에 없다. 역전의 발상이다. 그래, 책이다. 책을 읽는 게 아니라, 쓰는 게 아니라, 먹는다. 먹지 못하는 책을 먹는다. 그건 '정념(파토스)'을 동반한 파괴적 행동으로 '말'을 초극하여, '말' 이전의 존재에까지 거슬러 올라가는 것이다. 달리 살아남을 도리가 없다.

아아, 이제 9분 남았다. 먼저 책을 골라야겠지. 현관에 종이 상자가 하나 놓여 있다. 다시 읽지 않을 책, 나아가 읽을 가치도 없는 책, 좌우지간 공간만 잡아먹는, 처분을 기다리는 책들이 들어 있다. 먹는다면 당연히 저 중에서 골라야겠지. 상자를 들여다보니 40~50권쯤 됐다. 단행본, 신서, 문고본 등 다양한 책들이 있다. 물론 어느 책이든 딱히 맛있어 보이지는 않았다. 하지만 이 중에 하나를 먹어야만 했다. 죽고 싶지 않다면.

책등을 늘어놓고 흉악한 행위에 희생될 한 권을 고르기 위해 지그시 바라보았다. 이것도, 저것도……. 아니, 잠깐. 저건 어떻지? 아니, 잠깐만. 왜 그런 생각을 한 거지. 저건 어떠냐니? 따지고 보면 모두 똑같잖아. 외양은 다르지만, 그 내용은 모두 종이와 잉크다. 다른 책과 비교해 이 책의 어디가 특별하다는 거지. 하지만 어쩐지 눈길이 가는 건 분명했다. 희미하게 싱싱한 느낌, 그리고 부드러움을 느꼈다. 한마디로 어찌 된 영문인지 모르겠지만 다른 책보다 다소 목 넘김이 부드러울 것 같은 느낌이 든 것이다.

그 책을 향해 손을 뻗었다. 소설이다. 제목은《한밤중 맨션에서 일어나는 일》. 커버는 어안렌즈로 촬영한 듯, 밤하늘에 우뚝 솟은 일그러진 고층 맨션의 사진이다. 너덜너덜한 띠지를 보니 '맨션에서 일어난 다섯 가지 기묘한 이야기'라고 적혀 있었다. 잘 모르는 신인 작가의 중편집이었다. 쟁쟁한 인사들의 추천사가 띠지를 장식했지만 한 번도 읽지 않았다. 초반 몇 페이지를 둘러보고는, 문체가 맞지 않아 내던진 책이다. 뒤표지를 보니 헌책방의 가격표가 붙어 있었다. 누구 손때가 묻었는지 모를 중고 책을 먹는 건가. 눈을 돌려 시계를 보았다. 4시 32분. 이제 4분 남았다. 이 책으로 하자. 차례를 펼쳤다. 중편 제목들이 늘어서 있었다. 〈비둘기〉 〈이웃집〉 〈마녀〉 〈비계飛階〉 〈계단〉 다섯 편이다. 군더더기 없이 건조한 느낌의 제목이다. 굳이 고르라면 역시 〈마녀〉일까. 〈비둘기〉나 〈비계〉를 먹는 것보다는 나을 것 같다. 여성이 등장하는 듯하니 얼마간 먹는 맛을 기대해도 되지 않을까.

〈마녀〉의 첫 페이지를 펼치고 조금 읽어봤다.

'알립니다.

최근 맨션 복도나 계단에서 소변을 보는 사람이 있습니다.

그에 대해 아시는 분은 입주자 대표 이즈카(302호)에게 연락 주십시오.

히루가오카 사쿠라 하이츠 관리조합.'

엘리베이터 옆 게시판에 이런 종이가 붙어 있었다.

사진도 첨부되어 있었다. 콘크리트 복도에 선명한 얼룩이 남아 있었다.

아마도 어린애 장난이겠지. 그때는 그렇게 생각했다.

생각났다. 이렇게 찔끔찔끔 쓰다 빈번하게 줄 바꿈을 하는 토끼 똥 같은 문체에 정신이 산만해져서 초장부터 내려놨었다. 하지만 지금 책을 읽을 수는 없다. 문체 같은 건 부차적인 문제에 불과하다. 오히려 줄 바꿈이 심하니 잉크가 적게 들어 위는 편할 수도 있겠다.

시계를 보았다. 4시 34분. 앞으로 2분밖에 없다. 일단 한 페이지만 찢어보자. 책등을 가르듯 힘주어 책을 활짝 펼쳤다. 뭐지, 참담한 기분이 드는 이 불쾌한 감촉은. 순진한 하녀의 다리를 벌리는 젊은 주인의 기분이 이럴까. 그나저나 잇새로 쥐어짜는 듯한 책의 신음 소리가 귀를 찔렀다. 오랫동안 책에 둘러싸여 살아왔지만, 이토록 신경을 거스르는 소리는 들어본 적이 없다. 원래 책이란 마음만 먹으면 이런 침통한 신음을 흘릴 수 있는 것이었나. 아무리 필요 없는 책이라 해도 글쟁이로서는 역시 이번 한 번으로 끝내고 싶었다.

슬슬 책을 끝까지 펼친 것 같다. 찔끔찔끔 찢기보다는 그 여자처럼 단번에 해치우는 게 수월할 것 같다. 실제로 일은 쉽게 끝났다. 오른손으로 책장을 뭉쳤다. 그저 손 가는 대로 구겼을 뿐인데, 자기의 운명을 아는지 체념한 것처럼 순순히 뭉쳐졌다. 이런 걸 정말 먹는 건가. 먹어야겠지. 어찌 된 일인지 입에 넣기에는 딱 좋은 느낌이란 생각마저 들었다. 하지만 또다시 여자의 목소리가 귓가에 되살아났다.

한번 먹기 시작하면 돌이킬 수 없어.

다시 시계를 보았다. 4시 35분 42초, 43초, 44초……. 이러다 죽는다. 얼른 먹어. 에잇 하고 입에 쑤셔 넣었다. 쑥 들어왔다. 씹었다. 그 순간, 뭔가가 뇌 아래서부터 솟아올랐다. 몸이 공중으로 떠오른 것 같은데 대체 무슨 일이 일어난 거지? 세계가 기울더니, 보이지 않는 축에 의식이 감겨드는 듯 눈이 돌기 시작했다. 거기다 온 시야가 허옇게 변했다. 쓰러질 것 같다. 앉아 있기 힘겨웠다. 나도 모르게 눈을 감고 두 손으로 바닥을 짚었다. 그런 줄 알았는데, 손끝에 아무 감촉도 느껴지지 않았다. 허공을 가른다. 어째서지. 바닥은 어디로 간 거지? 아니면 벌레처럼 뒤집어져 허공에 허우적거리고 있는 건가…….

4

……손이 뭔가에 닿았다. 미끄럽고 단단한 뭔가에. 뭐지. 이런 게 옆에 있었던가. 혹시 유리인가? 어느새 창가까지 기어온 거지? 아니, 아니다. 유리가 아니다. 쭈뼛거리며 눈을 떴다. 이게 뭐지? 손이다. 내 왼손이다. 그 옆에는 종이. 글자가 보인다. 종이를 먹으면 글자가 보이는 건가? 종이에 적혀 있던 글자인가?

'알립니다.

최근 맨션 복도나 계단에서 소변을 보는 사람이 있습니다.

그에 대해 아시는 분은 입주자 대표 이즈카(302호)에게 연락 주십시오.

히루가오카 사쿠라 하이츠 관리조합.'

아니야. 달라. 숨을 삼키며 손을 뗐다. 글자만이 아니었다. 문장 밑에 사진이 있었다. 어느 맨션 복도가 찍혀 있었다. 아, 그래. 이건 관리조합의 게시판이다. 엘리베이터 옆에 녹색 펠트로 된 게시판이 있었는데, 그 위를 덮은 아크릴 판에 손이 닿은 것이다.

정신을 차리고 주변을 둘러봤다. 이곳은 어디지? 왜 이런 곳에 있지? 우리 집은 어디로 갔고. 집? 왜 집을 신경 쓰지? 지금 퇴근해 돌아오는 길이잖아. 그런데 무슨 문제가 있다는 거지? 눈앞에는 베이지색의 엘리베이터가 기다리고 있었다. 역시 늘 보던 엘리베이터다. 돌아보자 머리 위 형광등 불빛을 반사해 무딘 빛을 발하는 스테인리스 소재의 우편함이 쭉 늘어서 있었다. 불현듯 그중 한 우편함에 시선이 꽂혔다.

'606호 홋타.'

왜 여기에 눈길이 가는 것일까. 그 우편함으로 다가갔다. 이 글씨, 낯이 익었다. 내 글씨와 똑같다. 아니, 내가 쓴 글씨니 당연하지. 그래. 나는 홋타다. 그게 아니면 뭐지? 홋타 요시카즈, 서른일곱 살. 전통 있는 문구 회사에 근무하는 회사원이다.

아내인 쇼코와 결혼 8년을 맞이했고, 료스케라는 다섯 살짜리 예쁜 아들도 있다. 두 달 뒤에는 가족이 한 명 늘어날 예정이다.

다시 한번 게시판에 붙은 사진을 보았다. 사진 속 복도에는 다소 거뭇한 얼룩이 번져 있었다. 이게 소변 흔적인가. 분명 어린애가 장난을 친 거겠지.

엘리베이터가 내려왔다. 엘리베이터에 올라타고 6층 버튼을 눌렀다. 층수가 표시된 패널을 별생각 없이 올려다보며, 맨션 복도에 서서 소변을 보는 사람의 모습을 상상했다. 아이가 아니라면 취객인지도 모른다. 동물 사육은 금지돼 있지만, 몰래 키우는 주민들도 적지 않으니 개일 가능성도 있다. 혹은 치매 증세가 있는 노인일지도 모른다. 쇼코라면 뭐라고 할까. 원체 귀가 밝으니, 이웃들에게 뭔가 소문을 들었을지도 모른다.

6층에 도착했다. 엘리베이터에서 내려 복도를 걷는데 역시 아까부터 뭔가 형언하기 힘든 위화감이 사라지지 않는 게 신경 쓰였다. 의식이 얄팍하다고 해야 하나, 뭔가 기억 곳곳이 애매한 느낌이 든다. 아까 쇼코와 료스케를 생각했을 때도 얼굴을 또렷하게 떠올리지 못한 것은 어째서일까. 취한 걸까. 손목시계를 보았다. 밤 11시 반이 지났다. 역시 술을 마셨던 건가. 그래. 마셨다. 후루카와, 히가시야마와 함께 모든 음료가 380엔인 단골 선술집에서 마셨다. 후루카와와 히가시야마……. 또 얼굴이 생각나지 않는다. 이제 머리가 어떻게 된 건가.

그건 그렇고, 아까 뭔가를 입에 넣은 것 같은 기분이 드는

데 왜일까. 뭔가 이렇게, 손바닥에 올려놓은 둥근 뭔가를 입에 쏙 넣었다. 실제로 입 안 곳곳에 뾰족한 것이 닿은 듯한 묘한 감촉이 남아 있다…….

……뭔가 덩어리 같은 게 목구멍을 타고 쓱 내려가, 허공으로 사라졌다. 그와 동시에 더욱 거대한, 밀물처럼 사방을 채우고 있던 뭔가가 일제히 사라지는 걸 피부에 돋는 소름으로 감지했다.

정신을 차려보니 오른손을 빤히 바라보고 있었다. 놀라서 고개를 들었다. 내 집이다. 평소와 다름없는 우울한 육조방* 이다. 바로 앞에 평평하게 펼쳐져 책장이 찢겨 나간《한밤중 맨션에서 일어나는 일》이 유린당한 사람처럼 널브러져 있었다. 물론 그렇다. 이곳은 내 집이다. 하지만 방금 그건 뭐였지? 지금 어디를 다녀온 거지? 육조방에 쓰러진 채 의식만 어딘가 낯선 맨션에 있었다. 엘리베이터를 탔고 6층 복도를 지나고 있었다. 홋타? 분명 방금 전까지 나는 잠시 회사원 홋타 요시카즈라는 남자였던 것 같다. 그리고 606호에 아내와 아들이 있었던 것 같다.

어떻게 된 일이지. 아니, 요컨대 이런 것이다. 이래서 그 여자는 책을 먹고 있었다. 화장실에 숨어서까지. 가슴이 격하게 뛰고 있었다. 귓속에서 쿵쿵 소리가 울려 퍼진다. 그러고 보니

---

* 가로세로 약 88×175센티미터 크기의 다다미 여섯 장이 깔린 방.

입에 넣었던 종이는 어떻게 됐지? 없다. 혀로 구석구석 입 속을 훑었지만 어디에도 없었다. 역시 삼킨 건가. 그런 걸 삼켜도 될까. 하지만 위에 불쾌감은 느껴지지 않았다. 흥분 탓인지 손끝이 잘게 떨릴 뿐이었다.

하나의 이미지가 솟아올랐다. 쇠 격자다. 문자로 쓰인 다양한 책에서 문장 한 줄 한 줄이 저마다 철봉으로 변해 독자의 눈앞에 쇠 격자 형태로 나타나고 있다. 독자는 문장이라는 쇠 격자에 의해 책이 배태한 이야기 세계와 격리되어 있는 것이다. 그럼에도 나는 방금 전, 그 쇠 격자를 빠져나가 이야기 세계에 직접 몰입했다. 전혀 다른 사람이 되어, 어딘지도 모를 맨션 엘리베이터 앞에서 홀연히 존재하기 시작했다. 문장을 읽는 게 아니라 먹음으로써.

아니다, 어쩌면 과거의 나는 문장을 읽음으로써 이루었던 건지도 모른다. 10대 시절, 소설에 푹 빠져 그야말로 탐욕스럽게 이 책 저 책 읽던 무렵, 방금 겪은 일처럼 직접적으로 작품 속으로, 당연하게 몰입할 수 있었을지도 모른다. 그러다가 직접 글쟁이가 되자, 자신이 어떻게 걷고 있는지를 생각하기 시작한 지네처럼 어느샌가 불가능하게 되었다. 쇠 격자 너머에 펼쳐진 풍요로운 세상으로 눈을 돌리지 못하고, 쇠 격자 그 자체를 뚫어져라 바라보게 된 것이다.

그나저나 그 여자, 어떻게 이걸 알았지. 보통 책을 먹는다는 생각을 할까. 아닐 것이다. 그 여자의 인생에 뭔가 큰 사건

이 터져 제정신을 유지하지 못하고, 거의 광기라 불러야 할 망아의 격정에 휩싸여, 곁에 있던 책에서 책장을 찢어 질식사하기 위해 입에 넣는다. 그리고 우연히 이걸 발견한 것이다. 그런 일이 가능할까. 불가능하지는 않을 것이다. 하지만 이것의 기원을 그 여자에게서 찾을 이유가 어디에 있지. 내가 그 여자를 보고 배운 것처럼, 그 여자 역시 다른 누군가가 하는 걸 보고 흉내 낸 걸지도 모른다. 그편이 훨씬 가능성 있다. 문제는 이걸 봤다고 해서 왜 같은 행위를 하려는 생각이 드느냐는 것이다. 이런 일이 일어난다는 걸 미리 배운 뒤에 그걸 바라고 먹은 것일까? 그럴지도 모른다. 하지만 그렇지 않을지도 모른다. 어쩌면 이건 집단 히스테리처럼 전염하는 것이 아닐까. 실제로 내가 그랬던 것처럼, 남이 먹는 걸 목격해버리면 그 욕구가 머릿속에 새겨져, 쇠사슬로 묶여 질질 끌려가는 것처럼 언젠가는 자신도 먹지 않고서는 견딜 수 없어지는 게 아닐까.

어찌 되었든 이것만은 분명하다. 내가 다음 페이지를 한시라도 빨리 먹고 싶다고 강하게 바라고 있다는 점이다. 지금 당장, 그곳으로 돌아가고 싶다. 뭔가 기묘한 일이, 또다시 이야기 세계와 직접 살갗을 맞대는 듯한 일이 금방이라도 일어날 것 같았던 그 맨션으로. 퍼뜩 몸을 돌려 그 스테인리스 우편함을 본 순간, 내 의식은 오랜만에 팽팽하게 긴장했던 것 같다. 우편함만이 아니었다. 게시판도, 엘리베이터도, 복도도, 모든 것이 치밀하고 짙었고, 윤곽도 또렷했던 것 같다. 그에 비해 이 집은 얼마나 탁한가. 지금 이렇게 바라봐도 집 자체가 훌렁 벗어버린 빛바랜 낡은 기억 같다. 이런 곳에서는 아무 일도 일어나지 않는다. 이 집은 슬럼프에 빠진 소설가를 영영 이 혼탁한 공간 속에서 서서히 죽여갈 작정임이 틀림없다.

먹던 책을 집어 들었다. 뒷부분을 먹어야겠다. 평소처럼 읽을 뻔했다. 뭐 하는 거냐. 먹지 않으면 의미가 없다. 그걸 맛볼 수 없다. 다음 페이지를 단숨에 찢었다. 오른손으로 뭉쳤다. 벌써 손에 익은 듯했다. 입에 넣었다. 다시 뭔가가 솟구쳐 오르는 듯한 충격이 느껴졌다. 하지만 아까보다는 다소 약해졌다. 역시 현기증이 났지만, 이 역시 아까보다는 덜했다. 서서히 시야가 흐려졌다…….

5

나는 또 같은 엘리베이터 앞에 있었다. 하지만 다른 날 한밤중이었다. 처음 게시판의 '소변 사건' 알림을 읽은 날로부터 두 달여가 지났다.

그 뒤로도 범인과 연결되는 유력한 정보는 나오지 않은 것 같았지만, 게시판의 속보에 따르면 아직 소변 흔적 같은 얼룩은 맨션 내 곳곳에서 늘어나고 있다고 한다. 새로운 흔적이 늘 아침에 발견되는 것으로 미루어보아, 범인은 소변을 누기 위해 일부러 밤중에 집에서 나오는 것 같았다. 쇼코는 분명 쾌락을 위한 짓일 거라고 했고, 나도 그 말에 동의했다. 돈이 없는 것도 아니면서 좀도둑질을 하는 것과 같은 심리겠지. 화장실이 있는데 굳이 서서 소변을 본다. 게다가 장소는 길가가 아니라, 현장이 발각되면 궁지에 몰릴 수 있는, 본인이 사는 맨션이어야만 한다. 가슴이 화끈거리는 배덕감에 굶주린 것이다.

미국 형사 드라마에 푹 빠져 사는 쇼코의 프로파일링에 따르면,

"범인은 20대에서 30대 남자야, 분명히. 그리고 니트족*이지."

라고 한다.

"어릴 적부터 벌레를 죽이고, 고양이를 죽이고, 개를 죽이고, 그렇게 어른이 되어서 맨션에서 노상 방뇨를 하는 거지. 쇼코 수사관의 예상으로는……."

장난스럽게 말하자 쇼코는 웃었다.

"맞아……. 두고 봐, 종국에는 백악관에서 노상 방뇨를 하다 FBI에게 붙잡힐 테니까."

농담처럼 말하기는 했지만, 나 역시 쇼코가 말한 범인상을 떠올리고 있었다. 두툼한 고치 속에 틀어박힌, 어두운 눈빛의 젊은 남자. 밤마다 노상 방뇨를 하는 건, 그 고치의 균열을 살며시 쓰다듬듯, 바깥세상과의 경계에 다가가는 위태로운 의식이 틀림없다고. 하지만 예상은 보기 좋게 빗나갔다. 그날 밤, 나는

---

* 일하지 않고, 일할 의지도 없는 청년 구직 단념자를 가리키는 신조어.

범인과 마주쳤다.

휴대전화를 확인하니 밤 12시 40분이었다. 후쿠오카로 발령이 난 부하 직원의 송별회에 참석했다가 귀가가 늦어졌다. 이 맨션 엘리베이터는 자정이 지나면 절전 모드에 들어가 가동하지 않을 때에는 내부 조명이 꺼진다. 자주 보는 광경은 아니었지만, 실제로 유리 너머로 보는 내부는 어두컴컴했다. 정체불명의 뭔가를 말없이 숨기고 있는 듯해서 으스스했다. 하지만 밖에서 버튼을 누르면 금방 조명이 켜져 환해진다. 버튼을 향해 손을 뻗었다.

그때였다. 안에서 윙 하고 와이어로 목이라도 매는 듯한 소리가 울려 퍼지더니, 엘리베이터가 흔들렸다. 안에 뭔가가 있다. 어두컴컴한 엘리베이터 안에…….

……다시 집으로 돌아와 있었다. 이게 뭐지. 갑자기 의식이 탁해지며 둔해지더니, 몸에 현실이 엉겨 붙어 묵직해지는 느낌이었다. 젠장. 거기서 끊다니. 더 매끄럽게, 아무 위화감 없이, 영화를 보듯이 이야기 세계가 이어질 수는 없는 건가.

이제 아무 망설임도 없이 다음 페이지를 찢어서 입에 넣었다.

……버튼을 향해 손을 뻗은 채 나는 얼어붙었다. 숨을 죽이고 귀를 기울였다. 안은 여전히 컴컴했고 아무 소리도 들리

지 않았다. 엘리베이터 본체도 흔들리지 않았다. 잠시 그대로 기다렸지만 아무 일도 일어나지 않았다. 기분 탓일까. 엘리베이터란 원래 이런 건지도 모른다. 아무도 타지 않은 상태에서도 이따금 흔들리고는 하는 것이다.

긴장이 풀리며 헛웃음이 나왔다. 엘리베이터가 좀 흔들린 걸 가지고 뭘 그렇게 겁을 먹은 거지. 버튼을 눌렀다. 유리 너머에서 형광등이 깜빡거리더니, 엘리베이터 내부가 편의점처럼 단번에 환해졌다. 이거 보라고. 아무도 안 탔잖아.

문이 천천히 열렸다. 아무도 타지 않았다고 안도하기엔 일렀다. 엘리베이터 문의 유리 너머로는 아래쪽이 보이지 않는다. 한마디로 사람이 서 있다면, 가슴 위밖에 보이지 않는다. 아래쪽은 사각지대인 것이다.

열리기 시작한 문틈으로 들어가려던 찰나, 무심코 숨을 삼켰다. 누구지? 문을 등지고 안쪽에 쭈그려 앉은 사람이 있었다. 여자다. 아마도 젊은 여자. 새카만 머리카락은 두 팔에 가득 찰 만큼 풍성했고, 머리카락에 가려서 얼굴은 보이지 않았다. 거기에 머리카락과 구분이 가지 않을 만큼 까만 원피스를 입고 있었는데, 빨려들 것 같은 머리카락과 옷의 검은색이 범상치 않았다. 깊은 구멍 가장자리에서 어깨를 누르는 듯한 서늘함이 느껴졌다. 하지만 이미 늦었다. 한 걸음 엘리베이터 안으로 내디뎌버렸다. 윙, 요란한 소리를 내며 다시 엘리베이터가 흔들렸다.

순간 묘한 냄새가 훅 코를 찔렀다. 달달한 듯하면서 시큼한 듯한, 그러면서도 살짝 짭짤한, 좌우지간 콧구멍을 지나 뇌로 솟아올라, 잠시 소용돌이를 그리는 듯한 고약한 냄새였다. 무심코 얼굴을 찌푸렸다.

바닥을 내려다보자 쭈그리고 앉은 여자의 발치에서 뭔가가 흘러내렸다. 그 뭔가로 어두운 회색빛의 플라스틱 타일이 젖어들었고, 묵을 흘린 것처럼 점점 검어지더니 결국 사방으로 퍼졌다. 내 신발 바닥도 젖기 시작했다. 그제야 무슨 일이 일어났는지 이해했다. 소변이다. 이 여자는 엘리베이터 안에서 소변을 보고 있다. 이 사람이다. 이 여자가 범인이다. 순간적으로 엘리베이터 밖으로 물러났다.

"이봐, 당신!"

거친 목소리가 나왔다. 그런 말을 내뱉은 자신에게 놀랐다. 나는 원래 초면에 다짜고짜 당신이라고 부르는 사람이 아니다. 하지만 허세는 거기까지였다. 엘리베이터 밖에서 다시 여자의 모습을 본 순간 말문이 막혔다.

여자는 여전히 등을 돌린 채 쭈그리고 앉아 있었지만, 허리까지 올린 새까만 원피스 아래로 새하얀 둔부를 내놓고 있었다. 적나라하게 드러난 탐스러운 엉덩이가 가슴을 짓누르는 듯한, 숨이 멎을 것 같은 충격을 받았다. 어떻게 저토록 하얗고 비단결처럼 보드라워 보일까. 바늘을 꽂으면 새하얀 젖이 실처럼 호를 그리며 푸슈슉 흘러나올 것 같았다.

아니, 하얗고 보드라워 보이는 건 엉덩이만이 아니었다. 푸른 정맥이 비치는 늘씬한 두 다리를 개구리처럼 한껏 벌리고 있는데, 그 칠칠치 못한 모습에서 풍기는 나른함이 뭐라 말할 수 없이 음란했다. 게다가 여자는 맨발이었다. 소변이 여자의 발을 한껏 적시고 있었다. 마치 제 일처럼, 뜨뜻미지근한 소변이 발을 사방에서 적시는 감촉을 상상해버렸다. 그러자 불쾌한 것 같으면서도 편안한, 일그러진 전율이 등줄기를 타고 올라왔다…….

……다시 현실 세계로 가라앉을 것 같은 느낌을 받자마자, 오른손이 자연스레 움직여 다음 페이지를 입에 쑤셔 넣었다…….

……용변을 마치고, 마지막 몇 방울이 똑, 똑, 다리 사이로 떨어지는 게 보였다. 그때마다 새카만 웅덩이로 변한 바닥에 퍼져나가는 희미한 파문이 큰 파도가 되어 내 가슴까지 밀려오는 것 같았다. 새까만 바닥이 여자의 하얀 둔부를 비추며 일렁이고 있었는데, 그늘진 가랑이 사이가 비칠 듯 비치지 않았다. 똑, 똑…… 냄새가 난다. 여기까지 냄새가 난다. 왜 이토록 달콤한 걸까. 정말 소변 냄새일까? 아니, 아주 조금이기는 하지만, 달콤한 냄새 너머로 분명히 콧속을 자극하는 소변 냄새가 희미하게 풍겼다. 하지만 부지불식간에 반걸음, 다리가 앞으로 미

끄러진 건 어째서일까. 다가가고 싶다. 저 여자에게 더욱 가까워지고 싶다. 그리고 저 새하얀 엉덩이를 움켜쥐고, 그 사이에 얼굴을 푹 파묻고 짐승처럼 빨고 싶다.

무릎이 앞으로 기울어지려던 순간, 여자가 등을 돌린 채 쓱 일어났다. 올리고 있던 검은 원피스 자락이 스르륵 내려가며 눈부신 보름달이 구름 사이로 숨어버린 것처럼 엉덩이가 모습을 감췄다. 키가 큰 여자였다. 맨발로 저 정도면 거의 170은 될지도 모른다. 금방이라도 돌아볼 것 같다. 얼굴이 상상이 가지 않았다. 정말 이 맨션에 사는 사람일까. 애초에 이 여자에게 얼굴이 있을까? 이곳에서 보이지 않는 머리 반대쪽은 마치 가면 안쪽처럼 전체가 비어 있는 게 아닐까.

찰박, 찰박, 물기 어린 발소리를 내며 드디어 여자가 뒤돌아봤다. 얼굴은 있었다. 눈이 딱 마주쳤다. 코끝까지 내려올 듯 거대한 눈이다. 시선을 돌리고 싶은데 돌릴 수 없었다. 낚싯대 끝에 눈알이 낚인 것처럼 눈을 돌리면 눈알이 안와에서 쑥 빠져버릴 것 같았다. 화장기가 전혀 없고, 엉덩이만큼 새하얀 갸름한 얼굴. 완전한 무표정이었다. 눈만 유독 커서, 얼굴이라기보다는 머리 앞에 그냥 피부를 씌워놓은 듯한 느낌이었다.

그나저나 이 여자는 누구지. 어딘가에서 본 적이 있던가. 언젠가 복도에서 스쳐 지나갔던가. 엘리베이터를 같이 탔던가. 모르겠다. 이 여자는 몇 살일까. 순간 10대처럼 보이기도 했지만, 다음 순간에는 40대처럼도 보였다. 표정도 없는데 얼굴이 흔들리는 것 같은, 순간적으로 눈과 코가 뒤바뀔 것 같은, 미끌미끌 종잡을 수 없는 느낌이 들었다. 애초에 이 여자, 제정신인가? 한밤중에 엘리베이터에서 소변을 보다니. 그것도 맨발로. 쾌락을 좇는 사람의 짓일 거라 생각했지만, 이 여자는 분명 그냥 광인이다.

여자가 움직였다. 이쪽을 보며 엘리베이터에서 한 발, 한 발 걸어 나왔다. 찰박, 찰박……. 바닥에 여자의 젖은 발자국이 나타났다. 발바닥에 바닥과 닿지 않는 부분이 분명 있을 터인데 당황스러울 정도로 까만 자국이었다. 순간 도망칠까 생각했지만, 늪에 빠진 것처럼 다리가 꿈쩍도 하지 않았다. 어째서지? 게다가 이쪽으로 다가오고 있다. 마비가 올 정도로 온몸에 소름이 돋았다. 여자의 눈과 코가 서서히 고정됐다. 아름다운 여자다. 정신이 이상한 게 분명한데도, 눈이 시릴 만큼 아름답다. 드디어 내 앞으로, 아니, 저쪽으로 빠졌다. 그대로 가. 스쳐 지나가라고. 찰박, 찰박……. 또 이쪽으로 왔다. 내 바로 옆에 섰다. 끈적거리는 시선으로 이쪽을 보고 있다. 더 이상 보지 마. 뭘 하는 거지. 아까 무심코 거칠게 말해버린 게 잘못이었다. 그래서 화가 난 건가.

"홋타 씨…… 맞죠?"

여자가 입을 열었다.

"606호의 홋타 요시카즈 씨……."

흠칫했다. 호수뿐 아니라 이름까지 알고 있다. 소름 끼치는 낯선 여자가 '요시카즈 씨'라고, 품 안에 손을 넣듯이 친숙하게 굴고 있었다.

"죄송합니다. 이런 모습을 보여서……."

여자가 웃었다.

쩝, 입맛을 다시듯 미소 짓는다. 핏기 없는 칙칙한 입술 사이로 유독 벌건 혀가 끈적한 빛을 발했다. "그래도…… 생각만큼 더럽지는 않아요. 꽤 좋아하는 분도 계실 정도인데……."

좋아한다고? 소변을? 무슨 뜻이지?

"말 그대로예요. 좋다는 사람이 있어요. 봐요, 달콤한 냄새가 나죠? 제 건……. 그러고 보니 홋타 씨, 저 기억하세요?"

지금 나한테 물은 건가? 이 상황에서 대답을 해야 하나? 여자의 얼굴에 번진 미소는 질문을 던진 순간 얼어붙었다. 폭력적일 정도로 미동도 없었다. 이렇게 보니 이제 미소처럼 보이지도 않았다. 귀에 따가운 침묵이 내려앉았다. 점점 강하고 날카로워지는 침묵의 압력이 이 목을 조르는 것 같다. 뭐든 상관없다. 대답을 해야 한다…….

"아뇨……." 간신히 쉰 목소리를 쥐어짰다.

"같은 라인의…… 1306호의 세키모토예요. 세키모토 나쓰미……."

여자가 다시 미소를 짓자 시간이 움직이기 시작했다.

1306호? 순간 무슨 소리인지 알아듣지 못했다. 그래. 1306호라고. 그런데 무슨 말을 하는 거지. 이 맨션은 12층 건물이다. 13층 같은 건 없다.

6

〈마녀〉를 끝까지 읽고 나자 실내는 어둠에 휩싸여 있었다. 어둠 속에서 한동안 멍하니 꼼짝도 할 수 없었다. 그나저나 대체 뭐지, 이 현실 세계의 압도적인 공허함은……. 마치 심해처럼 공허가 지닌 절대적인 압력이 갖가지 것들을 삐걱거리는 소리와 함께 짓누른다.

불을 켜고 시계를 보니 10시가 지나 있었다. 첫 페이지를 먹기 시작했을 때는 아직 5시도 되기 전이었다. 평범하게 읽으면 한 시간 언저리로 끝날 분량의 중편이었지만, 다 먹는 데 다섯 시간 반이나 걸린 것이다. 하지만 이 다섯 시간 반을 길다고 할 수 있을까. 며칠이나, 아니, 몇 주나 그쪽에 있었던 기분이다. 실제로 홋타가 세키모토 나쓰미라는 이름의 여자를 만난 뒤로, 다른 남자들의 뒤를 따르듯 저항도 하지 못하고 그녀에게 빠져, 맨션 전체가 지배당할 때까지 이야기 속에서는 두 달여의 시간이 흘렀다. 그렇다고는 해도 이렇게 책을 다 먹고 집으로 돌아와보니, 정말 찰나의 시간이었던 것 같은 기분이 든다. 그나저나 이렇게 몰입해서 소설을 읽은 적이 있었던가. 적어도 스물여덟 살에 소설가가 된 뒤로, 독서 후에 이토록 정신이 아찔해지는 경험을 한 번도 한 적 없다는 건 분명했다. 아니, '독서'가 아니다. 이것은 '식서'다.

아무튼 시종일관 압도적인 현장감이 느껴졌다. 시각, 후각, 미각, 촉각, 감촉, 모든 감각이 얇은 막을 벗겨낸 것처럼 선연한 윤기가 흘렀으며, 현실을 아득히 초월한 생생함을 보여줬다. 그 마녀의, 숨이 멎을 듯한 소변 냄새가 아직도 콧속에 짙게 남아 있었다. 만일 현실에서 같은 냄새를 맡으면 언제든 즉시 알아챌 것이다. 그리고 다른 남자들과 함께 짐승처럼 13층 복도를 기며 희미한 붉은빛이 도는 마녀의 소변을 무아지경으로 꿀꺽꿀꺽 마시던, 그 최악이자 최고조의 장면……. 떠올리자마자 전율이 돌며 혀가, 목구멍이, 가슴이 타들어갔다. 굴욕과 환희, 구역감과 쾌감, 절망과 해방, 모든 것이 뒤죽박죽이 된 그 비정상적인 감각은 현실에서는 결코 느낄 수 없으리라. 물론 읽는 것만으로는 불가능하다. 또 질리지도 않고 에로그로* 인가, 싸구려 무기를 못 버린다며 혀를 내두르겠지.

하지만 인정할 수밖에 없었다. 내가 하고 싶었던 건 분명히 이런 일이다. 소설이라는 거대한 손을 뻗어, 독자의 마음을 확 움켜쥐고, 거칠게 뒤흔들며, 높이 들어 올린 뒤 힘껏 내리치는 거다. 내동댕이쳐진 독자는 바닥에서 대자로 뻗어, 무언가를 얻은 게 아니라 잃은 사람처럼 어안이 벙벙해져, 보이지도 않는 천장을 올려다본다. 의식은 아직도 허구와 현실을 오가

---

* '에로'와 '그로테스크'를 조합한 단어로, 예술의 고상함보다는 자극성을 우선하는 작품을 가리킨다.

며, 왼손 엄지는 아직 마지막 페이지에 먹힌 채다. 그야말로 지금 내가 빠져 있는 상황이다. 이제 다시는 돌아갈 수 없다. 이걸 먹기 전의 세상으로는…….

그렇다고는 해도 과연 이것이 소설 따위가 가져야 할 건전한 힘일까. 책은 문자의 나열에서 해방되어, 경험에 육박하고, 그것을 초월해야 하는 걸까. 그리고 또 이 세계로 되돌아온 뒤에 밀려오는 이 견딜 수 없는 권태감은 무엇일까. 너무나도 무서운 일이다. 지금 이 둔한 머리로 생각하는 것보다 훨씬, 분명 몇 배는 더 무서운 일이다. 이 현상이 세상에 널리 퍼지면, 인간은, 사회는, 문명은 어떻게 될까. 그 여자도 그게 두려워서 화장실에 몰래 숨어 책을 먹고 있던 게 틀림없다.

거기서 불현듯 깨달았다. 〈마녀〉를 먹는 동안 도중부터는 세상이 한 번도 끊기지 않았다는 걸. 책을 보니 분명히 〈마녀〉의 결말까지 먹었다. 의식이 저편으로 날아간 채, 몸이 멋대로 움직여 반복해서 책을 찢어서 먹은 걸까. 뭔가 소름 돋는 이야기였지만, 생각하기에 따라서는 용케도 여기서 동작이 멈췄군 싶었다. 마지막 문장 뒤의 공백이 나를 현실로 되돌아오게 한 것일까.

시선을 떨구자 〈비계〉라는 제목의 다음 중편이 떠오르듯 눈앞으로 성큼 다가왔다. 비계에 관련된 뭔가가 일어나겠군. 알고 싶다. 알고 싶어서 견딜 수 없었다. 읽어서 아는 게 아니라 먹어서 이 몸으로 직접 경험하고 싶다. 아니, 잠깐만. 지금이라면 아직 되돌아갈 수 있다. 알고 싶으면 읽으면 된다. 이건 소설이다. 먹을 게 아니라. 아니, 애초에 넌 소설가잖아. 글을 써. 컴퓨터를 켜고 파일을 열어서 소설을 써. 쓰라고.

내 손은 최소한의 기개를 보여줘야겠다고 생각했는지, 《한밤중 맨션에서 일어나는 일》을 홱 던져버렸다. 장지문에 부딪쳐 바닥에 떨어진 책은 가슴팍을 풀어헤치듯 활짝 펼쳐졌다. 〈비계〉라는 제목이 아직도 나를 유혹하고 있었다.

7

그 여자의 예언은 이루어졌다. 나는 분명히 돌이킬 수 없게 되었다. 안이하게도 이미 인생의 밑바닥을 찍었다고 생각했던 나는 그날부터 더 낮고 어두운 곳으로 떨어지기 시작했다.

〈마녀〉를 다 먹은 다음 날, 나는 하루에 중편 하나만이라는 못 미더운 맹세를 하고 죄책감에 시달리며 〈비계〉를 먹었다. 외장 공사를 위해 설치한 비계가 자기 증식을 시작해, 이세계로 통하는 입체 미로로 변해 맨션 전체를 깊숙이 삼켰고, 종국에는 일본 전체를 납빛 산맥처럼 뒤덮는다는 부조리하면서도 장대한 이야기였다. 다 먹은 뒤 멍하니 천장을 올려다보며 나는 내가 맹세를 지키지 못할 것을 깨달았다. 아니, 애초부터 지킬 마음이 없었다는 걸, 단순한 의식에 지나지 않았다는 걸, 스스로 분명히 인정했다. 그 여자의 말은 한 글자도 틀리지 않았다. 한번 먹기 시작하면 끝이다. 그날 중으로 〈비둘기〉를 먹었고, 다음 날에는 〈이웃집〉과 〈계단〉을 먹어치웠다. 320페이지 분량의 책 한 권을 사흘 만에 깨끗하게 비운 것이다. 게다가 속도가 점점 빨라져서, 먹고 있는 모습을 옆에서 보면 얼마나 꼴사나울까 생각하니, 나 스스로도 소름이 끼쳤다.

그런 와중에 서른여덟 살 생일을 맞이해 교코에게 전화를 받은 것이다. 휴대전화가 울렸을 때, 마음 한구석에서는 예상하고 있었는데도 흠칫했고, 이어서 아직 이 현실 세계에서 그런 감정을 느낄 수 있다는 것에 적잖이 놀랐다. 어쩌면 교코에게 전화가 걸려 오는 이야기라도 먹고 있는 게 아닐까, 발밑이 흔들리는 듯한 진저리 나는 억측까지 들었다. “잘 챙겨 먹고 있어?” 교코는 마지막에 그렇게 물었다. ‘먹는다’는 당연한 말은 이제 당연하게 들리지 않았다. 순간 화장실의 여자가 교코에게서 전화를 빼앗아 질문을 꼬아버린 게 아닌가 하는 착각마저 들었다. 저주는 확실히 발동했지? 너도 지옥으로 떨어지고 있지? 하고.

그게 아니더라도 교코의 전화는 나를 동요시켰다. 글을 쓰지 못하고 괴로워하는 상황을, 발등에 불이 떨어지면 어떻게든 쓸 거라고 아무렇지도 않게 대답했지만, 실제 입 밖으로 내어보니 그 말은 너무나도 가벼웠고, 농담으로조차 들리지 않을 만큼 안쓰러웠다. 하지만 바로 며칠 전까지는 스스로도 분명 그렇게 믿고 있었다. 발등에 불이 떨어지면 어떻게든 될 거다, 언젠가 분명 쓰겠지, 어느 날 갑자기 뭔가 계시를 받은 것처럼 무섭게 쓰기 시작할 거다, 라고. 그 한마디에 온몸으로 달라붙어, 막막한 암흑 속에 매달린 나날이었다.

그런 상황이 일변했다. 책을 먹기 시작함으로써 그 나약한 말은 찢어졌고, 나는 이곳으로 떨어졌다. 이곳은 어디인가. 이곳에서 소설은 쓰거나 읽는 게 아니다. 먹는 것이다. 소설을 먹어서 얻는 압도적인 경험과, 쓴다는 꾸준하고 사소한 행위가 내 안에서 도저히 이어지지 않았다. 빛이 있으라, 그런 대범한 말로 세상을 창조하는 건 신의 역할이지, 작고 섬세한 손을 가진 인간의 역할이 아니다. 일찍이 나를 무척 즐겁게 했던 쓰는 행위가, 지금은 상상조차 못 했던 우화를 거쳐 나를 홀로 두고 떠났다.

하지만 이 현실 세계에서는, 그래도 아직 나는 소설을 써야만 한다. 말을 나열해 문장을 만들고, 문장을 나열해 이야기를 만들어야만 한다. 조약돌을 늘어놓는 것처럼 의미 없는 작업이다. 자기가 쓴 걸 한번 먹어본다면 좋을지도 모르지만, 그런 게 아니라는 건 이미 알고 있었다. 그런 게 아니다. 이제야 깨달았지만, 분명 나는 소설에서 힘을 갈구했던 것만큼이나 말이 가진 소박하고 아름다운, 무력한 목소리를 사랑했던 것이리라. 그것이 이토록 낭랑하고 힘차게 울려 퍼지는 존재로 탈바꿈하다니.

어찌 되었든 이제 제어할 수 없게 되었다. 처분할 작정이었던 책 중에서 금방 하루에 한 권씩 빼서 먹었다. 서사가 없는

지침서나 실용서 부류는 먹어봤자 개념이나 말, 오감의 단편만 소용돌이치는, 서사도 맥락도 없는 악몽을 일으킨다는 걸 알아채고 소설만 골랐다. 한 달이 지나자 처분하려던 소설은 사라졌고, 진작 각오는 하고 있었지만 결국 책장에까지 손을 대게 되었다. 책장 앞에 앉아 가지런히 늘어선 각양각색의 장서들을 한동안 바라보았다. 소설만 해도 천 권은 넘을 것이다. 깊은 한숨이 새어 나왔다. 여기 손을 대기 시작하면, 과연 하루에 한 권으로 끝날까. 이미 늦었지만 책이 아깝다는 마음이 들도록 애써봤다. 하지만 그 마음은 뼈 없는 살처럼 축 늘어져 결국 식욕에 몸을 맡길 뿐이었다.

장서에 손대기 시작하자, 슬슬 책을 먹지 않고 하루를 보낼 방법은 짐작도 가지 않게 되었다. 책을 먹고 있거나, 책을 먹는 생각을 하거나, 책을 먹은 꿈을 꾸거나 잠들어 있거나, 그 중 하나였다. 외출은 거의 하지 않게 되었고, 면도도 목욕도 하지 않았다. 몸에서 헌책방에서 날 법한 퀴퀴한 냄새가 나기 시작한 것에는 다소 놀랐지만 그게 어쨌단 말인가. 예상대로 곧 하루 한 권으로는 만족하지 못하게 되었고, 잠자는 시간도 줄이며 아귀처럼 두세 권씩 먹게 되었다. 이상하게 목이 말라서 페트병의 물을 벌컥벌컥 들이켰지만, 제대로 된 음식을 먹고 싶다는 마음은 날이 갈수록 희박해졌고, 종국에는 책이 아닌 고체를 먹지 않게 되었다. 신기하게도 여위지는 않았다. 종이의 흰빛이 살갗에 밴 것인지 묘하게 안색이 나쁜 게 마음에 걸렸지만, 어스름한 화장실에서 거울을 들여다봐도, 아직 지옥에 떨어진 사람처럼은 보이지 않았다.

하지만 몸은 버텨도 마음 깊숙한 곳에서는 허구와 현실이 항시 대치하고 있었다. 아니, 대치한다고 표현할 만큼 힘이 길항하는 건 아니었다. 하루하루 세력을 더해가는 허구 앞에서 숨이 끊어지기 직전인 현실이 부드러운 배를 보이며 뒤집이져 있었다. 이제 내가 상상하는 이 현실 세계는 현란한 허구 세계의 이음새로 흐르는 지저분한 강 같은 것이었다. 허구에서 허구로 직접 건너갈 수 없어서 일일이 현실이라는 시궁창에 깊이 몸을 담가야 했다. 하지만 그건 단순한 이미지에 머물지 않고, 현실로 돌아올 때는 '가라앉는', 그리고 허구로 들어갈 때는 '떠오르는' 거의 육체적인 감각이었다. 나는 24시간 그 부침을 계속하며 너덜너덜한 몸과 정신으로 생각했다. 이대로 끝나지는 않을 것이다, 언젠가 무슨 일이 일어날 것이다, 돌이킬 수 없는 파멸적인 일이.

8

생수를 사러 며칠 만에 집 밖으로 나왔을 때 그 일은 일어났다. 문을 연 순간 공동주택 복도에서 발자국을 발견했다. 빈틈없이 회색으로 젖은 발자국. 그것이 엘리베이터 쪽까지 이어져 있었다. 순간적으로 어느 집 아이 짓인가 했지만, 자세히 들여다보니 아무래도 성인 여자의 발자국 같았다.

그렇게 추측한 순간, 내려다보던 발자국에서 훅 달콤한 향기가 피어올라 코를 찔렀다. 아, 나지막이 외쳤다. 그 짧은 감탄사 속에 다 집어넣을 수 없을 만큼 크고 날카로운 놀라움이 정수리에서 발뒤꿈치까지 관통했고, 나는 못 박힌 듯 그 자리에서 꼼짝도 할 수 없었다. 이 냄새를 분명 기억하고 있다. 그로부터 얼마나 이야기를 먹어치웠는지 세볼 마음도 들지 않을 정도였지만, 처음 먹은 〈마녀〉는 첫 여자처럼 또렷이 기억하고 있었다.

이해의 범주를 벗어난 일이 일어나고 있었다. 왜 여기에서 그 냄새가 나는 거지. 왜 이쪽 세계에서. 더욱 분명한 건, 이 무섭도록 평평한 발자국. 저쪽 세계에서 본 것과 똑같다. 홱 노려보듯 주변을 둘러봤다. 403호 현관에서 보이는 여느 때와 다름없는 광경이다. 왼쪽에는 울창한 대나무 숲, 정면에는 높은 펜스에 에워싸인 중학교, 오른쪽에는 역으로 이어지는 도로……. 이상한 점은 없었다. 하지만 발밑에는 그 발자국이 뚜렷하게 찍혀 있었다. 그리고 코는 여전히 그 냄새를 희미하게 감지하고 있었다.

나는 누구지? 문구 회사에 근무하는 홋타 요시카즈일 리는 없다. 나는 소설가다. 글을 쓰지 못하게 된 소설가다. 문자의 세계에서 튕겨 나온 소설가다. 그런 나의 현실 세계에 왜 이 발자국이 남아 있지? 왜 이 냄새가 풍기는 거지? 아니면 나는 내가 아닌가? 나는 지금 이 순간에도 책을 먹고 있는 건가? 아니,

그럴 리 없다. 이곳에는 허구 특유의 과장된 리얼리티도 없거니와, 과거나 디테일의 애매함도 없다. 아니, 잠깐만. 나는 어쩌면 내가 쓴 엉터리 사소설을 먹고 있는 걸까. 그래서 실제 기억에 의해 디테일이 보완되는 건가? 하지만 전혀 기억이 없다. 아침부터 밤까지 먹기만 했는데 그런 걸 쓸 여유가 있었을까?

그나저나 이 발자국은 어디까지 이어져 있을까. 따라가면 무엇이 나올 것인가. 발자국을 따라 졸졸 걷기 시작했다. 4층 엘리베이터 앞에 도착했다. 발자국은 엘리베이터 앞에서 방향을 바꾸어 안으로 들어갔다. 시선을 들어보니 엘리베이터는 우연히도, 아니면 우연이 아닐까, 4층에 멈춰 있었다. 하지만 대낮인데도 엘리베이터 안은 컴컴했다. 그럴 리가 없다고 생각하고 다시 한번 층수 표시를 봤지만 역시 엘리베이터는 눈앞에 있었다. 유리창 너머는 나락처럼 어두웠다.

쭈뼛거리며 손을 뻗어 아래로 내려가는 버튼을 눌렀다. 엘리베이터 안에서 형광등이 반짝이며 신경에 거슬릴 정도로 환하게 밝아졌다. 사람 그림자는 없었다. 아니, 분명 쭈그리고 있는 것이다. 애를 태우듯 느릿하게 문이 열렸다. 저도 모르게 뒷걸음질 쳤다. 없다. 세키모토 나쓰미의 모습이 없다. 시체를 기다리는 관처럼 텅 비어 있다. 고개를 뻗어 엘리베이터 바닥을 훑어봤지만 발자국도 없다. 문 앞에서 끊어져 있다. 타지 않았나?

의심을 떨치지 못한 채 주변을 둘러보며 엘리베이터로 들어갔다. '열림' 버튼을 누르며 바닥을 다시 확인했지만, 역시 발자국은 없었다. 한번 젖었다 마른 흔적도 없었다. 고개를 돌려 '1'과 '닫힘' 버튼을 연속해서 눌렀다.

문이 닫히고 하강을 시작한 순간, 뒤에서 뭔가 하얀 것이 스르륵 나타났다. 어깨 너머에서 튀어나온 것이 시야 가장자리에서 나타났다. 여자의 팔이었다. 비릿한 냄새가 날 것 같은 보드라운 새하얀 팔. 여자의 손가락이 덜컹, 엘리베이터가 흔들릴 정도의 기세로 패널의 버튼을 콱 눌렀다. 13. 6층 건물인데 뾰족하게 세운 여자의 손끝은 '6' 위의 '13'을 누르고 있었다. 그 사이에는 아무것도 없었다. 팔이 스르륵 등 뒤로 사라졌다. 나는 뼈가 삐거덕거릴 정도로 꼼짝할 수 없었다. 엘리베이터의 위아래가 뒤바뀐 것처럼 엘리베이터는 스르륵 상승하기 시작했다.

6층을 지나자마자 암흑 속에서 올라가듯 유리창 너머가 새카매졌다. 멀지도 가깝지도 않은 암흑이 유리창에 찰싹 달라붙어 있었다. 그 위로 내 등 뒤, 대각선 왼쪽에 소리도 없이 우두커니 서 있는 세키모토 나쓰미의 모습이 선명하게 비쳤다. 방금 토탄의 늪에서 올라온 듯한 기다랗고 까만 머리카락. 단정치 못하게 칼라가 흐트러진 칠흑 같은 원피스. 갈비뼈가 도드라지는 하얀 가슴. 가늘고 기다란 목 위에 달린 단정한 얼굴은 위에서 비추는 형광등 불빛을 받아 창백하게 빛나고 있었지만, 얇은 눈썹 아래는 해골처럼 움푹 들어가 어두웠고, 그 좁고 깊은 어둠에 여자의 눈빛이 가라앉아 있었다. 어디를 보는지 알 수 없었다. 유리창에 비친 나를 보고 있는 것일까. 아니면 날카로운 시선으로 내 처진 얼굴을 훑어보는 것일까. 어느 쪽이든 여자는 말이 없었다. 마치 우연히 함께 탄 것처럼. 그것이 영원히 계속될 것처럼.

돌아볼 수 없었다. 돌아보면 그걸로 끝일 것 같은 기분이 들었다. 허구와 현실의 경계가 모호해졌고, 나는 지금 바로 그곳에 서 있었다. 이 엘리베이터 안이 두 세계의 작은 접점이 되어주었지만, 돌아보자마자 미묘한 균형이 와르르 무너지며 나는 분명 허구 쪽으로 끌려가 다시는 돌아오지 못하리라.

등 뒤에서 쉬이이이이, 희미한 소리가 나기 시작했다. 발치로 시선을 떨궜다. 등 뒤에서 가랑이 사이로 한 줄기의 액체가 졸졸 흘러왔다. 그 액체의 색은 투명에 가까울 터인데, 밤의 밑바닥을 흐르는 강처럼 검게 보였다. 익다 못해 물러지기 시작한 과일처럼 들척지근하고 시큼한 향기가 엘리베이터를 가득 채워서, 머리에 열이 몰리며 현기증이 났다.

"구로키 씨……죠? 403호의 구로키 다다히코 씨……."

등 뒤에서 속삭이는 소리가 났다. 숨결을 얇게 꼬아서 살며시 귀에 쑤셔 넣는 듯한 속삭임이었다. "여러모로 고생이 많으실 테지만, 이제 시작이니까요……."

분명 그럴 것이다. 나는 너무 많은 이야기를 먹었다. 지금까지 먹어치운 수많은 이야기들이 앞으로 이렇게 연이어 내 인생에 찾아들고, 조금씩 이 몸을 생매장하겠지.

"하지만…… 두려워하지 않아도 돼요." 속삭임이 이어졌다. "당신이 가려는 곳에는 당신만 가는 게 아니니까요……. 당신이 처음도 아니고, 끝도 아니에요……."

그 역시 그럴 것이다. 화장실에서 만난 그 여자는 지금쯤 어디서 어쩌고 있을까. 벌써 훨씬 멀리 가버린 걸까.

속삭임에 귀를 기울이는 동안에도 여자의 소변은 암흑 영역을 더욱더 넓혀갔다. 바닥이 젖어서 검어졌다기보다는, 광택 없는 새까만 어둠에 바닥이 침식되어 발 디딜 곳이 점점 사라지는 것 같았다. 이 암흑 위에는 한시라도 서 있을 수 없다. 신발을 적신 순간, 엘리베이터를 움직이는 끝없는 허무로 떨어져 삼켜지겠지. 나는 위치를 옮겨 조금이라도 시간을 벌려고 했다.

"어찌 되었든 당신은 이제 못 써요……." 여자는 조용히 저주의 말을 흘렸다. "애초에 당신이 글을 쓰든, 쓰지 않든 이제 책 같은 걸 읽고 싶어 하는 사람은 아무도 없어요. 다들 먹고 싶어 하죠. 모두가 딱딱한 문장 같은 건 거들떠도 보지 않고 이야기를 탐욕스럽게 먹고 싶어 할 뿐이죠. ……아닌가요?"

그럴지도 모른다. 이 현상이 세상에 확산되면, 모두가 책을 찾아 아귀처럼 거리를 헤매게 되겠지만, 읽는 사람은 아무도 없고 책을 손에 들자마자 그저 찢어서 먹고, 찢어서 먹는……. 그런 종말의 풍경을 떠올리는 동안에도 칠흑의 허무는 나를 쫓아왔다. 문에 달라붙어 엘리베이터 구석에 까치발을 딛고 서서, 유리창에 뺨을 찰싹 붙였다. 유리창에 비친 세키모토 나쓰미는 암흑의 눈동자로 헛소리하듯 입을 우물거리며 아직도 말하고 있었다. 속삭이는 소리였지만 이제는 내 고막에 직접 입술을 댄 것처럼 뇌수에 울려 퍼졌다.

"애초에 말은 거짓을 말하기 위해 만들어진 거죠. 진실을 죽이기 위해 태어난 거예요. 일체의 말은 거짓이며, 거짓은 진실을 밟아 부수면서 나아가고, 그 거짓 무리가 지나간 자리에는 사방에 널브러진 진실의 주검 위로 새로운 거짓 세계가 구축되는 거예요. 신은 그렇게 세상을 창조했죠. 신이 할 수 있으니, 인간이 만든 거짓의 자리에도 세상이 만들어지는 건……."

다리가 후들거렸다. 무릎이 떨렸다. 이제 한계다, 추락한다. 그렇게 생각했을 때 유리창 너머가 환해졌다. 도착했다. 13층인가? 이곳이? 이제 몇 층이든 상관없다. 좌우지간 한시라도 빨리 여기서 나가야 한다! 몸을 붙이고 있던 문이 스르륵 열리자, 나는 무슨 일인지 살피며 엘리베이터에서 구르듯 나와 꼴사납게 한쪽 무릎을 꿇고 중년 남자의 헐떡거리는 숨을 내뱉었다. 쭈뼛거리며 주변을 돌아보니 1층 엘리베이터 앞이었다. 숨을 삼키며 돌아보자, 엘리베이터에는 아무도 없었다. 마녀의 모습은 그림자조차 보이지 않았다. 바닥도 전혀 젖지 않았다. 몇 초 뒤, 숨이 간당간당한 인간을 놓친 관은 아쉬운 듯 입맛을 다시며 쿵 닫혔다. 살았다. 아무래도 아직 이쪽인 모양이다. 아니, 정말 그럴까. 그 여자의 말대로 분명 이제 시작인 것이다.

세키모토 나쓰미 대신 조금 떨어진 곳에 책가방을 멘 열 살쯤 되는 소년이 서 있었다. 안경 너머로 걱정스러운 듯 미간을 찡그리며 이쪽을 물끄러미 바라보고 있다. 순간 이 녀석도 저쪽에서 새어 나온 게 아닐까 하는 의심이 들었지만, 이런 소년을 본 기억은 전혀 없었다. 소년에게서 풍기는, 그야말로 수수한 느낌이라고 할까, 별 볼 일 없는 평범함은 분명 창작 속 인간이 아니라는 사실의 반증이겠지.

소년을 보고 있으면 잠깐이나마 현실 세계에 받아들여진 듯 마음이 단단해지며 서서히 진정이 됐다. 나도 열 살 무렵에는 이랬을지도 모른다. 표면이 갈라진 책가방을 메고, 여름이 올 때마다 까무잡잡하게 타서, 질리지도 않고 같은 만화를 반복해서 읽고, 비디오게임을 하느라 잠과 식사조차 잊었고, 소년처럼 이미 안경을 쓰고 있었다. 머리끝에서 발끝까지 이 세상에 완전히 녹아들어 있었다. 그런데 지금은 어떤가. 서른여덟 해 동안 뻗어 내린 뿌리는 모두 썩어버렸고, 마치 아이 눈에만 비치는 비참한 망령 같지 않은가.

불현듯 소년이 들고 있는 책이 눈에 들어왔다. 제목은 보이지 않았지만, 학교 도서실 같은 데서 빌린 아동용 소설 같았다. 만일 지금 저 책을 억지로 빼앗아 소년의 눈앞에서 우적우적 먹기 시작하면 어떻게 될까. 이 소년 또한 그 광경에 홀려서, 언젠가 책을 먹게 될까. 아니, 그런 쩨쩨한 짓은 그만두고 책을 품고 어딘가 사람이 많은 역 앞으로 가서, 몇천, 몇만 명의 경악스러운 시선을 받으며 아침부터 밤까지 마음껏 먹어치우는 게 어떨까. 그렇게 손 닿는 범위의 사람들을 길동무 삼아, 망가진 소설가답게 한없는 허구의 세계로 전락하면 어떨까. 그것이야말로 마음의 가장 깊숙하고 어두운 곳에서 집요하게 쓰다듬어왔던, 불순물 하나 없는 진정한 바람이 아니었던가?

커지기 시작한 그런 망상에 찬물을 끼얹듯 소년이 말을 걸었다.

"괜찮으세요?"

나는 무릎을 털며 일어나 간신히 미소를 지었다.

"잠깐 뭐가 발에 채어서 삐끗했네."

소년은 발에 차일 만한 게 뭐가 있느냐는 양 시선을 엘리베이터 앞으로 돌렸다. 나는 소년 앞을 지나치며 가르침을 주었다.

"어른이 되면, 지구에 채어 넘어지게 된단다."

"어…… 인생이 아니라요?"

뒤에서 소년의 목소리가 들렸다. 아니면 이 입이 중얼거린 소리일까.

미미모구리

耳もぐり

이 손입니다. 딱히 꼴사납다고도, 섬뜩하다고도 생각하지 않고 누구나 두 팔 끝에 아무렇지 않게 달고 있는 바로 이 손 말입니다. 자, 이렇게 눈앞에 두고 빤히 바라보면 말이죠, 그러면 어떤 순간을 계기로 느닷없이 낯익은 자신의 손이 정체를 드러내는 것처럼 소름 끼쳤던 경험은 없었습니까? 뭔가 물건을 집는 것 말고 기분 나쁜 역할이 주어진 특수한 기관처럼 보이지는 않습니까?

아, 나카하라 씨, 당신 손은 역시 섬세하네요. 아무것도 망가뜨릴 수 없는, 뭔가 작은 물건이나 만들어야 할 것 같은 자그마한 손입니다. 그게 아니면 학자의 손일까요? 좌우지간 이도 저도 아닌 지혜를 쥐어짜 살아갈 수밖에 없는 인간의 손이네요. 하지만 육체를 채찍질하며 살아갈 수밖에 없는 인간과 뇌를 채찍질하며 살아갈 수밖에 없는 인간 중에 어느 쪽이 더 가련할까요? 어떻게 생각하십니까?

아, 그러고 보니 당신은 실제로 학자셨지요. 아직 시간강사지만, 도쿄의 사립대학에서 사회학과 영어를 가르치고 계시죠. 맞아요. 처음 뵈었지만 당신에 대해서는 이것저것 알고 있습니다. 당신이 생각하는 것보다 훨씬 많은 것들을요. 나카하라 고타. 교제 상대인 고사카 유리코는 '고타 군'이라 부르죠. 서른일곱 살, 예민하고 신중한 A형, 여러 대학을 돌며 보따리장수처럼 강의하는 생활에서 벗어나 전임 교수가 될 날을 간절히 기다리다 지쳐버린 지식 노동자…….

아니, 아니죠. 처음 뵙는 것은 아닙니다. 한 번, 딱 한 번이지만 3년 전쯤에 이 공동주택 복도에서 스쳐 지나간 적이 있었어요. 기억하십니까? 당신은 제 이웃인 고사카 유리코와 함께였죠. 깨가 쏟아지는 두 사람이 자연스레 미소가 번지는 입을 가리며 고독한 저를 지나쳐 옆집인 405호로 들어갔죠. 네, 저는 한눈에 알아봤습니다. 당신들이 오래된 커플이라는 사실을요. 두 사람은 꼭 닮았거든요. 뭐랄까, 같은 흙에서 빚어낸 것 같은, 그리고 큰비라도 내리면 다시 같은 흙으로 돌아가 한데 뒤섞일 것 같은, 잘 어울리는 한 쌍처럼 보였습니다, 제 눈에는요…….

그 이야기는 이쯤 해두고, 아무튼 손 말입니다. 제가 지금부터 하려는 이야기는 인간의 손이 오랫동안 감춰온, 알려지지 않은 능력에 관한 것입니다. 한마디로 그것이 '미미모구리'* 입니다. 물론 처음 듣는 단어겠죠. 미미모구리, 미미모구리……. 참 멋없는 발음이지만, 저도 과거에 어떤 남자에게 그렇게 부르도록 배웠습니다. 애초에 달리 표현할 방도가 있나요? 멋없는 행위, 그리고 그것을 구사하는 멋없는 인종들에게는 멋없는 이름이 제격이라 해야 할까요.

그럼요, 압니다. 나카하라 씨, 당신이 무엇 때문에 저를 만나러 왔는지는 아주 잘 알지요. 고사카 유리코 씨 일이죠? 묻고 싶은 게 아주 많을 겁니다. 하지만 어찌 되었든 당신은 고사카 유리코의 행방을 알고 싶어서 저를 찾아왔습니다. 7년 동안 그녀의 이웃이었던 저를요. 아니, 자부심을 가지셔도 좋습니다. 당신의 선택은 옳았습니다. 분명히 저는 고사카 유리코의 행방을 압니다. 다른 누구도 모르지만 저만은 알고 있습니다. 그리고 당신에게 지극히 중요한 어떤 일을 이야기해줄 수 있죠.

사실대로 말하면, 그녀가 이 공동주택에서 자취를 감춘 지난 세 달 동안 저는 계속 당신을 기다렸습니다. 아니, 사실입니다. 차라리 제가 먼저 찾아갈까 생각한 적도 한두 번이 아니었습니다. 하지만 결국 그럴 용기가 나지 않았죠. 두려웠습니다. 당신과 마주하는 게. 하지만 마음 한구석에서 그녀를 찾기 위해 당신이 먼저 찾아와주기를 바랐던 것도 사실입니다.

---

* 일본어로 미미耳는 '귀', 모구리もぐり는 '잠수'라는 뜻을 가지고 있다.

그리고 만일 그 무서운 소원이 이루어진다면, 숨김없이 모든 것을 털어놓자고 생각했습니다. 당신과 그녀는 고등학교 때부터 벌써 20여 년이나 교제한 사이니까요, 그녀가 왜 그런 식으로 사라졌는지 알 권리가 있지요.

네, 저는 당신에 대해서도 조금 알지만, 그녀에 대해서는 더 많은 것들을 알고 있습니다. 그녀와 이 건물 복도나 계단에서 여러 번 스쳐 지나갔죠. 혼자 사는 그녀는 남자인 저를 은근히 경계하듯 늘 눈을 내리깔고 뻣뻣한 자세로 어색하게 인사했습니다. 어떻습니까? 저를 처음 봤을 때 당신은 어떤 느낌을 받았죠? 한눈에도 무슨 짓을 저지를 것처럼 위험한 남자라 생각하셨습니까? 이래봬도 얼마 전까지는 가식적인 억지웃음을 지으며 성실하게 보험회사에서 근무했습니다. 뭐, 어찌 되었든 저와 그녀의 관계는 단순히 이웃사촌으로 끝나지 않았습니다. 저희는 뭐랄까, 어떤 계기를 통해 서로 알게 되었습니다. 더없이 깊은 사이가 되었죠.

당신이 어떻게 생각하실지 모르겠지만, 그녀는 당신을 정말 사랑했습니다. 벌써 여러 해 동안 도쿄와 오사카에서 떨어져 살며, 설령 한 달에 한 번밖에 만나지 못했더라도, 그녀는 당신을 정말 사랑했습니다. 아시다시피 그녀는 요령 좋은 여자가 아닙니다. 인생에 지름길 같은 건 없다고 생각하니, 웬만한 일이 아니고서는 핸들을 돌리지 않죠. 당신은 자신이 홀로서기를 하기까지 오랫동안 기다렸다고 생각하겠지만, 그녀도 당신을 기다렸습니다, 20년이나요. 10만 년 동안 계속되어온, 신화적이라 할 만큼 오래되고 아름다운 이야기죠. 남자는 사냥을 나섭니다. 훌륭한 사냥감을 잡을 때까지 돌아오지 않습니다. 여자는 계속 기다리죠. 남자가 뭔가를 가지고 돌아오기를. 또는 남자가 단념하기를. 그리고 당신은 드디어 돌아왔습니다. 아직 사냥감을 잡지는 못했지만, 당신은 쉬는 날마다 그녀를 찾기 위해 오사카로 돌아왔고, 드디어 뭔가를 알고 있을지도 모를 저를 찾아왔죠. 한 가닥 희망을 가지고, 이 404호의 초인종을 눌렀습니다. 어떤 의미에서는 이웃인 제가 당신보다 훨씬 오랫동안 그녀의 곁에 있었으니까요. 벽 하나를 사이에 두기는 했지만요.

아니, 아무튼 저는 기쁩니다. 당신의 방문을 줄곧 두려워했지만, 그래도 기쁜 마음을 금할 수 없군요. 솔직히 말하자면, 저는 제대로 된 사람은 아닙니다만, 그런 마음까지 잃어버린 건 아닙니다. 오히려 저는 남녀의 그런 감상적인 이야기를 좋아합니다. 이 얼마나 진부하냐며 내심 경멸하면서도, 눈물이 나는 걸 보면 거의 육체적인 감정이겠지요, 이건…….

아, 창가의 고양이가 궁금하십니까. 이 건물에서는 원래 동물을 키울 수 없지만, 실제로는 다들 이것저것 키우는 모양입니다. 토끼며 햄스터며 페럿까지, 시끄럽게 짖지 않는 동물들을요. 저를 포함해 고독한 인간은 절제를 모르죠. 사랑의 수도꼭지가 망가졌다고 표현해야 할까요, 조금씩이라도 어딘가를 향해 흘려보낼 필요가 있죠. 저 아이는 6년 전인가, 새끼 때 데려온 아이입니다. 어떻게 올라갔는지 저기 보이는 공원의 등나무 울타리 위에서 야옹야옹 울어대며 동네 아이들의 주목을 한 몸에 받고 있었죠. 하지만 아무도 저 아이를 비웃지 못했습니다. 인생이든 뭐든 올라가는 것보다 내려오는 게 무섭기 마련이니까요. 그렇지 않습니까? 네, 아이들의 웅성거림을 들으며 저도 등나무 울타리에 올라갔습니다, 저 아이를 구하기 위해 필사적이었죠. 보세요, 저 눈동자를. 좌우 색깔이 다릅니다. 푸른색과 노란색, 달과 태양을 하나씩 박아놓은 것 같죠? 주로 하얀 고양이들에게 발현되는 특징인데, 오드아이라고 합니다. 저 신비로운 눈동자로 절절하게 내려다보는데 당할 재간이 있겠습니까. 그리고 앙다문 입. 만일 개가 말을 하게 된다면 어떤 비밀이든 지키지 못할 게 뻔하지만, 고양이는 다릅니다. 제가 이야기한 수많은 것들을 모두 무덤까지 가져갈 겁니다. 아, 저 아이의 이름은 아네스라고 합니다. 배우 아네스 리비에를 좋아하거든요. 거기서 따온 이름입니다.

그러고 보니 고사카 유리코도 제가 고양이를 키우는 걸 알고 있었습니다. 제가 아네스를 베란다에 내보내면, 그녀는 난간에서 조금 몸을 내밀어 칸막이 너머로 저 아이를 보았죠. 아, 하는 탄성이 희미하게 옆집에서 들렸습니다. 저 아이의 눈을 알아챈 거죠. 그녀 역시 그 신비로운 눈의 포로가 된 겁니다. 제가 놀라서 그녀를 보자, 그녀는 미소를 지었습니다. 절대로 인간인 저에게는 보이지 않는 무방비한 미소였죠. 저 사람도 고양이를 좋아하는구나 싶어서 가슴이 따뜻해졌습니다. 말하자면 저 아이가 저와 그녀를 맺어준 것이죠.

실은 제가 마지막으로 그녀를 본 것도 이 베란다에서였습니다. 보는 제가 가슴이 철렁할 정도로 난간에서 몸을 내밀어, 이 아이를 안고 있던 저에게 가만히 손짓을 했죠. 그리고 세상 모두가 엿듣고 있다는 양 작은 소리로 속삭였습니다. 뭐라고 했을 것 같습니까? 뜻밖의 이야기였습니다. 저에게는 실로 뜻밖의 이야기였죠. 뭐, 그 이야기는 나중에 하죠. 말해버리면 덧붙인 디저트 같은 이야기에 지나지 않으니까요.

그나저나 저 아이의 눈동자를 보고 있으면 늘 어떤 영화가 떠오릅니다. 〈킬러, 혹은 애묘가〉라는 제목의 옛날 프랑스 영화인데, 태연하게 사람을 죽이는 냉혹한 살인 청부업자 주인공이 커다란 저택에서 수많은 고양이들과 살고 있습니다. 주연인 루이 칼리에르 역시 고양이 같은 얼굴의 남자죠. 늘 어떤 틈새로 세상을 엿보는 듯한, 그런 눈빛의 미남인데…….

아무튼 그 킬러는 신기하게도 의뢰를 완수할 때마다 어디선가 고양이를 한 마리씩 데려와 죽인 사람의 이름을 붙여 키웁니다. 마치 자신이 죽인 사람이 단순히 죽은 게 아니라, 모두 고양이로 환생했다는 듯이 말이죠. 누구 하나 죽이지 않았고, 본래의 모습으로 되돌려주었다는 양 말입니다. 하지만 그 탓에 감정적 끌림을 느끼기 시작한 여형사에게 정체를 들키고 말죠. 그리고 마지막에는 경찰에 포위된 저택에서 온몸에 총을 맞고 죽습니다.

이 영화는 결말이 최고입니다. 피투성이의 킬러는 마지막 힘을 쥐어짜내, 자신이 죽인 자들의 영혼을 해방하듯 저택의 문을 활짝 엽니다. 그리고 망자의 이름을 물려받은 고양이들이 우르르 밖으로 쏟아져 나오죠. 숨이 끊어진 그의 시체를 넘어 나타나는 수많은 고양이, 고양이, 고양이……. 프랑스의 모든 사람들을 모조리 고양이로 되돌리려 작정한 것처럼, 결코 멈추지 않고 쏟아지는 고양이들의 물결……. 그 물결을 헤치고 킬러에게 다가가는 아름다운 금발의 형사. 그녀가 아까 말씀드린 아녜스 리비에입니다. 게다가 그 장면은 바로 그녀의 배우 인생 중에서 가장 아름다운 순간이었죠. 그리고 신기하게도 리비에가 분한 그 형사의 모습이 어느샌가 새하얀 고양이로 바뀝니다. 누가 봐도 놀랄 겁니다. 다른 고양이들은 모두 저택에서 나오는데, 그 하얀 고양이는 혼자 커다란 꼬리를 돛처럼 세우고 흐름을 거슬러 올라가죠. 그 고양이가 또 얼마나 아름다운지……. 사랑받지 못한다는 이유만으로 죽음에 이를 것 같은, 그러한 아름다움입니다. 그리고 형사였던 하얀 고양이는 문 앞에서 쓱 일어난 검은 고양이에게 다가가죠. 칠흑에 눈이 달린 것처럼 새카만 고양이입니다. 킬러도 고양이로 다시 태어난 겁니다. 이내 하얀 고양이는 검은 고양이가 있는 곳에 도착하고, 그들은 고양이 무리에 섞여 경찰들의 포위망을 빠져나와 파리 거리로 사라지죠. 이제는 고양이의 낙원으로 변한 파리로요. 몇 번을 보아도 저는 그 장면에서 울고 맙니다. 하지만 사실은 무척 그로테스크한 장면이죠. 고양이 수만큼 사람이 죽었다는 뜻이니, 시체가 무리를 지어 파리를 배회한다고 봐도 이상할 건 없죠. 하지만 아, 기만일지라도 아름다우면 용서받을 수 있는 걸까요. 알고는 있지만, 그럼에도, 눈물이 뺨을 타고 흘러내립니다. 두렵습니다. 이 얼마나 죄가 깊은지요. 이야기란 것은…….

아, 그랬습니다. 미미모구리 이야기를 하던 중이었죠. 여담이 너무 길었군요. 제가 처음 미미모구리를 목격한 건 스물여섯 살 때로, 나카하라 씨 당신이 태어나기도 전의 일입니다. 1972년, 아사마 산장 사건*으로 세상이 떠들썩했던 해인지라 생생하게 기억하고 있습니다. 그 당시, 저는 기타오사카시의 작은 공장에서 선반공으로 일하고 있었죠. 가난한 편모슬하의 넷째로 태어나 히메지의 중학교를 졸업하고 열다섯 살 때부터 일을 했습니다. 마침 집단 취직을 하던 시대였지만, 억지로 야간열차를 타고 상경한 건 아니었습니다. 제 경우는 어머니가

---

* 일본 나가노현에 위치한 아사마 산장에서 극좌파 테러 조직인 연합적군이 벌인 인질극.

아마가사키에서 작은 공장을 하던 먼 친척에게 보내기로 어느 샌가 이야기가 되어 있었습니다. 처치 곤란한 강아지를 데려갈 사람을 하나 찾았다는 듯이. 결국 그 공장은 3년 만에 관뒀지만, 싫다 싫다 하면서도 이곳저곳의 공장에서 10년이나 선반을 돌리며 살았으니, 나름대로 실력은 있었을 겁니다.

하지만 저는 선반만 붙잡고 평생 기름밥이나 먹을 생각은 없었습니다. 그야말로 젊은이답게, 이렇다 할 계획도, 전망도 없이 야망만 큰 애송이였죠. 무지몽매에 둥지를 튼, 이루어질 가능성도 없는 야심, 어머니 말로는 유전이라지요. 아버지에 대한 기억은 전혀 없지만, 나는 이런 데서 끝나지 않을 거라는 게 입버릇이었답니다. 실제로는 그런 데서 끝났지만요. 아버지는 작은 인쇄소에서 하판 직원으로 일했지만, 제가 태어난 지 얼마 되지 않아 목이 엄청나게 부풀어 올랐는데, 림프종인지, 암인지, 아니면 다른 질병인지는 몰라도 좌우지간 비쩍 말라 세상을 떠났다고 합니다. 바보 같다, 바보 같다, 하고 모든 것을 저주하면서요. 이것도 유전이겠죠. 언제부터인가 저도 부지불식간에 같은 소리를 하고 있었으니까요. 바보 같다, 바보 같다, 라고요. 실제로 야심이란 아주 유해합니다. 저에게 미미모구리를 가르쳐준 남자도 그렇게 말했죠. 야심이란 계속 품고만 있으면 서서히 부패합니다. 흡사 시체처럼요.

그날, 밤늦게 저는 우메다에서 기타오사카행 열차를 타고 있었습니다. 일요일인지, 공휴일이었는지는 기억이 안 나지만 좌우지간 휴일이었습니다. 당시 애인도, 친구도 없던 저는 혼자 영화를 보는 게 유일한 즐거움이었고, 이 역시 우연이라 해야 할까요. 아까 말한 〈킬러, 혹은 애묘가〉를 처음 본 것도 바로 이날이었습니다. 사람이 끊임없이 벌레처럼 살해당하는데, 뭐랄까요, 자신도 무정과 감상을 양쪽 겨드랑이에 안은 존재가 된 듯한 기분이었습니다. 영화관을 나선 뒤, 기세를 몰아 선술집 여러 곳을 돌며 마셨습니다. 누구와 이야기를 나누지도 않고, 홀로 칼리에르처럼 애수가 감도는 제 뒷모습을 상상하면서요. 방금 타깃을 처리하고 온 킬러처럼. 그리고 앞으로 다시 태어난 고양이를 데리러 가는 느낌으로요. 그러고 나서 막차를 탔던 것 같습니다. 아무튼 사방이 어두컴컴했죠. 제가 탄 차량은 관통처럼 텅 비어 있었는데, 제 자리에서 몇 미터쯤 떨어진 맞은편 좌석에 젊은 여자가 혼자 앉아 있었습니다. 그 여자도 취했는지, 힘없이 좌석에 늘어져서 잠들어 있었죠. 화장이 유난히 짙고, 눈과 코가 너무 커서 뭔가 정돈되지 않은 느낌의 여자였습니다. 저는 옛날부터 이목구비가 큼직한 여자가 싫었습니다. 왠지 불결한 느낌이 들거든요. 분명 어머니 때문일 겁니다. 네, 제 어머니도 눈 코 입을 아무렇게나 세상에 던져놓은 듯한, 단정치 못한 얼굴의 여자였죠. 그래서 자고 있는 여자를 샅샅이 훑어볼 마음도 들지 않아서, 조금이라도 눈을 붙이려고 눈을 감았습니다.

여기서부터가 중요합니다. 눈을 감고 있는데, 잠시 후에 옆 차량에서 건너오는 누군가의 발소리가 들렸습니다. 딱, 딱, 하는 딱딱한 남성용 가죽 구두에서 나는 듯한 소리였습니다. 아니, 실제로는 기척을 죽이고 조심스레 다가오는 듯한, 평소라면 분명 듣지 못했을 작은 발소리였습니다. 하지만 어째서일까요, 운명이란 것에도 발이 달렸다면, 그런 소리를 내며 다가올지도 모른다는 생각이 들 정도로, 작지만 묘하게 또렷한 소리였습니다. 그 발소리가 제 앞에서 딱 멎었습니다. 그대로 한 발짝도 움직이지 않았죠. 10초, 20초가 지나도 꼼짝도 하지 않았습니다. 그러다 앉겠지 싶었는데, 그런 기척이 느껴지지 않았습니다. 발소리의 주인은 계속 나를 내려다보고 있을지도 모른다. 그렇게 생각하자 점점 열차 안의 공기가 희박해지는 기분이 들었습니다. 저는 눈을 감은 채 초조하게 생각했습니다. 어쩌면 이 녀석은 내가 아주 곯아떨어졌다고 생각하고, 내 지갑을 노리는 게 아닐까? 이러다 주머니를 뒤지는 게 아닐까? 할 테면 해보라고 생각했습니다. 내 털끝 하나라도 건드리면, 곧바로 그 손을 낚아채 손가락을 하나씩 부러뜨려주마, 하고 생각했습니다. 그날 밤의 저는 냉혹한 킬러 루이 칼리에르의 기분이었으니까요. 그렇지 않아도 부글부글 끓어서 누구든 상관없다, 남을 해칠 이유를 찾게 되는, 그런 경험을 당신도 해본 적 있겠죠? 저는 세상에 태어나서 25년 동안 줄곧 그랬습니다. 태어나서부터 줄곧 남을 해칠 이유를 찾으며 살아온 것이나 마찬가지죠. 그래서 저는 늘 기다리고 있었습니다. 누군가가 제

주머니를 뒤지는 순간을요.

하지만 결국 발소리의 주인은 저를 건드리지 않았습니다. 이 녀석은 아직 죽기에 이르다 생각한 사신처럼, 또다시 딱, 딱, 조심스럽게 발소리를 죽이고 제 앞을 지나쳤습니다. 그리고 다시 걸음을 멈췄습니다. 아, 맞은편에 앉은 여자로 목표를 변경했군. 그렇게 생각하며 저는 실눈을 떴습니다. 6~7미터쯤 떨어진 곳에 키가 큰 남자의 뒷모습이 보였습니다. 예상대로 남자는 잠에 빠진 젊은 여자 앞에 서서 여자를 물끄러미 내려다보고 있었습니다. 뒷모습밖에 보이지 않았지만, 돌아보더라도 그 뒷모습이 나오지 않을까 싶을 정도로 불길한 느낌을 주는 뒷모습이었죠. 열차는 덜컹덜컹 흔들리는데 남자는 미동조차 없었습니다. 축 처진 굽은 어깨에, 머리는 작고 목덜미가 코브라처럼 굵었습니다. 반짝거리는 검은 가죽 구두에 얇은 줄무늬가 들어간 남색 양복. 기름을 발라 넘긴 머리카락에 군데군데 흰머리가 섞인 걸 보면 그리 젊은 나이는 아닌 것 같았습니다. 평범한 회사원 같기도 했지만, 뭔가 마음에 걸렸습니다. 뭔가가 부족했죠. 이건 나중에 안 사실인데, 남자는 빈손이었습니다. 회사원이라면 서류 가방이라도 들고 다니지 않습니까. 네, 빈손이라는 사실이 중요합니다. 미미모구리를 하려면요.

저는 실눈을 뜬 채 숨죽이며 기다렸습니다. 남자가 여자에게 손을 대는 걸. 제 지갑이 도둑맞는 게 아니어도 상관없었습니다. 남자가 여자의 가방을 뒤진다면, 용수철처럼 튀어 올라

정의의 이름으로 남자의 팔을 꺾어버릴 작정이었죠. 하지만 남자는 여자의 가방에 전혀 관심이 없는 눈치였습니다. 뒤져달라는 양 좌석에 팽개쳐놓은 가방이 아니라, 잠든 여자의 얼굴 쪽으로 쓱 손을 뻗는 게 아닙니까. 처음에는 어깨를 흔들어 여자를 깨우려는 줄 알았습니다. 무엇 때문에? 그냥 자게 놔두면 될 것을 쓸데없는 참견이라 생각했죠. 네, 물론 남자는 여자를 깨우려는 게 아니었습니다. 힐끗 보자 여자의 얼굴 쪽으로 서서히 다가가는 남자의 손은 참으로 기묘한 형태를 하고 있었습니다. 아뇨, 평범한 손이었지만, 손가락의 방향이 무척 기묘했습니다. 잠든 사람을 친절하게 흔들어 깨우려는 게 아니라, 여자의 입에 한 팔을 통째로 넣어 안쪽에서 찢어 죽이려는 양 불온하게 일그러진 손 모양이었죠. 하지만 남자가 노리는 건 입이 아니었습니다. 귀였어요. 남자의 수상쩍은 손은 여자의 귀로 접근하고 있었습니다.

그나저나 다른 이야기지만, 원숭이와 타자기 이야기를 아십니까? 원숭이가 타자기 앞에 앉아 엉터리로 타자를 치다 보면, 언젠가는 셰익스피어의 작품이 완성된다는 유명한 이야기입니다. 물론 실제로 그게 가능할 리가 없죠. 죽지 않는 원숭이와 망가지지 않는 타자기는 존재하지 않으니까 단순한 탁상공론에 불과합니다. 하지만 미미모구리를 처음 발견한 인간도 그런 끈기 있는 원숭이, 또는 엄청난 행운을 지닌 원숭이 같은 존재였을지도 모른다고 저는 생각합니다. 그 사람의 눈앞에 있던 건 타자기가 아니라 제 손이었고, 누군가의 귀였다는 차이는 있지만요.

정말이지 기적이라고밖에 할 수 없는 그 손의 형태는 누가 발견한 것일까요? 당신은 자신의 손에 대해 구석구석 모르는 게 없다고 생각할지도 모르지만, 인간의 손이란 실로 다양한 형태를 취할 수 있습니다. 당신도 옛날에 그런 놀이를 해본 적이 있을 겁니다. 손으로 여우를 만들거나, 개구리를 만들거나, 나비를 만들거나……. 엄지손가락을 이렇게 구부리고, 집게손가락은 이쪽으로 이렇게, 새끼손가락은 이쪽으로 이렇게 말입니다. 그리고 그 기묘한 형태의 손을 누군가의 귀에 찔러 넣는다는 생각은 대체 누가 떠올린 걸까요? 우연이라 표현할 수밖에 없는 엄청난 비약입니다. 참고로 미미모구리의 세계에서 그 손의 형태는 '열쇠'라 불리고, 귀는 '열쇠 구멍'이라 불립니다. 실제 열쇠도 그 형태가 중요한 것처럼, 미미모구리에서도 손의 모양이 중요하거든요. 네, 인간의 손은 물건을 집는 데 뿐만 아니라, 모든 인간의 귀를 억지로 여는 열쇠로도 쓸 수 있습니다. 이제 아시겠지요? 남자는 '열쇠'로 '열쇠 구멍', 즉 여자의 귀를 억지로 열었습니다. 제가 보는 앞에서요. 남자는 여자의 왼쪽 귀에 오른손 중지를 찔러 넣더니, 그대로 스르르 온몸이 빨려 들어가 소리도 없이 자취를 감췄습니다. 양복도 구두도 남기지 않고 머리끝에서 발끝까지 사라졌죠. 요컨대, 뭐라고 할까요, 인간의 형태를 띤 종이풍선이 중지 끝에서부터 가늘게 변해 작은 구멍으로 빨려 들어가는 듯한 느낌이었죠. 시간으로 따지면 불과 2~3초 사이에 일어난 일이었습니다. 그걸 목격한 제가 얼마나 놀랐을지 상상이 되시죠? 한 인간이 다른 인간의 귓속으로 빨려 들어가 사라졌으니까요. 그 순간, 여자는 몸을 움찔하며 눈을 떴습니다. 뭐랄까, 함정에 빠지는 꿈이라도 꾼 것처럼요. 여자는 역시 뭔가 위화감을 느꼈는지 남자를 빨아들인 왼쪽 귀를 계속 만지며 은근한 비난 섞인 시선으로 저를 보았습니다. 떨어져 앉은 제가 로쿠로쿠비*처럼 자기 귀를 핥았다는 양. 물론 저는 전혀 켕길 것이 없었습니다만, 무심코 시선을 피해버렸습니다. 말할 수 있겠습니까? 나는 아무 짓도 안 했다, 방금 수상한 남자가 뱀처럼 가느다랗게 변해 당신 귓속으로 몰래 들어갔다고요. 애초에 여자가 눈을 뜨지 않았다면, 그리고 귀를 신경 쓰는 모습을 보이지 않았다면, 저는 졸다가 환상을 봤다고 생각했을 겁니다. 아니면 남자가 마술이라도 부린 걸까요? 아니, 여자가 마술사였나? 관객도 없는데. 아니면 나만을 위한 마술이었나? 내가 정말 자고 있었을지도 모르는데? 열차의 진동을 느끼며, 그리고 여자를 힐끗거리며 갖가지 생각들이 머릿속을 스쳐 지나갔습니다. 물론 납득이 가는 설명은 떠오르지 않았습니다만…….

---

*　목이 길게 늘어나는 일본 요괴.

아무튼 이 역시 운명이 저를 이긴 거겠죠. 여자는 우연히도 저와 같은 역에서 내렸습니다. 종점인 기타오사카에서요. 산기슭에 자리한, 별거 없는 작은 역입니다. 역 서쪽에는 작은 공장들이 늘어서 있는데, 제가 일하던 공장 기숙사도 그 부근에 있었지만 곧장 기숙사로 돌아가지는 않았습니다. 개찰구에서 나온 여자가 역 동쪽으로 걸어갔거든요. 부끄러운 이야기입니다만, 저는 그날 밤 몰래 여자의 뒤를 밟았습니다. 여자가 어떻게 될지 궁금했습니다. 그게 아니면 사는 집이라도 알고 싶었죠. 왜 그런 생각을 했느냐고 묻는다면, 무슨 일이 일어날 것 같은 예감이 들어서라고밖에 대답할 말이 없군요. 어쨌든 그런 믿기 힘든 일이 눈앞에서 일어났는데 이대로 끝날 리가 없다고, 내 앞에서 시작된 이 이야기가 계속될 거라고 생각한 겁니다. 그리고 이것이야말로 간절히 기다리던 내 인생의 전환점이 아닐까, 지금 본 건 그 징조가 아닐까, 그런 알 수 없는 예감도 들었습니다. 지금이니까 하는 말이지만, 어째서인지 그런 순간은 절로 깨닫게 되는 법입니다. 이걸 꼭 잡아야 한다, 그런 논리도 뭣도 없는 순간이요. 그렇지 않습니까? 네, 물론 제가 말하는 이 감각은 일종의 광기입니다. 광기처럼 보이지 않는 고요한 광기죠. 인간이 별 이유도 없이 힘차게 걸어갈 때는, 대부분 그런 광기에 떠밀려서입니다.

여자 이야기를 계속하죠. 여자는 한 남자가 통째로 제 귓속에 들어 있는 것도 모르고 정적에 휩싸인 조용한 주택가를 걸어갔습니다. 곳곳에 어정쩡하게 선 가로등이 힘없이 밤길을 비추고 있었습니다. 주변을 둘러봤지만 그 길을 지나는 건 저와 여자, 단둘이었습니다. 여자도 불안했는지 한두 번 뒤를 돌아보더니 멀찍이 뒤따라가는 저를 다소 경계하는 것 같았습니다. 켕기는 게 없는 상황이었다면 남자로서 화가 났겠지만, 뒤를 밟은 건 사실이니 할 말은 없었죠. 그리고 저는 부드러운 운동화를 신고 있었기 때문에 마치 사냥감을 노리는 고양이처럼 조용히 걸을 수 있었습니다. 한편, 여자는 높은 굽의 구두를 신고 있어서 걸음마다 또각또각, 발굽 소리 같은 낭랑한 소리가 났죠. 육식동물과 초식동물의 발소리, 그 차이를 알아챈 순간이었습니다. 나는 이 여자를 어쩌려는 걸까, 만일 대화를 나눌 기회가 생긴다 하더라도 이 여자는 귀에 들어간 남자에 대해 분명 아무것도 모를 것이다. 틈새 바람처럼 정상적인 사고가 한순간 광기 사이를 파고들었습니다. 저는 원래 기름종이처럼 불이 붙기 쉬운 기질이지만, 의외로 빨리 냉정을 되찾고는 했습니다. 이런 바보 같은 짓은 그만두자, 살다 보면 한두 번은 설명할 수 없는 일을 목격하기 마련이지, 그런 게 무슨 인생의 전환점이 되겠나, 희귀한 개의 똥을 밟은 것이나 마찬가지지. 그렇게 생각했습니다.

그때였습니다. 별안간 여자가 걸음을 멈추더니 더는 못 참겠다는 듯 홱 몸을 돌려 저를 보았습니다. 그리고 씩씩거리며 커다란 눈동자로 저를 똑바로 노려보는 게 아니겠습니까.

그렇다고 저까지 멈춰 설 수는 없었습니다. 갑자기 공기가 싸늘해지고 무거워지는 것 같았지만, 숨을 죽이고 계속 걸었습니다. 여자가 돌아본 자리는 가로등 밑이었기 때문에, 그 화려한 얼굴이 무대에 선 배우처럼 또렷하게 어둠 속에서 떠올랐습니다. 저와 여자의 거리가 좁혀졌습니다. 여자의 굳은 얼굴은 뭐라 형언하기 힘든, 깨진 거울에 비친 듯한, 스스로도 무슨 짓을 저지를지 모르는 위태로움으로 가득 차 있었습니다. 저는 누가 머리를 억지로 누르기라도 한 것처럼 시선을 떨궜습니다. 아니, 끝내 걸음을 멈춰버렸습니다. 저와 여자 사이에는 다른 길도 없었기 때문에 피할 수도 없었고, 그렇다고 그 옆을 지나쳐 등을 보이기도 너무 두려웠습니다.

가로등 아래, 저와 여자는 5미터쯤 거리를 두고 말없이 서로 마주 보았습니다. 여자의 도톰한 입술이 경련하듯 움찔거리는 걸 보고, 욕설을 퍼부으려는 줄 알고 흠칫했습니다만, 그 말을 내뱉으려다 삼키고, 내뱉으려다 삼키는 것 같았습니다. 이 입에서 뭔가 나온다면, 그것은 말뿐은 아닐 것이라는 양. 그 심상치 않은 정적에 숨이 막혀서, 저는 두세 발짝 뒷걸음질 치다 그대로 몸을 돌려 역 쪽으로 향했습니다. 그때 뒤통수를 찌르던 그 얼어붙는 느낌이란……. 물론 몇 번이고 뒤돌아봤습니다. 한동안 여자는 그 자리에 서서 제 뒷모습을 노려보고 있었지만, 다시 돌아봤을 땐 가로등 아래에서 홀연히 사라져 있었습니다. 그 발굽 소리 같은 발소리도 들리지 않았는데 말이죠. 그 역시 너무 무서워서 걸음을 더욱 재촉했습니다. 거의 뛰고 있었죠. 물론 후회했습니다. 그 사람이 평범한 여자였다면, 밤길에서 등 뒤를 경계하면 경계했지, 멈춰 서서 노려보지는 않았겠죠. 하지만 뭐라 해도, 여자의 머릿속에는 정체 모를 남자 하나가 들어앉아 있으니까요. 결국 말없이 지나갔어야 할 세계의 균열에 조심성 없이 손을 들이민 거죠. 네, 알아챘을 때는 이미 늦었습니다. 누군가가 제 손을 맞잡고 있었거든요. 저편에서 힘주어 꽉.

그것이 어떤 형태였는지 말씀드리죠. 등 뒤에서 밀려오는 밤에 쫓기는 심정으로 간신히 공장 기숙사 근처까지 와서, 가슴을 쓸어내리고 있을 때였습니다. 흠칫하며 걸음을 멈췄습니다. 어째서인지 길 끝에 아까 본 그 여자가 있는 게 아닙니까. 제 쪽을 향해 밤길을 걸어오고 있었습니다. 게다가 맨발로요. 왼손에 새빨간 하이힐 한 짝을, 제 심장처럼 꽉 쥐고서는. 도망치는 동안 작은 행성 하나를 한 바퀴 돈 것 같았습니다. 아니, 다른 길도 있으니 분명 지름길을 이용해 필사적으로 따라와 앞질렀겠죠. 그렇게까지 할 일인가 싶었지만, 실제로 눈앞에 있으니 그렇게 생각할 수밖에 없었습니다. 그리고 역시 뭔가 이상했습니다. 아까 마주 보았을 때도 여자는 확연히 이상했지만, 이번에는 또 다른 느낌으로 이상했습니다. 아까는 그토록 매섭게 노려봤으면서, 게다가 맨발로 쫓아오기까지 했으면서,

지금은 시선이 허공을 헤매며 저를 제대로 보고 있지 않았습니다. 아니, 힐끔거리기는 했지만, 뭐라고 할까, 당신이 아냐, 라는 느낌이었습니다. 저는 어안이 벙벙해져 그 뒷모습을 바라보았습니다. 여자가 사라질 때까지요.

그때였습니다. 등 뒤에서 그 남자가 말을 걸었습니다. 벌써 40년 전 일이지만, 아직도 귓속에서 그 집요한 잔향을 끄집어낼 수 있을 것 같군요. 남자는 이렇게 말했습니다.

"봤구나."

저는 화들짝 놀랐습니다. 정말 화들짝 놀라서, 순간적으로 뒤돌아봤습니다. 전철에서 뒷모습을 보았던 남자가 서 있었습니다. 바로 거기에. 손을 뻗으면 닿을 거리에. 둥그렇게 굽은 어깨와 양복 차림을 보고 곧장 그놈이구나, 했습니다. 쉰 살쯤 되어 보이는, 불쾌한 얼굴의 남자였습니다. 푹 꺼진 뺨, 상어처럼 뾰족한 코, 그리고 도마뱀처럼 두툼한 눈꺼풀 때문이겠죠. 세상의 아래쪽만 보아왔다는 양 불쾌한 시선이 제 눈알을 밀고 들어오는 것 같았습니다. 남자는 다시 말했습니다.

"봤구나, 이걸……."

아, 뭔가 조치를 취해야 한다고 순간 생각했지만, 때는 이미 늦었습니다. 남자는 왼손으로 제 왼쪽 손목을 꽉 잡고 오른손을 쓱 뻗어 제 왼쪽 귀에 찔러 넣었습니다. 남의 손가락이 귀를 찌르는 건 굴욕적이고 끔찍한 감각이어야 할 텐데, 그런 충격은 느끼지 못했습니다. 반사적으로 몸을 젖히며 고개를 돌려 도망치려 했지만, 얇은 입술로 씩 웃는 남자의 얼굴이 시야 한 구석에 들어온 순간 그 웃음이 한껏 일그러지며 가늘어지더니, 눈 깜짝할 새에 스르륵 왼쪽 귀에 들어갔습니다. 이런 상황에서조차, 희한하다고 해야 할까요, 뭔가가 억지로 밀고 들어오는, 귀가 찢어질 것 같은 고통은 전혀 느끼지 못했습니다. 그리고 머리에 뭔가가 들어온다는 위화감 역시도. 살며시 숨을 불어 넣은 것처럼 일순 귀가 간질거리더니, 눈앞에서 남자가 가느다랗게 변해 모습을 감췄습니다. 그뿐이었죠. 전철에서 여자가 당하는 걸 봤으면서도, 한 남자가 귓속에 들어갔을 거라고는 생각하지 못한 겁니다. 만일 남자가 저에게 한마디도 걸지 않고 등 뒤에서 귓속에 들어갔다면, 분명 커다란 모기 같은 게 귀를 건드렸나 보다 했을 겁니다. 얼마나 그 자리에 있었는지는 확실치 않습니다. 1분인지, 10분인지, 아니면 30분인지, 한 시간인지, 그조차 말 못 하겠군요. 좌우지간 제정신이 아니었습니다. 몇 번이고 왼쪽 귀를 손으로 찌르며 남자를 빼내려 했지만, 아무것도 잡히지 않는, 평소와 다름없는 귓구멍이었습니다. 연신 고개를 저어도, 두개골 속을 작은 남자가 데굴데굴 소리를 내며 굴러다니는 기척도 없었습니다. 뭐든 해야겠다는 생각은 했지만, 자기 그림자를 발바닥에서 떼어내는 것이나 마찬가지라, 뭘 어떻게 해야 할지 짐작조차 가지 않았습니다. 저는 일단 기숙사로 돌아가기로 했습니다. 머릿속에 폭탄 하나가 든 것 같은 심정이었지만, 당장 뭘 어떻게 할 수도 없었거든요.

당신이라면 어떻게 했겠습니까? 병원에 달려가기라도 하겠습니까? 의사 선생님, 내 귀에 사람이! 내 귀에 사람이! 아니면 정신병원에? 네, 갈 수 있겠죠, 계속 그렇게 말한다면요. 내 귀에 사람이! 내 귀에 사람이!

기숙사는 2층 목조건물이었는데, 제 방은 2층 안쪽 방이었습니다. 두 평 남짓한 방에 벽장이 하나 딸린, 독방처럼 비좁은 방입니다. 밝지도 않은 전구에 해진 다다미, 빗물 얼룩이 번진 천장, 구멍 뚫린 장지문, 모래가 떨어지는 얇은 흙벽. 축축한 이부자리는 늘 개지 않은 채 그 자리에 널려 있었고, 가구다운 가구도 없습니다. 눈길을 끄는 물건이라고는 산 지 얼마 안 된 텔레비전 정도였죠. 이건 그나마 나은 편입니다. 중학교를 졸업하고 일하기 시작했을 즈음에는, 공장 사장의 집에서 하숙을 했습니다. 다다미 넉 장 반의 좁은 방에서 네 명이 복작거리며 살았죠. 어찌 되었든 혼자 있을 수 있는 시간이 가장 감사한 재산이었습니다, 그 시대에는.

서둘러 방으로 들어온 저는 제일 먼저 거울을 찾았습니다. 거울이라 해봤자 멜라민 손잡이가 달린 싸구려 손거울이었지만, 남자가 귓속에 들어가면서 제 외모가 변형되지나 않았을까 불안했습니다. 하지만 쓸데없는 걱정이었죠. 낯빛도 문제없었고, 분명 남자가 들어간 왼쪽 귀도 이상 없었습니다. 어디를 봐도 평소와 다름없는 제 얼굴이었습니다. 한동안 거울을 보고 있으려니 이런 생각이 들더군요. 그런 남자와 만난 적도 없는 게 아닐까. 내 귀에는 아무것도 들어가지 않은 게 아닐까. 실제로 뭔가 이상한 느낌이 드는 것도 아니니 별문제 없는 거 아닌가. 내가 뭔가를 잃었나? 아니, 아무것도. 술기운 때문이다. 무절제하게 술을 너무 마셨구나. 나도 이제 맛이 가서 주정뱅이 영감이 기억을 잃는 것처럼 이상한 술버릇이 든 건가. 시간이 지나자 점점 그렇게 생각해도 문제없을 것 같다는 기분이 들었습니다. 하룻밤 푹 자고 나면, 세상의 사소한 균열 같은 건 신이 금방 기워줄 것 같았죠.

하지만 현실은 그리 만만하지 않았습니다. 거기서부터가 시작이었죠. 별안간 제 오른손이 손거울을 머리 위로 높이 쳐들더니, 별 볼 일 없는 얼굴을 별 볼 일 없이 비춘 벌이라는 양 거울을 텔레비전 모서리에 힘껏 내리치는 게 아니겠습니까. 제 손이, 멋대로 말입니다! 물론 거울은 산산조각이 났습니다. 필사적으로 부풀린 낙관적 사고와 함께 산산조각이 났죠. 그리고 입이 멋대로 중얼거렸습니다.

"나는 여기 있다."

순간 저는 제가 혼잣말을 한 줄 알았습니다. 이야기를 나눌 상대가 적어서인지, 평소에도 혼잣말하는 버릇이 있었거든요. 하지만 아니었습니다. 제 입이 또다시 멋대로 움직이더니, 또렷한 목소리로 말했습니다.

"나는 여기 있다고. 없는 사람 취급할 수는 없어."

끔찍한 일이죠. 형언할 수 없이 끔찍한 일입니다. 마음대로 움직이지 않는 육체에 생매장되는 것은. 저는 단번에 알아챘습니다. 왜 아까 그 여자가 밤길에서 결연하게 돌아봤는지를. 나와 마주 보면서, 왜 그런 망가진 표정을 지었는지를. 그리고 왜 맨발로 나를 쫓아왔는지를. 그 여자가 아니었다. 이 녀석이었어. 지금 내 머릿속에 있는 이 녀석이 그 여자를 안쪽에서 조종했구나. 그토록 겁에 질렸던 건 나 때문이 아니라 이 녀석 때문이었어! 저는 깨진 거울을 붙잡고 망연자실하게 서 있었습니다. 어디로 도망칠 수도 없었고, 보이지 않는 남자를 상대로 난동을 피울 수도 없었습니다. 적은 여기, 제 안에 있었으니까요. 하지만 아직 희망은 있었습니다. 그 여자에게서 나왔으니 나한테서도 언젠가는 나가겠지, 그렇게 생각한 겁니다. 그렇게 정체 모를 초조함에 사로잡혀 있는데, 불현듯 기묘한 생각이 떠올랐습니다. 정말로 기묘한 생각이요. 하지만 그 생각은 기묘하다기보다, 태어나서 지금까지 쭉 배 속에 품고 있던 알처럼 친근하고 소중하게 느껴졌습니다. 바로 이런 생각이었죠. 나도 똑같은 일을 할 수 있지 않을까. 아까 본 이 녀석은 괴물처럼 보이지 않았다. 제대로 눈 코 입이 있었고, 단정한 옷을 입고, 두 다리로 땅을 디디고 똑바로 걸어갔다. 인간이다. 이 녀석도 인간이야. 그러면 나도 이렇게 할 수 있지 않을까. 할 수 있다고 생각했습니다. 못 할 리 없다고 생각했죠. 저는 조심스레 입을 열었습니다. 마치 남의 목소리를 몰래 빌리듯이요.

"가르쳐줘, 나도 가르쳐줘."

제가, 아니, 제 안의 남자가 웃었습니다. 소리 없이, 입을 크게 벌리고 목을 떨며 몸을 뒤로 젖히며 웃었습니다. 대체 얼마나 웃었을까요. 제 안의 그는 거울을 놓고, 배를 잡고, 바닥에 무릎을 꿇은 채 눈물을 찔끔 흘리며 이불 위에 나동그라져, 연기하듯 과장된 동작으로 천장을 올려다보며 계속해서 웃었습니다. 저는 언제 끝날지 모를 그의 웃음에 육체를 빼앗긴 채, 아주 조금이지만 그를 이해했습니다. 세상에서 마지막으로 살아남은 광대처럼, 웃는 것도, 웃음을 사는 것도 자기 혼자뿐인, 거대한 고독을 친구 삼은 사람의 웃음이었습니다. 그리고 점차 웃음의 발작이 잦아들자, 이번에는 웃음의 대가를 치르듯 입을 꾹 다물고 누운 채로 비좁은 방을 천천히 둘러보더니 이렇게 말했습니다.

"여기서 나가고 싶은 건가? 이 감옥에서?"

이 감옥, 그 말을 한 사람은 그였지만, 마치 제 영혼에 드리운 낚싯대에서 낚아 올린 것처럼 절절하게 울려 퍼졌습니다. 저는 대답 없이 그저 고개를 끄덕였습니다. 그는 핫, 하고 다시 날카로운 칼날처럼 짧게 웃고는 말했습니다.

"감옥 밖은 옆 감옥……."

제 오른손이 조심스레 움직이는가 싶더니, 난생처음 보는 묘한 형태를 취했습니다. 그리고 가운뎃손가락을 오른쪽 귀에 찔러 넣었죠. 이건 나중에 알게 된 겁니다만, 들어갈 때의 손 모양과는 또 다른 형태입니다. 비슷하지만 분명 다르죠. 이걸 틀리면 큰일 난다고 남자가 나중에 가르쳐주더군요. 미미모구리의 첫 번째 금기, 자기 귀에 들어가서는 안 된다. 그는 '들어가는 열쇠'와 '나오는 열쇠'라 불렀습니다. 그리고 그는 그 '나오는 열쇠'를 써서 제 귀에서 자기 몸을 쑥쑥 빼냈죠. 마치 이쑤시개로 소라 살을 쏙 빼내듯이. 들어갔을 때도 그랬지만, 귀에서 뭔가를 빼낸다는 느낌은 거의 들지 않았습니다. 그리고 그가 이불에 누운 제 옆에 쓱 그 모습을 드러냈습니다. 키가 큰 그는 자리에서 일어나, 어딘가의 꼭대기에 있는 사람처럼 생기 없는 어두운 눈으로 저를 내려다보았습니다. 저는 남자를 올려다보았습니다. 우리는 한동안 말없이 시선을 나누며 뭔가를 확인했습니다. 믿기 힘든 비밀을 공유하는 데 필요한 무언가를요. 고독한 눈과 고독한 눈으로. 그리고 그는 제 쪽으로 기다란 손을 쓱 뻗었습니다. 그 손을 잡으면 악마와의 계약이 성립한다는 양. 네, 저는 분명히 그 울퉁불퉁한 손을 잡고 일어났습니다. 저는 그 장면을 떠올릴 때마다, 제 경험이지만 상징적인 뭔가를 느낍니다. 제 땀으로 끈적거리는 이부자리에서 일으켜 세워진 것에요. 아무튼 그는 저를 일으키자마자 미심쩍은 얼굴로 제 방을 둘러보며 말했습니다.

"여긴 누구 머릿속이지?"

이건 그의 농담입니다. 그에게만, 아니면 미미모구리를 하는 사람에게만 통하는 농담이죠. 제가 당혹스러워하자, 그는 아무도 웃어주지 않은 가엾은 농담에게 바친다는 듯 하하, 하고 작은 소리로 차갑게 웃었거든요. 그리고 연기하듯 두 손을 펼치며 말을 이었습니다.

"자네가 아니면 나겠군. 그렇지?"

거기서 그는 저를 내려다보며 익살스레 한쪽 눈썹을 치켜 올리더니, 자기 머리를 집게손가락으로 툭툭 치며 말했습니다.

"그보다…… 고양이를 봤어. 커다란 저택에서 수많은 고양이가……."

저는 내심 흠칫했습니다. 남자가 말한 고양이란 물론 저녁에 본 영화를 말합니다. 저는 미미모구리가 어떤 것인지 속단하지는 않았습니다만, 그런 것인 줄은 몰랐습니다. 들어간 상대의 기억에까지, 그리고 마음에까지 닿을 수 있다니. 하지만 그 이야기는 조금 있다가 더 자세히 하도록 하죠. 남자의 이름은 스즈키라고 했습니다. 물론 가명이겠지요. 본명이 무엇이든, 가명이 훨씬 잘 어울리는 수상쩍은 남자였습니다. 평소 그가 어디서 어떻게 지내는지 저는 전혀 아는 바가 없습니다. 실은 어딘가에 큰 저택을 소유한 부자일지도 모르고, 어쩌면 정처 없이 이 사람, 저 사람의 머릿속을 옮겨 다니는 떠돌이였을지도 모르죠. 나이는, 흠, 만일 아버지가 살아 계셨다면 스즈키와 비슷한 연배였을 겁니다. 하지만 물론 스즈키는 아버지와 하나도 닮지 않았습니다. 아버지는 제 몸도 제대로 못 가누는 멧돼지처럼 요령 없는 사내였다고 들었는데, 스즈키는 양복을 입은 뱀 같은 남자였습니다. 아버지처럼 괜히 허튼소리를 하는 법 없이, 살며시 목표물에 다가가 통째로 삼켜버리는, 그런 서늘한 분위기가 감도는 남자였죠.

실제로 스즈키는 과묵한 남자였습니다. 하지만 결코 언변이 서툰 게 아니라, 과거, 언어가 더욱 정확하고 빈틈없이 사용되었던 빛나는 시대가 있었다는 양, 한 마디 한 마디를 상대의 가슴에 밀어 넣듯 말했습니다. 검집에서 뽑은 검 같은 말투라고나 할까요. 실제로 들어보면 사람을 무척 불쾌하게 만드는 화법입니다. 스즈키와 그리 여러 번 만나지는 않았지만, 지금도 그 확신에 찬 독특한 말투가 잊히지 않습니다. 조금 쑥스럽지만 살짝 흉내를 내볼까요.

"미미모구리를 효과적으로 사용하면 시시한 것들을 잔뜩 얻을 수 있지만, 네가 정말 원하는 건 하나도 얻을 수 없을 거다. 우리는 그저 지나갈 뿐이야. 누군가의 머릿속을 오른쪽에서 왼쪽으로, 아니면 왼쪽에서 오른쪽으로 지나갈 뿐이지. 우리에게 진정한 인생 같은 건 없어."

시종일관 이런 투였습니다. 정말 부자연스럽죠? 정상적인 인간의 말투가 아니었어요. 그는 이렇게도 말했습니다.

"양지로 나갈 생각은 하지도 마. 우리는 그림자 같은 존재니까. 잠깐이라면 누구의 그림자든 될 수 있지만, 어차피 그림자는 그림자야."

무슨 이야기를 하든 스즈키의 입에서 나오면 모두 결론처럼 들려서, 저는 잠자코 그 말을 듣고 있는 수밖에 없었습니다.

도중에 뭔가 이의를 제기하려 하면, 그는 거대한 침묵을 제 편 삼아 물끄러미 저를 바라보고는 했습니다. 말로 설명해도 알아듣지 못한다면, 침묵과 시간으로 굴복시키는 수밖에 없다는 양. 그래서일까요, 제가 스즈키를 미워하게 된 건. 아니, 그뿐만은 아닙니다. 말이 나왔으니 솔직해지죠. 일단 누군가를 미워하게 되면, 그 감정은 굴러가는 검은 눈덩이처럼 커집니다. 별의별 것들이 미움을 불러일으키는 원인으로 달라붙죠. 저는 결국 그 첫 만남부터 스즈키를 깊이 미워하고 있었습니다. 논리가 아니라 뭔가 이렇게, 피부 감각으로요.

처음 만난 밤부터 그는 종종 제 방에 홀연히 나타났습니다. 찾아오는 건 대부분 한밤중이었는데, 제 얼굴을 보자마자 손으로 미미모구리 열쇠 모양을 만들며 히죽 웃고는 했습니다. 즉 제가 언제, 어떤 식으로 누구 귀에 들어갔는지 근황을 보고하라 요구하는 거죠. 아니, 제자가 황당한 짓을 저질러 음지에서 벗어나지는 않을까 확인했던 거겠죠. 음지의 미학이라고 할까요, 그는 미미모구리에 대해 그런 어두운 우월감을 가지고 있었으니까요. 스즈키가 찾아오는 시간은 늘 숨이 막혔습니다. 두 평도 안 되는 좁은 방에 음침한 사내 둘이 무릎을 맞대고 앉아 술을 마시며 두런두런 이야기를 나눴습니다. 스즈키의 검푸른 얼굴에 희미하게 붉은 기가 돌고, 취기가 올라 시선도 한곳에 고정되어 있는데도, 젠체하는 말투는 여전했습니다. 그리고 이따금 발작적으로 보이는 공허하고 메마른 웃음. 저는 스즈키의 말투나 침묵보다, 그 공허한 웃음을 점점 참지 못하게 됐습니다. 소리라 할 수 있는지조차 의심스러운 망가진 웃음소리를 들을 때마다 오물을 머리에 뒤집어쓰는 듯한 기분이 들었습니다. 물론 그와 함께 웃은 적은 한 번도 없습니다. 저는 그저 조용히 지켜봤습니다. 그가 웃는 모습을. 계속해서 웃는 것을. 그리고 계속 생각했습니다. 이 남자는 언제까지 나를 귀찮게 할 건가. 계속 이렇게 나타날 거라면 무슨 조치를 취해야겠다.

그런데 제가 처음 미미모구리를 한 상대가 누구일 것 같습니까? 조금만 생각해보면 알겠지요. 네, 당연히 스즈키입니다. 저는 스즈키를 만난 그날 밤에 처음으로 그의 귀에 들어갔습니다. 그는 간략하게 저에게 '들어가는 열쇠'의 형태를 가르쳐주더니, 어린애를 간지럽혀서 죽이려는 듯 옅은 미소를 지으며 말했습니다.

"일단 내 귀에 들어가봐."

저는 아연실색했습니다. 그렇게 말할 줄 전혀 예상하지 못했거든요. 생면부지의 타인의 등 뒤로 살며시 다가가……. 이런 억지스럽고 안이한 전개를 예상하고 있던 걸까요. 아니, 모르겠습니다. 분명 깊이 생각하지 않았던 거지요. 제 표정이 어지간히 불안해 보였는지, 스즈키는 웃음을 꾹 참으며 말을 이었습니다.

"걱정 마. 금방 꺼내줄 테니까."

순간적으로 소름이 끼쳤습니다. 제가 꺼낸 말이었지만, 이 남자의 귓속으로 정말 들어간다고 생각하니 온몸에서 핏기가 가시는 것 같았습니다. 게다가 상대는 만난 지 얼마 되지도 않은, 그야말로 수상쩍은 남자. 금세 꺼내준다는 그 말이, 함정 속에서 손짓하는 것처럼 으스스하게 울려 퍼졌습니다. 그래도 믿을 수밖에 없었습니다. 살다 보면 한두 번쯤 그럴 때가 있거든요. 전혀 믿을 수 없는 누군가를 믿을 수밖에 없는 순간이요. 제 경우는 그날 밤이 바로 그런 날이었습니다. 하지만 표적이 자진해서 귀를 빌려주었는데도, 미미모구리는 그리 쉬운 일이 아니었습니다. 순간적으로 정확한 손 모양을 만들어, 주저 없이 귀에 손가락을 넣어야 합니다. 초보자에게는 그 손 모양을 만드는 것부터 쉽지 않죠. 스즈키의 귓속에 가운뎃손가락을 넣은 채 어떻게든 들어가는 열쇠 모양을 만들려 손을 꼼지락거렸지만, 지금 생각해보면 실소가 나오는 광경이었습니다. 두 평도 안 되는 비좁은 방에서 한 남자가 다른 남자의 귀에 손을 넣고 이게 아니다, 저것도 아니다, 하고 진지한 표정으로 주거니 받거니 하고 있으니까요.

하지만 그 순간은 불현듯 찾아왔습니다. 처음으로 인간의 귀에 들어간 순간이요. 어떻게 표현하면 좋을까요, 그 신기한 감각을. 한마디로 표현하면 '추락감'일까요. 뜻밖에도 상대의 귓속으로 떨어지는 느낌이 듭니다. 먼저 몸이 붕 뜨는 부유감에 휩싸이고, 다음 순간에는 상대의 귓구멍과 자신의 손 모양이 저 밑으로 보이는데, 그 역시 거대한 우물에 팔목을 잡혀 빠져드는 것 같은 기분마저 듭니다. 네, 한마디로 무섭죠. 익숙해질 때까지 20~30번은 들어가봐야 하지 않았을까요. 옆에서 보기에는 눈 깜짝할 새에 벌어진 일이지만, 실제로 들어가는 사람 입장에서는 순간을 늘려놓은 것 같은 감각에 빠져, 한없이 오랜 시간 동안 천천히 추락하는 기분이 듭니다. 하지만 신기하게도 여유가 생기면 일종의 쾌감을 느끼게 됩니다. 금방이라도 나올 것 같지만 나오지 않는, 기나긴 사정과도 같은 쾌감을요. 그러고 보니, 스즈키는 자신이 들어가는 상대를 '귀 주인'이라 불렀습니다. 정중한 듯하지만 실상은 무례한 표현이 꼭 그다웠습니다만, 뭔가 익살스러운 느낌도 들어서 저도 꽤 좋아하는 말이었습니다. 네, 그렇게 부르도록 하죠. 귀 주인 속에 완전히 들어가면, 추락하는 감각은 사라지고 대신 격렬한 현기증을 느끼게 됩니다. 위아래가 분간되지 않는 현기증에 시달리며, 뭔가를 붙잡거나 그 자리에 주저앉고 싶은 충동을 느끼지만, 그때 꼭 참아야 합니다. 어디까지나 침입한 인간의 정신적인 현기증, 영혼의 비틀거림에 지나지 않기에 실제로 쓰러지지는 않습니다. 그리고 자신의 정신이 귀 주인의 육체에 조금씩 적응하기를 조용히 기다립니다. 그러면 조금씩 귀 주인의 오감이 제 것처럼 느껴지게 됩니다. 상대가 보는 것이 보이고, 듣는 소리가 들리며, 맡는 냄새가 나고, 느끼는 맛을 느낄 수 있으며, 육체의 존재를 느낄 수 있습니다. 자기 육체가 아니라 물론 위화감은 느껴집니다. 뭐라고 할까요, 어쩌다가 남의 신발에 발을 넣은 것처럼 미지근한 불쾌감이죠. 아, 나에게 딱 맞지 않는다는 걸 마음이 알아채는 거죠. 말해두지만, 귀 주인의 몸을 조종하는 건 쉬운 일이 아닙니다. 저도 금세 자유롭게 움직일 수 있으리라 착각했지만, 스즈키의 팔을 하나 드는 데만 해도 무척이나 고생했습니다. 온몸이 완전히 쪼그라든 것처럼, 좌우지간 힘을 줄 수가 없습니다. 귀 주인이 저항하면 처음에는 택시 잡는 것조차 힘들죠. 제가 들어가 있는 동안 스즈키는 계속 웃고 있었습니다. '이 느낌은 언제나 끝내주는군. 이래서 남에게 비법을 전수하는 걸 그만둘 수 없다니까'라는 듯. 뭐, 어찌 되었든 시간이 지나면서 서서히 주도권을 쥐게 됩니다.

하지만 처음 시작했을 무렵에는, 몇 시간이나 제대로 움직이지 못했습니다. 밤에 귀 주인이 잠들기를 기다렸다 나가는 열쇠를 써서 나오고는 했지요. 네, 상대가 잠들면 무서울 게 없습니다. 잠에서 깨지 않도록 살며시 귀 주인에게서 나와 집을 뒤지는 것도 식은 죽 먹기죠. 실제로 그걸 생업으로 삼았던 미미모구리도 있었을 겁니다. 아니, 지금도 있겠죠. 솔직하게 말하면, 저도 공장을 그만두고부터는 많이 했습니다. 좀도둑처럼 푼돈이나 훔친 게 아니라, 자랑스럽게 할 말은 아니지만, 한동안 일을 안 하고도 먹고살 수 있을 정도로 큰돈을 하룻밤에 번 적도 한두 번이 아니었죠. 덕분에 지금은 돈 걱정은 안 하고 삽니다. 어쩌면 스즈키도 같은 수법으로 더러운 부를 축적해, 부유한 생활을 했을지도 모릅니다. 언제 봐도 들뜬 듯한 말투였거든요. 뭐, 제 입으로 말하기도 뭣하지만, 저도 지금은 이 바닥의 전문가라 해도 과언은 아니겠죠. 근 40년 동안 미미모구리를 해왔으니까요. 스즈키가 그랬듯이, 귓속에 들어간 뒤 거의 뜸 들이지 않고 곧바로 귀 주인에게서 주도권을 빼앗아 올 수 있거든요. 한마디로 여자가 하이힐을 벗고 밤길을 죽자 살자 달리게 하는 것도 가능하고, 도도한 톱 여배우에게 들어가 스크램블 교차로 한가운데에서 스트립쇼를 하게 할 수도 있으며, 총리의 경호원에게 들어가 뒤에서 총리의 머리를 쏴버리는 것도 가능합니다. 뭐, 나이를 먹으면 그걸 실행에 옮길 만큼의 경솔함이나 정열이 사라지지만요.

그러고 보니 스즈키가 결국 어떻게 되었는지를 아직 말씀드리지 않았군요. 혹시 제가 스즈키를 죽였다고 생각하시는 겁니까? 아닙니다, 죽이진 않았어요. 아니, 단언할 수는 없군요. 저는 그를 죽인 걸까요. 고백하자면 오랫동안 생각했습니다. 그가 어떻게 됐는지를. 제 이야기를 들어주시죠. 그리고 당신이 판단을 내려주십시오. 제가 스즈키를 죽인 건지를.

어느 날 밤이었습니다. 스즈키가 또 저를 찾아왔습니다. 여느 때처럼 둘이서 술을 마시며 두런두런 이야기를 나눴죠. 그날 밤, 스즈키와 이야기하는 동안 심한 졸음이 밀려오더군요. 안주도 없이 술을 들이켜며 늦게까지 이야기하다 보니 늘 졸음에 시달리곤 했습니다. 그 재미없고 답답한 남자와 대체 무슨 이야기를 그렇게 했을까요. 이제 와서는 거의 기억도 나지 않는군요. 졸리면 저는 곧바로 이불에 드러누웠습니다. 스즈키는 제 모습을 보고 왠지 신이 난 표정으로 "벌써 끝났나" 하고 중얼거렸습니다. 취해서 정신을 못 차릴 때만큼은 그나마 정이 간다는 듯이요. 그리고 제가 눈을 뜨면 스즈키는 사라지고 없었습니다. 저도 술이 약하지는 않았지만, 스즈키는 엄청나게 술이 셌습니다. 일본주며 소주를 물처럼 마셔대면서 소변도 거의 안 봤죠. 문자 그대로 주당이었습니다.

저는 밤중에 퍼뜩 눈을 떴습니다. 시계를 보니 새벽 4시였죠. 하지만 그날 밤은 있었습니다. 스즈키가 가지 않고 여전히 제 방에 있었죠. 제 옆에, 바닥 위에 드러누워서 자고 있었습니다. 입을 벌리고서는 작게 코까지 골고 있었죠. 움찔했습니다. 잠든 스즈키의 모습을 처음 봤거든요. 아니, 무의식적으로 스즈키는 밤낮의 구분이 없는 괴물이라 생각했던 거겠죠. 순간 이 녀석도 잠을 자는구나, 하고 생각했으니까요. 하지만 대단하다고 할까요, 스즈키는 자면서도 오른손으로 열쇠 모양을 만들고 있었습니다. 들어가는 열쇠 모양을요. 헛웃음이 나왔습니다. 그리고 잠시 후에, 그 웃음이 제 안에서 확 뒤집어지며, 스즈키가 집요하게 반복했던 말이 떠올랐습니다.

"미미모구리가 가장 해서는 안 될 일. 그것은 자기 귀에 들어가는 것이다. 자기 귀에 들어가는 열쇠를 꽂는 일이다."

당연히 물어봤지요. 그걸 하면 어떻게 되느냐고. 스즈키는 손을 펼치고 어깨를 으쓱하며 대답했습니다.

"글쎄, 궁금하면 직접 해보든지. 그게 싫으면 손톱부터 물어뜯어서, 조금씩 온몸을 먹어치워봐. 식탐 많은 상어처럼. 해보고 나한테도 알려줘. 어떻게 될지 궁금하니까."

들어가는 열쇠를 만든 채 잠에 빠진 스즈키를 내려다보았을 때, 굳이 직접 시험해볼 필요는 없다는 사실을 깨달았습니다. 누구한테 시키면 된다. 아니, 이 남자에게 시키면 될 일이다. 역시 일종의 광기에 휩싸여 있었던 거겠죠. 그 생각을 떠올린 순간, 뭔가 자신에게 피하기 힘든 시련이 내려진 것 같다고 생각했습니다. 시키면 된다, 가 아니라, 내가 꼭 그러도록 시켜야 한다, 그러라고 이자는 이 타이밍에 잠든 것이다. 그런 생각이 들더군요.

완벽하게 들어가는 열쇠 모양을 취한 스즈키의 오른손은 기도하듯 가슴에 놓여 있었습니다. 저는 그 손을 살며시 들어 숨을 죽이고 조금씩 그의 머리로 가져갔습니다. 긴장한 나머지 쿵쾅, 쿵쾅, 제 고동 소리가 들릴 정도였습니다. 도중에 눈을 뜨면 스즈키는 분명 제 속셈을 알아채겠지요. 허점이라고는 찾아볼 수 없는, 무시무시하게 눈치 빠른 남자니까요.

하지만 결론부터 말하자면, 저는 성공했습니다. 그의 오른손 가운뎃손가락을 그의 오른쪽 귀에 넣은 순간, 스즈키는 눈을 확 떴습니다. 그리고 저를 올려다보며 "너 이놈!" 하고 외쳤습니다. 지금도 제 머릿속에서 메아리치는 것 같군요. "너 이놈!"이라는, 죽을힘을 다해 저주를 담은 그 세 글자가. 분명 스즈키는 단번에 알아챘을 겁니다. 제가 무슨 짓을 하려는지를. 하지만 이미 늦었습니다. 미미모구리는 이미 시작되었으니까요. 제 눈앞에서 스즈키는 원을 그리듯 자기 오른쪽 귀로 빨려 들어갔습니다. 정말 순식간에 벌어진 일이었습니다만, 마지막에 귀 하나만 남은 그 광경이 뇌리에 또렷하게 각인되어 있습니다. 해진 다다미 바닥에 귀 한쪽이 덩그러니 남았고, 다음 순간에는 귓바퀴와 귓불까지 귓구멍으로 빨려 들어가더니, 끝내 스즈키의 모습은 허공으로 사라졌습니다. 흔적도 없이, 손가락 하나, 머리카락 한 올 남기지 않고요. 대체 어디로 사라진 걸까요. 단순히 죽음을 맞이한 걸까요? 아니면 어딘가에서 고양이로 다시 태어났을까요? 제 머리로는 모르겠고, 물론 당신도 모르시겠지요. 하지만 그때 저는 웃었습니다. 어째서인지 너무 웃겨서 참을 수가 없었거든요. 우스워서 견딜 수가 없었죠. 한 인간이 먼지 하나 남기지 않고 사라졌다는 사실이. 아니, 한 인간이라기보다는, 스즈키라는 남자가 사라진 사실이요. 그리고 스승 격이었던 스즈키가 사라짐으로써, 제 머리 위를 뒤덮고 있던 짙은 구름이 사라지고 광명의 빛줄기가 비추었습니다. 스즈키와는 고작 반년쯤 알고 지낸 사이였지만, 대체 그 남자의 정체는 무엇이었을까요. 이따금 이런 생각이 듭니다. 그는 자기 안으로 빨려 들어간 게 아니라, 세상이 통째로 그에게 빨려 들어간 게 아닐까 하는 생각이요. 하늘을 올려다보면 거대한 구멍이 두 개 뚫려 있고, 그게 스즈키의 귓구멍이 아닐까 하고. 뭐, 시시한 공상일 뿐입니다만. 아, 지금 이렇게 생각하셨죠. 고사카 유리코도 같은 방법으로 사라진 게 아닐까. 제가 그녀에게 미미모구리를 가르쳤고, 제 악랄한 꾐에 빠지거나, 아니면 본인의 과실로 인해서 자기 안으로 빨려 들어가 사라진 게 아닐까. 아뇨, 지레짐작하지 마십시오. 제가 그런 식으로 사라지게 한 인간은 스즈키 말고는 없으니까요. 그녀는 그런 식으로 사라진 게 아닙니다. 그럼 어떻게, 어디로 사라졌는가. 그 이야기를 하려면 미미모구리에 관한 나머지 두 개의 금기, 두 번째, 세 번째 터부에 대해서 말씀드려야 합니다. 스즈키가 그러더군요.

"연속으로 들어가면 안 된다. 요컨대 한 인간 안으로 들어가, 그 육체 그대로 다른 인간 속에 들어가면 안 된다는 뜻이다."

그러면 어떻게 될 거라 생각하십니까? 마트료시카 인형처럼 계속해서 미미모구리를 한다면요. 한 육체에 여러 개의 영혼이 들어가겠죠. 분명 사방에 여러 개의 운전대가 달린 차에 물정 모르는 젊은이들이 우르르 올라타는 것처럼 무척이나 불안한 일이겠지요. 아무리 저라도 그런 위험한 짓은 해본 적이 없습니다. 하지만 그에 가까운 일은 계속해왔죠. 그렇게까지 위험하지는 않지만 그와 비슷한 일을, 젊은이처럼 성급하게는 아니고, 더 천천히 40년에 걸쳐 계속해왔습니다.

그리고 세 번째 금기, 이게 중요합니다.

"한 인간에게 오래 들어가 있지 마라. 사흘만 지나도 점점 섞이게 된다. 자기와 귀 주인의 기억이, 감정이, 모든 것이. 그렇게 되면 더는 네가 아니게 된다. 아니, 너는 너지만 결국은 다른 누군가지. 절대로 빠져나올 수 없어. 귀 주인의 몸은 네 몸이 되어버리는 거지."

스즈키의 말은 완전히 사실이었습니다. 고백하자면, 들어간 순간부터 그 조짐이 어렴풋이 느껴지기는 하지만, 사흘이 지난 즈음부터 급격히 불안정해집니다. 먼저 새 기억이 섞이기 시작하죠. 귀 주인과 제 기억 사이에 있던 구분 선이 서서히 지워져가는 느낌이라고 할까요. 불현듯 어디 여행을 갔던 기억이 떠오르는데, 그게 귀 주인이 갔던 것인지, 제가 갔던 것인지 금방 구분할 수가 없어지죠. 그로부터 일주일이 지나면, 이제 돌이킬 수 없습니다. 애초에 자신을 꺼내야겠다는 생각이 들지 않습니다. 제 말이 좀 이해하기 힘드시겠지만, 나카하라 씨, 예를 들어 이렇게 생각해보십시오. 지금 당신의 마음을 둘로 쪼갠다고요. 어떻습니까? 쉽게 상상이 가십니까? 대체 어디서부터 쪼개면 되는 거죠? 요컨대 그런 겁니다. 하지만 이건 일종의 쾌락이죠. 아니, 인간 정신이 가진 근원적인 쾌락, 가장 인간다운 지고의 쾌락이라고 할 수 있죠, 타인과 하나가 된다는 건. 나카하라 씨, 당신은 자신이 자신일 수밖에 없다는 사실에 갑갑함을 느낀 적은 없습니까? 모처럼 이 세상에 태어나 존재하는

데, 100가지, 1000가지 인생을 살 수 없다는 사실에 분노를 느낀 적은 없습니까? 70억의 인간이 아니라, 한 인간일 수밖에 없다는 사실에 절망을 느낀 적은 없습니까? 세상이 이렇게 눈앞에 통째로 매달려 있는데, 감질나게 혀끝으로 핥아서 맛볼 수밖에 없다는 사실이 너무 부당하다고 울분을 느낀 적은 없습니까? 있을 겁니다. 누구에게나 있을 거예요. 그래서 쾌락인 겁니다, 타인의 마음과 한데 섞이는 건요. 말하자면 그것은 자신의 마음에 새로운 창문이 무수히 열리며, 낯선 풍경과 선명한 바람이 거세게 불어닥치는 현기증과 쾌락입니다. 한 인간의 정신은 그야말로 하나의 세계나 다름없으니까요. 그걸 삼키면 세계는 그만큼 더 농밀해지고, 깊이를 더해가며, 선연해지며, 의미도 깊어집니다. 이 비할 데 없이 멋진 기분을 말로 전할 수 없는 게 안타깝기 그지없군요.

제가 처음으로 녹아든 건 한 여자였습니다. 단단한 봉오리를 연상시키는 젊고 청초한 여성이었죠. 공장 근처에 작은 식당이 있는데, 그녀는 거기서 일했습니다. 제대로 대화를 나눠본 적도 없었습니다만, 그 시절의 저는 그녀를 보기 위해 매일같이 그 식당에 점심을 먹으러 갔습니다. 그곳의 음식이 마음에 든다는 표정으로요. 하지만 그런 불순한 마음을 가진 손님은 저 혼자만이 아니었습니다. 그녀는 모두에게 지요 짱이라는 애칭으로 불리며 사랑받는 마스코트, 즉 절벽에 핀 꽃이었죠. 하지만 어느 날, 밤길에서 그녀와 우연히 마주쳤습니다. 저는 순간적으로 눈을 내리깔려 했지만, 그녀는 아, 하고 인사를 건넸습니다. 겉으로 티는 내지 않았지만, 기쁜 나머지 가슴이 녹아내리는 것 같았습니다. 그리고 이런 기회는 이제 다시는 없는 게 아닐까, 이 우연한 만남은 실행하라는 징조가 아닌가, 생각했습니다. 그렇게 생각하니 역시 참을 수가 없더군요. 그 무렵에는 벌써 수십 번은 미미모구리에 성공했기 때문에, 소심한 저도 분명 대담해졌던 것 같습니다. 지요 짱을 불러 세워, 방심한 틈을 타 귀에 손을 뻗어 안으로 들어갔습니다. 그리고 그대로 이틀, 사흘이 지나 그녀의 마음에 조금씩 물들어갈 즈음, 다시 나가고 싶지 않다, 이대로 그녀와 하나가 되고 싶다고 생각했습니다. 다른 사람 안으로 들어가 이런 기분을 느낀 건 처음이었습니다. 너무 깊숙이 들어가면 더 이상 자기가 아니게 되어버린다고 스즈키에게 이야기를 들었기 때문에 그 전까지는 길어도 꼬박 하루만 머물렀지만, 며칠에 걸쳐 조금씩 녹아 그녀와 섞여가는 건, 그 어떤 쾌락과도 비교할 수 없는 경험이었습니다. 그리고 스즈키의 말대로 저는 다른 인간으로서, 새롭게 양성구유兩性具有의 정신으로 다시 태어났습니다. 하지만 인간이란 어쩌면 그렇게 만족할 줄 모르는 생물인지, 한 달쯤 지나자 정신에 깊이를 더한 저는 새 육체 속에서 다시금 허기를 느꼈습니다. 다시 새로운 사람과 융합되고 싶다는 격렬한 허기였습니다. 다시 한번 그 과정을 경험하고 싶다는, 다른 것으로는 채울 수 없는 허기였지요. 저는 또다시 사냥감을 물색했습니다. 이제는 누구 안으로 들어갈까, 가 아니라 누구와 하나가 될까, 라고 생각하면서. 그리고 지금 이 순간에 이르는 저의 기나긴 편력이 시작되었죠. 들어가서 한데 섞이고, 들어가서 한데 섞이고, 그때마다 육체를 바꾸며, 마치 차례로 허물을 벗으며 그때마다 정신만 비대해지는 뱀처럼, 40년에 이르는 이형의 편력이 말입니다. 제가 지금까지 주로 말한 건, 말하자면 마음 제일 아래층에 드러누운, 보잘것없는 선반공이었던 저의 기억입니다. 아니, 실제로는 틀린 부분도 있을지 모르겠습니다. 〈킬러, 혹은 애묘가〉를 영화관에서 본 건 또 다른 저였을지도 모릅니다. 히메지에서 태어난 것도, 철들기 전에 아버지를 여읜 것도, 사실은 다른 저였을지 모르죠. 기묘하다 여기실지도 모르겠지만, 지금 와서는 정말 쉽지 않은 일입니다. 오직 한 사람의 기억을 다른 것과 정확히 선별하는 게 말이죠. 저라는 존재를 한 그루의 커다란 나무라 생각해보시면 이해할 수 있을 겁니다. 수많은 정신을 하나로 묶은 줄기와 무수한 기억의 뿌리를 땅속에 내린 한 그루의 거목이라고요. 그 뿌리 하나하나가 저와 하나 되기 이전에는 저마다 고립된 인생이었습니다. 제 마음 밑바닥 곳곳에서 그 무수한 뿌리는, 무수한 인생은, 복잡하게 뒤엉키고, 때로는 녹아서 하나가 되어, 더는 엄밀히 분리할 수가 없습니다.

그나저나 저도 상당히 뛰어난 인재가 아닙니까? 다소 정확하지 않다고 해도, 40년에 걸쳐 하나씩 기워온 213가지의 인생을 이야기할 수 있으니까요. 네, 맞습니다, 213명입니다. 아, 만일 아직 부족하다면, 다른 인생 이야기를 할까요? 기타오사카의 식당에서 일하던 시절의 제 기억을 이야기해드릴 수도 있습니다. 어떠십니까? 듣고 싶습니까? 아니면 5개 국어를 구사하는 회사원이었던 제 이야기를 할까요? 아니면 후쿠오카의 윤락업소에서 일하던 저의 이야기를 할까요? 어떤 이야기를 듣고 싶으신가요? 아, 그러고 보니 고사카 유리코와 고등학교 때부터 친구였던 이마이 나쓰코를 기억하십니까? 당신도 여러 번 만난 적이 있지 않습니까. 그녀의 인생 이야기를 할까요? 네, 맞습니다. 이미 제가 된 이마이 나쓰코가, 아직 제가 아니었던 고사카 유리코의 귓속으로 들어갔지요. 네 달 전쯤의 일입니다. 오랜만에 함께 술을 마셨고, 돌아오는 길에 둘이서 역 화장실에 들어갔는데, 나올 때는 고사카 유리코 혼자였죠. 그녀는 무척이나 혼란스러워했습니다. 친구가 별안간 귀를 만진 순간, 아무리 취했다고는 해도 모습이 완전히 사라졌으니까요. 네, 설령 그렇게 보였다고 해도, 보통은 자기 귀에 인간이 쏙 들어갔다고는 생각하지 않죠. 하지만 일주일이 지나자, 고사카 유리코 또한 다른 저와 마찬가지로 완전히 녹아들어 저와 섞였습니다. 아니, 오히려 거대한 저에게 덧칠해졌다고 표현하는 게 온당할지도 모르겠군요. 어찌 되었든 그녀는 거대한 저를 형성하는 212번째의 제가 되었습니다.

마지막으로 당신이 일부러 찾아간 213번째의 제 이야기를 해야겠군요. 고사카 유리코의 이웃이었던 저의 이야기를요. 이제 아무래도 상관없을지 모르지만, 213번째의 제 이름은 후지타 유스케라 합니다. 마흔넷의 독신 회사원으로, 별다른 장점도 없는, 고독이 친숙한 고양이 애호가였죠. 저는, 아니, 후지타 유스케는 암내 때문에 오래도록 여자와 이야기하는 걸 불편해했던지라, 이웃인 고사카 유리코와 제대로 이야기를 나눠본 적이 없었습니다.

하지만 그날, 고사카 유리코를 제가 마지막으로 본 날입니다만, 저는 저와 베란다에서 처음으로 제대로 이야기를 나눴습니다. 아, 뭔가 이야기하다 보니 혼란스러워지는군요. 이런 일이 지금도, 특히 막 들어갔을 때 종종 일어납니다. 의식이 물결치며 뒤엉킨다고 할까요, 뒤엉키며 어긋난다고 해야 할까요, 어긋나며 흩어진다고 할까요, 이제는 어느 쪽도 저고 모두가 저니까요, 저는. 아, 이미 저였던 저는 난간에서 몸을 내밀어 고양이를 안은 저에게 손짓을 합니다. 저는 예상치 못한 저의 대담한 행동에 흠칫했죠. 손짓을 한 저는 고양이를 안은 저에게 짐짓 속삭이듯 말합니다. 고양이를 안은 저는 그 말을 알아듣지 못해서 네? 라고 하며 저에게 얼굴을 들이대죠. 저는 저와 베란다의 얇은 칸막이 너머로 어깨를 나란히 했습니다. 그때의 저희를 어딘가에서 누가 보았다면, 진부한 연애 드라마처럼 이웃 사이에 사랑이 싹트고 있다고 착각했을지도 모르죠.

손짓을 한 저는 고양이를 안은 저에게 다시 한번 확실히 말합니다. "지금 그쪽으로 갈게요!" 네, 그 고양이가 욕심났습니다. 베란다에서 처음 그 눈을 보았을 때, 그 영화의 하얀 고양이의 눈이다, 그 형사의 눈이다, 아녜스 리비에의 눈이다, 그렇게 생각했습니다. 제 고약한 버릇이죠. 옛날부터 그렇게 모든 걸 징조라고 생각하고 맙니다. 운명의 징조라고. 그 때문에 저는 저에게 들어가야겠다고 생각한 거죠. 저는 저와 하나가 되어야 한다고 생각했습니다. 줄곧 그런 식으로 저는 지금의 제가 되었으니까요. 고양이를 안은 저는 갑작스럽고도 기묘한 선언에 당황해서, 무심코 저에게 되물었습니다. "어떻게요?" 평소였다면 현관으로 찾아온다는 뜻으로 들었겠죠. 하지만 머릿속에 불쑥 떠오른 건, 베란다 난간에 올라가 칸막이를 넘거나, 칸막이를 부수거나 하는 황당한 방법이었습니다. 그러고도 남을 기세였죠. 저의 "지금 그쪽으로 갈게요"란 말은. 저는 이날을 위해 준비한 선물이라도 숨겨놓은 듯 미소 지으며, 고양이를 안고 어쩔 줄 몰라 하는 저에게 대답했습니다. "알고 싶으세요? 그럼 귀를 이쪽으로 더 가까이 대세요." 저는 순간 제가 난간을 넘어 뛰어내릴 것 같다고 생각했습니다. 그래서 앗, 하고 나지막이 소리쳤죠. 하지만 저는 제가 옷자락을 붙잡은 날개옷처럼 가늘어져서, 제 쪽으로 우아한 호선을 그리며 가볍게 날아드는 것을 보았습니다. 그리고 저는 염원하던 하얀 고양이를 안고, 제 목소리를 들었습니다. "멋진 고양이네요. 아녜스라고 불러도 될까요?" 아, 보세요, 그 아네스가 우리를 다시 빤히 바라보네요. 금빛 눈과 은빛 눈을 한껏 크게 뜨고 우리를 바라보고 있네요. 6년이나 함께 살았던 주인이 한순간에 모습을 감추더니, 낯선 남자가 주인의 소파에 앉아 혼잣말을 중얼거리고 있으니까요. 으스스하기도 하겠죠.

그나저나 나카하라 씨, 아까는 큰 실례를 범했습니다. 집으로 들어오시라 한 뒤에 갑자기 귀에 손을 넣는 짓을 해서요. 제가 당신 귓속으로 사라진 걸 보고 무척 놀라셨겠지요. 아, 사실대로 말하면, 당신의 귀에 들어가기보다는 먼저 당신을 껴안고 싶었답니다. 하지만 제가, 저야말로 고사카 유리코라고, 저야말로 당신이 찾는 사람이라고 주장해도 당신은 결코 믿지 않으셨겠죠. 그래서 이건 필요한 일이었답니다. 어쩔 수 없었어요. 이렇게 하지 않았으면, 당신은 미미모구리의 이야기 같은 건 미친 사람의 헛소리라 일축했을 테니까요. 하지만 이렇게 되었으니, 당신도 받아들일 수밖에 없겠지요. 어떤 기분이지? 이렇게 누군가가 당신의 육체를 지배하고, 당신의 입으로 길게 이야기하는 건. 처음에는 무섭겠지. 나도 때때로 기억이 나. 처음 스즈키가 들어왔을 때를. 처음 내가 들어갔을 때의, 수많은 경악의 순간을.

그러고 보니 어느 순간부터인가 문득 그런 생각이 들어. 스즈키 역시 지금의 나 같은 존재가 아니었을까. 여러 인간의 정신을 하나로 묶은 거대한 나무 같은 존재였을지도 모르겠다고. 그걸 내가 죽인 걸지도 모르지. 없애버린 걸지도 몰라. 스즈키 한 명이 아니라 수십, 수백 명의 사람을 동시에 지워버린 건지도 몰라. 그렇게 생각하면 아무리 나라도 가슴이 미어져. 아니, 물론 모를 일이지. 이건 단순히 상상에 지나지 않으니까. 하지만 그게 사실이라면, 그들은 대체 어떻게 되었을까? 그걸 생각하기 시작하면, 늘 생각이 나. 영화에서 루이 칼리에르가 연기한 살인 청부업자가 저택의 문을 열어젖히는 장면이. 모든 고양이들이 파리 거리로 내달리는 장면이. 그리고 그렇게 할 수 있으면 좋을 거라 생각해. 그저 사라지는 게 아니라, 모두가 보이지 않는 고양이가 되어 사이좋게 거리를 누비면 좋을 텐데 말이야.

아, 나카하라 씨, 고타 군, 그렇게 겁먹지 마. 나는 사라질 생각도 없고 당신을 다치게 할 생각도 없으니까, 다치기는커녕 앞으로 멋진 경험을 하게 될 거야. 당신은 214번째의 내가 될 테니까. 아, 고타 군, 정말 보고 싶었어, 계속 보고 싶었어, 하지만 이걸로 우리는 계속 함께 있을 수 있어, 고타 군에게 빨리 알려주고 싶어. 이게 얼마나 멋진 일인지. 하지만 그럴 수 없어. 말로는 절대 불가능해. 그러니까 느껴봐. 앞으로 일어나는 모든 일들을 하나도 빠짐없이 마음으로 느껴주길 바라. 아, 고타 군의 기억이 조금 나에게 흘러 들어왔어. 아, 내가 보여. 고타 군과 함께 있는 내 모습이 보였어. 내 눈에 비친 고타 군도 보였어. 나를 안고 목덜미에 얼굴을 묻어. 그리고 나를 안아줘 하지만 더욱더 더 더 더 더 꼭 안아줘. 나 어제 무서운 꿈을 꿨어. 이 세상의 마지막 사람이 되는 꿈을 꿨어. 수십억, 수백억의 사람들의 귀에 들어가고, 또 들어가서, 끝내 모든 사람들을 한데 묶은 유일한 사람이 되어버리는 꿈을 꿨어. 나에게는 고양이 아네스밖에 없어. 신이 된 기분이 들어. 누가 어떤 식으로 죽어도 하나도 슬프지 않아. 유일신이 된 기분이야. 충만한 기분이야. 하지만 고독했어. 왜 고타 군에게도 들어간 걸까. 고타 군은 왜 이곳에 와버린 걸까. 고타 군이 와버렸으니까 이제 곧 고타 군이 사라져. 고타 군이 내가 되어버려. 하지만 고타 군을 잃을 바에야 이러는 게 좋아. 언젠가 고타 군이 죽고 나만 영원히 살아가는 건 견딜 수 없어. 나 혼자만 귀에서, 귀로 영원히 방황하는 건 견딜 수 없으니까. 이걸로 됐어. 하지만 외로워, 쓸쓸해, 슬퍼, 더 꼭 안아줘. 추억 속에서, 마음속에서, 더 꼭 안아줘. 고타 군이 내가 되어버리기 전에, 내가 고타 군이 되어버리기 전에…….

상색기

喪色記

1

그가 중학생이었을 때의 일이다. 어느 노작가가,

"어떤 예술가든 좋은 작품을 만들고 싶으면 스스로에게 솔직해지는 수밖에 없죠. 뛰어난 예술가는 평생에 걸쳐 솔직해지는 법을 배웁니다."

라고 텔레비전의 다큐멘터리 프로그램에서 이야기하는 모습을 우연히 보았다. 거짓만 늘어놓는 소설가 나부랭이가 어떻게 솔직해지냐고 비웃을 마음은 들지 않았다. 노작가가 적어도 그 순간만큼은 솔직하게 말하고 있다는 걸, 인생 경험이 부족한 그도 알 수 있었기 때문이다. 노작가는 무뚝뚝하고 말솜씨도 서툴렀지만, 그 무뚝뚝함이나 서툰 말솜씨도, 그리고 중후한 외모조차도 그야말로 평생에 걸쳐 솔직해지는 방법을 몸으로 익힌 대가인 것 같았다.

'솔직함'이라는 어딘가 어리석은 울림을 지닌 말은 신기하게도 그를 매료시켰다. 정의, 자유, 평화, 박애……. 세상 곳곳에서 외치는 고매한 이념 중에서 제가 감당할 수 있는 건, 한 인간의 그릇에서 삐져나오지 않는, 사소한 그 '솔직함'밖에 없는 것 같았다. 그것이 노작가가 그의 가슴속에 뿌린 소설가로서의 '씨앗'이었다. 고등학교에 진학한 후의 일이지만, 그 씨앗은 누나가 쓰던 노트북 컴퓨터로 조심스레 소설을 쓰기 시작하는 형태로 싹을 틔우게 된다. 자신에게 솔직해지기 위해 그는 어떤 개인적인 위화감을 이야기의 실마리로 삼으려 했다. 그 위화감이란 인간의 '눈'에 관한 것이었다.

그는 철들었을 때 이미 시선이 불편했다. 맞은편에서 걸어오는 사람이 똑바로 제 눈을 들여다보는 게 아닐까, 그런 생각만 해도 불안해져서 가렵지 않은데도 뺨을 긁적이거나 코를 비비지 않고는 견딜 수 없었다. 저도 모르게 눈을 맞췄을 때는 눈알을 혀로 핥는 듯한 강렬한 불편함에 휩싸여 5초도 지나지 않아 눈을 돌렸다. 이런 건 분명 심리학적으로 설명될 수 있을 테지만, 상대가 험상궂은 거한이거나, 사나운 눈매의 불량배라거나 하는 수컷으로서의 권력관계와는 그다지 관련이 없는 것 같았다. 애초에 거울 속 자신과 눈이 맞아도 안절부절못하게 되니까.

그에게 눈은 너무나도 의미가 깊었다. 검은색, 갈색, 푸른

색, 녹색, 회색……. 눈동자 빛깔은 다양했지만, 어느 색이나 그 자체가 하나의 소우주처럼 생생하게 바닥없는 빛깔을 띠고 주체성을 주장하고 있었다. 가령 눈가리개를 한 사람은 생명체의 존재 방식으로부터 억제되어 남몰래 고요한 물체로 변하고 마는데, 눈가리개를 벗자마자 그는 세상에 활짝 열린 존재로 변화한다. 눈이라는 기관에 의해, '본다'는 행위를 통해, 인간은 세상을 파악하고, 세상과 연결되며, 자신이 있을 곳을 세상 속에서 찾아내고, 세상에 영향을 미치기 시작한다. 다른 기관과 비교했을 때, 눈은 마치 초월적 존재에 의해 얼굴에 박힌 것처럼, 유독 이질적이지 않은가.

하지만 그런 이유만으로 눈을 불편하게 여기는 그의 의식을 완벽하게 설명할 수는 없다. 아무에게도 말하지 않았지만, 위화감의 핵심을 이루고 있던 건 눈이라는 기관이 어딘가 다른 세상과 연결되어 있다는, 어디서 비롯되었는지 모를 불가사의한 감각이었다. 그를 불안하게 한 건, 한마디로 눈의 깊이였다. 안구를 옆에서 살펴보면, 먼저 각막이라는 입구가 있고, 다음으로 수정체가 있으며, 그 안쪽에 유리체라는 장엄한 사원이 펼쳐져 있고, 가장 깊숙이 망막이 있다. 의심할 여지는 없다. 인간의 눈에 그 이상이 있을 리 없다. 하지만 모든 불안이 그렇듯, 그의 불안 역시 논리적으로는 설명할 수 없었다. 거울을 보며 자신의 어둡고 깊은 눈동자를 빤히 들여다보노라면, 몸이 쓱 떠올라 구멍에 빨려 들어가는 듯한 공포에 휩싸여, 때로는 가벼운 현기증까지 일었다. 그 구멍이란, 사후 세계를 체험한 이들이 종종 목격한다는 둥글고 거대한 터널 같은, 텅 빈 공허한 이미지다. 이대로 나아가면 어딘가 범상치 않은 장소에 도착할 것 같은 기분이 들었다.

그는 그 이미지를 바탕으로 첫 작품을 쓰기 시작했다. 제목은 〈눈빛의 나무〉. 거울을 들여다본 소년이 어느 날 갑자기 스스로의 눈동자에 빨려 들어가, 터널을 지나 황량한 세상에 도착한다. 거기서 만난 나그네의 말에 따르면, 그 세상의 중심에는 하늘을 찌를 듯 거대한 나무가 있다. 거목의 모습은 요사스러운데, 껍질은 수십억 개의 눈으로 빼곡하게 둘러싸여 있었다. 그 무수한 눈으로 삼라만상을 관찰하고, 바람에 흔들리는 풀 한 포기, 나뭇잎 한 장조차 놓치지 않으며, 결코 잊지 않는다고 했다. 그러한 까닭에 거목은 신에 필적하는 영지를 지니고 있으며, 인간이 발하는 어떠한 물음에도 답해준다고 했다.

결국 첫 작품은 어린애가 끄적인 낙서보다 나을 것이 없는 작품이었고, 제대로 된 결말조차 내지 못했지만 그야말로 첫 작품답게 그라는 글쓴이의 본질을 나타내고 있었다. 적어도 이곳이 아닌 어딘가가 저편에 존재한다는 감각을 솔직하게 적었기 때문이다. 그 감각은 그야말로 형언하기 어려워서, 누군가에게 진지하게 털어놓는다면 필시 제정신인지 의심받을 종류의 것이었다. 그러므로 소설이라는 허구는 의외로 그에게 솔직해지기 위한, 둘도 없는 도구였다. 결국 허구란 진실을 말하려는 자의 수줍음과 다르지 않기 때문이다.

하지만 그는 평탄하게 소설가의 길을 걷지 못했다. 그에게 이야기란 쓰는 것이 아니라, 쓰이는 것, 또는 쓰도록 허락받은 것이었다. 이야기는 이미 완성된 것으로서 허공을 부유하고 있으며, 어느 날, 어느 때, 자신에게 형태를 부여할 이를 지명한다. 네가 쓰라고. 나를 쓰는 걸 허락한다고. 하지만 젊은 날의 그는 지명을 받은 건 어렴풋이 알았지만, 능력이 부족하여 늘 도중에 이야기가 질려서 떠나버리는 일이 반복되었다. 대학을 졸업하고 취직하자, 글을 쓰는 일로부터 몇 년이나 멀어졌다. 현실이라는 강고한 이야기에 사로잡혀, 그걸 쓰는 게 아니라 살아야만 했기 때문이다.

2

시선에 대한 불편함이 생각만큼 인생에 무거운 짐이 되지는 않는다. 다행히도 20대 중반까지는 그렇게 생각하며 살 수 있었다. 실제로 사람들은 의외로 눈을 맞추지 않고 하루를 보내고 있다. 일상생활에서는 누군가와 눈을 맞춘다 해도 1~2초가 고작이고, 5초쯤 바라보면 거기에는 다양하고 특수한 의도가 개입하게 된다. 친애의 표현, 우위성의 과시, 성실함의 주장, 또는 그것들을 가장하는……. 그도 1~2초는 견딜 수 있었고, 눈을 맞추는 척하면서 피하는 법도 어느새가 익히게 되었다. 하지만 그렇게 넘길 수 있었던 건 사회에 나오기 전까지였다. 구체적으로 말하자면 스물여섯 살 때 오사카 지사에서 온 Y라는 남자가 상사가 되기 전까지였다.

그와 띠동갑인 Y는 고구마처럼 검붉은 낯빛의 덩치 큰 사내로, 그가 남몰래 '기력 엘리트'라 부르는 부류였다. 종일 블랙커피를 마시며 엔진을 돌리고, 밤이면 술을 물처럼 들이붓고, 요란하게 손뼉을 치며 잇몸이 보이도록 폭소하고, 소파에서 두 시간만 눈을 붙여도 좀비처럼 활기차게 일어났다. 그런 데다 Y는 어떠한 종류의 후각을 가지고 있었다. 그 후각으로 잠재적 사회부적응자를 색출해냈다. Y는 그가 눈을 맞추지 않는, 아니, 맞출 수 없는 성격이란 걸 금세 알아챘다. 애초에 "눈을 보고 말해!"라는 게 그의 입버릇이었고, 실제로 Y는 쏘는 듯한 시선으로 상대의 눈을 들여다봤다. 게다가 눈이 튀어나올 것처럼 크고, 기름 막으로 덮인 듯 번들번들 정력이 넘쳤다. 한마디로 그에게 Y는 가장 상대하기 힘든 종류의 사람이었다. 미묘하게 시선을 피하며 얼버무리려 해도, Y에게는 통하지 않았다. Y는 눈을 보고 이야기하는 것이 일단 '인간으로서의 예의'이며, '신뢰와 성실, 자신감의 증거'라고 했지만, 실상 Y에게 상대와 눈을 맞추는 건 서열 싸움 같은 것이었다. 누가 서열이 위고, 누가 아래인지, 시선을 통해 일상적으로 그것을 확인하지 않고는 견딜 수 없는 전형적인 알파남이었다.

Y는 즉시 그를 눈엣가시로 여겼다. 어느 날은 전화 대응의

미숙함을 트집 잡으며 들들 볶았다. 어느 날은 프레젠테이션이 어설프다 지적하며 사람들 앞에서 집요하게 괴롭혔다. 어느 날은 고객 접대 자리에서 일찍 일어나려고 하자 큰 소리로 면박을 줬다. 무슨 일만 있으면 "정말 쓸모없는 녀석이군", "이 일하고 전혀 안 맞아"라며 한숨 섞인 목소리로 중얼거려 그의 신경을 긁었다. Y가 오기 전부터 그는 격무에 시달렸고, 한계까지 일하다 기진맥진한 상태로 D 시에 있는 초라한 자취방에 도착할 때쯤이면 거의 날짜가 바뀌어 있었다. 주하이* 캔에 편의점 도시락을 먹으며 언젠가는 그만두겠다고 진부하기 짝이 없는 저주의 말을 곱씹으며, 현실에 생매장당하는 것처럼 잠에 빠져들었다. 그것도 고작해야 다섯 시간쯤 되는 쪽잠이었다. 그렇게 기어가듯 하루하루를 간신히 살아냈다.

그런 상황에서 Y가 나타나 결정타를 날린 것이다. 자려고 누워도 잠이 오지 않았고, 잠이 들어도 수면의 질은 떨어졌으며, 한두 시간마다 눈이 떠졌다. 아침마다 배탈이 났고 정체 모를 불안이 24시간 가슴을 흔들고 사라졌다. 물 먹은 솜처럼 몸이 무거웠고 종일 한숨을 쉬었다. 건망증이 심해졌으며 순간적으로 말문이 막히기 일쑤였다. 실수가 계속되자 Y의 공격은 더욱 가혹해졌다. 업무가 무서워서 견딜 수 없어졌고, 아침이 올 때마다 눈물이 흘러넘치고 미칠 것만 같았다. 도망치듯 정신

---

* 소주에 탄산과 과즙을 섞은 일본의 술.

과를 찾아갔고, 결국 회사에 휴직 신청을 했다. 항우울제와 수면제로 간신히 연명했지만, 이제 복직은 불가능하다는 마음이 배속에 고여서, 날이 갈수록 묵직하고 단단해졌다. 복직은커녕 이제 이 세상에 제가 할 수 있는 일은 없을 것 같아서, 이대로 말라 죽어버리고 싶다, 하루에도 몇 번씩 그런 생각에 휩싸였다. 아니, 죽는 것조차 귀찮아서, 자기 몸뚱어리가 이 세상에서 가장 성가신 대형 폐기물인 듯 느껴졌다. 어느샌가 조용히 숨이 끊어져 모래로 돌아가면 좋을 텐데, 이불에 깔린 청결한 모래로……. 세상 끝 같은 방의 그을린 천장을 올려다보며, 어느새 그런 생각을 하고 있었다. 스물여덟 살 가을이었다.

휴직한 지 한 달이 지나, 항우울제의 효과가 나타났는지 다소 심신이 안정되었을 때였다. 기실 인생이 이 모양이 된 건 가혹한 업무와 Y 때문이 아니라는 사실을 차츰 깨닫기 시작했다.

그는 어릴 적부터 아버지를 닮았다는 소리를 들으며 자랐다. 생김새는 물론이거니와, 소심한 성격, 사람과 눈을 맞추지 못하는 기질, 혼자 노는 걸 좋아하고 공상을 좋아하는 점도 모두 아버지에게 물려받은 것이라고 주변 사람들은 말했고, 스스로도 그렇게 생각했다. 여느 부모 자식이 그렇듯 그에게도 아버지의 존재는 인생의 전제이자 숙명이었다. 그런 아버지가 그가 열세 살 때 세상을 떠났다. 쉰두 살, 한창나이에. 갑작스레 복통을 호소하며 황달을 보였고, 검사 결과 췌장에 상당히 진행된 암세포가 있다는 진단을 받았다. 수술하기 위해 개복했지만 예상보다 훨씬 심각한 전이에 의사는 손쓰지 못하고 바로 배를 닫았다고 한다. 아버지는 결국 제대로 치료도 받지 못한 채 몸을 갉아먹는 반년의 투병 생활 끝에 불귀의 객이 되었다.

인과관계는 분명하지 않았지만, 대략 그즈음부터 기묘한 감각에 시달리게 되었고, 그는 어느샌가 그 감각을 '술렁거림'이라 부르게 되었다. 늘 그 '술렁거림'을 느끼는 건 아니었다. 10대 시절에는 일주일에 한두 번의 빈도로 소소했지만, 휴직했을 즈음에는 하루에도 여러 번, 일종의 발작처럼 뒤에서 뭔가가 슬금슬금 이쪽으로 다가오는 것 같은 느낌을 받았다. 물리적인 뒤쪽을 말하는 게 아니었다. 홱 돌아봐도 뭔가가 이쪽으로 다가오는 건 아니었다. 굳이 말하자면 '의식의 배후'라고 할까.

전방에는 시각, 청각, 후각 등의 오감에 의해 칠해진 '의식 공간'이 펼쳐져 있지만, 후방에는 무엇이 펼쳐져 있을까. 그것이 바로 '의식의 배후'다. 또는 '무의식 공간'이라 해도 좋으리라. 의식할 수 없는 것이 무의식이라면, '무의식 공간' 혹은 '의식의 배후'는 평소에 의식할 수 없는 공간이다. 아니, 애초에 공간이라고도 할 수 없다. '무無'다. 그에게도 그랬다. 하지만 '술렁거림'이 찾아올 때만큼은 '무'가 '유'로 바뀌어, 그것을 막연한 공간 같은 것으로 지각할 수 있었다. 의식을 뒤돌아보게 할 수 없으니 '술렁거림'과 대치할 수는 없었지만, 등 뒤에서 뭔가가

다가오는 형언하기 힘든 감각만큼은 분명히 존재했다.

'술렁거림'은 고작해야 1~2분 안에 끝났다. 저 멀리 뒤쪽에서 찾아와 많이 다가오지 않고 금방 사라지는 때도 있는가 하면, 목덜미를 뚫어져라 들여다보며 뜨거운 콧김으로 달궈지는 듯한 절박감을 안겨준 뒤에야 사라지는 때도 있었다. '술렁거림'이 다가오면, 가슴에 커다란 바람구멍이 뚫린 것처럼 돌발적인 불안에 휩싸이며 맥박이 빨라졌다. 그 증상은 항우울제를 복용해도 개선되기는커녕, 날로 악화되는 것 같았다. 이게 공황장애인가 싶어 정신과에서 혼신을 다해 증상을 설명한 적도 있지만, 의사는 아니라며 고개를 저었다. 그런 증상은 들어본 적이 없다, 적어도 일반적인 공황장애 증상은 아니라고 했다. 그럼 무슨 병이냐고 물어도 납득이 가는 대답은 듣지 못했다. 확실한 건, '술렁거림'은 Y와 만나기 전부터 있었으며, 휴직하고 나서도 잠잠해질 기미가 보이지 않았다는 것이다.

그리고 또 하나 문제가 있었다. 꿈이었다. 그의 문제는 '술렁거림'보다 더욱 기묘한 황당무계한 것이었는데, 제정신이 아니라는 소리를 들을까 봐 의사에게조차 털어놓지 못했다. 꿈과 '술렁거림'이 그가 모르는 곳에서 결탁했을지도 모른다는 의심은 늘 가지고 있었다. 애초에 자신이 남들과 다른 식으로 꿈을 꾸는 게 아닐까 걱정하게 된 것도 역시 아버지가 세상을 떠나고 얼마 지나지 않은 열세 살 때부터였다. 같은 세계관을 공유하는 기묘한 꿈을 여러 차례 반복해서 꾸게 된 것이다. 고등학교 시절, 첫 작품을 집필할 때 그는 일단 그 꿈을 글로 써볼까 했지만, 그 거대한 세계관과 이야기가 커다란 장벽처럼 눈앞을 가로막아서, 오히려 전체 상을 그리지 못하고 단념했다.

그는 그 꿈을 '멸망의 꿈'이라 불렀는데, 단순한 꿈으로서 다른 평범한 꿈과 같이 취급하고 싶지 않았다. 꿈을 '꾸는' 게 아니라 꿈과 '접속하는' 감각이라고 할까. 게다가 처음에 꾼 멸망의 꿈은 뇌세포가 타는 듯 선명해서, 기억 한구석에 아직도 작은 모형 정원 형태로 존재해 내킬 때 들고 살펴볼 수 있을 정도였다.

3

꿈속에서 그는 커다란 바위에 서 있었다. 그 바위는 어마어마하게 큰 해삼이 똑바로 선 것처럼 둥그런 곡선이 두드러지는 길고 가는 형태로, 드넓은 바다를 품에 안은 항구 마을을 내려다보며 그 배후의 산속에 우뚝 솟아 있었다. 검은빛을 띤 신성한 위용은 강바닥에서 다듬어진 것처럼 전체적으로 매끄러워서, 저녁놀을 받아 젖은 듯 반질반질 빛나고 있었다. 높이는 500미터는 족히 될 터였다. 그 거대한 암석이 몽환석이라 불린다는 사실을 꿈속의 그는 알고 있었다. 그 바위의 또 다른 이름은 안석眼石이었는데, 이름에 걸맞게 인간의 눈에서 떼어낸 것처럼 한없이 깊은 빛이 감돌았다. 중심에는 그야말로 동공과 같은 원형의, 완전한 어둠이 있고, 거기서 홍채처럼 방사형으로 성운 같은 색색의 옅은 빛이 펼쳐져 있었다.

바위가 너무나도 거대해서, 그가 선 꼭대기는 평평하게 느껴졌다. 말하자면 토지 같은 것이 펼쳐져 있는 것이다. 그 한가운데에 이국의 옥수수밭에 서 있을 법한 한적한 집 한 채가 홀로 자리하고 있었고, 주변에는 푸르른 수풀이 우거져 있었다. 집 앞에는 커다란 나무 한 그루가 서 있었는데, 사과처럼 새빨간 열매가 여러 개 달려 있고, 두툼한 나뭇가지에 달아놓은 목제 그네가 바람에 흔들렸다. 집은 단층으로 벽이나 기둥은 새하얀 빛깔이었고, 지붕은 하늘에 녹아들 것처럼 파랬으며, 현관은 테라스 형태였다. 지상 수백 미터의 암석 위에 있다는 사실만 잊을 수 있다면, 그림으로 그린 듯 평온한 광경이었다.

바위 동쪽에 자리한 울창한 산들은 노을빛에 물들어, 곧 찾아올 밤을 무겁게 짊어지고 짙은 음영을 드리우며 맥을 쳤다. 서쪽 기슭에는 수백 채의 집들이 늘어선 항구 마을이 있었는데, 그 너머로는 섬 그늘 하나 찾아볼 수 없는 광활한 대양이 펼쳐져, 노을빛에 물들어 몽롱하게 빛나고 있었다.

집 옆에서 서쪽 바다 쪽으로 70~80미터는 됨 직한 잔교 같은 것이 공중에 뻗어 있다는 사실을 불현듯 알아챘다. 나무로 짠 듯한 그 잔교는 다리를 받치는 기둥 같은 게 하나도 없는데도 내려앉지 않고 똑바로 허공을 향해 뻗어 있었다.

잔교 끝으로 작은 그림자가 보였다. 한 소녀가 저녁놀을 향해 다리를 뻗은 자세로 앉아 있었다. 소녀를 본 순간, 익숙한 놀이터에서 소꿉친구를 발견한 양 친숙한 기쁨을 느꼈다. 실제로 그는 소녀의 이름을 알고 있었다. 마나. 이 몽환석 아래로 펼쳐진 항구 마을에서 나고 자란 소녀였다.

소녀의 뒷모습을 보며 잔교를 지났다. 눈앞이 아찔해지는 높이였지만 위험은 느끼지 못했고, 신기하게도 두렵지 않았다. 어릴 적부터 늘 그랬듯, 그는 말없이 소녀의 오른쪽에 앉았다. 소녀는 부드러운 소재의 하얀 원피스 차림이었고, 허리까지 내려오는 풍성한 머리카락이 바람에 나부끼고 있었다. 다 타버린 불꽃의 마지막 한 방울 같은 지는 해를 향해 눈을 가늘게 뜨며 소녀는 말했다.

"언젠가 이곳에도 찾아올 거야."

투명한 무언가가 파르르 떠는 것처럼 맑은 목소리였지만, 그 깊숙이 그늘이 느껴졌다.

"뭐가?"

그는 물었다.

소녀는 어딘가 씁쓸한 목소리로 중얼거렸다.

"'잿빛 짐승들' 말이야……."

"아, 그런가……. 하지만 이곳은 멀리 떨어진 바다 위야. 녀석들도 설마 대륙에서 아득히 먼 이 세상 끝 몽환석은 못 찾지 않을까."

"아니." 소녀는 고개를 저었다. "언젠가 녀석들은 이 몽환석도 없애버릴 거야. 어쩌면 저 태양도, 맑고 푸른 하늘도, 황금

색으로 물든 구름도, 푸르게 우거진 수풀들도, 모두 빛깔을 빼앗고 죽여버릴지 몰라. 녀석들은 태어났을 때부터 쭉 색에 굶주려 있어서, 아무리 먼 곳에서라도 색의 냄새를 맡을 수 있으니까……."

"하지만 마나가 일전에 얘기해준 것처럼 인류는 그 '멸망의 백 년'에도 살아남았잖아?"

"그랬지. 하지만 애초에 멸망의 백 년에 나타난 옛 잿빛 짐승들에게는 몽환석을 재로 바꾸는 힘이 없었대. 그래서 사람들은 마나비토의 인도를 받아 몽환석 속으로 도망쳐, 녀석들이 힘을 잃을 때까지 몇백 년 동안 잠들 수 있었지. 그렇게 살아남은 게 우리고……. 멸망의 백 년은 벌써 천 년 전 일이지만, 그동안 녀석들도 어딘가에서 몰래 힘을 키워서 분명 몽환석을 없애버릴 방법을 찾았을 거야."

"하지만 이번에도 살아남을 길을 찾을 수 있지 않을까. 그리고 녀석들이 죽인 것처럼 보이는 몽환석도 정말 죽었는지 아닌지는 모르는 일이고. 안 그래?"

"그럴지도 모르지." 소녀는 고개를 끄덕였다. "하지만 문제는 그뿐만이 아냐. 천 년 전에는 마나비토가 훨씬 많았대. 그리고 그들이 앞장서서 몽환석에 들어가 '눈빛의 길'이라 불리는 통로를 이용해 사람들을 '졸음의 세계'로 이끌었어. 하지만 지금은 마나비토의 수가 많이 줄었지. 옛날에는 100명 중 한 명은 마나비토로서의 힘을 가지고 있었다는데, 지금은 천 명

중 한 명이 될까 말까야. 천 년 전에 사람들을 인도하는 과정에서 많은 마나비토들이 생명력을 잃고 젊은 나이에 죽어버렸기 때문이래. 몽환석이 살아 있든 아니든, 이 상태로는 모든 사람들이 몽환석으로 도망칠 수 없어."

"내 힘으로는 부족할까?"

그는 머뭇거리며 물었다.

소녀는 조금 서글픈 표정으로 미간을 찡그리며 희미한 연민이 담긴 눈빛으로 그의 눈을 들여다보았다. 그 눈동자의 한없는 깊이에 주눅이 든 그는 무심코 시선을 피했다. 꿈속에서도 시선이 불편했다.

"네가 마나비토이긴 하지만……." 소녀는 무거운 목소리로 말했다. "아직 어린애고, 그와 상관없이 네 힘은 무척 약해. 너도 이미 알고 있잖아. 강력한 힘을 가진 마나비토는 어릴 적부터 거울을 들여다봄으로써 자유자재로 몽환석 안팎을 오갈 수 있어. 너는 그럴 능력이 없고. 네가 할 수 있는 건, 그저 이렇게 꿈을 통해 몽환석 밖으로 그림자가 되어 나타나는 것뿐이지. 그리고 한 사람을 몽환석 속으로 인도하는 것만 해도 엄청나게 힘든 일이라고 들었어. 만일 많은 사람들을 인도한다면, 네 힘으로는 도저히 버티지 못할 거야. 나는 네가 그렇게 힘들지 않았으면 좋겠어."

"그래도 너 하나라면……."

"알아."

소녀는 고개를 끄덕였다.

그랬다. 그녀는 알고 있었고, 그도 알고 있었다. 마나비토로서 그의 힘은 아기 새의 날갯짓처럼 무척 어설프고 약했다. 세계를 구하는 건 불가능했고, 나라를, 마을을, 가족을 구할 수조차 없었다. 그렇지만 어쩌면 언젠가……. 그런 희망은 완전히 버릴 수 없었다. 단 한 사람밖에 구할 수 없는 마나비토가 한 명쯤 있어도 좋지 않을까, 그렇게 생각했다.

"하지만 일단은 몽환석이야." 그는 이야기를 본론으로 돌렸다. "재로 변한 몽환석이 정말 완전히 힘을 잃는지 조사부터 시작해야 할 것 같아."

"맞아. 지금도 수많은 마나비토들이 재로 변한 몇천 개의 몽환석으로 들어가 졸음의 세계가 어떻게 됐는지 조사하고 있을 거야……. 중심까지 재로 변해버린 돌도 있을지 모르지만, 어쩌면 간신히 살아남은 돌이 있을지도 몰라. 재로 변하는 게 돌의 죽음을 의미하는 건 아냐. 단순히 병에 걸린 거니까 시간은 오래 걸리겠지만 언젠가 색을 되찾을 수 있을지도 몰라. 그렇다면 아직 희망은 있어. 멸망의 백 년 때처럼 많은 사람을 구할 수 있을지는 모르겠지만, 조금이라도 좋으니까 인간이 몽환석 속에서 살아남을 수 있다면……. 녀석들도 영원히 살 수 있는 건 아니니까……."

"그리고 세상에는 아직 재로 변하지 않은 몽환석도 많이 있을 거야. 시간은 우리 편이야."

아니, 시간은 분명 잿빛 짐승들의 편이다. 녀석들은 서두르지 않는다. 그럴 필요가 없으니까. 모든 색을 빼앗으면서 굶주린 들쥐처럼 수를 불리며 이 나라 저 나라로, 이 마을 저 마을로, 이 몽환석에서 저 몽환석으로, 서서히 침식하듯 온 세상에 회화灰化를 확산시키면 되니까. 그 흐름을 돌이킬 방법이 인간에게는 없으니까…….

거기서 눈을 떴다. 일단 어릴 적 꿈을 세밀하게 떠올렸다는 게 기묘함을 넘어서 으스스했다. 현실에서 일어난 일이라도 누군가와의 대화 내용은 잊어버리기 십상인데, 어째서인지 소녀와 나눈 한 마디, 한 마디는 귓속에서 집어낼 수 있을 만큼 또렷하게 기억하고 있었다. 대화는 물론이거니와 바람에 나부끼는 소녀의 머리카락 한 올 한 올, 흔들리는 잔교의 움직임까지 아직 기억의 주름 속에서 숨 쉬는 것 같았다.

하지만 멸망의 꿈은 한 번으로 끝나지 않았다. 처음 꿈을 꾼 뒤로 소녀와 연결되는 길이 열린 것처럼 1년에 두세 번은 꾸게 되었다. 그 대부분이 역시 으스스할 만큼 선명했지만, 소녀는 몇 년이 지나도 여전히 소녀였다. 그리고 그 역시 소년의 모습인 것 같았는데, 꿈속에서는 그 사실을 조금도 이상하게 여기지 않았다. 대화의 주제는 늘 세상을 멸망시키려 하는 잿빛 짐승들과 그에 맞서는 몽환석에 대한 것이었다. 두 사람은 어딘지 알 수 없는 집에서 함께 있기도 하고, 낯선 마을의 돌길을 터벅터벅 걷기도 했다. 인적 드문 새하얀 모래사장에서 놀기도 했고, 끝없이 펼쳐진 초원에서 바람을 맞기도 했다. 하지만 그곳이 어디든, 시커멓게 우뚝 솟은 거대한 몽환석이 일대를 다스리는 지배자처럼 두 사람을 내려다보고 있었다. 꿈속에서 그는 그 세상에 대해 분명 많은 것을 알고 있을 터인데도, 눈을 뜨자마자 즉시 흐릿해졌으며, 꿈속에서 오감을 통해 얻은 이상하리만치 또렷한 현장감만이 짙게 남았다. 그와 동시에 종말의 날이 가까워졌다는 암울한 초조함이 집요하게 꼬리를 끌어서 한없이 침울해졌다.

하지만 20대 초반부터였을까, 점차 멸망의 꿈을 꾸는 빈도가 잦아졌다. Y의 등장으로 불면증에 시달리게 되자, 한 달에 한 번은 그 꿈을 꾸게 되었다. 게다가 항우울제나 수면제를 복용한 뒤로도 상황은 나아지지 않고, 오히려 달에 두세 번으로 빈도가 늘어났다. 그 모양새가 마치 '술렁거림'처럼 저벅저벅 뒤쪽에서 다가오는 것 같아 두려웠다. 이내 일주일에 한 번, 두 번, 세 번으로 늘어났고, 끝내는 밤마다 소녀와 멸망해가는 세계의 꿈에 완전히 지배받게 되었다. 그런 상황에서는 언젠가 꿈과 현실이 의식의 천칭 위에서 격렬하게 흔들리다가, 어느 쪽이 무거운지 알 수 없게 될 것 같았다.

더욱 두려운 건 꿈에 등장하는 몽환석이 은하와 같은 반짝임과 빛깔을 잃고, 단순한 회색 거석이 되어간다는 사실이었다. 잿빛 짐승들의 손에 회화한 것이라는 생각밖에 들지 않았다. 잿빛이 된 몽환석 주변에서는 많은 것들이 흑백영화에 갇힌 듯 색이라는 색을 모조리 상실했다. 산과 들의 나무, 길가에 핀 풀과 꽃, 늘어선 집들……. 갖가지 존재들이 색채와 생기를 잃고, 건드리면 그 즉시 무너져 내려, 정말 재로 변해 바람에 흩날릴 것 같았다. 그렇지 않아도 잿빛 짐승들이 지나간 마을에 남은 파괴의 흔적은 참담했다. 가로수와 전신주는 힘없이 구부러졌고, 탈것들은 짓밟혔으며, 지붕은 떨어지고, 벽에는 큰 구멍이 났고, 담장과 울타리는 쓰러져 있었다. 도로며 골목마다 겹겹이 찍힌 거대한 발자국으로 지반은 함몰되었다. 설령 꿈이라 해도 대체 얼마나 무시무시한 괴물들이 날뛰고 있는 것인가 하는 생각이 들어서 그저 두려울 뿐이었다.

하지만 물론 가장 두려운 건 재로 변한 인간들이었다. 남녀노소를 가리지 않고 많은 사람들이 거리에 쓰러져 있는 광경을 보았다. 사람들은 색을 빼앗기고도 한동안은 살아 있었다. 어떤 이는 엎드려 땅바닥에 얼굴을 묻었고, 어떤 이는 대자로 뻗어 하늘을 올려다보고 있었지만, 하나같이 초점 없이 눈을 게슴츠레 뜨고 입은 벌린 채 거품을 물거나 침을 흘리고 있었다. 자세히 보면 가슴과 배가 위아래로 움직이고 있어서 간신히 숨은 붙어 있다는 걸 알 수 있었지만, 절망한 나머지 손가락 하나 까닥할 힘도 없어 보였다. 말을 걸어도 물론 반응은 없었다. 들리든 들리지 않든, 색채와 함께 말할 기력까지 빼앗긴 것이다. 어느 날은 재로 변한 몽환석 바로 옆에서 첩첩이 쌓인 수천만은 됨 직한 잿빛 인간들을 보았다. 온 마을 사람들이 빈사 상태의 몽환석에 도움을 요청하며, 그 발치에 노도처럼 밀려온 모양이었다. 애초에 마나비토의 인도 없이 눈빛의 길은 열리지 않으며, 모두 그 사실을 알고 있을 터인데도 밀려드는 잿빛 짐승들의 모습에 공황에 빠져, 반광란의 상태로 돌에 매달린 것이다.

더욱 무서운 일은 재로 변한 모든 인간들이 목숨을 잃는 게 아니라는 사실이었다. 개중에는 멸망에서 살아남아 산송장처럼 다시 일어나는 자들도 있다고 했다. 하지만 그들은 이미 예전 모습으로 돌아올 수 없었다. 본래의 영혼이나 인격이 남김없이 상실되어, 잿빛의 껍데기, 즉 회인*이 되어 거리를 배회할 뿐이었다. 그렇게 회인들은 잿빛 짐승들의 권속이 되어, 멸망의 순례를 함께하는 동료가 되어, 여전히 색채가 남은 신선한 땅을 찾아 세상을 떠돌아다닌다고 한다. 그는 아직 꿈속에서도 잿빛 짐승들을 직접 본 적 없었지만, 실은 그 회인들이야말로 마을을 유린한 이형의 괴물들의 본래 모습이라고 했다. 회인들은 곳곳을 떠돌며 점차 모습을 바꾸고 융합을 거듭한 끝에, 올려다봐야 할 정도의 괴물로 성장하여 진정한 잿빛 짐승이 된다.

그런 멸망의 꿈과 '술렁거림', 이 양 바퀴가 사회에서 낙오

---

* 灰人, 일본어에서는 폐인廢人과 발음이 같다.

하여 비탄의 나날을 보내는 그를 조용히, 그리고 확실히 궁지로 몰고 있었다. 이 상황에서 어떻게 도망쳐야 할지 짐작조차 하지 못한 채, 그저 따라잡히기만을 기다리며 숨을 헐떡이면서 하루하루를 살아낼 뿐이었다.

4

휴직한 그의 매일은 판에 박힌 듯 단조로웠다. 규칙적인 생활을 하는 한, 인간으로서 최소한의 이성과 존재 의의가 보증된다고 생각했기 때문이다.

밤마다 수면제를 복용하고 12시에 잠자리에 들어, 충분히 수면을 취하든, 취하지 못하든 아침마다 알람 소리에 쫓기듯 7시 반에 침대에서 힘겹게 나왔다. 세수와 양치질을 한 뒤 커튼을 젖히고 따가운 아침 햇살을 받고는 관심 없는 텔레비전 소리를 한 귀로 흘리며 15분 동안 스트레칭과 근력 운동을 한다. 햇살과 운동이 세로토닌 분비를 촉진시킨다고도 하고, 설령 유사 체험이라 해도 인간 사회의 북적거림에 대한 면역을 갖추고 싶었기 때문에 텔레비전을 틀어놨다. 아침 식사도 매일 아침 똑같이, 랩으로 싼 쌀밥을 냉동고에서 꺼내 전자레인지에 돌리고, 계란프라이나 계란말이에 채소볶음을 곁들였다. 식후에는 단백질과 L글루타민을 먹기도 한다. 근육량이 많은 사람은 정신적으로도 안정되어 있다는 설을 인터넷에서 접했기 때문이다.

아침을 먹은 뒤에는 활동적인 복장으로 갈아입고, 10분쯤 걸어 해변 공원에 가서 바다에 인접한 산책길을 30~40분 동안 걸었다. 컨디션에 따라 조금 뛰기도 한다. 같은 시간에 같은 길을 걸으면 자연스레 같은 사람들과 마주치게 된다. 80대쯤 되는 통통한 노인은 언제부터인가 '왔나'라는 양 손을 들어 인사를 건넸다. 아마 낯익은 사람들에게는 모두 인사를 건네는 듯했지만, 그 역시 똑같이 미소를 지으며 답했다. 그가 일상적으로 인사를 나누는 건, 이따금 찾아오는 택배 기사나 그 노인뿐이었기 때문이다. 매일 짐마차 말처럼 일하는 택배 기사는 인사 뒤에 고객을 향한 미움을 숨기고 있을지 모르지만 노인은 달랐다. 노인은 분명 같은 연배의 사람들이 하나둘 세상을 떠나는 것, 그리고 스스로도 머지않아 이 세상을 떠날지 모른다는 것에 착잡한 심정이 되어, 그 쓸쓸함을 일상의 인사로 해소하려는 것이리라. 그렇게 생각하니 만날 때마다 작별을 고하는 듯한 기분도 들었지만…….

점심 식사를 한 뒤에는 슈퍼에 가서 장을 보고는 했다. 집 근처에는 슈퍼가 세 곳 있는데, 점포마다 무엇을 언제 싸게 파는지 이미 파악하고 있었다. 날에 따라 가게를 바꿔서, 때로는 여러 곳을 돌기도 했다. 장을 보고 돌아오면 자리에 누워 부족한 잠을 보충하려 하지만, 좀처럼 잠들 수 없었다. 자율신경이 망가져, 닥쳐온 위험 같은 건 없는데도 긴장의 끈이 늘 팽팽하게 당겨져 있기 때문이었다. 잠을 포기하고, 그렇다면 즐기기라도 해야겠다는 마음에 동영상 재생 서비스로 해외 드라마를 보거나, 중고로 산 낡은 게임기로 고전 게임을 플레이하고는 한다.

의욕이 생기면 컴퓨터를 켜고 과거의 꿈을 되살려 소설을 써보기도 했다. 쓰기 시작한 건 〈세상 끝 강〉이라는 장편으로, 집 앞에 흘러온 정체 모를 조각배에 올라탄 남자의 이야기였다. 사고로 처자식을 잃고 마음이 망가진 남자는 죽을 곳을 찾고 있었다. 이제 잃을 게 없는 남자는 정체불명의 연로한 뱃사공과 함께 영원한 밤의 강을 타고 내려가며, 낯설고 신비로운 마을들을 찾고, 그곳에서 현실과는 동떨어진 다양한 사건들에 휘말린다. 걸작을 목표로 집필을 시작했지만, 남자의 운명은 작가인 그조차 짐작할 수 없었고, 그저 마지막에 세상 끝자락에 도달하는 결말만 정해져 있을 뿐이었다.

무엇을 하며 시간을 보내든, 불현듯 방구석의 거울로 시선을 돌리면 아무런 기쁨도 느끼지 못하는 죽어버린 낯의 자신과 마주하며 가슴이 덜컹 내려앉고는 했다. 결국 무엇을 하든 허무할 뿐이었다. 인생은 한 발도 앞으로 나아가지 않았고, 미지근한 고인 물속에서 굴러다닐 뿐이었다. 날이 저물면 그 생각은 더욱더 강해졌고, 밤의 무게와 정적이 슬슬 다음 걸음을 내디뎌야 한다는 초조함이 되어 싸늘하게 가슴에 스며들었다.

저녁을 먹은 뒤에도 아무 일도 일어나지 않는다. 설거지와 쓰레기 버리는 일은 의외로 힘들지 않다. 하지만 욕조 청소는 고역이라, 추위에 떨며 샤워만 하는 습관을 버릴 수 없었다. 지난 하루 무엇에 시간을 낭비했는지 알 수 없는 채로 밤은 일찌감치 깊어갔고, 내일의 자신에게 무거운 짐을 지우는 답답한 미루기가 이어졌다. 날짜가 바뀔 즈음에는 커튼을 치고 수면제를 복용한 뒤 다시 멸망의 꿈을 꾸는 게 아닐까 두려움에 떨면서도 아직 날갯짓할 줄 모르는 추한 유충처럼 몸을 웅크리고 잠을 청했다.

사태가 급변한 건 어느 날 밤이었다. 세계유산에 관한 수수께끼를 소개하는 텔레비전 방송을 보고 있는데 갑자기 리모컨이 말을 듣지 않았다. 새 건전지를 꺼냈지만 C도 있고 AAA도 있는데 제일 일반적인 AA가 없었다. 직접 텔레비전의 버튼을 눌러 조작하면 되지만, 채널을 돌리거나 음량을 조절하는데 일일이 왔다 갔다 하기 불편했다. 방송이 끝났을 즈음에는 밤 11시가 지나 있었지만, 하는 수 없이 편의점으로 건전지를 사러 나갔다.

가장 가까운 편의점은 도보 5분쯤 거리에 있었다. 나가자마자 금세 기묘한 감각에 휩싸였다. 바닥에 발이 닿지 않는 것처럼 걸음이 불안정했고, 아무리 걸어도 앞으로 나아가지 않는 듯한 답답함을 느꼈다. 마치 눈물을 흘리는 것처럼 가로등이나 자동차 라이트, 가게의 간판 등이 번지며 흔들렸고, 눈을 계속 비벼도 나아지지 않았다. 편의점 점원의 목소리도 실 전화기로 통화하듯 나지막이 들렸다. 이상하다, 뭘 잘못 먹은 건가. 고개를 갸웃했지만 짚이는 데가 전혀 없었기에 더욱 겁이 났다.

일단 건전지를 샀다. 얼른 집에 가서 눕자. 대부분의 증상은 하룻밤 자면 낫는다. 그렇게 생각했지만 이전까지의 기묘한 감각은 시작에 불과했고, 본편은 그때부터였다. 편의점을 나오자 늘 그렇듯 '술렁거림'에 휩싸였다. 이제껏 느낀 적 없는 강렬한 '술렁거림'이었다. 무심코 신음을 흘리며 주차장에 우두커니 섰다. 시작은 늘 아득하다. 의식의 배후에서 찾아오는 뭔가가 1~2분 사이에 요란스레 들이닥치고, 강한 불안으로 가슴이 조여든다. 무사히 '술렁거림'이 지나가면, 불안감은 즉시 해소되며 한숨이 나왔다. 한번 떠나면 한동안은 다시 오지 않는다.

하지만 그날 밤은 달랐다. 긴장을 풀자마자 두 번째 파도가 들이닥친 것이다. 두 번째 '술렁거림'이 지나가자 연속으로 세 번째, 네 번째가 밀려들어 그때마다 거리는 가까워졌다. 걷다가 멈추고, 걷다가 멈추기를 반복하며 간신히 공동주택까지 왔지만 가슴 속에서 심장이 두방망이질하며 이마에 진땀이 흘렀고, 온몸에서 핏기가 가셨다. 이상했다. 이런 적은 처음이었다. 혹시 오늘 밤에 죽는 건가. 그런 공포가 화살처럼 두개골을 꿰뚫었다. 역시 병적인 발작이 분명하다. 뇌혈관이 터지거나, 심장 경련이 멈추지 않거나……. 빨리 구급차를 불러야 하지 않을까. 하지만 하필 스마트폰을 집에 두고 나왔다.

숨을 헐떡이며 엘리베이터를 타고 3층 버튼을 누른 순간,

여섯 번째인지 일곱 번째인지 모를 해일이 밀려와 위아래도 분간할 수 없는 현기증에 의식이 흔들렸다. 시야가 좁아지며 다리에 힘이 빠져서 그 자리에 쓰러졌다. 엘리베이터가 쿵 흔들렸다. '술렁거림'이 등 뒤에서 그를 덮치며 오른쪽 안구 뒤가 불에 덴 것처럼 화악 뜨거워졌다. 이내 안구가 끓어오르는 듯한 강렬한 감각에 휩싸여 순간적으로 오른쪽 눈을 눌렀다. 이게 뭐지? 뇌나 심장이 아니라 오른쪽 눈이 터지는 건가?

엘리베이터 문이 닫히자마자 수면에 먹을 떨어뜨린 것처럼 짙고 검은 안개가 시야를 차단하듯 피어올랐다. 놀라서 숨을 삼켰다. 연기는 그대로 엘리베이터 안에 퍼지더니 시야를 흐렸다. 이 연기는 뭐지? 어디서 피어오른 거지? 무릎을 꿇고 '열림' 버튼을 계속해서 눌렀지만 이미 늦었다. 엘리베이터는 올라가기 시작했다. 드디어 3층에 도착해 문이 열렸다. 구르듯 복도로 나왔다. 하지만 연기가 쫓아와 시야를 더욱더 어둡게 가렸다.

어떻게 된 일이지? 나한테서 연기가 나온 건가? 내 얼굴에서? 아니, 오른쪽 눈이다. 오른쪽 눈을 누른 손가락 사이로 연기가 새어 나오는 건 이제 의심할 여지가 없었다. 눈에 들어간 머리카락 다발을 줄줄이 꺼내는 듯한 끔찍한 감촉이 이어졌다. 손을 치우고 오른쪽 눈을 게슴츠레 떴지만 지하 수로를 들여다보듯 캄캄했다. 왼쪽 눈만이 희망이었다.

괴이한 일은 거기서 끝이 아니었다. 검은 안개가 차츰 한

곳에 모이더니, 망령이 나타나듯 사람 키는 됨 직한 가늘고 긴, 불안정한 덩어리로 변하는 게 아닌가. 흔들리면서 서서히 검은 빛이 환해지고, 배어들듯 잿빛이 섞이더니 이윽고 하얀 연기로 변했다. 어느샌가 연기 분출이 끝났는지 오른쪽 눈도 세상을 비추기 시작했다. 그와 동시에 연기의 윤곽이 점차 형태를 갖추었다. 이번에는 뭐지? 왠지 사람 같은데, 아니, 여자다! 연기가 더욱 응집하여 여자의 모습으로 바뀌었다! 길고 풍성한 검은 머리카락이 익사체처럼 사방팔방으로 나부꼈다. 민소매 하얀 원피스 끝에서 마찬가지로 하얗고 기다란 팔다리가 힘없이 늘어졌다. 엘리베이터 앞에 주저앉은 채, 흩날리는 머리에 묻힐 것 같은 여자의 얼굴을 빤히 올려다보았다. 서늘한 눈매, 작은 코, 도톰한 입술이 자그마한 세모꼴 얼굴에 보기 좋게 자리하고 있었다. 어디서 본 듯 낯이 익었다. 그래, 닮았다, 속으로 무릎을 탁 쳤다. 마나다! 꿈속의 소녀 마나가 성장해 성인 여성이 되어 이쪽 세상에 나타났다!

어지럼증은 사라지고 있었지만 의식은 물엿처럼 힘없이 일그러져, 꿈꾸는 듯한 느낌이 목구멍까지 차오른 듯 기묘한 상태에 빠졌다. 뭔가 이상하다, 이런 일이 현실에서 일어날 리 없다, 꿈이라면 얼른 깨야지. 이성의 경고가 머릿속에서 소란을 피웠지만, 이런 일도 일어날 수 있다고 긍정하는 마음이 눈 앞의 비정상적인 상태를 뒤덮었다. 말도 안 되는 기괴하기 짝이 없는 상황이 일어나고 있는데도, 모든 것은 순서대로 차근

차근, 피할 수 없이 여기까지 진행된 것 같다는 생각이 들었다.

여자는 게슴츠레 눈을 뜨고 고개를 갸웃하더니, 졸린 듯한 감정이 결여된 표정을 지었다. 의식이 있는지조차 알 수 없었다. 실 끊어진 꼭두각시 인형처럼 바닥에 털썩 무릎을 꿇더니 이쪽으로 쓰러졌다. 순간적으로 손을 뻗어 여자를 받치려 했지만, 머리 한구석에서는 이 여자는 연기다, 붙잡으려 해도 붙잡을 수 없다는 생각이 스쳐 지나갔다. 하지만 다음 순간, 여자의 몸이 분명한 무게를 가지고 품으로 쓰러졌다. 저도 모르게 핫, 하고 꼴사나운 소리가 새어 나왔다.

한동안 엘리베이터 앞에 주저앉은 채 또렷하게 피와 살을 가진 여자를 품에 안고 멍하니 있었다. 밤 11시 반이 지나고 있었다. 주변은 정적에 휩싸여 있었고, 이상한 낌새를 느낀 이웃 주민이 문을 열고 미심쩍은 눈초리를 보낼 기미도 없이, 겁에 질린 자신의 옅은 숨소리만이 들렸다. 여자는 턱을 그의 오른쪽 어깨에 괴고 꼼짝도 하지 않았다. 희미한 숨소리가 전해졌지만, 몸은 뼈가 없는 것처럼 축 늘어져 있었다. 역시 의식은 없는 듯했다. 어린애처럼 깊이 잠들어 있을 뿐일까, 아니면 뭔가 큰일이 일어나 졸도라도 한 것일까. 아니, 지금 여기에 나타난 것이 가혹한 긴 여행처럼 여자의 정신을 잃게 했는지도 모른다.

여자의 향기가 코끝을 간질였다. 어렴풋이 흑설탕이 섞인 듯한, 달콤함과 씁쌀함이 뒤섞인, 왠지 모르게 그리운 향기였다. 여기서 이러고 있을 수는 없다. 그가 건전지를 사러 나온 것처럼, 밤중이지만 언제 누가 올지 모른다. 여자의 등에 팔을 두르고 연신 흔들었지만 좀처럼 눈을 뜨지 못했다. 귓가에 이름을 불러봤지만 역시 반응이 없었다. 그렇다면 집으로 데려갈 수밖에 없다. 의식 없는 여자를 데려가는 걸 누가 본다면 신고할지도 모르지만, 그렇다고 여기 방치해둘 수도 없었다. 이 여자는 그의 오른쪽 눈에서 나왔으니 그가 책임을 져야 한다. 불현듯 정신을 차려보니 정말 이 여자가 제 오른쪽 눈에서 나온 것인가 하는 당연한 의심이 들었지만, 분명히 오른쪽 눈 안쪽이 욱신거리며 산고의 흔적 같은 게 남아 있었다. 여자의 양쪽 겨드랑이에 손을 넣고 일으켜 집 쪽으로 끌고 갔다.

여자를 집으로 데려와 고생 끝에 침대에 눕혔다. 끌고 오다가 곳곳에 팔다리를 부딪쳤는데도 여자는 신음 소리 한번 내지 않았고 의식을 되찾지도 못했다. 호흡과 맥박 수를 확인했지만 역시 이상은 없었다. 침대 가장자리에 앉아 여자의 머리카락을 살며시 헤치자, 그 사이로 얼굴이 드러났다. 도자기처럼 하얗고 매끄러운, 단정한 얼굴이었다. 외꺼풀의 시원한 눈 위로 길고 짙은 속눈썹이 그늘을 드리웠다. 광대뼈가 도드라지고 코도 오뚝해서 한번 정하면 결코 물러나지 않을 듯한 생김새였다. 입매는 약간 가벼운 느낌이었는데, 남을 잘 놀려먹을 것처럼 보였다. 분명히 이 얼굴은 마나다. 만일 여자의 나이가 그와 비슷하다면, 스물여덟 살쯤 되었을 테지만, 화장기가 없어서인지 더욱 젊고 깨끗해 보였다.

잠옷 차림의 여자를 내려다보며, 잠시만 눈을 떼도 연기가 되어 사라지는 게 아닐까 생각이 들어, 시험 삼아 현관 쪽으로 눈을 돌려봤지만 몇 번을 보아도 여자의 존재는 한 치도 흔들림이 없었고, 향기가 피어오를 것 같은 몸으로 침대를 점령하고 있었다. 저쪽 세상의 여자가 아닌가. 몇천 개의 몽환석이 우뚝 솟은, 멸망을 향해가는 세상의 여자가 아닌가? 하지만 그 부조리를 침묵하게 할 실재감을 가지고 여자는 분명히 이곳에 누워 있었다.

이런저런 생각을 하다 보니 어느새 자정이 지났다. 수면제를 먹고 잠자리에 들 시간이었지만, 온몸을 구석구석 뒤져도 졸음 같은 건 찾아볼 수 없었다. 그래도 잠자리에 눕고 싶었다. 일상성의 붕괴를 간신히 막아내는 것이 있다면 그것은 분명 충분한 잠일 것이다. 하룻밤이 지나 집 안으로 아침 햇살이 쏟아져 들어오면, 거짓말처럼 텅 빈 침대를 발견하고 역시 꿈속의 여자는 꿈속의 여자였다며 상황이 일단락될지도 모른다. 비좁지만 여자를 벽 쪽으로 밀고 옆에 누울까. 거기까지 생각했을 때, 이 공동주택으로 이사했을 당시에 쓰던 이불이 아직 벽장에 들어 있다는 걸 떠올렸다.

벽장에서 이불을 꺼내 침대 옆에 깔았다. 잠옷으로 갈아입고 이를 닦은 뒤에 다시 침대 옆에 서서 여자를 빤히 내려다보았다. 살며시 손을 뻗어 여자의 뺨을 만졌다. 감탄이 나올 만큼 매끄러운 살결이었다. 존재해서는 안 될 여자를 존재시키기 위해서는 현실을 초월한 비단결 같은 피부로 포장하는 방법밖에 없다고 말하는 것 같았다. 엘리베이터 앞에서 집까지 데려올 때, 어쩔 수 없이 옷 아래의 가슴에 손이 닿았다. 작지도 크지도 않은, 가슴 스스로가 그 형태에 만족하는 듯한 가슴이었다. 만일 여자의 몸을 만지고 싶다면, 지금은 얼마든지 욕망을 채울 수 있을 터였다. 하지만 현재의 그에게는 그러한 욕구가 없었다. 아마도 우울증 약의 영향일 테지만, 우울에 빠져 정신이 병들었고, 애초부터 수컷으로서의 본능이 쪼그라들어 있었던 것이다. 그게 아니더라도 소심한 그에게 의식 없는 여자의 몸에 손을 대는 건 불가능했다. 지금껏 이 집에 여자를 들인 적은 없었다. 대학 시절에 딱 한 명 사귀었던 여자가 있지만, 이후 7년 동안 여자와 제대로 된 접촉도 없이 살아왔다. 그게 어쨌다는 건가. 스물여덟 살, 인생의 밑바닥이라 할 수 있는 이 쓰레기장 같은 보금자리에 뚝 떨어진 아름다운 여자가 누워 있는데.

수면제를 먹은 뒤 커튼을 치고 불을 끈 다음 이불을 덮었다. 분명 수면제는 듣지 않을 것이다. 심란한 마음을 추스르지 못하고 쪽잠을 자다 깨다 하는 사이에 어느덧 아침이 올 것임이 틀림없다. 귀를 기울여봤지만 여자의 숨소리는 들리지 않았다. 정말 침대에 누워 있는 건지 의심스러워 어둠 속에서 몸을 일으켜보니 역시 여자가 있었다. 제단에 올려진 것처럼 반

듯한 자세였다.

여느 때보다 멀게 느껴지는 천장을 올려다보며 꿈속에서 나눈 대화를 하나씩 집어 떠올렸다. 여자는 그를 마나비토라고 불렀다. 힘이 약한 마나비토라고. 마나비토는 사람들의 시선을 끌어당김으로써, 눈빛의 길이라 불리는 이세계와 이어진 통로를 지나 몽환석 속으로 이끈다고 한다. 그렇다는 건 그가 그 미약한 힘으로 여자를 이곳에 불러왔다는 걸까. 그게 사실이라면 이곳은 몽환석 속 세상이라는 뜻이다. 그는 돌 속에서 태어나 돌 속에서 스물여덟 해를 보냈고, 지금 이 순간도 돌 속에 있다는 뜻이다. 그리고 꿈속의 여자라 여긴 마나야말로 진실되고 가혹한 현실 세계를 살아온 진정한 인간이라는 뜻이다.

마나의 말을 믿는다면, 몽환석은 저쪽 세상에 대략 7700개가 있으며, 각각의 몽환석은 끝없고 광활한 하나의 우주를 내포하고 있다. 한마디로 그가 아는 이 세계는 7700개의 우주 중 고작 하나에 불과한 것이다. 천 년 전에 시작된 멸망의 백 년 당시, 사람들은 7700개의 우주로 흩어져, 꾸벅꾸벅 졸듯이, 꿈을 꾸는 듯한 상태로 살아왔다. 하지만 잿빛 짐승들이 이내 힘을 잃고, 세계가 수백 년에 걸쳐 색채를 되찾자, 졸음에서 깬 수많은 사람들이 또다시 마나비토의 인도를 받아 돌 밖으로 나가 저쪽 세계에 자리를 잡고 살기 시작했다. 인류는 두 갈래의 큰 흐름으로 나뉜 것이다. 그는 이쪽 세계에서 꿈을 꾸며 살아가기를 택한 이들의 자손이고, 마나는 저쪽 세계에서 육박하는 현실과 함께 살아가는 길을 택한 이들의 자손인 것이다. 이쪽 세계를 마나는 졸음의 세계라 불렀다. 그렇다면 저쪽 세계는 눈뜬 세계라 해야 할까.

만일 그가 정말 마나비토라면 어머니나 돌아가신 아버지 역시 그러한 자질을 가졌을지도 모른다. 하지만 두 사람이 눈뜬 세계에서 누군가를 인도한 적은 없는 것 같았고, 애당초 이 세계에 그런 기적 같은 힘을 가진 사람이 달리 존재하리라는 생각도 들지 않았다. 아니, 눈에 비치지 않을 뿐, 힘을 숨긴 채 어딘가에서 몰래 살아가고 있을지도 모른다. 오른쪽 눈을 통해 피난자들을 인도해, 어딘가에 숨겨두고 있는 이가…….

5

꿈에 여자가 나왔다. 분명 옆의 침대에서 자고 있는 여자다. 여자는 그와 함께 수십 명은 될 법한 남녀노소의 무리에 섞여 어두운 터널 같은 곳을 걷고 있었다. 터널이라기보다 토관처럼 위에서 아래까지 둥그런 곡선으로 이루어진 거대한 원통형 공간이었는데, 죽음을 앞둔 사람이 본다는 저승으로 향하는 길 같았다. 저편에서 작고 하얀 빛이 끊임없이 보였는데, 어쩌면 출구일지도 모르지만 이루지 못할 바람처럼 걸어도 걸어도 빛은 가까워지지 않았다. 모두 망국의 유민처럼 뼛속까지 지쳐서, 한 사람, 또 한 사람씩 쓰러져 무리에서 탈락했다. 끝내 여자와 단둘이 남겨지자 그는 불안한 마음에 여자에게 연신 말을 걸었지만, 여자는 들은 척도 하지 않고 심각한 얼굴로 묵묵히 걸음을 옮겼다. 팔을 붙잡아 멈춰 세우려 했지만, 마치 환영처럼 아무리 붙잡으려 해도 그의 손은 허공을 갈랐다. 어쩌면 나는 이곳에 없는 걸지도 모른다. 이미 오래전에 쓰러져, 영혼만 집요하게 여자를 뒤쫓고 있는 게 아닐까, 그런 생각을 하며 꿈과 현실의 경계를 서서히 넘어 눈을 떴다.

벽장 쪽으로 몸을 돌리고 자던 그는 불현듯 등 뒤에서 기척을 느끼고 몸을 돌렸다. 침대 가장자리에 앉은 여자가 고개를 살짝 기울이고 빤히 그를 내려다보고 있었다. 커튼 사이로 쏟아지는 희미한 달빛에 여자의 촉촉한 눈동자가 빛나고 있었다. 여자는 꿈속에서처럼 심각한 표정이 아니었고, 그가 잠에서 깬 걸 기뻐하며 살며시 미소 짓는 것 같았다. 뭔가 기분이 묘해졌다. 그가 잠들고 여자가 바라본다. 이 구도가 이미 수도 없이 반복되어온 두 사람 사이의 의식처럼 느껴졌다. 여자는 그가 시선에 민감하다는 걸 알고 있어서, 눈빛으로 그를 깨우려 했던 건지도 모른다. 그녀가 자신을 깨웠다고 해도 그는 조금도 불쾌하지 않았다. 불쾌하기는커녕 깊은 밤의 외롭고 쓸쓸한 마음을 둘이서 견디고 있는 듯한 친밀함이 어둠 속에 차오르는 걸 느꼈다.

불현듯 여자는 평소처럼 이불 속으로 들어갈 것이란, 어디서 비롯됐는지 알 수 없는 예감이 들었다. 예상대로 그의 옆에 무릎을 꿇더니, 익숙한 동작으로 옆자리에 쏙 누웠다. 밤공기에 젖은 여자의 몸은 서늘했다. 그는 여자의 턱 아래까지 이불을 덮어준 다음, 팔을 두르고 끌어당긴 뒤에 팔뚝을 쓸며 온기를 나눴다. 그러한 자신의 행동까지, 뼛속에 새겨진 약속처럼 느껴졌다. 여자의 얼굴이 바로 앞에 있었고, 코끝이 닿았다. 여자의 미지근한 숨결이 뺨을 간질였다. 쭈뼛거리며 여자의 눈을 들여다보았다. 검고 깊은 그 눈동자를 오래 바라보다 보면, 여자가 살던 저쪽 세계로 미끄러져 떨어질 것 같은 기분이 들었다.

"깼어?"

여자가 속삭였다. 그가 여자의 육성을 들은 건 그 한마디가 처음이었을 터인데, 그 목소리는 조금의 망설임도 없이 귓속에서 제자리를 찾은 것 같았다.

"아니, 아직 자."

그는 대답했다.

"언제 일어나?"

"안 일어나. 계속 잠들어 있었고, 앞으로도 잘 거야."

"그랬지."

여자는 미소 지었다.

여자의 몸에는 금세 온기가 돌았다. 그의 일상에서 온기 같은 건 거의 느껴보지 못했는데도, 아무 위화감도 느끼지 않는 게 신기했다. 홀로 자는 데 익숙해서, 타인의 온기를 거부하는 충동이 온몸에 밴 줄 알았는데, 그런 건 고독한 남자가 앓았던 환상에 지나지 않았던 걸까. 아니, 애초에 나는 고독한 적이 없었는지도 모른다. 이미 몇 년 동안 이 여자와 함께 살아왔는지도 모른다. 그런 생각이 뇌리에서 고개를 쳐들더니, 당연하다는 양 자리를 잡는 기분이었다.

여자가 손을 뻗어 살며시 가슴을 건드렸다. 그 손길은 그의 지치고 병든 마음을 어루만지는 것 같았다. 여자는 가슴을 조용히 쓰다듬으며 살짝 입을 벌려 세상이 아직 순수한 아이였을 때 만들어진 것 같은 자장가로 그를 재웠다. "작은 새는 봄나무 가지 끝에서 잠들고, 아기 염소는 여름 나무 그늘에서 잠든다……." 분명 처음 듣는 노래인데 반복되는 동안에 점점 기억 밑바닥으로 가라앉아, 이내 갓난아이 때부터 들어왔던 것처럼 그리워졌다.

감기는 눈꺼풀을 바라보는 그의 가슴을 하나의 깨달음이 스치고 지나갔다. 여자를, 저쪽 세계에서 찾아온 그녀를 숨길 필요는 없다. 걱정할 건 없다. 여자는 처음부터 이곳에, 이 세계에 있었던 것이다. 몽환석은 그렇게 사람들을 졸음의 세계로 받아들였다. 새로운 이가 나타날 때마다 조금씩 몸을 비틀어 틈새를 만들고, 시간을 거슬러 올라 조그마한 자리를 내어준다. 그렇구나. 그랬던 거구나…….

그 후에는 깊은 잠에 빠졌다. 늘 6시쯤이면 잠에서 내쳐졌고, 한동안 뒤끝처럼 무기력이 따라붙은 뒤에 이제나저제나 신경을 쓰며 겨우 7시 반에 알람 소리를 들었다. 하지만 그날은 말 그대로 알람 소리에 눈을 떴다.

머리맡을 더듬어 스마트폰 알람을 끄는데, 의아하다는 생각이 들었다. 왜 바닥에서 잤지? 침대가 있는데. 자다 깬 눈을 이리저리 굴려도 침대가 보이지 않았다. 대신 육조방에 요 두 채가 깔려 있었다. 그중 하나에는 그가 누워 있었고, 다른 하나는 비어 있었지만 누가 누웠던 흔적이 있었다.

현관 쪽에서 소리가 나서 퍼뜩 몸을 일으키자, 여자가 화장실에서 나오고 있었다. 잠에서 깬 그를 보고 미소 지으며 "잘 잤어?" 하고 인사를 건넸다. 그 순간 의식이 둘로 갈라지더니 오른쪽 눈과 왼쪽 눈으로 각각 다른 세계를 바라보는 듯한 감각에 휩싸였다. 물론 여자에 대해서는 알고 있었다. 어젯밤에 엘리베이터에 탔을 때 갑작스레 오른쪽 눈에서 검은 연기가 나더니, 연기와 함께 여자가 나타났다. 그 여자를 집으로 데려와 침대에 재웠다. 그 침대가 사라졌다. 통신판매로 3만 엔 언저리에 산 침대가. 그와 동시에 사볼까 하고 공상에 잠겼을 뿐, 애초에 침대 같은 건 산 적이 없다는 생각도 들었다. 실제로 카펫을 봐도 침대를 놓았던 흔적 같은 건 없었다. 그의 내면에 침대가 있는 세계와 없는 세계가 동시에 존재하는데, 어느 쪽으로도 기울지 못하고 마음이 허공에 붕 뜬 것 같았다.

하지만 그 시작이 언제든, 그가 지금 이 순간, 이 집에서 여자와 함께 산다는 건 분명한 사실이었다. 그리고 그 사실에 그의 마음은 확연히 들떴다. 오랫동안 이런 식으로 하루의 시작을 기뻐하는 마음으로 아침을 맞이해본 적은 없는 것 같았다. 눈을 비비며 여자의 웃는 얼굴을 향해 "잘 잤어?"라고 인사를 건넸다. 여자는 아무 꿍꿍이도 없는 맑은 목소리로 "아침 먹어야지"라고 했다. 분명 처음일 터인 그 대화도 아무 위화감 없이 가슴에 내려앉더니, 여자가 저쪽 세계에서 그의 눈빛의 길을 따라 이곳으로 왔다는 본래의 기억이, 어처구니없이 황당무계하게 느껴졌다.

부엌에는 낯선 테이블이 놓여 있고, 그 위에 아침이 차려져 있었다. 피자토스트에 계란프라이, 브로콜리와 방울토마토도 보였고, 옥수수수프의 냄새가 났다. 화장실에 갔다가 세수를 한 뒤 식탁에 앉아 여자와 마주 봤다. 잠든 여자는 아름다웠지만, 잠에서 깬 여자는 더욱 아름다웠다. 핏기 없는 창백한 얼굴이었지만, 자세히 보니 어떤 꾸밈도 필요 없는 순수한 얼굴이었다. 어젯밤에 잠든 여자의 존재는 이 세계에 벌어진 상처처럼 범상치 않은 현실감으로 다가왔지만, 지금 눈앞에 있는 여자는 이 집에, 그리고 이 세계에, 완만하게 녹아들어 조화를 이루는 것처럼 보였다.

그는 여자가 만든 아침 식사를 솔직하게 칭찬했다. 여자는 이런 건 요리도 아니라고 했지만, 그로서는 오랜만에 맛있는 냄새가 나는 걸 먹은 것 같았다. 언제부터인가 맛있지도, 맛없지도 않은 음식을 그저 꾸역꾸역 몸 안에 쑤셔 넣듯이 먹고 있었다. 아니면 혼자라는 외로움이 매끼 식사에서 맛과 향을 빼앗아 간 것일까. 아니, 혼자였다고? 힘겹게 안고 있던 그 고독과 권태, 고뇌의 기억들이 앞에 있는 여자를 보니, 깨고 나면 잊어버리는 꿈처럼 시시각각 빛이 바래 흐릿해지는 것 같았다.

하지만 그는 더 이상 여자와 어떤 이야기를 해야 좋을지 알 수 없었다. 여자와 함께 지냈던 수많은 꿈을 떠올려, 거기서부터 이야깃거리를 찾을 수도 있었지만, 몽환석이나 잿빛 짐승들, 멸망의 백 년처럼, 동화같이 아득히 먼 곳의 재앙은 지금 두 사람을 에워싼, 아직 안정되지 않은 일상을 쓸데없이 뒤흔들고 균열을 낼 것 같았다. 그리고 여자의 마음 역시 이쪽 세계에 이미 뿌리를 내리기 시작했음이 틀림없었다. 그와 맞바꾸듯 저쪽 세계의 기억이 점차 흐릿해지는 게 아닐까 걱정이 됐다. 두 사람 사이에 한동안 침묵이 흐른 뒤, 그는 그 침묵이 조금도 불편하지 않다는 사실을 알아챘다. 그 말의 공백은 다급히 메워야 하는 진공이 아니라, 이미 오랜 세월을 거쳐 숙성된 편안함과 친근함으로 가득 차 있었다.

그때 불현듯 쿵 하고 묵직한 소리가 울려 퍼지더니 두 사람의 옆구리를 흔들었다. 아득한 상공에서 천구 크기의 거대한 종이 울린 것처럼, 한없이 퍼져나가는, 하지만 왠지 모르게 불온한 소리였다. 두 사람은 고개를 들어 마주 보았다.

"무슨 일이지?"

그가 중얼거리자 여자의 눈빛에 희미한 불안의 그림자가

어른거렸다.

“그러게.”

그 뒤로 소리는 들리지 않았지만, 그의 마음에 한동안 여운을 남기며 생명의 밑바닥을 갉아먹는 무딘 통증을 새겼다.

6

그로부터 40년이라는 세월이 흘렀다. 그는 예순여덟, 마나는 예순일곱 살이 되었다. 여전히 남의 시선이 불편하기는 했지만, 이제 ‘술렁거림’이나 멸망의 꿈에 시달리는 일도 거의 없었고, 해변 마을에서 마나와 함께 만족스러운 생활을 하고 있었다. 자녀 둘을 두었지만, 이미 독립해 집을 나갔다.

아들 하루유키는 결혼해 두 아이를 낳았고, 지금은 도쿄에 살고 있었다. 두 손녀 중 첫째는 최근 댄스와 피아노를 배우기 시작했다며, 영상통화를 하면서 풋풋한 연습의 성과를 선보였다. 둘째는 아직 두 살이었지만, 말을 잘해서 남들이 나이를 물으면 세 살이다, 네 살이다 하고 허세를 부렸다. 이따금 장남 가족이 찾아올 때면 손녀들의 사랑스러운 모습에 그와 마나는 입가에서 웃음이 떠나지 않았다.

딸 아스카는 고베의 대학을 졸업한 뒤 그대로 오사카에서 취직해서 1년에 한두 번밖에 얼굴을 보지 못했다. 어디서 어떻게 만났는지, 지금은 띠동갑인 재즈 피아니스트와 동거를 하고 있어 부부는 걱정이 이만저만이 아니었다. 연주 동영상을 여러 개 찾아봤지만, 모두 난해해서 듣는 것도 힘들었다. 이런 걸로 밥은 먹고 살 수 있을지 앞날이 걱정스러웠다. 하지만 딸이 남자를 더 좋아하는 눈치라, 이런 인생도 있겠거니 반쯤 포기하고, 부부는 늙은이의 잔소리를 참고 있었다.

그와 마나는 같이 살기 시작했을 즈음부터 세 번 이사를 했고, 지금은 D 시의 바다 근처에 살고 있었다. 처음에는 비좁은 방 하나짜리 공동주택에서 살았지만, 지금 사는 집은 방 다섯 개에 여섯 평짜리 마당까지 딸린 2층 단독주택이었다. 근처에 바다도 있어서, 바닷바람을 맞으며 걸어가면 채 5분도 지나지 않아 눈앞에 태평양이 펼쳐졌다. 항구 마을에서 자란 마나는 바다에서 멀어지는 것을 질색했고, 죽을 때에도 파도 소리를 들으며 눈을 감을 거라고 장난스레 말한 적도 있었다. 그 말을 떠올리면 파도가 밀려오는 바닷가에 침대 하나가 오도카니 놓인 적막한 광경이 눈앞에 어른거렸다. 밀려왔다 사라지는 파도가 다리를 적시는 침대 위에 머리가 하얗게 세도록 나이를 먹은 마나가 누워, 미리 약속을 나눈 죽음이 찾아오기를 기다리듯 지그시 눈을 감고 있다. 그리고 그때가 오면 마나는 천천히 눈을 뜨고 몸을 일으켜 침대에서 내려와 거울처럼 잔잔한 바다 위를 한 걸음, 또 한 걸음 완벽한 파문을 자아내며 기적처럼 수평선으로 나아가리라. 어쩌면 그 끝에는 이미 몇 년 전에 먼저 떠난 그가 마나가 오기를 계속 기다리고 있을지도 모른다.

마나는 보소반도*의 어떤 항구 마을과 저쪽 세계의 항구 마을의 두 기억을 모두 가지고 있었지만, 몽환석의 일 처리가 어설펐는지 어느 쪽 기억도 명료하지 않아서, 옛날이야기가 나오면 종종 당혹스러운 표정을 지었다. 어느 쪽이 사실이냐기보다는, 어느 쪽이나 꿈처럼 흐릿해서, 억지로 떠올리려 하면 기억의 밑바닥이 빠져버릴 것 같아 두렵다고 했다. 그 역시 스물여덟에 오른쪽 눈에서 마나가 나타났다는 기억과 함께, 대학 시절 음식점 아르바이트를 하다 처음 만났다는 기억도 갖고 있었다. 남들이 물으면 물론 아르바이트를 하다 만났다고 대답했고, 그때는 그게 사실이라 여겼지만, 조금 시간이 지나면 쫓아버렸던 허무맹랑한 기억들이 어둠 속에서 고개를 쳐들고 나를 잊었느냐며 자신을 노려보는 것 같았다. 어느 쪽이든 그와 마나의 젊은 시절 기억은 불안정했고, 종종 이야기가 어긋나기도 했다. 하지만 그게 어쨌다는 말인가. 그 애매한 기억이야말로 역설적으로 그들 둘만의 기억이며, 그 때문에 그에게는 마나밖에 없었고, 마나에게는 그밖에 없었다.

그는 스물아홉 살에 우울증 약을 복용하며 완성한 〈세상 끝 강〉이라는 장편으로 소설가로서의 소소한 인생을 시작했다. 그 뒤로 장편 열여섯 편, 단편집 아홉 권, 에세이 한 권을 발표했다. '대중적이지 못한 작가'라는 평을 들었던 힘든 시기

---

* 간토 지방의 동남부, 태평양과 맞닿은 반도.

도 있었지만, 그 후로 크지는 않아도 문학상을 몇 차례 수상했고, 작품이 영화로 만들어지기도 했다. 잘 팔리는 작가와는 거리가 멀었지만, 어느새 남들이 직업을 물으면 소설가라고 대답하는 게 괴롭지 않았다. 노작가가 말했던 '솔직'해지는 것을 배운 것인지는 자신이 없었지만, 애초에 세상에 아첨할 정도로 싹싹한 성격이 아니라, 이야기로부터 지목받기를 기다리는, 어떤 의미로 솔직한 집필 방식은 지금도 여전했다. 마나는 평소 소설을 읽지 않지만, 그의 작품만은 천천히 시간을 들여 여러 번 읽어준다. 하지만 그녀는 그에게 관대해서 기회가 있을 때마다 칭찬했기 때문에 그다지 좋은 독자는 아니었다.

빈방이 있어도 부부는 육조방에 이부자리를 나란히 깔고 잤다. 이제 관계를 맺는 일은 없었지만, 때때로 손을 잡고 잠들기도 했다. 매주 함께 영화관에 갔는데, 그때도 어둠 속에서 손을 잡고 관람했다. 아침을 먹고 나서 함께 소화시킬 겸 산책을 나가면, 주변에 사람이 없을 때는 손을 잡기도 했다. 그가 먼저 손을 내밀지만, 그러지 않으면 마나가 손을 잡기도 한다. 언젠가 이 손이 사라지는 날이 올지도 모른다는 생각이 불현듯 떠올라, 쓸쓸한 나머지 손을 너무 꽉 쥔 적도 있었다. 그런 그의 마음을 헤아린다는 양 마나는 얼굴 한번 찡그리지 않았다.

하지만 평온한 일상이 언제까지고 계속될 리 없었다. 여느 때처럼 두 사람이 산책을 나갔을 때, 오래도록 보고 싶지 않았던 것을 드디어 보고 말았다.

상쾌한 아침이었다. 물을 뿌려놓은 것처럼 푸르고 맑은 하늘 아래, 4월의 햇살이 두 사람을 포근하게 안아주었다. 걸음을 옮기며 마나와 손을 잡았다. 휘파람새가 끊임없이 지저귀고 있었다. 아직 어린지 울음소리가 영 어색했는데, 마나는 "저 녀석은 아직 멀었네……"라며 웃었다. 바닷바람을 맞으며 도로를 지나 계단을 오르고 제방을 넘으면 해변 공원이다. 산책길은 동쪽 모래사장으로 이어져 있었다. 바닥을 벽돌색으로 칠한 단풍나무 길을 걷다 보면, 제철을 맞이해 파릇파릇한 새잎이 풍성하게 달렸던 나무들에서 낙엽 같은 것이 팔랑팔랑 떨어지고 있었다. 의아해하며 하나를 집어서 살펴보니 낙엽은 낙엽이었지만, 잿빛으로 변해 있었다. 아직 낙엽이 질 계절도 아니거니와, 갈색 낙엽이라면 몰라도 색을 빼앗긴 듯 잿빛으로 변한 게 더없이 불길했다. 게다가 주변에 그런 병든 잎이 여기저기 흩어져 있는 게 아닌가. 잎을 꼭 쥐자 얇은 얼음처럼 파스스 부서져 미지근한 봄바람에 날려 사라졌다.

"드디어 올 게 왔군."

그는 떨리는 목소리로 간신히 중얼거렸다.

마나는 망연한 얼굴로 잠시 말을 골랐지만, 결국 힘없는 목소리로 뭔가에 매달리듯 말했다.

"아직 시간이 있어."

이제 시간이 없다는 말로 들렸다. 어떻게 말을 해야 할지 알 수 없었다. 두렵고 막막한 심정이 가슴 밑바닥에 싸늘하게 퍼져나갔다. 마나가 이쪽 세계로 온 뒤로 이 세계는, 아니, 이 몽환석은 40년 동안이나 잿빛 짐승들의 공격을 견디며 사람들을 지켜왔다. 그가 모르는 수많은 마나비토들의 인도로 마나 말고도, 아마 적지 않은 피난민들이 이쪽으로 도망쳐, 이 세계에서 첫울음을 터뜨린 사람처럼 아무렇지도 않은 얼굴로 살아왔을 것이다. 모두 분명 그쪽 세계에서의 기억이 흐려지고, 몽환석이나 잿빛 짐승들 같은 건 모두 어린 날의 꿈이라고 마음 한구석으로 치워버렸던 게 아닐까. 하지만 알고 있었다. 그도, 마나도, 마음 깊숙한 곳에서는 언젠가 이런 날이 오리라는 작은 멍울을 느끼며 살아왔다.

그때 느닷없이 쿠웅, 하고 하늘에서 굉음이 울렸다. 푸른 하늘이 둘로 갈라질 것처럼 커다란 소리였지만, 신기하게도 오가는 사람들 누구 하나 놀라 걸음을 멈추거나 경악한 표정을 보이지 않았고, 어린애들이 울음을 터뜨리거나 개들이 짖는 일도 없었다. 이 소리는 40년 전부터 때때로 울려 퍼졌고, 점차 빈도가 잦아지고 커지는 것 같았지만, 두 사람 말고 누군가가, 또는 무언가가 신경 쓰는 모습은 본 적이 없었다. 이 소리는 분명 몽환석이 공격을 받고 있는 증표임이 틀림없다. 하지만 몽환석은, 불치병 선고를 피하듯 그 사실을 알아채지 못하게 하려는 듯, 사람들의 귀를 교묘하게 막아왔던 모양이다. 차라리 그와 마나의 귀도 막아줬으면 좋았을 텐데…….

세계가 서서히 잠식되어가는 모습을 바라보는 나날이 시작됐다. 여름을 앞두고 울창하게 우거졌던 나무들은 날이 갈수록 회화되었고, 잎사귀도 하나둘 떨어졌다. 상록수인 녹나무나 금목서까지 벌거숭이가 되었고, 줄기는 진흙을 바른 듯 색을 빼앗겨 고사되었다. 사람들이 개를 뛰놀게 하거나 배드민턴이며 프리스비를 하고 놀던 잔디밭 역시 2~3일 만에 죄다 잿빛으로 변해, 정말 재가 떨어져 쌓인 것처럼 황량한 풍경으로 바뀌었다. 사람들은 그런 노골적인 변화도 알아채지 못한 듯 평소처럼 공원에서의 한때를 만끽하고 있었지만, 자세히 보면 사람이 평소보다 적었고 나온 이들의 얼굴도 왠지 우울하고 웃음소리에도 힘이 없었다.

부부는 산책길에서 벗어나 자주 물가로 내려갔는데, 어느 날 아침 잿빛으로 탁해진 커다란 해파리가 어디론가 이어진 디딤돌처럼 무수히 해변으로 밀려와 있는 것을 보았다. 아니, 해파리뿐만이 아니었다. 잿빛으로 변한 해초, 잿빛으로 변한 물고기 사체, 잿빛으로 변한 바닷새의 사체……. 물고기 사체가 있으면 반드시 까마귀 떼가 몰려들 터인데, 어째서인지 그 탐욕스럽기 짝이 없는 까마귀들조차 회화된 것은 거들떠도 보지 않았다.

해변가 동쪽 공원에 들어서면 곧바로 남국풍의 풍경이 펼쳐지는데, 곳곳에 난 소철나무는 떼로 말라 죽었고, 가끔 보았던 삼색 길고양이도 잿빛으로 변해 나무 밑에 쓰러져 있었다.

어느 순간, 공원 남쪽에 있는 잿빛 소나무 숲 위를 어마어마한 새들의 무리가 물결치듯 날아다니는 광경이 눈에 들어왔다. 여름이 코앞인데 찌르레기가 모여 있나 싶어 의아하게 여겼는데, 카메라로 사진을 찍어서 확대해보니 찌르레기가 아니었다. 그보다 훨씬 크고, 등의 날개가 가시처럼 일어선 데다, 날카롭고 기다란 가위 같은 검은 부리를 쩍 벌리고, 게다가 온몸에 재를 뿌린 듯 흉측한 모습이었다. 잿빛 짐승들의 권속이 틀림없었다. 살아 있는 모든 것들은 회화에 의한 죽음을 극복하면, 흉측한 모습으로 변해 새로운 잿빛 짐승들로서 세계를 잠식하는 방랑의 여정에 가세하는 것이다.

영향은 날로 확산됐다. 그토록 손꼽아 기다렸던 손주들과의 영상통화 중에도 화면이 치지직 잿빛으로 깜빡이고는 했다. "영상이 좀 이상하지 않니?"라고 물어도 아들 가족은 누구 한 사람 그 사실을 알아채지 못하거나, 전혀 신경 쓰지 않는 눈치였다. 화면의 회화는 순식간에 악화되어, 텔레비전, 컴퓨터, 휴대전화 단말기 등 모든 것에 이르렀지만 세상은 전혀 동요하지 않았고, 그 사실이 두려움에 더욱 박차를 가했다. 개중에는 두 사람처럼 회화를 알아챈 이들도 있겠지만, 분명 멸망의 진행을 막을 방법이 없으니 우울하게 황혼의 나날을 보내고 있는 것이리라.

드디어 인간의 회화가 시작됐다. 색을 잃고 길가에 쓰러져 있는 사람이 자주 눈에 들어왔지만, 다들 도우려 하기는커녕 신경조차 쓰지 않고 냉정하게 그 옆을 지나쳤다. 인도를 가로막듯 쓰러져 있는 잿빛 몸을 사람들이 넘어가는 걸 보면, 눈에 보이기는 하는 것 같은데도, 역시 개똥을 피하듯 거들떠보지도 않고 제 갈 길을 갔다. 그와 마나 역시 또 있네, 여기도, 저기도, 하고 매번 슬퍼하기는 했지만, 그렇다고 할 수 있는 일은 아무것도 없었다. 회화한 인간은 며칠은 그 자리에 쓰러져 있지만, 이내 정말 재처럼 무너져 내려, 바람에 날아가거나 빗물에 씻겨 세상에서 사라진다.

하지만 역시 그중에는 살아남는 자들도 있었다. 행려병자처럼 며칠이나 그곳에 방치되었다가, 어느 날 스르륵 일어나 새로운 잿빛 짐승들의 일원으로 거리를 헤매기 시작하는 것이다. 그런 회인들은 한마디도 하지 않고, 마음 같은 건 한 조각도 없는 듯했지만, 어딘가에서 동료를 원하는 본능이 작동하는지, 한 사람 또 한 사람 모여 이내 집단을 이루어, 망자의 무리처럼 느린 걸음걸이로 밤낮없이 끊임없이 배회한다. 의외로 회인들이 직접적으로 인간을 공격하는 일은 없고, 그저 죽은 눈동자로 느릿느릿 걸어 다닐 뿐이지만, 그렇다 해도 이 세계에 해를 끼치고 있는 건 분명했다. 필시 회화라는 역병의 첨병으로서 눈에 보이지 않는 병원균을 흩뿌리며 방황하는 것이다.

또한 회인들은 잿빛 짐승들처럼 점차 모습을 바꿔가고 있었다. 처음에는 그저 색채를 잃은 인간이다. 그러다 차츰 두 팔이 비대해져 유인원처럼 주먹으로 바닥을 치며 걷는 사람도 있는가 하면, 다리가 이상한 방향으로 구부러져 풀무치처럼 뛰면서 이동하는 사람도 있었다. 또한, 장님거미목처럼 팔다리가 가늘고 기다래지고, 키가 3미터쯤으로 늘어난 사람도 있었으며, 악어처럼 번듯한 꼬리를 자랑하며 네발로 기는 사람도 있었다.

회인들의 외양과 상태도 특이했지만, 그를 둘러싼 일반인들의 반응은 그야말로 불가해했다. 이형의 회인 무리와 마주친 사람들은 여전히 아무 두려움도, 놀라움도 표현하지 않은 채 재빨리 피해 지나가거나, 걸음을 멈추고 그들이 지나가기를 기다렸다. 차를 탄 사람들도 마찬가지였다. 제멋대로 길을 가로질러 가는 회인들을 치고 지나가지 않고, 딴청을 피우는 표정으로 운전을 자율주행에 맡기고 정차해, 행렬이 지나가기를 기다렸다. 한마디로 사람들은 잿빛 짐승들을 직접적으로 인식하지 못한 채, 자신들이 살아가는, 자신들의 세계가 침식당하는 것을 그냥 지켜만 보고 있는 것이었다.

그런 상황에서도 그와 마나는 매일 아침 산책을 거르지 않았다. 집에 틀어박혀 있다 한들 멸망을 막을 수는 없었고, 저쪽 세계의 존재를 아는 소수의 사람으로서 회화가 진행되는 이 세계의 끝을 지켜봐야 한다는 기묘한 의무감까지 들었기 때문이다. 그리고 무엇보다 마나가 바다를 보지 못하는 날은 마음이 울적해서 견딜 수가 없다고 했다. 밖으로 나가 걸으면, 세계를 잠식하는 종양이 커져가는 모습을 보는 듯해 가슴이 아려왔지만, 세상이 종말로 향하는 발소리를 들으며 신기하게도 두 사람의 마음은 차분했다. 몽환석은 있는 힘을 쥐어짜 사람들의 눈을 멸망에서 돌리려 하고 있었고, 아무래도 두 사람 역시 그 영향에서 완전히 벗어나지는 못한 것 같았다. 끔찍한 모습의 존재들과 스쳐 지나가도, 턱 밑까지 체념에 잠긴 심정으로 손을 꼭 잡고 평소처럼, 아직 아름다움을 완전히 잃지 않은 해변을 걸을 수 있었으니.

시간이 흐르자, 멸망은 두 사람의 생활에도 무자비하게 다가왔다. 줄곧 두려워하던 일이 현실이 되었다. 아들 가족과 드디어 연락이 끊긴 것이다. 단말기에서 연락처가 사라졌고, 가족이 찍힌 동영상과 사진까지 깨끗이 지워졌다. 반쯤 실성한 사람처럼 아들의 집을 찾아갔지만, 낯선 명패가 걸려 있는 걸 보고 부부는 한동안 망연자실했다. 가족이 모두 회화한 것이라고밖에 생각할 수 없었다. 몽환석이 시간을 거슬러 올라 저쪽 세계에서의 피난민에게 자리를 준 것처럼, 아무래도 회화한 사람들은 마찬가지로 시간을 거슬러 올라 자리를 빼앗기는 모양이었다. 산다는 게 얼마나 멋진 일인지를 사랑스럽게 알려주던 손주들이 아들 부부와 함께 존재의 밑바닥에서 무로 돌아간 것이다. 몽환석은 어떻게 해서든 멸망하는 이 세계의 균열을 계속해서 기울 작정인 것 같았다. 이제 아들 가족이 이 세상에 존재했음을 기억하는 건 그와 마나뿐이었다. 하지만 두려운 것은, 두 사람의 마음속에서도 아들 가족의 기억이 날로 흐려지고 있다는 것이었다. 어느 날, 눈을 뜨자 손주의 얼굴이 도저히 떠오르지 않았다. 다음 날에는 아들 부부의 얼굴도 기억에서 사라졌다. 그다음 날에는 두 사람 사이에 아들이 있었다는 사실조차 그저 꿈처럼 아련했고, 그것이 세계가 베푸는 자비인지, 상실의 슬픔까지 점차 잊혀졌다.

이내 오사카에 사는 딸과도 연락이 닿지 않았고, 마찬가지로 얼굴을 떠올리지 못하게 되었다. 단말기를 뒤져 어떻게든 떠올릴 단서를 찾으려 했지만 딸의 흔적 또한 늙은 머릿속을 제외하고는 어디에도 없었다. 이제는 밖에 나가면 잿빛 짐승들이 눈에 띄지 않는 날이 없었다. 길모퉁이마다 회화한 인간이 쓰러져 있었는데, 만일 남의 집을 멋대로 들여다봤다면, 더욱 많은 희생자들을 목격했을지도 모른다. 시선을 내리면 고양이만 한 크기의 잿빛 쥐들이 무리를 이루어 도랑을 누비는 모습이 보였고, 시선을 올리면 행글라이더만 한 거대한 괴조가 상공을 선회하고 있었다. 회인들은 서넛이 융합해 더욱더 기괴한 모습으로 변했고, 인간이었던 시절의 흔적은 날로 사라져갔다. 정체불명의 굉음은 한 시간도 되지 않는 간격으로 울려 퍼졌고, 그 소리가 들리는 두 사람은 이제 놀라 움츠리지도 않았지만, 밤잠을 설치는 불안한 나날을 이어갔다. 그럼에도 두 사람은 아직 해변을 산책했다. 대부분의 나무들은 이미 색을 잃었지만, 하늘은 아직 푸르렀고 바다 역시 색을 간직하고 있었다.

7

끝내 마나가 회화하기 시작했다. 어느 날 밤 이마에 잿빛 멍 같은 것이 나타나더니, 이튿날에는 그 잿빛이 거의 온몸을 뒤덮었다. 지독한 권태감을 호소했고, 자리에서 일어나는 것도 힘겨워 보였다. 아무것도 먹지 못했고, 작은 새처럼 약간의 물로 목을 축일 뿐이었다. 끊임없이 밀려오는 고뇌에 이제 눈물이 말라버린 줄 알았건만, 그가 참지 못하고 오열하기 시작하자, 마나는 산들바람처럼 희미한 목소리로 속삭였다.

"울지 마……. 날 바다로 데려가줘……."

"그래, 그럴게……. 같이 바다로 가자."

그도 속삭이듯 대답했다.

마나의 회화가 시작됐다는 건, 함께 사는 그도 빠르든 늦든 회화하리란 걸 의미했다. 몸을 움직일 수 있는 동안에 마나를 바다로 데려가야 했다. 그는 차로 해변 공원까지 마나를 태워 가, 거기서부터 땀을 뻘뻘 흘리며 그녀를 업고 늘 걷던 해변으로 데려갔다. 예년 같았으면 모래사장에서 순비기나무가 사랑스러운 보랏빛 꽃을 피우고 있을 터였지만, 이제는 해변에서 색채를 찾아볼 수 없었다. 생명이 끊긴 사막처럼 황량한 풍경이 펼쳐져 있었지만, 마나가 찾던 바다는 아직 간신히 색을 간직하고 있었다.

해는 저물었지만, 모래사장에는 아직 한여름 태양의 열기가 충분히 남아 있었다. 해변에 주저앉아 마나를 내리고 무릎에 머리를 뉘었다. 모래가 뜨겁지 않느냐고 묻자, 마나는 뜨겁지 않다고 대답했다. 몸이 한없이 무거울 뿐, 뜨겁지도 아프지도 않고, 괴롭지도 않은 듯했다. 마나는 누운 채 저물어가는 저녁 해를 아련하게 바라보았다.

"그러고 보니 옛날에도 이런 적이 있었지."

그의 말에 마나도 살며시 고개를 끄덕였다.

머릿속에 떠오르는 건 마나와 함께 있던 가장 오래된 꿈의 기억이었다. 세상 끝 몽환석 꼭대기에 파란 지붕 집이 홀로 자리하고 있고, 그 옆으로 빨간 열매가 열리는 나무가 서 있었다. 드넓은 바다를 향해 몇십 미터나 되는 잔교가 허공으로 뻗어 있고, 아직 어렸던 두 사람은 그 끝에 나란히 앉아 저물어가는 저녁 하늘을 바라보았다.

"그 시절에는 우리도 어린애였지. 행복했어. 이미 세상의 종말은 시작됐었는데 말이야……."

그의 말에 마나는 몸을 살짝 흔들며 소리 없이 웃었다.

"다시 그 시절로 돌아가고 싶어?"

그렇게 묻자 마나는 천천히 고개를 끄덕였다.

"나도 그래. 꿈속에서 당신과 함께 수없이 여행했지. 몇십 번, 몇백 번인지 모를 수많은 꿈을 함께 꾸었고, 정말 다양한 곳에 갔어. 어디를 가도 잿빛 짐승들의 기척은 이미 슬그머니 다가와 있었지만, 그래도 아직 우리 가슴속에는 희망의 작은 꽃이 시들지 않고 피어 있었으니까. 어느 날, 어느 때 갑작스레 기적 같은 일이 일어나 모든 게 좋은 쪽으로 굴러가기 시작하지 않을까, 그런 생각을 할 수 있었지. 그 시절로 돌아가 한 번만 더 인생을 다시 시작할 수 있다면 얼마나 좋을까. 아니, 이제 한 번이라는 말은 안 할래. 몇 번이고, 몇 번이고 다시 시작할 수 있다면 얼마나 좋을까."

마나가 힘없이 눈을 깜빡였다. 작은 눈물방울이 양쪽 눈꼬리에서 반짝이더니 관자놀이로 천천히 흘러내렸다.

그때였다. 지금까지보다 훨씬 큰 소리가 천지를 흔들었고, 마나는 몸을 흠칫했다. 그는 고개를 들고 주변을 둘러보았다. 어느덧 붉게 물든 수평선을 더럽히며 수많은 작은 그림자들이 시야 한가득 모습을 드러내고 있었다. 그 무수한 그림자는 아주 천천히, 바다 위에서 이쪽을 향해 밀려오는 것처럼 보였다. 하지만 그것은 배가 아니라, 진흙으로 적당히 빚어 늘어놓은 것처럼, 형태가 제각각인 것들을 모아놓은 것 같았다. "아아……." 그는 무심코 신음을 흘렸다. 어디를 통해 잠입했는지는 알 수 없었지만, 온갖 형태의 거대한 잿빛 짐승들이 무리를 이루어 바다를 건너오고 있었다. 지난 몇 달간 나타났던 이형의 괴물들은 역시 인사 겸 보낸 정찰병에 지나지 않았던 것이다. 부부는 이제야, 한 마을이, 아니, 한 세계가 어떻게 멸망하는지를 목도하고 있었다.

제일 먼저 육지에 닿은 건 길고 거대한 날개를 가진, 여객기 크기는 됨 직한 잿빛 짐승이었다. 온몸이 따개비처럼 울퉁불퉁한 비늘로 뒤덮여 있었고, 머리에서 등까지 호저처럼 뾰족한 가시가 빼곡하게 나 있었다. 악어를 연상시키는 입에는 톱니형의 날카로운 이빨이 늘어섰고, 그 위에는 카멜레온 같은 반구체의 눈알 여러 쌍이 튀어나와 있었다. 눈알 몇 개가 재빨리 움직여 모래사장에 있는 두 사람을 힐끗 쳐다본 것 같았다. 돛처럼 부드러워 보이는 피막으로 싸인 두 쌍의 날개가 잠자리처럼 앞뒤로 번갈아 천천히 날갯짓할 때마다 지상에까지 바람이 불어왔다. 뱀을 연상케 하는, 물결 같은 주름이 잡힌 복부 양쪽에는 갈고리 모양 발톱이 달린 네 다리가 쭉 뻗어 있었고, 끝부분이 벗겨진 긴 꼬리는 채찍처럼 구부러지며 몸통을 따라갔다. 접촉한 모든 것을 찢어발길 것만 같은 위협적인 모습이 부부의 머리 위를 유유히 지나갔다. 육안으로 확인할 수 있는 것만 해도 최소 수십 마리는 되었고, 회인들의 융합체라서인지 개체마다 형태와 크기도 다른 것 같았다. 내장까지 울리는 낮은 울음소리를 지상에 흩뿌리며, 앞다투어 해안선을 넘어 마을 상공으로 날아갔다. 지금까지 잿빛 짐승들을 애써 의식 밖으로 몰아냈던 사람들은, 이토록 거대한 짐승들이 일제히 몰려왔는데도 여전히 위협을 알아채지 못할까.

이상하게도 그는 눈앞에 나타난 녀석들을 바라보며, 충분한 공포를 제 안에서 발견할 수 없었다. 머지않아 녀석들의 본

대가 이 해변에 상륙해, 두 사람을 무지막지하게 짓밟을 게 확실한데도, 기묘하리만큼 마음은 평온했다. 마나를 내려다보니, 눈가에 살짝 눈물이 맺혀 있기는 했지만 희미한 미소를 짓고 있었다. 그와 마찬가지로 녀석들을 두려워하지 않는 것이다.

그는 마나의 손을 잡고 말했다.

"얼마 전에 완성한 작품 이야기를 들려줄까?"

마나가 고개를 끄덕였다.

"사실 이 작품은 고등학생 때 한번 쓰려고 시도했던 이야기였어." 그는 말을 이었다. "〈눈빛의 나무〉라는 제목인데, 말하자면 내 첫 작품이지. 하지만 잘 안됐어. 정말 힘들었지. 너무 일렀던 거야. 이야기란 머릿속에 떠올랐다고 언제든 쓸 수 있는 게 아니거든. 자기 주변을 떠도는 이야기가 혜성처럼 가장 가까이 접근하는 순간을 기다려야 해. 산책길의 나무들에서 잿빛 잎이 떨어지던 날이 있었잖아. 그날을 경계로 갑자기 50년도 더 전에 처음 쓰려고 시도했던 옛이야기가 쑥 다가왔어. 마치 나라는 소설가의 처음과 끝이 고리가 되어 연결된 것처럼.

먼저 세상 중심에 한 그루의 거대한 나무가 서 있는 광경을 상상해봐. 얼마나 거대한가 하면, 높이가 몇천 미터는 돼서 후지산처럼 몇십 킬로미터 떨어진 곳에서도 그 위대한 모습을 바라볼 수 있을 정도야."

마나에게 이야기를 들려주는 동안에도 바다를 건너온 잿빛 짐승들이 속속 해변에 접근하고 있었다. 잿빛 짐승들은 마치 물웅덩이 위를 걷듯 태연하게 바다 위로 진군했다. 몸높이가 30미터는 될 직한, 비정상적으로 다리가 긴 코끼리 같은 생물, 굽은 등에 작은 숲이 우거진 멧돼지 얼굴의 거인, 세 쌍의 다리를 가진 거대한 개미핥기 같은 짐승, 악마처럼 구부러진 뿔과 혹으로 뒤덮인 등을 가진 두꺼비 같은 생물……. 수천 마리는 너끈히 넘을 듯한 잿빛의 끔찍한 괴물들이 거대한 몸을 가누지 못하는 것처럼 느릿한 걸음걸이로, 하지만 어딘가 열의에 찬 표정으로 한 마리, 또 한 마리씩 상륙했다.

그는 모래사장에 앉아 마나와 함께 망연히 그 비현실적인 광경을 바라보고 있었다. 등껍질에 무수한 가시가 달린 거대한 거북 같은 괴물은 두 사람과 2미터쯤 떨어진 곳에 상륙하더니, 졸린 눈을 희번덕거리며 굴려 그들을 보고는, 사방에 모래를 날리며 옆을 지나쳐 갔다. 마을에 창궐하는 회인들처럼 이들도 인간을 습격하지는 않는 걸까. 아니면 마나가 이미 회화했기 때문에 못 본 척 넘어가준 것일까. 하지만 나는 아직 회화하지 않았는데, 거기까지 생각했을 때 불현듯 왼쪽 팔꿈치 부근에서 잿빛 멍을 발견했다. 아, 그렇구나. 나도 이미 회화가 시작됐군…….

그는 마나의 얼굴을 내려다보며 미소를 지었다.

"괜찮을 거야. 이 녀석들은 덩치가 커서 우리 같은 건 안중에도 없나 봐."

마나는 힘없이 고개를 끄덕이고 입을 살짝 우물거렸다. 귀를 가까이 갖다 대자, 모래를 쓸듯이 쉰 목소리로 "아까 이야기……"라고 말했다.

"그래. 아직 이야기하던 중이었지." 그는 다시 말을 이었다. "몸체에 무수한 눈이 달린 눈빛의 나무는 몇천 년 동안 삼라만상을 빈틈없이 봐온 까닭에, 인간이 생각해낼 수 있는 어떠한 물음에도 대답할 수 있다고 해. 하지만 무섭게도 눈빛의 나무에 질문을 던진 자는 그 대답과 맞바꾸어 목숨을 잃게 되지. 그 때문에 나무에게 질문을 던지는 건 불치병에 걸린 사람이나, 애초에 죽음을 바라는 사람, 이제 언제 죽어도 상관없다고 각오한 고령자들뿐이었어. 그런 사람들이 인생의 마지막에 궁극의 진리를 얻고자 온 세상에서 나무를 찾아 여행을 떠나지."

그가 이야기하는 와중에도 잿빛 짐승들은 끊임없이 모래사장에 상륙해 제방을 파괴하거나 타 넘으며 시가지로 진입하고 있었다. 어느 괴물이든 마음만 먹으면 부부를 짓밟거나 물어뜯을 수 있었을 텐데, 인간이 길바닥에 뒤집어진 벌레의 숨통을 굳이 끊어놓지 않는 것처럼, 녀석들 역시 보잘것없는 두 인간을 거들떠보지도 않고 지나쳐 갔다. 짓무른 것처럼 타오르는 태양은 드디어 산기슭까지 내려왔고, 하늘 저 멀리까지 노을빛으로 물들였다. 구름 사이로 옅은 붉은빛과 군청색이 뒤섞여 있었다. 시시각각으로 어두워지는 바다 위, 녀석들은 크고 작은 무수한 납빛 그림자가 되어 오로지 육지를 향해 다가오고 있었다. 바다와 맞닿은 마을에서는 이따금 무언가가 부서지는 어마어마한 소리가 울려 퍼졌고, 교통사고나 화재, 폭발도 일어나고 있는지 곳곳에서 검은 연기가 피어올랐다. 이제 몽환석의 은폐 능력은 한계에 다다랐고, 이 단계에 이르러서야 사람들은 멸망의 현실을 목도하기 시작했을 것이다. 세계를 뒤흔드는 굉음은 이제 쉴 새 없이 울려 퍼지며 몇 번이고 그의 이야기를 방해했기에, 어쩌면 마나의 귀에 그의 이야기는 들리지 않는 게 아닐까 생각하면서도, 말을 중단하면 그녀가 두려워할 것 같아서 그는 계속해서 이야기했다.

"어떤 마을에 기묘한 병이 돌기 시작했어. 아니, 그 마을뿐 아니라 온 나라에서 유행했지. 먼저 피부에 정체불명의 문자가 생기기 시작해. 뭔가를 말하는 것 같지만, 아무도 읽을 수는 없었지. 이내 문자는 전신으로 퍼져나가 몸을 강직시키고, 끝내는 사람 형태의 비석처럼 변해 모두 죽음을 맞이하지. 그런 병에 대해 아는 사람은 아무도 없었고, 물론 치료법도 알려지지 않았어.

그런 와중에 도저히 구분이 가지 않을 정도로 꼭 닮은 쌍둥이 형제가 눈빛의 나무를 찾아가기로 결심했어. 나무에게 치료법을 묻기 위해서. 쌍둥이는 너무나 닮았기에 한 사람이 다치면 다른 한 사람도 같은 곳에서 피가 났어. 한 사람이 누군가에게 비밀 이야기를 들으면, 자연히 다른 형제도 그것을 알게 되었지. 그런 신기한 힘을 가지고 있었던 거야. 그래서 한 사람이 나무에 치료법을 묻고, 살아남은 다른 한 사람이 그 치료법을 가지고 마을로 돌아간다는 작전을 세웠지."

극한까지 타오른 태양이 저물고 백골 같은 달이 떠도, 그의 이야기는 끝나지 않았다. 이야기를 계속하는 동안 얼마나 많은 짐승들이 그 옆을 지나쳐 갔을까. 수백, 아니, 수천 마리는 될지도 모른다. 녀석들은 회화가 진행된 두 사람은 거들떠도 보지 않고 역병처럼 마을로 퍼져나가 숨이 끊어지기 직전인 몽환석의 미약한 저항을 걷어차며 세상을 유린했다.

어느덧 밤이 깊었다. 목소리가 쉬고, 앉아 있는 것조차 힘겨울 만큼 몸이 무거워져서 그는 더 이상 말을 이을 수가 없었다. 마지막 목소리를 쥐어짜듯 "잠깐 쉬어도 될까?"라고 묻자, 마나는 이제 대답하지도, 고개를 끄덕이지도 않았지만 달빛을 받은 눈동자가 희미하게 흔들린 것 같았다.

"왜 이렇게 졸리지. 세상이 종말을 맞이하려는 순간에……. 잠깐 눈을 붙였다 뒷이야기를 들려줄게."

그렇게만 말한 뒤 그는 몸에서 바람이 빠져나가듯 커다란 한숨을 내쉬고, 모래사장에 잠기듯 쓰러졌다. 바로 옆을 이제는 이형의 그림자로 변한 짐승들이 밤 바닥에서 꿈틀거리며 한 마리, 또 한 마리 걸음을 옮겼다. 그 육중한 진동이 끊임없이 등줄기를 흔들었다. 그는 눈을 감고 그대로 일어나지 않았지만, 말하지 못한 마지막 이야기를 아쉬워하듯, 그저 살아갈 수밖에 없었던 자신의 이야기에 덧없음을 느끼는 듯, 꼭 쥐고 있던 마나의 손을 놓지 않았다.

8

일주일이 지나, 전멸한 마을 저편에서 탁한 아침 해가 떠올랐다. 육지로 올라오는 잿빛 짐승들의 행렬은 드디어 중단됐고, 부부가 사랑했던 모래사장에는 늙은 바다의 혼잣말 같은 파도 소리만이 울려 퍼지고 있었다. 모래사장은 침략자들의 행군에 의해 사정없이 짓밟혀 있었지만, 신기하게도 부부의 주변만은 마치 조릿대잎 모양의 모래톱처럼 평온한 표정의 모래가 남아 있었다.

남자는 허공을 향해 누운 자세로 온몸이 잿빛으로 변해 며칠 동안 미동도 없었다. 여자 또한 남자의 무릎을 베고 누운 자세로 꼼짝도 하지 않았다. 이제 두 사람의 눈꺼풀 사이로는 한 줌의 빛도 찾아낼 수 없었고, 입가에서 벌레 숨소리만큼의 생명의 기척도 느껴지지 않았다. 부부는 정교한 모래 조각상으로 변한 것처럼 머리카락, 옷, 손끝부터 힘없이 무너지고 있었다.

만일 멸망에서 살아남아 이 광경을 목격한 이가 있다면, 이 세계는 이미 종말을 맞이했다며 탄식했을 것이다. 풀과 나무들은 말라 죽었고, 사방에는 빛깔 없는 사람들의 시신이 널려 있었으며, 마을은 재를 뒤집어쓴 것처럼 삭막한 폐허로 변했다. 구름 한 점 없는 드넓은 하늘도 옅은 먹색이었고, 광막한 바다도 납빛으로 변해 철썩철썩 둔중하게 물결쳤다. 산에서 불어오는 음울한 바람은 오랫동안 색을 찾아 헤맸지만 이곳에서도 바람을 이루지 못했다는 양 불만스레 바다 쪽으로 사라졌다.

하지만 진정으로 이 세상에서 일체의 색채가 사라진 것일까. 그렇다면 바다 저편에 보이는 저 점은 무엇이란 말인가. 뭔가 검고 작은 점들이 바다 위를 지나 육지로 다가오고 있었는데, 그것은 이따금 색을 흘리며 반짝이는 것 같았다. 그 반짝임은 어느 때는 푸르게, 어느 때는 붉게, 어느 때는 노랗게, 온 세상의 귀한 보석들이 바닥에서 남몰래 빛나듯, 검은 품에 색이라는 색을 모두 품고 있는 것 같았다. 그것은 끝나버린 세상 밑바닥에서 서두르는 기색 없이 유유히 해변으로 다가왔다. 보아하니 한 척의 배 같았다. 길이가 5미터도 안 되는 빈 조각배였다. 몽환석에서 떨어져 나온 것처럼 전체가 검게 빛나고 있었고, 그 안쪽에서 색색의 입자들이 은하처럼 반짝였다. 사공의 모습은 찾아볼 수 없었고, 애초에 노조차 없는데도 조각배는 두 부부의 시신 쪽으로 뱃머리를 향한 채 다가왔다. 이내 해변에서 수 미터쯤 떨어진 얕은 바다에서, 마치 몇백 년 동안 깊이 생각한 결과인 양 조심스레 움직임을 멈췄다.

그로부터 얼마나 시간이 흘렀을까. 어린애 하나 없는 해변에 파도가 밀려왔다 사라지며 한동안 아무 움직임도 없더니, 이내 여자의 시신에 무수한 균열이 생기고, 단번에 퍼져나가며 전체가 뿌리부터 무너지기 시작했다. 붕괴한 시신 속에서 재투성이의 뭔가가 천천히 몸을 일으켰다. 열두세 살쯤 되었을까, 머리가 길고 여윈 소녀 같았다. 멸망한 세상 한구석에서 그 모습은 너무나도 덧없었지만, 소녀는 분명히 색을 띠고 있었다. 윤기 흐르는 풍성한 검은 머리카락과 눈처럼 하얀 원피스, 푸른 혈관이 비치는 아름다운 살결, 옅은 분홍색의 도톰한 입술, 밤의 물방울처럼 촉촉하게 빛나는 검은 눈동자…….

소녀는 온몸을 덮은 재를 털며 멍한 얼굴로 잿빛 세상을 한 바퀴 둘러보더니, 제 옆에 쓰러진 남자의 시신을 보고 눈을 부릅떴다. 소녀는 머뭇거리며 재로 변한 시신 속으로 손가락을 넣었다. 손끝에 뭔가가 닿았다. 숨을 삼키더니, 다음 순간 달려들듯 재를 헤집기 시작했다. 힘없이 누운 소년의 모습이 나타났다. 재를 뒤집어쓰고 있기는 했지만, 갈색이 도는 검은 머리카락, 불그스름한 뺨, 과거의 하늘을 연상시키는 파란 셔츠, 소년 역시 아직도 선연한 빛깔을 띠고 있었다. 소녀는 소년의 얼굴을 정성껏 닦아낸 뒤에 입가에 살며시 귀를 댔다. 소년의 몸속에 돌아온 숨소리를 소녀는 분명히 들었다.

소녀가 뺨을 어루만지자 소년은 이내 꿈과 현실의 경계를 헤매듯 천천히 눈꺼풀을 들어 올렸다. 처음 눈에 들어온 건 걱정스레 자신을 내려다보는 소녀의 얼굴이었다. 소년은 무의식적으로 희미하게 미소를 짓고 있었다. 눈을 떴을 때, 그곳이 어디든 소녀만 있으면 소년은 웃을 수 있었다.

소년은 소녀의 손을 잡고 몸을 일으키더니, 소녀가 그리했

듯 구석구석까지 멸망으로 물든 황량한 풍경을 말없이 둘러보았다. 시야 가득히 잿빛 세상이 펼쳐져 있었지만, 그중에서 오로지 성운처럼 빛을 머금은 검은 조각배만이 허무가 지배하는 세계에 작은 구멍 하나를 뚫듯이 눈앞의 앞바다에 유유히 떠서 흔들리고 있었다.

소녀가 조각배를 가리키자 소년은 망설임 없이 고개를 끄덕였다. 소년 소녀에게 뱃머리를 향한 조각배는 그들의 두 눈을 똑바로 응시하는 것 같았다. 어딘지 모를 아득히 먼 곳에서 이곳까지 그들을 맞이하러 왔노라고, 그 눈빛은 말해주고 있었다. 이 조각배는 분명 죽어가는 몽환석이 마지막 힘을 짜내 보내준 선물임에 틀림없었다.

두 사람은 일어나 서로 털을 골라주듯 온몸의 재를 털어낸 다음 손을 잡고 첨벙첨벙 바다로 들어갔다. 소년이 먼저 뱃전을 넘어 배에 올라탔다. 한쪽으로 기울 줄 알았는데, 배 나름대로 타는 이를 배려했는지 흔들리지 않으려 애쓴 것 같다고 소년은 생각했다. 소녀도 소년의 손을 잡고 배에 올라탔다.

두 사람이 나란히 배에 앉자, 조각배는 혼자서 천천히 움직이기 시작했다. 뱃머리를 오른쪽으로 돌리더니, 이내 가슴을 펴듯 바다를 향해 주저 없이 똑바로 길을 떠났다. 조각배는 납빛 해수면에 잔잔한 궤적을 그렸고, 기분 탓인지 그 부근에는 원래 빛깔이 돌아온 것 같았으며, 그 생명의 숨결은 배가 지나간 자리로부터 점차 퍼져나가는 것 같았다. 산자락에서 태양이 얼굴을 내밀기 시작했다. 여전히 혼탁한 빛깔 사이로 희미한 붉은빛이 남아 있었고, 멸망의 밑바닥으로 가라앉은 줄 알았던 세계를 어렴풋이 붉은빛으로 물들였다.

색채를 가진 마지막 아이들은 은하의 조각 같은 한 척의 살아 있는 배에 안겨, 불어오는 바람에 머리카락을 휘날리며 앳된 뺨을 기대감으로 붉힌 채, 때로 눈부신 미소를 나누며 어디로 향하는지도 모를 새로운 이야기를 살아가는 이가 되어 아득히 넓은 바다를 건너기 시작했다.

부드러운 곳으로 돌아가다

柔らかなところへ帰る

지금까지 마른 여자가 취향이라 생각했다. 유키에와 사귀기 시작한 뒤로 가냘픈 목선과 가슴에 옅은 그늘을 드리우는 잔물결 같은 갈비뼈, 쭉 뻗은 가는 다리 사이의 깜찍한 틈새, 그런 것들에 욕정을 느낀다고 굳게 믿고 있었다. 하지만 이제는 유키에를 안고 싶은 마음이 전혀 들지 않았다. 욕정은커녕, 과거 쉬지 않고 쓰다듬었던 뻣뻣한 목에, 빈약한 가슴에, 뾰족한 엉덩이에, 희미하지만 결코 지울 수 없는 혐오감마저 느꼈다. 사람 속이란 참으로 알 수 없다. 자신이 진심으로 무엇에 굶주려 있었는지를.

그는 음료 회사에 다니는 회사원이었다. 자세히 보면 까부잡잡한 피부에 이목구비도 단정한 편이었지만, 뻣뻣한 곱슬머리와 숱 없고 제멋대로 난 눈썹 때문에 영 촌스럽게 보였고,

162센티미터라는 작은 키도 10대 시절부터 마음에 그늘을 드리워서, 그를 매사에 한 발짝 떨어진 곳에 서는 조용한 남자로 만들었다. 요컨대 그는 고지식하고 숫기 없는 남자였다.

실제로 그는 스물일곱 살 때까지 여자를 몰랐다. 처음 호텔에 데려간 여자가 유키에였다. 고작 5년 전 일인데도, 어지간히 흥분했었는지 어떤 말로 어떻게 입을 뗐는지 전혀 생각나지 않았다. 하지만 무슨 소리를 했건, 그는 분명히 유키에 앞에 제 욕망을 내던졌다. 그처럼 서툰 남자의 정욕일수록 여자의 눈에는 비정상적이고 날것처럼 비치리라. 다시 삼키지 못한 말들이 잔뜩 굳어 한동안 허공을 부유했다. 그 못지않게 순진했던 유키에의 입술이 희미하게 떨리고 있었다. 하지만 그 입술은 그저 "좋아……"라고만 말했다. 펄쩍펄쩍 뛰고 싶은 순간이었다.

그때부터 그는 유키에에게 푹 빠졌다. 아니, 여자에게 푹 빠졌다고 표현하는 편이 온당할 것이다. 첫 여자가 학처럼 깡말랐다는 사실도 그의 진정한 욕망을 더욱 깊숙이 가라앉혀 은폐시키는 데 일조했을 것이다. 그는 3년 뒤 유키에와 결혼했다. 그로부터 2년이 지났지만, 두 사람의 생활 곳곳에는 지금도 서로에 대한 배려가 배어 있었다. 밤이 깊으면 열게 내려앉은 권태의 그늘을 의식하지 않을 수 없었지만, 그런 것도 부부에게는 이미 알고 있던 사소한 문제에 지나지 않는다, 말은 안 해도 서로 그렇게 여긴다고 생각했다. 그날 밤까지는…….

그날 밤, 그는 여느 때처럼 K 역 로터리에서 버스를 탔다. 밤 9시가 지난 시각, 퇴근길이었다. 미리 줄을 서 있었기에 여유 있게 자리에 앉을 수 있었고, 창가의 2인용 좌석에 자리를 잡았다. 그때 갑작스레 옆에서 말을 거는 사람이 있었다.

"옆에 앉아도 될까요?"

축축하게 귓바퀴를 쓰다듬는 듯한 여자 목소리였다. 놀라서 퍼뜩 고개를 들었다. 체격이 크고 살집이 있는 여자가 보름달처럼 환한 미소를 지으며 서 있었다. 힐끗 보았을 뿐이지만, 턱에 툭 튀어나온 3밀리미터 정도의 검푸른 점이 잔잔하게 번진 미소의 고삐를 쥔 듯한 인상을 받았다. 그의 시선은 자연스레 그 점에서 시작해 전체로 퍼져나갔다.

서른쯤 되었을까, 그보다 조금 키가 커 보였지만, 살집은 조금 정도가 아니어서 그 풍채를 보고만 있어도 주눅이 들었다. 옆자리에 앉으면 불편할 것 같다는 생각이 먼저 머릿속에 떠올랐다. 하지만 여자에게 나쁜 인상을 받은 건 아니었다. 딱히 퍼져 있는 느낌이 아니라, 몸에 달라붙은 살들을 확실히 길들인 양 늠름한 긴장감이 감돌고 있었기 때문이다.

"아, 네……."

그는 순순히 창가 쪽으로 들어갔다.

여자는 자리를 많이 차지하는 것이 부끄러운지 죄송합니다, 하고 고개를 숙이며 한 아름은 됨 직한 둥근 엉덩이를 그의 옆으로 쓱 들이댔다. 한눈에도 둔중해 보이는 엉덩이가 터질 것 같은 베이지색 치마 아래에 숨겨져 있었다. 자리에 앉은 여자는 다시 그를 보며 눈썹을 애교스럽게 모으고 살짝 고개를 숙였다.

그 순간, 무심코 여자의 가슴팍이 그의 시선을 확 붙잡아 당겼다. 옅은 오렌지색 셔츠 단추 두 개가 풀어져 있었고, 그 사이로 하얀 김이 피어오르는 더운물처럼 보드랍게 넘실거리는 풍만한 가슴이 슬쩍 들여다보였던 것이다. 그 부드러움에 의식이 빨려 들어가듯, 순간적으로 현기증이 일었다.

돌연 그는 자신이 노골적으로 여자의 가슴을 보고 있었다는 걸 깨닫고 황급히 시선을 거뒀다. 하지만 한발 늦었다. 물러나던 시선을 이번에는 여자의 커다란 눈동자가 붙잡은 것이다. 물론 여자는 알아챘으리라. 아주 잠깐이기는 했지만, 그의 시선이 어디에 머물러 있었는지. 하지만 여자의 눈은 그것을 나무라는 것 같지 않았다. 모른 척하는 게 아니었다. 뭔가를 이해했다, 또는 받아들였다는 듯 묘하게 고개를 끄덕이더니 종잇장처럼 옅은 미소를 지은 채 쓱 앞을 보았다.

그는 가슴을 쓸어내리며 어두운 창밖으로 시선을 돌려 사태를 수습했다. 하지만 금세, 방금 전 여자는 왜 고개를 끄덕였을까, 그 웃음은 뭐였을까, 그런 물음들이 고개를 쳐들기 시작했다. 그 동작 깊숙이, 그 미소 깊숙이, 남자를 조롱하는 낌새는 없었던가. 저도 모르게 여자의 가슴에 눈길을 빼앗기고 마는 수컷이라는 생물에 대한 멸시는 없었던가. 그렇게 생각하자 왠지 불쾌한 기분이 들었다. 저런 수박 두 덩이를 달고 다니면 당연히 눈길이 가지 않겠는가. 남자의 본능이 아니라, 여자였더라도 분명 눈을 까뒤집을 것이다.

불현듯 팔뚝과 허리에 여자의 몸이 보드랍게 착 밀착되는 걸 느꼈다. 생각에 잠겨 있는 사이 버스는 출발해 로터리를 돌고 있었고, 원심력으로 여자의 살이 묵직하게 밀착되고 있었다. 게다가 그 감촉은 마치 여자가 부러 넘치는 살을 자신에게 떠넘기는 것 같았다. 하지만 그럴 리가 없었다. 너무 의식한 탓이겠지. 애써 그렇게 생각하면서도 여자와 맞닿은 곳 언저리에 번지는, 약불로 지지는 듯한 온기를 무시할 수는 없었다.

그의 눈은 멍하니 창밖을 바라보고 있었지만, 뇌리에는 또다시 여자의 하얗고 풍만한 가슴이 생생하게 떠오르고 있었다. 그 가슴이 눈에 확 들어온 순간, 일찍이 경험한 적 없는, 영혼을 끌어당기는 인력을 느꼈고, 지금도 머리부터 날아가는 게 아닌가 싶은 기분이 들었다. 그건 대체 뭐였을까……. 여자의 풍만한 가슴이 보편적으로 불러일으키는, 소박한 육욕이 고조된 상태였을까.

어느샌가 어깨를 누르는 여자의 무게가 늘어났다. 힐끗 옆을 보니 고개를 푹 숙이고 가슴팍에 두툼한 턱을 댄 자세로 흔들리고 있었다. 잠든 모양이다. 이렇게 뚱뚱한 여자가 몸을 기대 오는데 불쾌한 느낌이 들지 않는 게 신기했다. 그는 무게를 느끼며 민폐라는 양 싸늘한 시선을 가장해 여자를 힐끗 훔쳐

봤다. 역시 빤빤할 정도로 도드라진 가슴에 눈길이 절로 갔다.

그나저나 비정상적이라는 느낌이 드는 살집이었다. 가슴만이 아니었다. 그는 키가 작은 데다 말랐다. 서른을 넘기면서 배 둘레에 살이 붙기는 했지만, 그래도 제 쪽에 붙어 있는 군살이었다. 이 여자는 그런 게 아니었다. 부끄러움도 없이 밖을 향해 내던져져 있는 느낌이었다. 옷을 입어서 간신히 세상 밖으로 흘러넘치는 걸 막고는 있지만, 걸친 걸 다시 벗겨내면 살이란 살은 남김없이 모습을 드러낼 것이다. 그는 어째서인지 그 광경을 선명하게 그릴 수 있었다. 조금만 몸을 움직여도, 그때마다 여자의 의사에 반해 그 살들은 제멋대로 출렁일 것이다. 그리고 여자는 그것을 부끄러워하겠지. 원래 아름다운 곡선을 그려야 할 여자의 몸이 그처럼 주체할 수 없는 살을 겹겹이 두르고 있다는 사실에 강렬한 수치심을 느끼겠지.

그는 바지 앞섶이 뻐근할 정도로 팽팽해지는 걸 느꼈다. 의외였다. 하지만 그 이유를 스스로에게 물을 것도 없이, 그는 분명히 욕망하고 있었다. 여자라는 생물이 부끄러운 살을 온몸에 두르고 주체하지 못하고 있다는 사실이 그의 가슴을 음란하게 파고들었다. 여자라는 존재로부터 흘러넘치는 살덩이…….
그런 몽상에 젖어 있으려니, 그를 누르는 여자의 무게가 그대로 여자의 육욕의 무게일지도 모른다는 생각까지 들어서, 그는 다리를 꼬고 끊임없이 갑갑함을 호소하는 흥분을 억눌러야 했다.

그때, 마치 그 망상을 여자가 처음부터 끝까지 들여다본 양, 갑자기 사태가 일선을 넘었다. 버스가 우회전하는 와중에 여자의 왼팔이 그의 오른쪽 허벅지 위로 떨어진 것이다. 칠부 소매 셔츠 아래로 뻗은 새하얀 여자의 왼손은 뭔가를 유혹하듯 힘없이 펼쳐져 있었다. 그렇게 험하게 돌지도 않은 것 같은데. 뚜렷한 위화감을 느끼고 순간적으로 여자의 얼굴을 들여다보았다. 여자의 짙은 속눈썹이 파르르 떨린 걸 분명히 본 것 같았다. 혹시 계속 실눈을 뜨고 있던 게 아닐까. 그가 과격한 상상력으로 혼자 흥분했다가 갑갑한 듯 다리를 꼬는 모습을, 산만한 배 속에서 웃음을 참으며 몰래 바라보고 있던 게 아닐까.

눈앞에서 여자의 왼손이 천천히 움직이기 시작했다. 하늘을 향하던 손바닥이 뒤집어지더니, 다섯 손가락이 그의 허벅지 위에 작은 원을 느릿하게 그렸다. 의심할 여지 없는, 그림으로 그린 듯한 애무의 동작이었다. 그는 화들짝 놀라 주변을 둘러보았다. 버스 안은 만원이라 할 정도는 아니어서, 여자의 왼손이 내려다보이는 위치에 선 승객은 없는 것 같았다. 내심 안도하면서도, 어찌해야 좋을지 머리가 돌아가지 않았다. 아니, 알고는 있었다. 즉시 이 악질적인 팔을 붙잡아, 제자리로 돌려보내면 될 일이다. 그러면 여자는 분명 태연자약한 얼굴로 계속해서 자는 척하겠지. 그러면 상황은 끝난다. 둘 중 하나가 버스에서 내릴 때까지, 침묵 속에서 각자 치욕에 젖은 욕정을 의식하고 있겠지. 하지만 그는 자신이 그러지 않으리라는 걸 이미 알고 있었다. 그리고 그뿐 아니라 여자 역시 알고 있는 것이다. 고개를 끄덕이던 모습과 그 옅은 미소는 그러한 자신감에서 솟아오른 것이었다. 여자는 굶주려 있었지만, 그 역시 굶주려 있었다. 그 굶주림이 마치 기름 막처럼 이 눈동자에 번들거리고 있었음이 틀림없다. 여자와 그는 공범인 것이다.

그는 넘실거리는 왼손을 내려다보았다. 두툼하지만 손끝으로 갈수록 얇아지는 기묘한 손이었다. 손가락 사이는 갓난아이처럼 쏙 들어가 있었고, 깔끔하게 자른 가느다란 손톱은 아무것도 바르지 않은 채 옅은 분홍빛으로 빛나고 있었다. 손 하나에 음탕함과 정숙함이 공존하고 있었다. 그 손의 움직임이 서서히 대담해졌다. 원은 점점 커지며 그가 원하는 바로 그곳으로 다가가고 있었다. 그리고 끝내 여자의 손끝은 뜨겁고 단단하게 솟아오른 봉우리를 찾아내, 밀려왔다 사라지는 파도처럼 그 위를 쓸기 시작했다. 솟아오르는 쾌감이 온몸에 퍼져나갔고, 허리가 움직이려 했다. 하지만 허리를 들어 올리려는 와중에 불현듯, 머리가 어둡고 싸늘한 현실을 자각했다.

지금 내가 뭐 하는 거지? 이 이상한 여자하고 어디까지 가려는 거야.

이성을 되찾은 그는 다시 주변을 둘러보았다. 괜찮아. 아직 아무도 못 봤어. 여자의 얼굴을 들여다봤다. 이 상황에서도 여전히 자는 척을 하고 있었다. 손은 남자의 사타구니에 가 있는데, 내리깐 눈과 살짝 벌어진 입술은 미동도 하지 않았다. 무서운 여자다. “옆에 앉아도 될까요?”라고 했던 그 건전하고 맑은 목소리와 화사한 미소로부터 이 음란하고 두툼한 손은 마치 생식기처럼 불쑥 솟아오른 것이다.

어떻게 해야 하지. 애무를 멈추려 하지 않는 여자의 손을 뿌리치기가 두려웠다. 이 상황에서 그것은 여자와의 전면 대결을 의미하는지도 모른다. 이제 와서 거절하면, 여자는 그를 배신자라 여길지도 모른다. 아니, 실제로 그것은 이미 배신일지도 모른다. 하지만 그것만은 아니라는 생각이 들었다. 여자의 팔을 붙잡은 순간, 그때까지 일방적이었던 관계가 쌍방적인 것으로 변화하고, 나아가 위태로운 단계로 사태가 급변하기 시작할 것 같은 예감이 들었다. 하지만 그것이 예감이 아니라 자신의 간절한 열망이라면? 손목을 붙잡는 게 아니라 살며시 손을 올린다면, 그리고 교미하는 거미처럼 손가락을 얽는다면 어떻게 될까? 어디를 향해 떨어질까.

그는 자박자박 다가오는 욕망을 뿌리치듯 억지로 엉덩이를 들어 벽에 달린 정차 버튼을 향해 손을 뻗었다. 띵동, 소리에 이어 “다음 정류장에 정차합니다”라는 매끄러운 안내 방송이 차내에 울려 퍼졌다. 그가 버튼을 누른 기척을 느꼈는지 여자의 손이 뚝 동작을 멈췄다. 그리고 여자는 번쩍 눈을 떴다. 아니, 눈을 뜨는 시늉을 했다. 여자의 무게가 어깨에서 사라짐과 동시에, 그토록 음탕하게 움직이던 왼손도 스르륵 제자리로 돌아갔다. 훌륭한 퇴각이다. 마치 혼자서 멋대로 음란한 꿈을 꿨나 하고 고개를 갸웃거릴 정도로…….

아직도 잠에서 덜 깼다는 양, 여자는 머리를 쓸어 올리며 초점 없는 나른한 시선으로 앞을 보고 있었다. 하지만 드디어 무례를 알아챘는지 고개를 홱 돌려, 쑥스러운 듯 두 뺨에 미소를 짓더니 죄송합니다, 하고 작게 사과하며 고개를 숙였다. 그는 순간 얼어붙었다. 여자는 어디까지나 자신의 몸에 기댄 것을 사과하는 것이고, 그 이상의 의미는 눈곱만큼도 담겨 있지 않다는 걸 알았기 때문이다. 아니면 그 이상의 의미가 있던 것일까. 만일 그 음란한 행위를 죄송하다는 한마디로 끝내려는 것이면, 그건 그것대로 상당히 꺼림칙한 일이지만…….

버스는 속도를 늦추다 정차했다. "기시가와마치 3초메, 기시가와마치 3초메, 3초메입니다"라는 안내 방송이 흘러나왔다. 아직 내리려면 세 정거장이나 남았지만, 이곳에서 내리지 않을 수 없었다. 그는 여자 쪽을 보지 않고 엉덩이를 들어 내린다는 의사 표시를 했다. 여자는 꿈쩍도 하지 않고 좌석 등받이 쪽으로 엉덩이를 빼서 길을 비켜주는 시늉을 했지만, 거의 효과 없는 행동이었다. 제 앞으로 지나가라는 것이다. 이 통 같은 거대한 몸 앞으로……. 저도 모르게 여자의 얼굴을 내려다보았다. 애교를 부리는 듯한, 그리고 그 애교를 제 코앞에 들이미는 듯한 뻔뻔스러운 엷은 웃음이 그를 올려다보고 있었다.

그는 짜증스레 여자의 둥그런 무릎 앞으로 왼쪽 다리를 내밀었다. 그러자 여자는 그의 왼쪽 다리를 두 무릎으로 꾹 누르더니, 두툼한 종아리로 꽉 붙잡는 게 아닌가. 물론 다른 승객들은 아무도 알아채지 못했을 것이다. 하지만 착각이라고 생각할 여지는 눈곱만큼도 없을 정도로, 여자는 제 다리로 그의 왼쪽 다리를 감았다. 고작 2~3초쯤이었지만, 그 거친 움직임은 왠지 그의 배신을 나무라는 느낌이었다. 하지만 그 다리를 따라 얼굴로 시선을 올리자, 여자는 여전히 완벽한 미소를 한가득 머금고 있었다. 그리고 그 미소를 잃지 않은 채 입을 열었다.

"어머, 죄송해요. 제가 일어날 걸 그랬네요. 설마 여기서 내리실 줄은 몰라서……."

모골이 송연해졌다. 이 여자는 대체 뭐지……. 이 정거장에서 안 내린다는 건 어떻게 아는 거지? 아니면 그냥 해본 말인가? 공포에 사로잡혀 왼쪽 다리를 억지로 통로로 내밀었다. 오른쪽 다리도 건드릴까 봐 걱정했지만, 여기까지라는 양 여자는 다리에 힘을 뺐다. 그런데 오른쪽 다리를 통로로 빼낸 순간이었다.

"다음부터는 조심할게요……."

못을 박듯 속삭이는 목소리가 등줄기를 타고 귓가로 기어들어왔다.

절대 돌아보지 않겠다고 다짐했다. 이대로 여자 쪽으로는 눈길도 주지 않고 버스에서 내리겠다. 여자는 분명 마지막으로 다시 눈을 맞추기를 바라겠지. 절대로 원하는 대로 해줘선 안 된다. 그는 냅다 뛰고 싶은 충동을 억누르며 애써 천천히 통로를 지나 한 걸음, 한 걸음, 본래의 자신을 되찾듯 버스에서 내렸다. 그리고 인기척 없는 한밤중의 낯선 버스 정류장에 홀로 내려섰다.

다음? 다음이라니? 등 뒤에서 버스가 움직이기 시작했다. 다음이 있는 건가? 간신히 윤곽을 드러낸 그 의문이 어깨를 꽉 붙잡는 기분에 저도 모르게 돌아봤다. 떠나가는 환한 창문 너머로 여자가 유리창에 이마를 붙이듯 얼굴 한가득 웃음 짓고 있었다. 하지만 그 미소 띤 얼굴은 차내의 조명과 역광이 되어, 콧대에 그을린 듯한 그늘을 남겼다.

세 정거장만큼 걸어야 했다. 하지만 그 거리가, 그 시간이 그에게는 필요했다. 방금 전까지 이상한 여자가 제 고간을 마음껏 만지도록 둔 사내가 무슨 낯으로 아내가 기다리는 집으로 돌아간단 말인가. 최소한 이 비참한 열기를 식히고 싶었다.

멍하니 밤길을 걷기 시작한 순간, 그는 흥분이 아직 가시지 않았다는 사실을 깨달았다. 아니, 가시기는커녕 속옷 안쪽에서 주먹질을 하듯 불끈 서 있었다. 대체 뭐에 이렇게 흥분한 거지? 이 상황에서 아직도 그 여자에게 욕정을 느끼는 건가? 걷다 보면 가라앉을 거라고 애써 생각하며 걸음을 빨리했다. 하지만 걸으면 걸을수록 절도를 잃은 공상이 고개를 쳐들었다. 본 적도 없는 그 여자의 나체가, 기름이라도 뒤집어쓴 듯 번들번들 광택을 띠며 어두운 뇌리에 떠오르는 게 아닌가. 대체 이 머리통은 언제 어디서 본 무엇을 재료로 이토록 생생한 이미지를 그려내는 걸까. 버스 정거장 하나만큼 걸었지만, 흥분은 영 가라앉을 낌새가 없었다. 뚱뚱한 여자를 볼 때마다 내심 눈살을 찌푸려왔던 그였다. 그런데 지금 그 여자의 몸을, 아주 간절하게 힘껏 움켜쥐고 싶었다. 살이다. 그 하얗고 보드라운 살에 파묻히고 싶다. 머리부터 뛰어들어 온몸이 푹 잠겨, 미적지근한 살들의 세계를 유영하고 싶다. 온몸을 감싸 안는 살과 살의 계곡에 손을 쓱 넣어, 밀어 헤치고, 더욱 밀어 헤치고, 더 깊이 밀어 헤쳐서, 미지근한 심해처럼 숨 가쁜 어둠 속으로 서서히 파묻혀가는……. 어디지? 거기가 어디지? 나는 누구지?

자신의 정욕이 만들어낸 물보라에 명치를 얻어맞은 듯, 그는 무의식적으로 걸음을 멈췄다. 내가 무슨 생각을 하는 거야……. 진정해, 진정하라고. 완전히 제정신이 아니야. 그런 돼지 같은 여자한테 욕정을 품은 적은 지금껏 한 번도 없었잖아. 그는 밤길에 눈 부시게 서 있는 자동판매기를 향해 힘없이 걸어갔다. 다른 원하는 걸 찾아. 그리고 갈증을 달래. 그 여자의 살이 아닌 것으로……. 하지만 음료수 샘플을 비추는 하얀빛도 마치 그 여자의 훤히 드러난 가슴골이 뿜어내는 빛처럼 느껴져서, 그는 바지 뒷주머니에서 지갑을 꺼내려던 자세 그대로 한동안 꼼짝도 하지 못했다.

문을 열고 현관에 들어서자 어두운 복도 끝에서 거실 불빛을 받으며 유키에가 나타났다. 그 순간 뇌리에 불온한 충격, 또는 위화감이 솟아올랐다. 이 여자는 뭐가 이렇게 작고 말랐지? 왜 이렇게 볼품없지?

"왜 그래?"

흐릿한 미소를 띤 유키에가 슬리퍼 소리를 내며 복도를 걸어왔다. 유키에가 더듬거리며 현관의 불을 켰을 때, 그는 자신이 어둠 속에서 신발을 벗는 것도 잊어버리고 우두커니 서 있다는 사실을 깨달았다.

"아니……."

그의 무방비한 대답은 아무 효과도 거두지 못하고 발밑으로 떨어졌다. 정말 왜 이러는 걸까.

유키에의 당혹감 섞인 시선이 그를 재빨리 훑고 지나갔다. 어쩔 줄 몰라 하면서도, 뭔가 탐색하는 듯한 시선을 느끼고, 불현듯 새롭게 가슴에 둥지를 틀기 시작한 욕망이 겉으로 드러난 게 아닌가 하는, 황당무계한 죄책감에 사로잡혔다. 그것을 얼버무리듯 그의 입은 이어지는 말을 황급히 그러모으기 시작했다.

"아니, 뭔가…… 지금 문을 연 순간에 갑자기 회사에서 업무 전화 하는 걸 깜빡한 기분이 들었는데, 무슨 일이었지 싶어서……."

"뭐였어?"

"아니, 그게 생각이 안 나서……. 영 찝찝하네."

그는 그렇게 말하며 괴로운 듯 미간을 찌푸리고 신발을 벗었다. 제 입에서 거짓말이 술술 나온 것에 내심 놀랐다. 유키에에게 이토록 교묘한 거짓말을 한 것은 만난 뒤로 처음인 것 같았다. 아니면 그냥 기분 탓일까 싶어서 유키에의 얼굴을 들여다보았지만, 당혹감은 찾아볼 수 없었고, 친밀한 목소리로 맞장구를 쳤다.

“맞아, 찝찝하긴 하지. 뭔지 알아.”

“게다가 오늘은 금요일이라 더 찝찝해. 생각이 나도 어차피 다음 주에나 처리할 수 있으니까, 망했어…….”

유키에는 환한 목소리로 깔깔대며 웃었다. 그 목소리에 안도하면서도, 교묘하게 거짓말을 했다는 사실이 영 마음에 걸렸다. 유키에의 낭랑한 웃음소리가 닿지 않는 어스름 속에 그의 마음이 싸늘하게 떠올랐다. 물론 그 싸늘함은 방금 입 밖으로 튀어나온 거짓말에서, 그리고 무엇보다 조금 전 마음속에 자리 잡은 음란한 비밀에서 비롯된 것이다.

그 사실을 유키에에게 털어놓을 일은 없을 것이다. 여자의 손을 곧바로 뿌리쳤다고, 자신에게 유리한 쪽으로 이야기를 각색할 수도 있었지만, 사실을 왜곡했다는 걸 깨닫지 못하더라도 평소와는 다른 말투에서 유키에가 욕정의 흔적을 알아챌 것 같았기 때문이다. 나도 남자니까 가끔은 그럴 수도 있지…… 하고 농담을 섞으려던 것이 오히려 역효과를 불러와, 어색한 웃음을 지으며 눈가에 경련을 일으키는 꼴사나운 자신의 모습까지 뇌리에 떠올랐다.

식탁에 앉아 저녁 식사를 하며, 소파에 앉아 드라마를 보는 유키에의 모습을 은근슬쩍 관찰했다. 화장기 없는 칙칙한 낯빛, 털 뽑힌 닭 같은 머리, 뾰족한 턱에 솟은 어깨, 빨래판처럼 평평한 가슴……. 아니, 가슴뿐 아니라 존재 자체가 얄팍했다. 집에 돌아왔을 때 현관에서 느낀 위화감은 단순한 위화감이 아니었다. 그럼 뭐였지? 그 감각에 이름을 붙여. 스스로에게 물어볼 것도 없이 답은 분명했지만, 그것을 인정하기는 망설여졌다. 실망……. 일단 가슴속에 그 두 글자를 내걸면, 그 감각은 당당하게 '실망'이라는 이름을 내세우게 될 테고, 이내 가슴 한가득 흘러넘치겠지.

대체 무엇이 달라진 걸까. 유키에가 낮 동안 실제로 쪼그라들었을 리는 없으니, 달라진 건 자신일 수밖에 없었다. 자전축의 기울기가 확 달라진 것처럼, 그 버스 안에서 욕망의 방향이 완전히 바뀌어버린 것이다. 그 여자 때문에……. 아니, 아니다. 그 여자는 발굴했을 뿐이다. 그의 내면에 본래 파묻혀 있던 갈증을, 그 음란한 왼손으로 파내서, 어루만지고, 눈을 돌릴 수도 없도록 이 고간 사이로 솟아오르게 한 것이다.

이후로 그 여자가 머릿속에 달라붙어 떨어지지 않았다. 때와 장소를 가리지 않고, 언제든 피둥피둥 살이 오른 여자의 자태가 나타나, 부끄러운 듯, 자랑스러운 듯 요염하게 살을 흔들었다. 게다가 몽상이 으레 그렇듯 애매하지도 않고, 미화되지도 않았다. 무절제하게 퍼진 옅은 분홍색의 유륜, 손가락 하나는 쑥 들어갈 직한 깊은 배꼽, 갓 쪄낸 떡처럼 바닥에 푹 퍼진 거대한 엉덩이……. 본 적도 없는 디테일까지 선명하게 펼쳐졌다. 예전에는 출퇴근길 전철에서 무조건 책을 펼쳤는데, 지금은 손잡이에 몸을 맡긴 채, 은밀하게 흘러넘치는 그 여자를 앞에 두고 망연히 서 있을 뿐이다. 직장에서 회의에 참석했을 때도 테이블 저편에 나른하게 누운 여자의 모습이 보였고, 컴퓨터 화면을 바라보고 있으면 출렁이는 여자의 배 위 실을 두른 것처럼 접힌 부분에 시선이 빨려 들어갔다.

집에서는 더 심했다. 유키에의 이야기에 집중할 수가 없어서, "내 얘기 듣고 있어?"라는 말을 몇 번이나 들었는지 모른다. 목욕할 때마다 그 여자를 떠올리며 격렬하게 자위했고, 그때마다 자기혐오에 빠졌지만 도무지 그만둘 수가 없었다. 밤마다 유키에 옆에서 자기는 했지만, 마치 허수아비와 동침하는 듯한 기분이라, 예전처럼 입을 맞추거나 몸을 더듬는 행위도 귀찮은 걸 뛰어넘어 날로 고통스러워졌다.

혼자만의 망상과 집착에 그는 날로 초췌해졌다. 이런 짐승 같은 욕망은 언젠가 사그라들 것이라 생각했지만, 1주, 2주가 지나도 여자의 잔상은 도무지 빛바래지 않았고, 오히려 점점 몸집을 불리면서 안쪽에서 두개골을 압박하며 커지는 것 같았다. 이럴 줄 알았으면 그날 밤, 그 여자와 끝까지 갔어야 하지 않을까. 그 포동포동한 손을 붙잡고, 조심스레 눈을 맞추며 둘이 한 몸처럼 버스에서 내려, 그대로 어디라도 들어갈 걸 그랬다. 일단 한번 관계를 가졌으면 분명 속이 풀렸을 것이다. 실제로 경험하면 이런 건가 싶은 생각이 들었을 테고, 이렇게까지 사로잡힐 일도 없었겠지.

그는 여자라고는 유키에밖에 몰랐지만, 성에 관해서는 남자의 노골적인 상상력을 뒤흔들 만한, 눈이 번쩍 뜨이는 경험 따위는 존재하지 않는다며, 득도한 사람처럼 살아왔다. 제 인생에 유키에조차 없었을 수도 있다. 안분지족이다. 그 때문에 외도 같은 건 생각도 않고 지금까지 살아온 것이다. 하지만 여기서 삐끗했다. 발에 차일 거라 생각도 못 한 존재에, 생각지도 못한 방식으로 걸려서 삐끗했다.

요즈음은 풍만한 여자만 눈에 들어왔다. 불현듯 정신을 차려보면 눈이 굶주린 듯 제멋대로 여자를 찾고 있다. 찾아내면 분명 상상하지 않고는 못 견딜 것이다. 옷 속에서 몇 겹으로 접힌 축 처진 살을. 그리고 그 살덩이를 꺼내, 손가락이 파묻힐 정도로 꽉 움켜쥐고 힘껏 흔들고 싶었다. 여자는 출렁이는 살을 주체하지 못할 것이다. 하지만 그 주체할 수 없는 살은 분명히 여자의 일부다. 제 살을 흔드는 손길에 저항하지 못하는 여자는, 그로 인해 촉발된 정욕에 격렬히 흔들릴 것이다. 주체하지 못하는 살 속 깊숙한 곳에 축축한 욕망을 껴안고 살아온 여자들……. 내가 했지만 소름 끼치는 망상이다. 아니, 망상이라기보다는 거의 광기에 가깝지 않을까. 실제로 제정신에서 점점 미끄러져 떨어지는 감각을 느꼈다. 순간적으로 힘을 빼면, 모든 것을 쓰러뜨리며 전락할 것이란 공포가 있었다. 그곳은 대체 어디일까. 그곳에 분명 유키에는 없으리라.

아침저녁으로 버스에 탈 때마다 주변을 둘러보는 불쾌한 버릇이 생겼다. 꼬리를 내리고 버스에서 도망쳤으면서, 이제는 그 여자의 커다란 엉덩이를 잊지 못하고 구질구질하게 쫓는 것이다. 예전에는 일부러 1인용 좌석에 앉았지만, 이제는 제일 먼저 2인용 좌석에 시선이 빨려 들어갔다. 다음부터는 조심할게요. 허공에 매달린 그 다음은 그의 코앞에서 계속 흔들리고 있었다. 다음이란 없어야 한다. 하지만 막상 찾아온다면, 분명 내달리기 시작한 제 욕망의 뒷모습을 멍하니 바라볼 수밖에 없으리라.

그 여자와 만난 지 두 달여가 지났을 때 사태가 움직이기 시작했다. 다시 퇴근길 버스에 올랐을 때였다.

“옆에 앉아도 될까요?”

등골이 서늘했다. 그날 밤처럼 그는 2인용 좌석의 창가 자리에 앉아 있었다. 부질없는 짓이라 생각하면서도, 한 줄기 희망을 놓지 못하고 여자를 기다린 것이다. 그때 목소리가 들렸다. 그날과 똑같은, 이 손으로 붙잡을 수 있을 것 같은 목소리가…….

매달리듯 고개를 들어 목소리가 난 쪽을 보았다. 찰나의 순간, 갖가지 생각과 판단들이 빨리 감기를 누른 것처럼 정신없이 나타났다 사라졌다. 맨 처음에는 그 여자라고 생각했다. 드디어 나타났다. 충격에 사로잡혀, 두 눈이 꿰뚫린 듯 여자에게 시선을 고정한 채 얼어붙었다. 여자는 옅은 미소로 그를 마주 보았다. 눈앞의 여자는 분명히 뚱뚱했다. 그 여자 못지않은 나무통 같은 몸으로 세계를 사방으로 밀어내고 있었다. 몸만 봤다면 분명 구분이 가지 않았을 것이다. 하지만 뭔가 다르다. 나란히 놓인 비닐우산 두 개처럼, 똑같아 보였지만 자세히 보면 어딘가 달랐다. 그런 느낌이었다.

얼굴이 다른가. 하지만 제일 닮은 건 바로 얼굴이었다. 미안하다는 듯 축 처진 눈썹, 실처럼 가늘게 뜬, 검은자위가 도드라진 커다란 눈, 포동포동한 고운 뺨, 혈색 좋은 도톰한 입술……. 거기까지 보고 숨을 삼켰다. 점이다. 턱에 점이 없다. 잠시 여자의 매끄러운 턱을 집어삼킬 듯 빤히 쳐다봤지만, 그 강렬한 점은 흔적도 찾아볼 수 없었다.

그때 눈가의 잔주름이 눈에 들어와서 다시 흠칫했다. 그 여자보다 나이를 먹은 게 분명했다. 그 여자는 서른쯤으로 봤는데, 자세히 들여다보니 이 여자는 40대는 되어 보였다. 그리고 헤어스타일도 전혀 달랐다. 그 여자는 머리카락을 하나로 둥글게 모아서 묶었는데, 이 여자는 뺨을 덮는 쇼트커트였다. 뭐야, 완전히 다른 사람이잖아. 눈 깜짝할 새에 변장이 벗겨지는 것 같았다. 애초에 그 자신의 비열한 바람이 만들어낸 환상이었지만…….

“저기…… 옆에 앉아도 될까요?”

그는 앗, 하고 나지막이 외치며 그 즉시 앉으시라 말하고는 안쪽으로 비키는 시늉을 했다. 몸을 움직이며, 슬쩍 시선을 돌려 재빨리 여자의 모습을 훑어보았다. 역시 닮았다. 똑 닮은 체형에 똑 닮은 미소……. 분명히 다른 사람인데도 가슴이 술렁거릴 정도로 꼭 닮았다. 두 여자를 머릿속 무대에 나란히 세우자, 이웃하는 원반을 동시에 누른 것처럼 으스스한 불협화음이 배 속을 기어다녔다. 혹시 자매일까. 가능성이 없지는 않다. 만일 같은 집에 산다면 당연히 같은 노선의 버스를 타겠지. 그리고 우연히 같은 남자의 옆자리에 앉을 수도 있겠지.

여자가 옆자리에 앉자, 그날 밤과 똑같은 감촉이 몸 오른쪽에서 진득하게 다가왔다. 오른쪽 팔다리가 그 미지근하고 부드러운 살결을 기억하고 있었다. 그러자 흥분의 예감이 즉각 사타구니를 스치며, 이 여자라도 상관없다는 핏발 선 음욕이 솟아올랐다. 분명 같을 것이다. 똑같은 살을 저 안에 한가득 숨기고 있을 것이다. 그런 생각을 한 자신에 대한 수치심은 마음 한구석 어스름한 곳에 잡동사니처럼 널브러져 있었다.

어느샌가 버스가 출발했다. 전혀 알아채지 못했다. 머리에 잔뜩 피가 쏠린 제 얼굴을, 밤거리를 스쳐 지나가는 차창 속에서 발견했다. 중년에 들어선 남자의 입가에 어둡고 위험한 팔

자주름이 또렷하게 새겨져 있었다. 이 여자라도 상관없다고? 무슨 헛소리야. 이 여자는 다른 사람이잖아. 다른 여자가 그때처럼 사타구니를 주무를 리가 없잖아.

하지만 좀처럼 포기할 수가 없었다. 어쩌면 이 여자도……. 그런 어처구니없는 기대감이 이성을 밀치고 순식간에 부풀어 올라 그를 삼켰다. 머리로는 알고 있어도, 맞닿은 살이 파르르 떨리며 금방이라도 여자에게 달려들 것 같았다. 하지만 물론 그럴 일은 없었다. 먼저 여자를 건드릴 수는 없다. 그런 짓을 했다간 끝장이다. 세상이 그를 에워싸고, 정의감에 불타는 손가락을 들이대며 그의 몸에 무수한 구멍을 뚫겠지. 잠자코 기다리자. 이 여자가 먼저 집적거릴지도 모르지 않는가. 집적거린다고? 이 여자가? 왜? 너 정말 미쳤어? 아니, 이 여자는 평범한 여자가 아니야. 그 여자와 한패라고. 그게 아니면 똑같이 생긴 여자가 똑같은 말을 하며 옆자리에 앉을 리가 있나?

내리기까지 15분 동안, 뇌리에 어른거리는 음란한 상상, 그 앞에서 끝없이 반복되는 일인이역의 실랑이, 그는 속절없이 피곤해졌다. 여자는 그에게 집적대지 않았다. 손가락 하나 까딱하지 않았다. 잠들지도 않았고, 그저 멍한 표정으로 옆에 앉아 있을 뿐이었다. 당연한 일이다. 버스에서 옆자리에 앉은 사람과의 관계란 본래 이런 것이다.

착각은 빗나갔지만 그는 미련을 씁쓸하게 곱씹으며 자리에서 일어났다. 이 여자는 제 앞으로 지나가라며 뻔뻔하게 몸

짓으로 신호를 보내지는 않았다. 내리는 그에게 길을 터주기 위해 자리에서 일어나 예의 바르게 통로로 비켰다. 딱히 특별할 것 없는, 지극히 상식적으로 행동하는, 살찐 여자일 뿐이었다. 하지만 그 사실이 오히려 부조리하게 느껴진 건, 여자가 두른 살덩이들은 내면에 감추지 못하고 흘러넘친 음욕의 발현이라는 제멋대로인 착각이 뱃속에 뿌리를 내리기 시작했기 때문이다.

다른 승객들 사이에 섞여 어딘가 석연치 않은 마음으로 버스 정류장에 내렸다. 초가을의 서늘한 공기가 뺨을 어루만지며, 간신히 냉정함을 되찾았다고 생각한 순간이었다. 불현듯 이런 일이 있을 수 있을까, 그런 상식적인 의문이 새삼 선명한 윤곽을 띠며 나타났다. 찍어낸 듯 똑같은 체형에 똑같은 미소, 그리고 그때처럼 옆자리에 앉기까지……. 과연 이런 일이 있을 수 있을까.

등 뒤에서 버스가 부르릉 소리를 내며 천천히 움직였다. 홱 몸을 돌려 돌아봤다. 시선이 교차되며 눈이 맞았다. 어두운 빛을 한가득 머금고 밤을 가로지르는 버스, 지쳐서 입을 꾹 다문 음울한 승객들, 그 사이에 있던 여자는 분명히 그를 바라보며 홀로 선명하게 미소 짓고 있었다. 지난번 여자와 똑같은 얼굴이었다. 순간 악몽 속에서 발을 헛디딘 듯 영혼이 불온하게 흔들렸다. 얽힌 시선이 실처럼 길게 이어지다 이내 끊어졌다.

두 번째 여자의 출현에 격하게 동요한 그는 드디어 자신이 제정신인가 의심하게 되었다. 그런 여자가 둘이나 있을 수 있나? 두 여자는 동일 인물이 아니었나? 점이며 눈가 주름, 헤어스타일 같은 건 단순히 자신이 잘못 기억하고 있던 것이라 생각하는 게 그나마 앞뒤가 맞는다. 하지만 그는 첫 번째 여자의 턱에 있던 점을, 머릿속에서 콕 집을 수 있을 만큼 선명하게 기억했다. 정말 같은 여자였다면 그 점은 어디로 사라진 거지? 뭔가가 어긋나는…… 그런 위태로운 감각이 머릿속을 뿌리부터 잠식해 들어가고 있었다. 현실이 어긋난다, 기억이 어긋난다, 인생이 어긋난다. 어긋난 세상이 그를 어긋난 버스에 태워, 조금씩 어긋나는 여자와 같은 자리에 앉혀, 그 자신도 또다시 어긋난다, 굴러떨어진다…….

게다가 그 혼란은 더욱 깊어져만 갔다. 사흘 뒤, 세 번째 여자가 나타난 것이다. 이번에는 버스가 아니라 T 선 전철에서였다. 여느 때처럼 퇴근길, 밤 10시가 지난 시각, 별생각 없이 2인용 좌석 창가 자리에 앉아 있었다.

"옆에 앉아도 될까요?"

은근한 울림을 주는 바로 그 대사에 퍼뜩 고개를 들자, 그를 압박하는 듯한 거구 위에서 낯익은 미소가 쏟아졌다.

저 눈이다. 방금 얇은 붓으로 쓱 그린 것처럼 어둡고 기다란, 촉촉하게 젖은 눈동자……. 허를 찔린 탓에 제대로 놀라지도 못했지만, 그의 시선은 망설임 없이 여자의 턱에 달라붙었다. 점은 없었다. 하지만 일전에 만난 여자와도 달랐다. 그는 이제 대답도 없이 덜덜 떨 듯 고개를 끄덕일 따름이었다.

세 번째 여자는 첫 번째 여자보다 다소 젊어 보였다. 20대일까. 가슴까지 오는 구불구불한 머리를 갈색으로 염색했고, 뺨에 칠한 블러셔는 우스꽝스러운 느낌을 주었으며, 두툼한 니트는 금방이라도 흘러넘칠 것 같은 살들을 간신히 붙들어두고 있었다. 첫 번째 여자, 두 번째 여자와도 전혀 다른, 어리석은 젊음의 기운을 온몸에서 발산하고 있는 여자였다.

서늘한 충격이 스멀스멀 가슴을 적셨다. 이런 여자가 셋이나 있다고? 아니면 모두 동일 인물인 걸까? 한 여자인데 만날 때마다 어긋나는 걸까. 점점 어긋나는 여자? 무슨 소리를 하는 거야. 좀 논리적으로 생각하라고. 하지만 팔을 타고 전해지는 진득하고 거대한 온기와 묵직한 살덩이의 흔들림은 그의 사고를 정지시켰고, 초췌해졌지만 결코 고갈되지 않는 그의 정욕을 아랫배부터 긁어대며 자극했다. 이 여자를, 이 살덩어리를, 모든 걸 잊고 물고 빨고 싶다. 어느 순간을 기점으로 미래, 직장, 가족, 이성, 일체의 굴레가 부서지며 노도와도 같은 욕망에 몸을 맡기고, 신음 소리를 내며 사납게 여자를 탐하는……. 전철에서 내리기까지 20분 동안, 그런 정신 나간 광경이 수없이 그의 뇌리에 떠올랐다. 하지만 그에겐 상상을 실행으로 옮길 용기가 없었고, 여자도 요즘 젊은이답게 태연한 표정으로 스마트폰을 들여다보고 있을 뿐이었다.

그는 불안한 발걸음으로 승강장에 내린 뒤, 흔들리는 시선으로 쭈뼛거리며 차내를 돌아봤다. 여자가 고개를 들어 그를 보고 있었다. 누가 봐도 명확하게 이쪽을. 그리고 승리감에 취한 듯 미소 짓고 있었다. 예상했던 일이다. 불현듯 가슴에 한 단어가 떠올랐다. 벌……. 이것은 벌이 아닐까. 그날, 그 여자를 거부하고 도망친 벌……. 하지만 깨달은 것만으로는 용서받을 수 없다는 양, 전철 문이 코앞에서 탁 닫혔다.

그로부터 두 달 동안, 그는 열일곱 명의 풍만한 여자를 만났다. 어쩌면 비슷한 나이와 외양의 여자가 두세 번 반복해 나타났을지도 모르지만, 이미 세세한 부분을 기억할 만한 주의력은 없었고, 애초에 그의 눈에는 얼굴을 마주할 때마다 조금씩 변화해가는 한 여자로밖에 보이지 않았다. 여자가 모습을 드러낼 때마다 세상이 삐거덕거리며 좁아지는 압박감이 심해졌다. 그 작은 세상에서는 그와 나날이 어긋나는 그 여자와 단둘만이 피가 흐르는 진짜 인간이었다. 직장 동료들, 거래처에서 만나는 사람들, 거리를 오가는 남녀노소, 그리고 유키에조차 연극 무대의 배경처럼 얄팍했다. 언제 끝날지 모를 기묘한 둘만의 연극을 에워싸고 있을 뿐이었다.

날로 수면의 질이 떨어져서 꿈과 현실의 경계가 모호해졌다. 하루에도 몇 번이나 아주 긴 꿈을 꾸고 있는 듯한 감각에 휩싸였다. 일하다가도 어느 틈에 손이 멈추기 일쑤였고, 서

툴러진 운전에 두려움을 느끼면서 거래처를 돌았으며, 통화를 해도 상대의 목소리는 멀게만 들렸다. 당연히 자잘한 실수를 거듭했고, 그걸 수습하기 위해 쓸데없이 비굴하게 굴어야만 했다. 아직은 그나마 자신이 수습할 수 있는 범위의 실수지만, 언제 엄청난 대참사를 일으킬지 알 수 없었다. 그리고 그런 사태를 자신이 진정으로 두려워하지 않는다는, 불쾌한 서늘함을 느꼈다. 이대로는 안 된다는 생각에, 사념을 떨쳐버리기 위해 직장 화장실에 들어가 황급히 자위한 적도 종종 있었다. 하지만 그 여자의 존재가 너무도 깊이 뿌리내린 탓에, 고작 한 시간만 지나면 살덩이를 흔들며 뇌리에 생생하게 다시 떠오르고는 했다.

아무래도 유키에는 남편이 직장에서 받은 스트레스로 우울증을 앓는다 생각하는 모양이었다. 그럴 법도 했다. 이 정도로 업무 능률이 떨어지니 자연스레 퇴근도 늦어졌다. 집에 와서도 느릿느릿 먹는 둥 마는 둥 식사를 하고, 텔레비전을 보는 시선도 흐리멍텅했으며, 잠자리에 들면 곧장 아내에게 등을 돌리고, 흘러넘치는 살에 파묻혀 밤새 잠 못 이루고 뒤척이는 하루하루가 흘러갔다. 이렇다 보니 유키에도 그의 눈치를 보면서, 심각하게 들리지 않도록 장난스러운 목소리로 "역시 요즘 유행하는 우울증 아닐까?" 하고 물었다. 그는 힘없이 웃으며 "아냐, 그냥 너무 바빠서 지쳐서 그래……"라고 대답함으로써 아내의 심증을 굳혔다.

어느 날, 유키에는 익살을 부릴 기력도 없다는 듯 힘없이 웃으며 중얼거렸다.

"기운이 없는 걸 보면 바람을 피우는 것도 아닌 것 같고……."

불현듯 아내가 멀게 느껴졌다. 두 사람은 식탁을 사이에 두고 마주 앉아 있었다. 하지만 은 촛대가 줄줄이 늘어선 기다란 테이블 양쪽 끝에 말없이 앉아 영원히 식사를 계속하는 것처럼, 이제 결코 서로 닿을 수 없으리란 생각이 들 만큼 유키에의 존재가 멀게 느껴졌다.

"바람……? 이제 와서 무슨……."

그는 제 입이 중얼거리는 소리를 들으며, 마음 한구석에서는 왜 유키에와 이야기를 하는 건가 생각했다. 왜 같이 사는 거지. 왜 매일 밤 이 집으로 돌아오는 거지? 이미 끝났는데……. 자연스럽게 떠오른 내면의 중얼거림에 스스로도 흠칫했다. 아니, 아직이다. 아직 끝나지 않았다. 유키에를 떠나보낼 생각은, 그리고 저쪽으로 건너갈 생각은 전혀 없었다.

다시 한번 정신없이 유키에를 탐하던 시절로 돌아가고 싶었다. 그나저나 대체 뭐지, 이 형언할 수 없는 거리감은……. 자리에서 일어나 팔을 뻗어, 말없이 지금 당장 끌어안으면 된다. 그러면 희미한 잔향을 맡듯 뭔가를 떠올릴 수 있을지도 모른다. 그런데 팔은 꿈쩍도 하지 않았다. 그 여자의 살덩이를 품에 가득 안고 있는 것처럼 도무지 움직이지 않았다.

"내 얘기 듣고 있어?"

멀리서 유키에가 다시 말했고, 눈앞에서 손을 팔랑팔랑 흔들었다.

"그만 현실로 돌아와……."

그는 말을 이으려 하지 않고 그저 유키에를 멍하니 바라보았다. 그녀를 깎아내릴 말 같은 건 하나도 떠오르지 않았다. 사랑하지는 않는다. 하지만 사랑해야 한다. 사랑해야만 하는 여자다. 그렇게 생각한다는 건, 아직 사랑한다는 뜻일지도 모른다. 다시 사랑할 수 있을지도 모른다. 현실의 균열을, 또는 이성의 균열을 기워서, 이 머릿속 가득 흘러넘치는 그 여자를, 음란한 살들을, 멀리 치워버릴 수만 있다면…….

그로부터 열흘이 지났다 그날도 퇴근길 전철에 여자는 나타나지 않았다. 벌써 자정이 가까웠다. 막차를 놓쳤다. 인기척 없는 역 앞 버스 정류장을 보고 땅이 꺼져라 무거운 한숨을 내쉬었다. 이제 한계였다. 다음번에 여자가 나타나 합석을 요구하면, 그때야말로 결판을 내겠다고 굳게 다짐하고 있었건만, 그 다짐을 알아챘는지 여자는 모습을 드러내지 않았다. 팽팽히 당겨진 활시위 같던 결의도 날이 갈수록 풀어졌다. 밑바닥에 짜증이 고인 불쾌한 감각이었다.

결판을 내겠다고 해도, 애당초 어떻게 결판을 낼 것인지는 스스로도 생각한 바가 없었다. 만나자마자 다짜고짜 이제 다시는 나타나지 말라고 으름장이라도 놓겠다는 건가. 아니면 일단 옆에 앉힌 뒤에 부탁이니까 제발 사라져달라고 애원할 것인가. 무슨 말을 어떻게 꺼내든, 분명 제정신이 아닌 듯 보이는 건 자신이리라.

막차를 놓친 그는 택시 승차장에 줄을 섰다. 금요일 밤이라 불콰한 얼굴에 비틀거리는 취객들이 길게 늘어서서 그의 짜증을 더욱 부채질했다. 마침내 차례가 돌아와, 택시 뒷좌석에 앉으려는 순간 몸이 뻣뻣하게 굳었다. 반쯤 포기하고 있던 그 목소리가 허를 찌른 까닭이다.

"옆에 앉아도 될까요?"

활짝 열린 차 문 너머로 서늘하고 눈부신 미소를 띤 얼굴이 몸을 구부린 채 그를 바라보고 있었다. 풍만한 몸, 30대로 보이는 얼굴, 하지만 그의 시선은 다름 아닌 여자의 턱에 박혀 있었다. 점이 있었다. 그날 밤 버스에서 눈길을 끌었던 그 점이다.

순간 머릿속에서 현기증이 일었다. 그에게 이 여자는 나날이 흔들리듯 조금씩 모습을 바꿔가는, 살덩이의 화신 같은 존재였다. 그럼에도 불구하고, 눈앞의 여자는 처음에 버스에서 만난 여자와 꼭 닮은 것처럼 보였다. 솔직히 계속해서 많은 여자들과 마주치다 보니 기억이 애매해지고 있었지만, 방금 본 순간에 그날 밤의 모습이 뇌리에 선명하게 되살아났고, 세부에 이르기까지 완벽하게 겹쳐졌다. 어떻게 된 일이지. 이 여자는 처음 만난 그 여자가 틀림없었다. 차올랐다 지는 달처럼 드디어 한 바퀴를 돌아 지금 모습이 되었다고 해야 할까. 그와 동시에 배 속에서 숨이 턱 막히도록 농밀한 욕망이 솟아올라, 경악과 정욕이 그를 위아래로 갈랐다. 여자는 그 당혹감에 달라붙듯 진득한 미소를 떨구며 다시 물었다.

"옆에 앉아도 될까요?"

가까스로 뻣뻣한 고개를 끄덕이자, 여자는 그 반응으로 그의 영혼을 모조리 사들이기라도 한 것처럼 뻔뻔스러운 태도로 육중한 엉덩이를 들이밀었다. 그리고 좌석에 푹 기대자마자 그를 제쳐두고 또랑또랑한 목소리로 택시 기사에게 말했다.

"집으로 가주세요……."

룸미러 너머로 순간 여자와 눈을 맞춘 택시 기사는 어떤 상황인지 이해했다는 양 말없이 문을 닫았다. 무거운 감옥 문이 닫힌 것 같은 기분에 저도 모르게 흠칫했다. 분명 택시에 먼저 탄 건 그였는데도, 갑자기 여자에게 빚이라도 진 것처럼 영 불편했다. 그 직후였다. 여자가 자연스럽게 던진 말에서 느껴지는 위화감을 그가 분명히 의식한 것은…….

집으로? 지금 이 여자 집으로 가는 건가? 둘이서? 먼저 떠오른 의문은 그것이었다. 하지만 다음 의문이 더욱 강렬하게 그의 마음을 헤집었다. 왜 택시 기사는 여자의 집이 어디인지 묻지 않은 걸까.

그는 어두운 룸미러로 택시 기사의 얼굴을 살펴보았다.

50~60대로 보이는 남자는 고지식한 느낌의 은테 안경을 끼고, 7 대 3 가르마를 탔다. 어떤 특징도 드러내지 않겠다고 굳게 다짐한 얼굴의 남자였다. 탈 때는 제대로 보지 않았는데, 대시보드 위에 걸린 신분증을 보니 개인택시였다. 순간 룸미러 속에서 둘의 시선이 부딪쳤다. 하지만 과묵한 성격 하나로 살아남았다는 양 경직된 시선은 쓱 앞으로 도망칠 뿐이었다.

차는 이미 움직이고 있었다. 아무래도 정말 주소를 물어볼 생각은 없는 모양이다. 이대로 가만히 타고 가면 어느샌가 자연스럽게 여자의 집에 도착하는 걸까. 이 동네 택시 기사가 모두 이 여자의 집을 아는 것도 아닐 터인데. 아니면 여자와 택시 기사는 한패이고, 처음부터 나를 태우려고 기다리고 있던 걸까. 머릿속이 혼란스러워서 견딜 수가 없었다. 지난 열흘 동안, 어떻게 결판을 내야 하는지 온갖 생각을 해왔는데, 허를 찌르는 여자의 등장에 생각했던 방책이 모조리 날아가버린 듯한 기분이었다.

그나저나 집으로? 정말 이 여자의 집으로 가는 건가? 불안은 깊어갔지만, 이율배반적으로 거대한 기대와 격하게 출렁이는 살덩이의 이미지가 가슴 한가득 부풀어 올라 터질 것만 같았다. 순간, 유키에의 힘없는 미소와 팔랑팔랑 흔들던 손이 뇌리를 스쳐 지나가서, 그는 흠칫했다. 현실로 돌아와. 그래. 이 여자와 담판을 짓기로 한 거 아니었나? 내 앞에서 사라지라고 버럭 소리치려던 거 아닌가? 악몽 같은 관계를 끝내고 인생을 정상적인 세상으로 되돌려놓으려던 게 아니었나? 하지만 그 내면의 목소리는 너무나도 작고 가늘었다. 순식간에 부풀어 오르는 고깃덩어리 같은 욕망에 유키에의 작은 몸이 눈 깜짝할 사이 파묻혔다.

모공에서 피어오르는 욕정의 냄새라도 맡았는지, 여자가 홱 몸을 틀어 처음 만난 뒤부터 시작된 그 힘겨운 번민의 나날을 포용하듯 관대한 미소를 지으며 말했다.

"기다렸어?"

뒷좌석 어둠에 녹아들 것 같은 여자의 눈동자가 촉촉하게 빛나고 있었다. 자신의 목에서 나는, 마른침 삼키는 소리를 그는 똑똑히 들었다.

집 근처 버스 정류장을 지나쳐 택시가 어둡고 좁은 골목으로 들어가자, 그는 이곳이 어디인지 도무지 파악할 수가 없었다. 방향감각을 잃게 하려는 양 미묘하게 구부러진 길을 한동안 달린 뒤, 빽빽한 주택가를 오른쪽으로, 왼쪽으로 몇 번이고 꺾었을 즈음, 제 힘으로는 돌아갈 수 없다는 체념이 가슴속에 번졌다.

여자는 아까부터 아무 말도 없었다. 그 역시 입을 열 수 없었다. 하지만 불편한 침묵이 차내를 채우고 있는 건 아니었다. 그는 두 사람 사이에서 커진 기대가 쓸데없는 한마디로 더럽혀질까 두려웠다. 여자 역시 분명 같은 마음일 것이라고, 기묘할 정도로 굳게 확신했다.

느닷없이 택시가 멈췄다. 한밤의 구렁에 가라앉은 듯 한적한 주택가였다. 뒷좌석 문이 열리자 여자는 고양이처럼 쏙 차에서 내렸다. 택시 요금을 내지 않는 여자를 보고 미터기를 확인했다. 어찌 된 영문인지 아무것도 표시돼 있지 않았다. 이걸 이제야 알아채다니. 택시 기사의 표정을 살피자, 기사는 성가시게 굴지 말라는 얼굴로 빨리 내리라고 눈짓했다. 의아할 따름이었지만, 고조되는 욕망에 떠밀려 그는 구르듯 차에서 내렸다.

여자는 어느 주택 문 앞에 서서 그를 기다리고 있었다. 뜻밖이었다. 공동주택에서 혼자 살 것 같았는데, 여자가 그를 데려온 곳은 높다란 생울타리로 에워싸인 전통 가옥이었다. 게다가 평범한 주택이 아니었다. 이 일대에서 오랫동안 터를 잡고 살아온 대지주의 저택 같은 분위기였다. 기와지붕을 얹은 육중한 대문은, 뜨내기손님쯤은 미간을 찡그리기만 해도 쫓아낼 수 있을 것처럼 절제된 위압감을 내뿜고 있었다. 이런 저택에서 30대 여자가 홀로 생활하는 모습이 도무지 그려지지 않았다. 설마 식구들이 같이 사는 집에 어디 사는 누군지도 모를 남자를 데려온 걸까. 아니, 애초에 이 여자는 정말 이 저택에 사는 게 맞나? 의구심이 피어오른 순간, 여자는 육중한 나무 문을 잡고 익숙한 손놀림으로 열어젖혔다. 그리고 그의 의심을 훤히 들여다보듯 입꼬리를 살짝 올려 웃더니, 들어오라고 손짓했다.

택시가 도망치듯 모퉁이를 돌아 사라지자마자 밤이 입을 다문 양 무거운 정적이 내려앉았다. 문 너머로는 보는 이를 삼킬 듯 펼쳐진 어두운 정원이 자리하고 있었다. 사각형의 디딤돌이 왼쪽으로 호를 그리며 하나씩 놓여 있었고, 그 양쪽에는 점점이 흐릿한 불빛이 켜진, 묘하게 다리가 긴 등롱이 서 있었다. 그 빛이 왠지 이세계의 입구로 인도하는 아귀 무리처럼도 보여서, 쉽사리 걸음을 내디딜 수 없었다. 여자가 택시 승차장에 나타난 것도 그렇고, 이 저택도 그렇고, 그의 상상은 번번이 어긋났다.

가만히 발밑의 문턱을 내려다봤다. 이걸 넘어가면 이제 되돌아갈 수 없다. 하지만 이미 마음은 정했다. 망설이며 문턱을 넘었다. 등 뒤에서 문이 쿵 닫혔다. 순간, 갇힌 느낌이 들어서 홱 뒤를 돌아봤다. 여자는 우두커니 선 그의 옆을 지나쳐, 또각또각 발소리와 함께 디딤돌을 밟으며 걸어갔다. 황급히 그 뒤를 쫓았다. 살이 오른 여자의 둥근 엉덩이가 흔들리고 있었다. 조금만 참자, 조금만 참으면 이 여자를 안을 수 있다. 이 여자의 살이란 살은 모조리, 마음껏 탐할 수 있다. 길었다. 몇 달 동안 미쳐버리도록 이날, 이 순간을 기다렸다. 회벽의 창고 모퉁이를 돌자, 우뚝 솟은 안채의 모습이 눈에 들어와서 무심코 숨을 삼켰다. 1층에 불이 켜져 있었다. 툇마루의 장지가 환하게 밝았다. 게다가 그 장지문 위로 수많은 사람 그림자가 흔들리고 있었는데, 마치 저택에서 잔치라도 열린 것 같은 분위기였다.

하지만 신기하게 귀를 기울여봐도 북적거리는 소리는 전혀 들리지 않았다. 저택은 여전히 정적에 휩싸여 있었지만, 동시에 열 명, 스무 명을 넘어선 수많은 사람들의 기척으로 가득 차 있었다.

이 여자는 대체 나를 어떤 소용돌이 속으로 데려가려는 걸까. 당혹스러운 나머지 잠시 영혼이 빠져나간 것 같았다. 하지만 다음 순간, 모든 일들이 하나로 이어지며 납득이 갔다. 그렇게 된 건가. 이해할 수 없던 일들이 순식간에 또렷이 윤곽을 드러내며, 이제껏 지내온 나날들이 명료한 맥락과 깊이를 띠고 기억 속에서 나타나기 시작했다. 제 숙명이 어떠한 뼈대로 이루어졌는지, 한눈에 보이는 듯했다.

동판 지붕의 장엄한 현관 앞에서 여자는 걸음을 멈추고 뒤돌아봤다. 역시 고요하고 그윽한 미소를 짓고 있었다. 그는 비로소 여자들의 얼굴에 번진 미소의 의미를 이해할 수 있을 것 같았다. 그리고 지금 그의 얼굴에도 같은 미소가 걸렸을 것이다.

"다들 기다리고 있어요……." 여자가 말했다. "자, 들어가요."

물론 그랬다. 다들 기다리고 있다. 그는 여자의 눈을 마주보며 고개를 끄덕였다. 불투명 유리가 달린 격자문 너머로 은은한 조명의 현관이 살짝 보였다. 여자의 포동포동한 손이 그 격자문을 스르륵 열었다. 현관에서 새어 나오던 금색의 옅은 빛이 그를 비추자, 아지랑이가 피어오를 것처럼 미지근한 공기가 온몸을 진득하게 감싸 안았다.

검게 빛나는 돌이 깔린 바닥 위에 잘 닦인 호박색의 현관 마루가 있었고, 당당하게 자리한 턱 위에 여자들이 있었다. 실오라기 하나 걸치지 않은 풍만한 여자들, 똑같은 미소를 짓는 여자들, 기름을 바른 듯 번들거리는, 보드라운 피부를 드러낸 여자들이 탐스러운 가슴을 아낌없이 드러내고, 둥글고 도톰한 무릎 위 그늘진 곳에 손을 모으고, 육벽肉壁처럼 발 디딜 틈도 없이 빽빽하게 서 있었다. 사방을 채운 살, 미소, 색욕……. 대체 몇 명이나 되는 것일까. 보이는 이들만 세어봐도 40, 아니, 50명은 될 것 같았다. 집 안으로 발을 들여놓으면, 분명 100명도 넘는 여자들이 그를 기다리고 있을 것이다. 살, 살, 살…… 이곳은 살의 바다다. 이윽고 살들의 파도가 밀려와 그를 삼키겠지. 나는 분명 그 바다에서 두 번 다시 떠오르지 못할 것이다.

나신을 적나라하게 드러낸 여자들에게서 피어오르는 성숙한 내음이 콧속으로 쑥 밀고 들어와, 살의 바다를 향해 거꾸로 떨어지는 듯한 현기증을 유발했다. 탁, 소리가 나더니 왼손에 들고 있던 가방이 바닥에 떨어졌다. 애를 태우듯 가방이 천천히 쓰러진 순간 날카로운 바람이 일었다. 뒤뜰에 우거진 울창한 대숲과 지나치다 싶을 만큼 정성껏 손질된 조경수들이 머리를 흩날리며 춤추기 시작했다. 온몸에 한기가 돌았다. 춥다, 저 여자들은 분명 나를 덥혀줄 것이다. 몸속까지 덥혀줘, 이제 다시는 그런 추위를 느낄 일은 없으리라.

"모두 내 가족, 우리 일족의 여자들이에요." 턱에 점이 있는 여자가 자랑스러운 표정으로 얼굴을 빛내며 말했다. "우리 모두가 당신을 선택했어요……."

뭐에 홀린 양 여자를 바라보았다. 여자 역시 그를 마주 봤다. 영혼의 가장자리에서 너울너울 차오른 그의 욕망은 흘러넘칠 것처럼 눈동자에 배어 흔들리고 있었지만, 그는 여자의 눈동자 속에서 같은 욕망을 보았다. 천천히 두 손을 들어 여자의 어깨를 붙잡았다. 손가락이 부드럽고 따뜻하게 녹아내리듯 살을 파고들었다. 이 살이다. 이제야 겨우 붙잡은, 이 살이 내 전부다. 다른 건 아무것도 필요 없다. 과거도, 미래도, 아무것도 필요 없다.

"당신이…… 당신이……."

그는 헛소리하듯 똑같은 말을 반복했지만, 자신이 무슨 말을 하려는 것인지 알지 못했고, 알지 못하는 채로 욕망이 질척하게 너울거리며 영혼의 가장자리에서 흘러넘치자, 이성과 그 이상의 것들이 산산이 부서져 내렸으며, 그의 윤곽은 그의 육욕의 윤곽과 일치해 더 이상 분간이 가지 않았다. 남자는 날것의 욕망 그 자체가 되어 세계 한가운데에 우뚝 솟았다.

남자는 움직였다. 여자의 어깨를 거칠게 잡아당기며, 힘껏 머리를 껴안고 안구가 닿을 만큼 지근거리에서 집어삼킬 듯 바라본 뒤에, 누가 먼저랄 것도 없이 서로를 탐했다. 두 사람은 잇

소리를 내며 피처럼 새빨간 혀를 쭉쭉 삼켰다. 그리고 아쉬운 듯 뒤엉킨 자세로 한달음에 현관 턱을 뛰어넘어 쓰러지듯 바닥에 올라, 진흙탕에서 뒹구는 동물처럼 다 함께 살의 바다로 몸을 던졌다.

너울거리는 살의 파도가 부둥켜안은 여자와 남자를 껴안자, 사방에서 뻗어 나온 몇십 개인지 모를 팔들이 두 사람이 걸친 옷가지를 붙잡아 벗겨내고, 다시 붙잡아 벗겨냈다. 그동안에도 남자는 오장육부를 토해내듯 몸을 떨며 으르렁거렸고, 여자는 환희에 차 웃으며 가슴을 들썩였다. 한 겹씩 옷가지가 벗겨질 때마다 두 남녀는 원초의 모습에 가까워졌고, 온 힘과 정신을 쏟아 서로의 육체를 탐했다. 아직 거리를 좁히지 못했다는 양, 아직도 부족하다는 양, 더 가까이, 더 안쪽으로, 깊숙이, 깊숙이 몸을 섞었다. 몸 아래에서는, 또는 위에서는 여자의 몸이 피가 흐르는 하얗고 미지근한 못처럼 전율했고, 흥분하여 넘실거렸으며 남자는 그 못의 밑바닥에서 괴물처럼 거대한 쾌락이 서서히 떠올라 눈앞으로 다가온 것을 느꼈다. 그리고 그 무시무시한 쾌락에 하늘과 땅이 모두 삼켜져, 허공虛空 같은 여자의 배 속에 몸이 찢어져라 몇 번이고 사정했다.

남자는 그로부터 며칠 동안 한시도 쉬지 않고 살의 바다에서 헤엄치며, 밀려오는 살이란 살은 모조리 움켜쥐고, 만지작거리고, 힘껏 주무르고, 흔들고, 좌우로 벌리고, 파고들고, 얼굴을 묻고, 한입에 물고, 혀로 핥고, 반죽하듯 이기고 갰지만, 그

살은 잡아도 잡아도 영원토록 붙잡을 수 없을 것 같았고, 때문에 이 여자들을 다 안으려면 영원한 시간이 필요할 것 같았다. 속절없는 황홀한 나날 속에서, 차례차례 쉼 없이 달려드는 모든 여자들을 몇 번인지 모를 정도로 안았다. 밑에 깔고, 밑에 깔리며 모든 여자들의 배에 수없이, 원 없이 사정했다. 남자는 목숨을 갉아먹으며 생각했다. 이 신비한 여자들은 역사의 어두운 발밑에서 이렇게 수를 불려온 것이며, 앞으로도 끝없이 늘어날 것이다. 나는 연속해서 이어지는 역사를 수놓은, 짧지만 없어서는 안 될 무수한 씨실 중 하나인 것이다.

살의 바다를 떠다니던 남자는 어느샌가 저택 가장 깊숙한 곳에 누운, 다른 여자들보다 훨씬 거대한 여자의 가슴팍까지 흘러왔다. 남자가 몸을 섞었던 여자들과 생김새는 꼭 닮았지만, 이미 인간 암컷의 영역을 벗어난, 해변으로 밀려온 하얀 고래 같은 여자였다. 여자들이 넘실거리며 그 거대한 여자를 불렀다. 어머님, 어머님, 우리의 처음이신 태모太母시여. 입을 모아 대지의 여신처럼 풍요로운 아름다움을 찬양하며, 비쩍 마른 남자의 몸을 너울거리는 살 위로 밀어 옮겼다.

열반에 든 부처처럼 유유히 누운 여자의 키는, 똑바로 서면 적어도 5미터는 될 것 같았다. 데굴데굴 움직이는 검은자위가 도드라지는 안구는 갓난아이 머리만 했고, 축축하고 커다란 숨이 드나드는 입은 마음만 먹으면 남자를 한입에 삼킬 수 있을 것이다. 망연자실하게 여자의 거대한 몸을 바라보기만 하는 남자의 코앞에는 번들번들 새하얗게 빛나는 유방이 한 아름은 됨 직한 떡처럼 묵직하게 매달려 있었고, 몇 겹으로 접힌 뱃살은 각각의 주름에 저마다 생명이 담긴 양 완만하게 너울거리고 있었다.

거대한 여자는 커다란 바위처럼 고개를 쳐들더니, 삐거덕거리는 소리를 내며 천천히 몸을 일으켜 저 높은 곳에서 남자를 내려다보았다. 여자들에게 물려주었을 거대한 미소가 머리 위에서 어스름하게 번지며, 모든 정기가 소진된 남자에게 죽음처럼 짙은 그림자를 드리웠다. 미소 띤 여자의 입가가 꿈틀거리자, 인간의 귀로는 도저히 알아들을 수 없는, 땅을 기는 듯한 목소리가 났다. 아무것도 두려워할 필요 없단다……. 그런 말이었던 것 같지만, 그렇게 말한 적이 없을지도 모른다. 너는 그저 돌아온 것뿐이란다. 한없이 부드러운 곳으로, 모든 남자들이 태어난 곳으로, 모든 생명이 자라난 곳으로, 그저 돌아온 것뿐이란다…….

거대한 여자는 통나무 같은 두 팔을 뻗어 말라비틀어진 남자의 육체를 붙잡았다. 그리고 갓 태어난 숙명의 아이처럼 높이 들어 올렸다. 남자는 드높은 하늘에서 별들과 어깨를 나란히 하고, 대지에 자리한 거대한 여자를, 그리고 그 주변에서 살의 바다가 되어 술렁이는 여자들을 내려다보는 것 같았다. 이내 저택을 뒤흔드는 여자들의 환호성에 휩싸여, 거대한 여자는 작은 동산 두 개를 분리하듯 천천히 좌우 무릎을 벌렸다.

남자는 거대한 여자의 사타구니 안쪽 깊숙한 곳에 숨은 원초의 그늘을 보았다. 쾌락을 예감하고 전율했다. 저곳이다. 나는 저곳에서 비롯된 것이다. 모든 남자는 모든 재앙과 모든 환희를 가지고 저곳에서 비롯되었다. 아아, 모든 남자가 여자의 배에서 태어났다는 진실이 너무나도 두려웠다. 모든 이야기가 여자의 태에서 만들어졌다는 진실이 너무나도 두려웠다. 남자는, 이미 정확한 햇수도 모를 그때까지의 인생이란, 여자의 배 한구석의 뜰에서 놀며 살아온 것이란 사실을 깨달았다. 설령 지구 뒤로 나아가더라도, 우주 끝으로 날아가더라도, 돌아보면 그곳에는 늘 여자들의 그늘이 있으며, 남자들의 모든 걸 바라보고 있는 것이다.

거대한 여자는 제 사타구니에 남자를 내려놓았다. 미지근하고 습한 공기가 고인, 하얗고 깊은 살덩이의 협곡 밑이었다. 남자는 비틀거리며 무릎을 꿇고 쓰러졌다. 일어났다. 후들거리는 다리로 걷기 시작했다. 거대한 여자의 허벅지 안쪽이 이내 우뚝 선 두 장의 살덩이가 되어 다가왔고, 숨 막히게 그를 압박했다. 남자는 마지막 힘을 쥐어짜 하얗고 따스한, 보드라운 살점을 헤치고 원초의 그늘을 향해 하얗고 탁한 살덩이의 바다를 정신없이 헤엄쳤다. 어디서 나는지도 모를 여자들의 교성이 그를 응원하듯 살덩이의 계곡에 메아리치며 남자에게 힘을 주었다. 조금만 더 가면 된다. 바로 저기다. 돌아가자. 모든 것의 근원으로 돌아가자…….

남자의 눈은 이미 빛을 잃은 것 같았지만, 드디어 손끝이 미끄덩거리는 입구를 찾았다. 남자는 검붉은 그것을 힘차게 열고, 머리를 쓱 집어넣고 정자처럼 몸을 꿈틀거리며 안으로, 안으로 파고들었다. 젖은 내벽을 타고 피와 살의 요람에서 땅울림 같은 목소리가 울려 퍼지더니, 왠지 모를 그리움이 느껴지는 떨림으로 남자를 밀어 넣었다.

또 낳아줄게. 네가 원하면 몇 번이고, 몇 번이고 낳아주마. 세상이 끝날 때까지, 몇 번이고, 몇 번이고 낳아줄게. 세상이 끝나면 새로운 세상과 함께 몇 번이고, 몇 번이고 낳아줄게. 남자 같은 건 얼마든지, 원하는 만큼 낳을 수 있으니까……. 그때까지는 잠들렴……. 세상의 추함도, 슬픔도, 무서움도 모두 잊고 다시 한번 태어나고 싶을 때까지 푹 쉬려무나…….

하지만 남자는 이미 모든 언어를 잊고, 꾸벅꾸벅 졸면서도 쉼 없이 몸을 꿈틀거리며 부드러운 근원의 어둠을 향해 거슬러 올라갔다.

농장
農場

1

그 노숙자 청년은 이틀 전에 생일을 맞이해, 스물여덟 살이 되었을 테지만 휴대전화 배터리가 방전돼서 날짜를 확인할 수 없었던 까닭에 아직도 스물일곱과 여덟 사이에 있었다. 지금은 집도 없고 일도 없고 먹을 것도 없었다. 가진 것이라고는 버릴 곳도 마땅치 않은 말라비틀어진 몸과 허공에 덩그러니 찍힌 점 같은 마음뿐이었다.

낮에는 도내 공원 벤치에서 쪽잠을 잤고, 해가 지면 버려진 그림자처럼 일어나 추위를 피하러 정처 없이 밤거리를 헤매다 보니, 점점 인간이란 무엇인지 알 수 없게 되어갔다. 인간의 본래 모습에서 굴러떨어지고 있는 것일까, 아니면 인간으로서 산다는 것의 본질에 가까워지고 있는 것일까.

한때, 빈틈없이 살이 붙어 건강했던 청년의 몸은, 지난 반년 먹는 둥 마는 둥 하루하루를 사는 동안 우엉처럼 여위었다. 불거진 광대뼈 위에 자리한, 오갈 곳 없는 분노와 체념과 고독이 넘실거리는 커다란 눈동자가 굴속에서 노려보듯 어두운 빛을 발하고 있었다. 고집 있어 보이는 굵은 콧대는 빨갛게 곪은 여드름으로 덮여 있었으며, 자그마한 입은 과묵하게 닫혀 있었다. 어깨까지 자란 기름진 머리카락은 까마귀처럼 어둡게 빛나고 있었고, 두껍게 껴입은 가슴팍에서는 코를 찌르는 쉰내가 피어올랐다. 공중화장실의 지저분한 거울 앞에서 잘 안 드는 T 자 면도칼에 베이면서도 면도를 게을리하지 않은 건, 공원 소나무 숲에서 파란 텐트를 치고 사는 사람들처럼 되고 싶지 않다는, 마지막 한 줌의 자긍심이 아직 남아 있기 때문이었다.

청년의 이름은 이노우에 데루오輝生. 빛나는 인생을 살라고 붙여준 이름이었지만, 그는 이제 그 거창한 이름이 싫어서 미워서 견딜 수가 없었다. 애초에 미운 건 이름뿐만이 아니었다. 도시락 가게에서 일하며 홀몸으로 그를 키워준 어머니, 기회 있을 때마다 선물을 건네준 다정한 조부모, 귓가에 되살아나는 고향 친구들의 환한 웃음소리, 스물여덟 인생에 유일하게 사귀었던 여자 친구와 떠났던 구사쓰 온천 여행, 그런 눈부신 추억 모두가 처음부터 빼앗기기 위해 주어진 나날이었던 것처럼 느껴져서, 증오심을 주체할 수 없었다.

고등학교를 졸업한 데루오는 고향의 수산물 가공 회사에

취직해 매일같이 통조림을 만들었다. 본래 꿈이 큰 타입도 아니었고, 참을성 있는 성격이라 일은 힘들지 않았지만, 스물세 살 때 사장이 갑자기 행방불명되며 회사가 도산했고, 그는 일자리도 얼마 없는 시골 마을에 내던져졌다. 그 후에 상경해 자동차 부품 공장 기숙사에서 먹고 자며 일했지만, 1년 반 뒤에 계약이 만료되자, 이번에는 의지할 곳 없는 도쿄에 홀로 내던져졌다. 고향이 그립기도 했지만, 돌아갈 곳은 이미 사라지고 없었다. 그가 도쿄에서 일하는 동안 어머니가 지주막하출혈로 직장 화장실에서 쓰러져, 쉰하나의 젊은 나이에 목숨을 잃은 것이었다. 100살까지 살겠노라 호언장담하던 할아버지는 데루오가 열일곱 살 때 대장암으로 세상을 떠났고, 그를 애지중지 아껴주던 할머니는 치매로 손자의 얼굴도 잊어버려, 지금은 도야마의 고모가 돌보고 있었다. 이제 고향에 돌아가도 그를 기다리는 건 이끼가 잔뜩 낀 쓸쓸한 무덤뿐이었다.

그 뒤로도 수도권을 떠나지 못하고 시간과 목숨을 갉아먹는 여러 일들을 경험했지만, 일이 바뀔 때마다 조금씩 추락해, 20대에 인생이 암담한 나락을 향해 조금씩 굴러떨어졌다. 그리고 몇 달 전에 가전 제조 공장 기숙사에서 쫓겨나, 드디어 노숙자가 된 것이다. 일용직 일로 입에 풀칠을 하며 한동안 인터넷 카페를 전전했지만, 한때 건강을 해치기도 한 탓에 어느덧 저축이 바닥났다. 지금은 은행 잔고 52엔, 지갑에는 달랑 324엔뿐이라 어디로 이동하지도 못하고 막다른 골목에 몰려 있었다.

전 재산은 비루한 배낭 하나뿐이었고, 남는 시간이 진공처럼 끊임없이 그를 괴롭히고 있었지만, 그것을 농담으로라도 자유라 부르지 않는 것은 이 노숙 생활을 통해 자유란 결국 시간을 쓸 자유가 아니라 돈을 쓸 자유를 의미한다는 것을 실감한 까닭이었다.

그래도 배낭에는 아직 두 권의 책이 들어 있었다. 한 권은 도쿄 지도였고, 다른 한 권은 예전에 고서점에서 떨이로 산 동서고금의 명언집이었다. 명언집은 크고 무거웠지만, 찬찬히 읽다 보면 이 한 권에서 책 몇십 권 분량의 인생의 심오함을 얻을 수 있으리라 기대하며 늘 지니고 다녔다. 차츰 명언을 남긴 수백 명의 위인들의 망령을 책 사이에 끼워 끌고 다니는 듯한 기분이 들었지만…….

2월 해 질 녘, 공원의 차가운 분수 옆에서 그 명언집을 넘기고 있는데, 활짝 펼친 자국이 있는 부분에서 책장을 넘기던 손이 불현듯 멈추었다. 그 장에 기록된 글에 무심코 눈길이 갔다.

'그는 죽음의 관념에 사로잡혀 머릿속에서 죽음을 맞이할 때를 상상하고, 예행연습을 거행하며, 거부할 수 없는 지령을 실행할 그림자를 키우는 것이다. 그것은 중독자의 행위이며, 마약중독자가 마약에서 벗어나지 못하듯, 죽음에 사로잡혔다.'

어느 시대, 어느 나라에서 태어났는지도 모를 발레리라는 이름의 남자, 아니면 여자일까, 좌우지간 그 발레리라는 인물이 남긴 말이다. 이 글을 읽은 건 처음이 아니었다. 처음은커녕 요즘 이 책을 펼칠 때마다 그의 시선을 빨아들였다. 데루오의 뇌리에도 언젠가부터 '죽음의 관념'이 둥지를 튼 까닭이리라. '거부할 수 없는 지령을 실행하는 그림자'라는 부분이 이유 없이 섬뜩해서, 그 불길한 모습을 상상하고야 마는 것이다.

눈만 형형하게 빛나는, 어둠을 뭉쳐놓은 듯한 그림자가 등 뒤에 코를 착 붙이고, 그의 머릿속 죽음의 관념을 양분 삼아 진드기처럼 날로 피둥피둥 살찐다. 아무리 재빠르게 돌아보려 해도, 검은 그림자가 시야 한쪽에서 번뜩일 뿐, 그 전모를 파악할 수는 없다. 떼어내는 건 불가능했고, 자신의 그림자를 없애고 싶으면 더욱 거대한 그림자에 파묻히는 수밖에 없었다. 이를테면 밤이나 죽음 같은.

'벗이여…… 어떻게 죽을 작정인가?'

어느 날은 그림자가 어깨 너머에서 속삭이기도 했다.

'아직 못 정했어.'

'목을 매려면 밧줄이 필요해. 지금 너는 그 밧줄조차 못 사잖아.'

'나도 알아.'

'전철에 뛰어드는 건? 많은 사람들에게 폐를 끼치겠지.'

'그럴 생각은 없어.'

'그럼 맨션에서 뛰어내릴래? 네 피와 살점으로 맨션이 더

러워지겠지만.'

'그것도 알아.'

'그러면 강에 뛰어드는 건 어때? 이 계절이라면 바로 얼어 죽을 텐데. 아니면…….'

인생의 전기가 찾아온 건, 명언집을 펼친 채 죽음과 그런 대화를 나누고 있을 때였다. 벤치 뒤에서 누군가가 불쑥 말을 건넸다.

"책을 좋아하나……?"

갱지를 비비는 것처럼 잔뜩 쉰 목소리였다. 설마 그림자가 현실에서 말을 걸어온 건가 싶어 흠칫한 그는 황급히 뒤돌아봤지만, 타고나기를 그런 순간적인 감정이 얼굴에 드러나는 체질이 아니었기에, 마치 기다렸다는 양 자연스러운 태도로 낯선 남자와 마주 보았다.

까무잡잡한 피부에 풍채가 좋은, 예순 언저리의 남자였다. 순간 텐트를 치고 사는 노숙자 중 한 명인가 했지만, 그렇게까지 차림새가 남루하지는 않았다. 손때 묻은 촌스러운 무늬의 스웨터 위에 제법 가격대가 있어 보이는 두툼한 남색 다운재킷을 걸치고, 기름이 번들거리는 희끗희끗한 머리에는 오렌지색 니트 모자를 썼다. 소매에 찬 묵직한 손목시계는 금빛으로 빛났지만, 갈색 가죽 구두는 너덜너덜했다. 한마디로 강도 짓으로 한탕 거하게 챙긴 노동자처럼 조화라고는 찾아볼 수 없는 차림새였다. 남자는 눈가 주름이 잔뜩 잡히도록, 삐뚤빼뚤 난

누런 이를 내보이며 작위적인, 하지만 보는 관점에 따라서는 순박하다고도 할 수 있는 미소를 짓고 있었다.

"아뇨……."

데루오는 고개를 저었다. 전부터 책을 좋아하는 사람이 되고 싶다 생각하기는 했지만, 책을 펼치면 잠이 쏟아져서 오래 읽은 적이 거의 없었다.

남자가 벤치 앞으로 다가와 옆에 앉아도 되냐고 물어서, 데루오는 배낭을 발밑에 내려놓았다. 남자가 헤헤, 하고 실없는 웃음을 흘리며 앉자, 담배 냄새가 코끝을 건드렸다. 남자는 어색한 미소를 지으며 데루오의 얼굴을 들여다보고 물었다.

"집은 있고?"

데루오는 다시 고개를 저었다. 번듯한 차림새의 사람이 갑자기 그렇게 물었으면 수치심을 느꼈겠지만, 남자가 요즘 일본 사회에서는 노숙자로 사는 게 딱히 이상하지 않다는 양 물어왔기 때문에 덩달아 솔직하게 대답했다.

"그럼 휴대전화는?"

남자는 연이어 물었다.

데루오는 말없이 고개를 갸웃거리며 살짝 손을 벌렸다. 갖고는 있었지만 돈이 없어서 정지 상태였다. 남자는 그걸 알아챘는지, 무정한 세상을 걱정하듯 씁쓸한 표정으로 고개를 끄덕였다. 이 남자는 대체 무슨 속셈이지? 데루오가 다시 의아함을 느낄 무렵, 남자는 슬슬 본론을 꺼내겠다는 양 몸을 내밀며 낙원의 뱀처럼 속삭였다.

"그럼 일자리는? 일하는 건 좋아하나?"

2

30분 후, 데루오는 남자가 모는 하얀 봉고차의 조수석에 앉아 있었다. 일에 대해 대략적인 설명을 듣고서 설마 죽지야 않겠지 싶어 결심을 굳히고 제안을 받아들였다.

콧속이 따가울 정도로 담배 냄새에 찌든 차 안에 앉아 있으려니, 남자의 품에 안겨 있는 기분이었다. 봉고차 뒤에는 종이 박스 여러 개가 정신없이 쌓여 있어서, 차가 흔들릴 때마다 음울한 소리를 냈다. 슬쩍 박스에 인쇄된 글자를 보았지만, 이삿짐센터, 사과, 시금치, 화장지 등 일관성이 없어서, 그들의 목적지와 관련된 단서는 얻을 수 없었다.

남자의 이름은 시노다라고 했다. 착한 사람처럼 보이지는 않았지만, 나쁜 사람처럼 보이지도 않았다. 먹고살기 위해 일을 가리지 않지만, 한번 선을 넘으면 한동안 악몽에 시달릴 것 같은 여린 구석이 있는 남자로 보였다. 시종일관 말투는 불퉁했지만, 어설프게나마 데루오를 배려하는 모습도 보였다. 말투에는 데루오가 모르는 방언이 섞여 있었다. 특정한 지역의 방언이라기보다는, 젊은 시절 지방을 전전하는 사이 어느 곳에도 완전히 동화되지 못한 채 일그러진 형태로 말이 굳어진 것 같은 느낌이었다.

시노다는 그들이 향하는 곳을 '농장'이라 불렀다. 데루오는 그 농장에서 일하는 작업원으로 고용되었다고 했다. '농가'나 '농지'라는 말은 흔히 듣지만, 일견 무해해 보이는 '농장'이라는 말에는 왠지 노예라도 숨겨뒀을 것 같은 갑갑한 울림이 있었다. 그 농장은 어느 바이오 관련 기업의 의뢰를 받아 실험적인 작물을 재배한다고 했다. '바이오 관련 기업'이라는 말이 시노다의 입에서 나오자, 티 나는 가발처럼 불면 날아갈 듯 불안하게 들렸다. 일손을 모을 뿐 자세한 내용은 모른다는 그의 말은 사실인 것 같았다.

하지만 그 실험적인 작물의 이름이 '하나바에'라는 말만큼은 확실한 것 같았다. 데루오의 머릿속에 떠오른 건 '꽃과 파리花蠅'*라는 두 단어였지만, 작물이라니 역시 벌레는 아닐 터였다. 그 하나바에 모종을 3월에 심어서 9월에 수확하는데, 그 뒤에도 뭔가 귀찮은 작업들이 많아서 결국 1년 내내 반복적으로 끈기 있게 해야 하는 일이었다. 작년에 오사카의 가마가사키에서 데려온 젊은 남자는 수확 직후에 일을 내던지고 내뺐다고 한다. 전직 호스트였다는 참을성 없는 남자는 지루한 시골살이를 견디지 못한 모양이었다. 농장에는 오락거리라 할 것이 없었다. 젊은 여자도 없고, 컴퓨터나 휴대전화도 없다. 즐길 거리라고는 텔레비전과 게임, 책, 식사와 잠, 목욕이 전부였다. 그

---

* 일본어로 꽃은 '하나', 파리는 '하에'라고 한다.

밖의 낙이란 아직 목숨이 붙어 있다는 것 정도일까.

"사는 게 다 그렇지. 솔직히……." 시노다는 그렇게 운을 떼더니 큭큭 숨죽여 웃었다. "내 나이쯤 되면 말이야, 매일이 지루해 죽을 지경이야……. 젊은 시절처럼 뭔가에 열중하는 것도 힘들어. 예전에는 인생 50년이라고 했다지. 옛말 틀린 게 없다니까. 그쯤 살았으면 됐지. 그다음부터는 확 타올랐다 서서히 사그라지는 불꽃 같은 거야. 치지직, 치지직, 별일 없이 흘러가는 거지."

데루오는 덩달아 애매한 미소를 지었다. 전에도 나이 든 남자들에게 이런 얘기를 몇 번이나 들었지만, 그때마다 뭐라 대답해야 할지 몰라 말문이 막혔던 일이 떠올랐다. 거기까지 말하고 시노다는 10분쯤 침묵하더니, 갑작스레 아까 이야기가 아직 끝나지 않았다는 듯 말을 이었다.

"하지만 자네는 다르지. 젊으니까……. 아까도 말했지만, 그곳에 도착하면 좀 신기한 걸 보게 될 거야. 아, 아직 이런 게 세상에 있구나 싶겠지. 하지만 곧 익숙해질 거야. 인간이란 그런 거지. 분명 우리는 먼 옛날 지옥에 떨어져서 여기 있는 거야. 익숙해진 나머지 지옥은 분명 더 아래쪽에 있다고 착각하는 거지. 참 태평스럽다니까."

'좀 신기한 것'에 관한 이야기는 공원에서도 슬쩍 흘렸지만, 좀 더 구체적으로 물어보려 하면 시노다는 의미심장한 표정으로 눈을 게슴츠레 뜨며 쓴웃음을 지을 뿐이었다. 자세히 이야기할 생각은 없지만, 품에 칼을 품고 있다고 넌지시 암시하듯 일단 형식적으로나마 경고하는 것이리라. 그 이야기에 겁을 먹는다면 이 제안은 없었던 일이 되겠지. 어차피 밟아야 한다면 눈 딱 감고 한 걸음 내디디자.

애초에 '그곳'이라 말은 했지만, 시노다는 농장이 어디에 있는지조차 확실히 밝히지 않았다. 도메이 고속도로를 타고 서쪽으로 향하고 있는 건 분명했지만, '간사이 지방'의 '깡촌'이라는 말로 노골적으로 목적지를 감출 뿐, 어느 현의 어디라고도 분명히 말하지 않았다. 바이오 관련 기업이라는 곳이 농장 주소 공개를 꺼린다고 시노다는 말했지만, 앞으로 거기서 일할 사람에게까지 소재지를 감추는 의도는 무엇일까.

간사이에서 일할 사람을 왜 굳이 도쿄까지 와서 구하느냐고 묻자, 평소에는 오사카에서 구하지만 우연히 도쿄에 볼일이 있어 겸사겸사 온 김에 여러 사람들에게 말을 걸었을 뿐이라고 했다. 당연하게도 고향과 연을 끊은, 연고 없는 노동자, 즉 실종되어도 아무도 신경 쓰지 않을 이들이 도쿄에는 널려 있을 거라 여겼기 때문이 아닐까. 그런 무서운 억측이 떠오르기도 했지만, 목구멍이 포도청이었다. 지갑에는 달랑 324엔밖에 없었고, 파란 텐트 무리에 들어갈 용기도 없다면 다른 구멍에 들어가는 수밖에.

어느덧 전방에 보이는 비늘구름을 연분홍색으로 물들이며 해가 저물자, 시노다는 "그러고 보니 배고프지?" 하고 물었다. 뒷좌석에서 꺼낸 빵과 주먹밥을 우적우적 먹는 데루오를 보고 시노다는 “다 먹어, 다 먹어도 돼. 난 신경 쓰지 말고”라며 껄껄 웃었다. 그날 들은 것 중에 가장 화통한 웃음이었다. 그러더니 데루오의 눈앞에 스테인리스 보온병을 내밀었다. 오래 썼는지 곳곳이 움푹 팬 보온병이었다. 시노다는 따뜻한 커피가 들었다고 말했다. 돌이켜 생각해보면 참으로 부자연스러운 상황이었다. 운전석 컵 홀더에는 캔 커피가 들어 있었고, 시노다는 운전하며 그 커피를 마셨으니까. 하지만 데루오는 오랜만에 커피를 마시고 싶다는 마음이 앞서 눈곱만큼도 의심하지 않았다. 애초에 자신이 그런 일을 겪게 되리라는 생각도 해본 적이 없었다. 맛이 이상하다고 느끼지도 못했다. 한 시간쯤 지나, 누가 눈꺼풀을 잡아당기듯 갑자기 졸음이 쏟아졌을 때도 이상하다는 생각은 못 했다. 도착하면 깨우겠다는 시노다의 말이 어렴풋이 들린 것도 같았다.

잠의 구렁 속으로 가라앉으며, 불현듯 등 뒤에 달라붙은 ‘거부할 수 없는 지령을 실행하는 그림자’가 떨어져 나간 것처럼 오랜만에 어깨가 가벼웠다. 아니면 조금 거리를 두었을 뿐, 굶주린 눈을 어둡게 빛내며 원망스럽게 무릎을 껴안고 뒷좌석의 종이 상자 뒤에 앉아 있을지도 모른다.

‘벗이여, 나를 한번 이 세상에 낳았으면 결코 떼어낼 수 없다.’ 비몽사몽간에 그런 속삭임을 들은 것 같았다. ‘땅끝까지라도 쫓아가겠다. 그리고 계속 너를 지켜보겠다. 몇 년이든, 몇

십 년이든, 몇백 년이든…….'

3

어둠 속에서 다운재킷 차림으로 먼지가 풀풀 나는 매트리스 위에서 눈을 떴다. 창백한 빛이 커튼에 사각으로 배어 있었다. 낯선 실내의 낯선 침대 위, 흠칫하며 몸을 일으켰다. 그렇다고 원래 어디에 있어야 했는지도 기억이 나지 않아서 한동안 의식이 허공에 뜬 것처럼 멍했다. 곧 시노다라는 남자의 차를 탄 것까지 기억해냈지만, 남자가 먹으라고 꺼내준 음식을 먹고 보온병에 든 커피를 마신 즈음부터 기억이 끊겼다. 농장이라는 곳으로 데려간다고 했는데, 여기가 그 농장일까?

석연치 않은 점이 한두 가지가 아니었다. 애초에 시노다는 농장에 도착하면 깨우겠다고 했다. 아니, 깨웠는데 내가 일어나지 못한 걸까. 그나저나 구멍 속에 빠진 것처럼 희한할 정도로 깊이 잠들었다. 이 나이에 어린애처럼 깊이 잠들어, 누군가가 차에서 업어 내렸는데도 눈을 뜨지 못했다는 건 좀처럼 믿기 힘들었다. 혹시 커피에 뭘 탄 걸까.

세 평 남짓한 방에는 창문과 문이 각각 하나씩 달렸고, 2미터가 좀 안 되는 벽장이 있었다. 바닥은 다다미였고, 하얀 벽지에 천장은 싸구려 판자로 되어 있었다. 문 앞의 바닥은 현관처럼 난차가 있었고, 그 아래 지저분한 운동화 한 켤레가 문 쪽을 향해 덩그러니 놓여 있었다. 방구석에는 작은 텔레비전과

DVD 플레이어 같은 게 놓여 있고, 그 옆에는 빈 공간 박스가, 또 그 옆에는 좌식 테이블이 있었으며, 아래에는 얇은 방석을 넣어두었다. 전 재산인 배낭은 벽장 앞에 널브러져 있었다. 어떻게 이곳까지 왔는지 배낭은 잘 알고 있겠지만, 물론 아무 말도 해주지 않았다.

네발로 창가까지 기어가 커튼을 살짝 젖혔다. 1층이었다. 먼저 눈에 들어온 건 올려다봐야 할 정도로 높은 철조망이었다. 4~5미터쯤 될까. 그 위에는 가시가 달린 철선을 꼬아서 달아놨고, 몇 미터 뒤로는 하얗게 칠한 철판을 담처럼 빽빽하게 세워놓았다. 한마디로 이곳과 저곳 사이에는 이중의 장벽이 설치되어 있는 것이다. 어디가 안이고 어디가 밖인지가 문제였지만, 왠지 이곳이 안쪽인 것 같았다. 예전에 전쟁 영화에서 보았던, 삐쩍 여윈 남자들이 원망스러운 눈빛으로 강제수용소의 철조망에 매달리는 장면이 뇌리를 스쳐 지나갔다. 지금 이 창문으로 빠져나가 저 철조망을 넘어가면 무슨 일이 일어날까. 하늘을 뒤흔들 듯 사이렌 소리가 울려 퍼질까. 이빨을 드러낸 개 떼가 나타나는 건 아닐까.

귀를 기울이자 멀리서 발소리와 의자를 끄는 둔탁한 마찰음 등이 희미하게 들렸다. 불현듯 배낭 너머에 있는 작은 알람시계가 눈에 들어왔다. 6시 20분……. 당연히 아침일 거라 생각했지만, 어쩌면 해가 질 때까지 스무 시간 넘게 잤는지도 모른다.

다시 이불에 누워 머리 뒤로 손깍지를 끼고 어스름한 천장을 올려다보았다. 어제까지만 해도 어찌할 방도 없이 세상 끄트머리에 우두커니 서서, 몽롱한 머리로 죽음만을 생각하고 있었다. 그런데 지금은 어떤가. 어딘지도 모를 낯선 곳의 낯선 방에서 깨어나, 덤이나 다름없는 인생이 어디로 어떻게 굴러갈지 짐작조차 하지 못하고 있다. 무언가를 기대하는 마음은 진작 메말라 사라진 줄 알았는데, 그럼에도 막연한 불안을 밀어내고 한 줌의 희망이 싹을 틔우고 있었다.

"뭔가가 시작되는 건가……."

데루오는 이 새로운 세상에 어울리는 조용한 목소리로 그렇게 중얼거렸다. 제 목소리가 아니라 진실이 목소리가 되어 현현한 것처럼 들렸다.

방이 조금씩 환해졌다. 역시 아침이었다.

4

반투명의 검붉은 액체가 가득 찬 거대한 유리 탱크가 눈앞에 우뚝 서서 데루오를 내려다보고 있었다. 탱크는 누에고치를 세워놓은 듯한 모양이었고, 높이는 6미터쯤 되어 보였다. 둘레는 네다섯 명이 손을 잡고 에워싸야 할 정도였다. 언뜻 봐서는 레드와인을 가공하는 기계 같기도 했지만, 그게 아니라는 건 금방 알 수 있었다. 약간 끈기가 도는 피 같은 액체 속에서 뭔가 꺼림칙한 형태의 무수한 불순물들이 부유하는 광경이 두툼한 유리 너머로 언뜻 보였기 때문이다.

그 불순물은 모두 5~6센티미터 크기에 인간의 피부 빛깔을 띠고 있는 것 같았는데, 탱크 곳곳의 탁한 그림자에서 나타났다 사라지기를 반복하며 쉽사리 정체를 드러내지 않았다. 혹시 이건……. 불온한 추측이 데루오의 머릿속에서 고개를 쳐들기 시작했지만, 설마 그런 일이 있을까 하는 거의 바람에 가까운 생각이 그보다 앞섰다.

그건 그렇고, 데루오는 아까부터 뺨 언저리에 뭉근한 시선을 느꼈다. 옆에 선 작은 노인이 뭐가 그렇게 재미있는지 옅은 웃음을 띤 채 데루오의 낯빛을 살피고 있었던 것이다. 이 정체불명의 물체에 대한 그의 반응을 보려는 것이리라. 태연자약한 표정을 지어야 하는 것일까, 아니면 이 자리에서 눈을 까뒤집으며 졸도해야 하는 것일까. 어느 쪽이 정답인지 모르지만 데루오는 반응다운 반응을 보이지 못한 채 그저 몸과 마음 모두 경직되어 있었다. 그런 당혹감을 읽어냈는지 노인은 일그러진 미소를 지으며 새된 목소리로 물었다.

"뭐처럼 보이나?"

데루오는 다시 유리 탱크 안쪽을 들여다보았다. 탱크는 7할 정도까지 차 있었는데, 정어리를 풀어놓은 원통형 수조처럼 그 액체와 함께 내용물이 서서히 돌아가고 있었다. 하지만 물론 검붉은 액체 속을 굴러가듯 움직이는 것은 정어리 떼가 아니었다. 무엇으로 보이느냐는 물음에 떠오르는 답은 하나밖에 없었다.

"코…… 같은데요……."

얼굴과 분리된 인간의 코……. 몇십 개 정도가 아니었다. 아마 수백, 어쩌면 수천 개.

"하하!" 노인은 찌르는 듯한 목소리로 호탕하게 웃었다. "같다니. 저건 코야, 코……. 하늘에 뜬 구름도 아니고, 저게 코 말고 다른 걸로 보일 리가 있나."

목구멍에서 쥐어짠 듯한 웃음소리가 등 뒤에서 터져 나왔다. 일곱 쌍의 눈동자, 다섯 명의 남자와 두 명의 여자가 대화를 나누는 데루오와 노인의 모습을 아까부터 흥미진진하게 주시하고 있었다. 이 농장에서 일하는 사람이 몇인지는 몰라도, 이 일곱 명은 잠시 일손을 놓고 신입의 얼굴을 보러 온 구경꾼들 같았다. 데루오는 옥색 작업복 차림의 사람들을 힐끗 훑어보았다. 30대에서 60대까지 다양한 연령대의 남녀 중에, 혼자 키가 2미터는 돼 보이는 우직한 분위기의 거한이 눈길을 끌었다. 하지만 만사에 지친 듯 삐뚜름한 미소를 짓고 있을 뿐, 코를 베어내는 데 혈안이 된 엽기 살인자 집단처럼 보이지는 않았다.

데루오가 이름을 아는 이는 옆에 있는 곤다라는 노인뿐이었다. 머리에 쓴 검붉은 모자 밑으로 누런빛 도는 백발이 보였다. 주걱으로 뺨을 눌러놓은 듯 주걱턱이 도드라졌고, 얼굴도 흙빛이었는데 세상을 꽉 물고 놓지 않을 것처럼 완고해 보였다. 설령 내일 죽는다 하더라도 그 표정은 바뀌지 않으리라. 조금 전 곤다는 이 표정으로 데루오를 깨우러 왔었다. 방문을 열자마자 다짜고짜 "지린 건 아니지?"라고 물었다. 마치 셋 중 하나는 이곳에 온 첫날 밤에 그런 추태를 보인다는 투였다. 소변 실수를 하지는 않았지만, 혼자 방 밖으로 나갈 용기가 없어서 계속 참고 있기는 했다. 흠칫 놀라 몸을 일으킨 순간 대번에 곤다와 눈이 마주쳤다. 누가 봐도 수상쩍어 보이는 험상궂은 사내가 아니라, 단순노동자처럼 보이는 작은 노인이라는 사실에 내심 안도했지만, 덜 떨어진 젊은 놈을 턱으로 부리는 듯한 기세에 압도되어 저도 모르게 허리를 펴며 "아뇨, 아직입니다"라고 대답했다. 곤다는 애초에 젊은 데루오의 존재 자체가 우습다는 양 크히히, 하고 묘한 목소리로 웃었다.

데루오는 어디를 봐야 할지 알 수 없어서 다시 탱크를 올려다보았다. 곤다는 데루오를 화장실로 안내한 뒤에 갑자기 '보묘조保苗槽'를 보여주겠다며 이 방으로 데려왔다. 층고는 대략 8미터쯤 됐고, 넓이는 40제곱미터쯤 되어 보였다. 철골이 그대로 노출된 구조라 마치 공장이나 창고 같은 분위기였다. 오른쪽의 거대한 셔터는 반쯤 올라가 있었는데, 이 범상치 않은 으스스한 광경과는 어울리지 않는 건전한 햇살이 환하게 쏟아져 들어왔다.

'보묘조'라면, 이 코 같은 물체, 아니 코가 모종인 건가. 시노다가 말했던 하나바에라는 말을 떠올렸다. 그렇다면 코 모종인 건가. 실험적인 작물……. 이런 것에서 뭐가 열린다는 걸까. 이런저런 생각을 하는 와중에 점점 정체 모를 고양감에 휩싸여, 데루오는 상기된 목소리로 저도 모르게 중얼거렸다.

"이 코는…… 어디에서……."

곤다는 흥, 코웃음을 치더니 태연한 목소리로 말했다.

"어디긴 어디야, 당연히 얼굴이지……. 밤길에 기다렸다 뒤통수를 후려갈긴 다음 산 채로 코를 베어 오는 거야. '코는 절대 안 됩니다. 코는…….'"

뒤에 있던 일곱 명이 와하하 웃음을 터뜨렸다. 보아하니 늘 하는 농담인 것 같았다. 하지만 이 농담이 지어낸 것인지, 아니면 실화인지는 알 수 없었다. 데루오는 다시 옅은 미소를 띤 일곱 명의 얼굴을 훑어보면서 모두가 같은 광기에 사로잡힌 집단이 아닌지 가늠하며 속으로 고개를 갸웃거렸다.

순간 반쯤 열린 오른쪽 셔터 문 아래로 몸을 던져 어딘지 모를 저편으로 달려가는 제 모습을 상상했다. 하지만 예상대로 철조망을 넘지 못하고 끌려 내려와, 이 자리로 다시 돌아올 터였다. 작은 동산만 한 사내가 이곳에 있는 건 도주 방지를 위해서일까. 시노다가 '내뺐다'고 한 남자는 어떻게 이곳에서 도망친 걸까. 아니면 도망치려고 시도했다는 뜻인가. 사실 그렇게 도망치려던 사람이 한둘이 아니라 수십 명쯤 되고, 모두 코가 잘려 저 탱크 안에서 그들의 코가 지금도 유유히 떠돌고 있는 거라면?

"표정이 왜 그래." 곤다는 히죽거리며 말했다. "너도 저기 들어갈까 봐 걱정돼? 코로 헤엄칠 각오가 된 모양인데?"

다시 사람들이 웃음을 터뜨렸다. 보아하니 곤다는 이들 중에서 장로 격이고, 이 노인이 신입을 놀리면 모두 웃는 게 관례인 모양이었다. 곤다는 다시 크히히 웃더니 검버섯이 핀 주먹으로 데루오의 어깨를 툭툭 쳤다.

"너무 긴장하지 마. 네 코 따위는 필요 없으니까. 아무 코나 여기 넣는 게 아니라고. 정당한 절차를 밟아서, 하나씩 모은 유서 깊은 코들이야. 자세히 봐, 코마다 번호가 붙어 있잖아."

말하지 않아도 이미 알고 있었다. 코마다 콧대를 따라 검푸른 글자가 옅게 새겨져 있었다. 숫자와 알파벳 일고여덟 자로 이루어진 관리 번호처럼 보였다. 모두 원주인이 누구인지 밝혀져 있는 건가. 그렇다면 주인은 어디 사는 누구였을까. 죽은 뒤에 코를 잘라낸 걸까, 아니면 정말 산 채로? 곤다가 말한 '정당한 절차'란 대체 뭐지? 이 섬뜩하고 모독적인 광경을 정당화할 수 있는, 법에 저촉되지 않는 절차가 과연 존재할까. 데루오의 수많은 의문을 알아챈 듯 곤다는 한껏 목소리를 낮춰 말했다.

"쓸데없는 건 묻지 마. 어떤 궁금증이든, 여기서 일하다 보면 차차 알게 될 테니까."

5

한 달도 채 지나지 않아 많은 의문이 해소됐다. 텔레비전 채널

1을 누르면 NHK고베 방송이 흘러나왔다. 이곳은 효고현 어딘가인 것이다. 담 위로 보이는 건 사람 손이 닿지 않은 울창한 산림뿐. 아무래도 이 농장은 동서로 뻗은 완만한 산줄기 사이 골짜기에 자리한 듯했다.

곤다의 말에 따르면 농장 전체 부지는 20헥타르가 넘는다고 했다. 물론 그 대부분은 밭이었지만, 곳곳에 건물도 있었다. 데루오를 비롯한 작업원들이 기거하는 2층 건물은 '기숙사'라고 불렸다. 작업원의 방 말고도 식당과 욕실, 화장실, 도서실 등이 있어서 외부로 나가지 않고도 평소 생활하는 데 지장이 없었다. 기숙사 북쪽에는 '연구소'라 불리는 새하얀 건물이 있었는데, 거대한 유리 탱크가 있는 보묘실도 그곳에 있었다. 연구소 북쪽에는 가늘고 기다란 갈색의 조립식 건물 세 동이 나란히 자리하고 있었고, 모두 '창고'라 불렀지만 데루오는 아직 들어가본 적이 없는 데다 누가 드나드는 모습도 본 적이 없었다. 하지만 눈길을 끄는 거대한 건물이니, 이 농장에 없어서는 안 될 중요한 시설인 것은 분명했다.

데루오는 매일 아침 8시에 밭에 나가 해가 떨어질 때까지 곤다와 한 조로 일했다. 땅에 밑거름을 주고, 밭이랑을 일구고, 그곳에 검은색 유공 필름*을 깐다. 그 작업을 매일 반복했다. 밭일은 처음이었지만, 역시 평범한 작물을 키우는 것과는 다르다

---

* 작물 재배에 용이하도록 구멍을 뚫은 비닐.

는 걸 초심자인 데루오도 알 수 있었다. 비료의 양, 흙과 혼합하는 비율, 이랑의 크기와 형태, 그러한 세세한 일들을 곤다는 까다롭게 확인했다. 특히 밭이랑을 만드는 일에는 무시무시할 정도로 집착했는데, 이랑 전체를 요리조리 살펴보며 이러쿵저러쿵 까탈스럽게 지시를 내렸다. 밭이랑은 폭과 길이, 높이를 모두 정확하게 측정해, 섬세하게 가래질해서 깔끔한 반원형으로 만들어야 했다. 곤다는 못난 마음에서 못난 밭이랑이 만들어지고, 못난 밭이랑에서 못난 하나바에가 자란다고 했다. 그리고 못난 하나바에는 한 푼의 가치도 없다고 했다.

하루 일과가 끝날 때쯤이면 물먹은 솜처럼 온몸이 기진맥진했다. 있는 줄도 몰랐던 근육이 곳곳에서 비명을 질러댔고, 가래질을 하는 손에는 날마다 물집이 잡혔다 터져서, 물구나무서기 자세로 살 수 있을 만큼 손바닥에 굳은살이 생겼다. 곤다는 놀리는 것인지, 다독이는 것인지 알 수 없는 말투로 그저 "지금이 제일 힘든 시기야"라고 했지만, 그게 아니라면 도저히 버틸 수 없을 것 같았다. 무엇보다 휴일이 없었다.

삶의 낙이라고는 밥, 목욕, 잠, 텔레비전뿐이었다. 식사에 불만은 없었다. 아침, 점심, 저녁, 끼니마다 먹을 만한 음식이 나왔다. 천장에 매달린 텔레비전을 응시하며 혼자 묵묵히 밥을 먹는 아웃사이더도 있었고, 잡담을 나누며 천천히 먹는 사람도 있었다. 기숙사에서 사는 사람은 데루오를 포함해 모두 스물한 명이었다. 연구소에서 먹고 자는 사람도 열 명쯤 있다고 들었지만 대화를 나눠본 적은 없고, 창가를 지나가는 모습이나 부지에서 어슬렁거리는 모습을 먼발치에서 보는 정도였다.

끼니때가 되면 데루오는 늘 곤다 옆에 앉았다. 데루오의 전반적인 생활은 곤다가 관리했다. 나중에 알게 된 것이지만, 데루오는 늙어서 야외 작업이 힘들어진 곤다의 보조로 끌려온 모양이었다. 아닌 게 아니라 곤다의 행동거지 곳곳에는 노쇠한 기운이 역력했다. 구부정한 자세로 어깨를 좌우로 흔들며 어색하게 걸었고, 작업 중에 허리를 누르며 얼굴을 찡그리는 일도 한두 번이 아니었다. 아침부터 밤까지 늘 함께 일하다 보니 자연스레 정이 들어서 내심 노인을 걱정하는 마음이 없는 건 아니었지만, 실수했을 때 혼쭐이 나는 일은 있어도 자신이 먼저 살가운 말을 건넨 적은 없었다. 그런 끈끈한 사이로는 발전하지 않았다. 곤다는 나이 탓인지, 아니면 타고난 성정인지, 성마르고 입이 험했고, 데루오는 속아서 끌려왔다는 울분을 품고 있었다.

하지만 정말 속아서 끌려온 건가. 데루오는 종종 그렇게 자문했다. 비바람을 피할 수 있고, 삼시세끼가 꼬박꼬박 나온다. 식사 자리에서 오가는 대화를 유심히 들어보면, 시노다의 말대로 월급도 다달이 나오는 모양이었다. 문제는 그 돈을 어디다 쓰느냐였는데, 연구소 사무실에 있는 오우치라는 여자에게 필요한 물품을 신청하면, 대부분은 농장으로 배달해준다고 했다. 하지만 이런 어딘지도 모를 변방의 농장에 갇힌 상황에서 필요한 물건이 뭐가 있겠는가. 멋진 옷을 산들 외출할 수도 없었고, 자동차나 컴퓨터는 원래 금지 품목이었다. 하나에 100만 엔이나 하는 어쿠스틱 기타를 식당에서 연주하는 가시마라는 남자가 있었는데, 고작해야 그 정도였다. 다른 작업원들은 이곳에서 나간 뒤에 그 돈을 쓸 작정인지도 모르지만, 애당초 이곳에서 나갈 수는 있는 걸까.

데루오는 밤중에 문득 잠에서 깨어 얇은 얼음장 위에 누운 듯 끝없는 불안에 휩싸이고는 했다. 이곳은 대체 어디일까. 이곳에 있는 사람들은 누구일까. 이곳에 언제부터 와서 언제까지 있을 작정인 걸까. 데루오의 과거를 캐묻는 사람은 아무도 없었고, 데루오도 물론 그러지 않았다. 이런 비정상적인 공간에 흘러든 사람은 모두 정도의 차이만 있을 뿐 뭔가 켕기는 구석이 있을 것이다. 이름이나 별명으로 서로를 부르고 있었지만, 이름도 당연히 본명인지 아닌지 알 수 없었고, 흉악한 지명수배자가 가명으로 섞여 들었을 가능성도 없지는 않았다.

데루오는 곤다에 대해서도 제대로 아는 게 없었다. 80대 초반으로 보였지만, 고된 밭일로 폭삭 늙은 70대일지도 모른다. 90대라 해도 이상하지 않을 소모된 분위기도 풍겼다. 작업의 숙련도로 봐서는 이곳에서 일한 지 족히 5년이나 10년은 더 됐을 것 같았지만, 30년을 일했다 해도 이상할 건 없었다. 어쩌면 그보다 더 오래됐을지도 모른다. 이를테면 기숙사 내부만 봐도, 고리타분한 합판 소재의 벽, 화장실과 욕실의 타일 모양, 리놀륨 바닥, 누렇게 변색된 갓이 달린 조명……. 그런 세세한 것들은 스물여덟 살의 데루오보다 훨씬 오랜 역사를 견뎌온 것처럼 보였다.

만일 곤다가 정말 30년이나 이 농장에 갇혀 있었다면, 이제 바깥세상으로 나가지는 못하겠지. 동물원에서 차려진 밥상을 받으며 자란 짐승처럼 말이다. 하지만 그건 곤다에게만 해당되는 이야기가 아니었다. 다른 사람들도 이곳에서 나가 어떻게 할 것인지는 절대로 이야기하지 않았고, 영원히 이 우리 속에서 살아갈 것처럼 삐뚜름하게 늘어진 얼굴로 하루하루를 보내고 있었다. 하지만 그들은 그 나름대로 결심한 바가 있을 것이다. 그렇지 않으면 어떻게 피 웅덩이 속을 묵묵히 떠다니는 수많은 코, 코, 코…… 그런 섬뜩한 존재와 관련된 일을 하며 살아갈 수 있겠는가.

곤다가 밭에서 한번 이렇게 말한 적이 있었다.

"나가고 싶으면 말해. 바로 내보내줄 테니까."

데루오는 곤다의 얼굴을 빤히 바라보았다. 진심인지 아닌지를 가늠하기 위해서였지만, 데루오가 말귀를 알아듣지 못한다고 생각했는지 곤다는 미간을 찌푸릴 뿐이었다. 농담으로 하는 소리도 아닌 것 같았고, 제 성질을 못 이겨서 마음에도 없는 소리를 한 것 같지도 않았다. 하지만 진심으로 받아들여도 될지 확신은 들지 않았다. 원하는 때에 나갈 수 있다면 저 철조망은 왜 세워둔 걸까. 무엇을 위한 담장일까.

신입 작업원이 농장에 영혼을 팔 수 있을지를 확인하기 위해 떠보는 걸지도 모른다는 생각에, 데루오는 그저 "음……" 하고 애매하게 대답했다. 그때 당장 내보내달라고 했다면, 과연 어떻게 됐을까. 이곳은 부처님의 눈길조차 닿지 않는 변경의 감옥이다. 아무도 찾지 않는 무연고자들이 손도끼나 톱에 썰려 밭에 뿌려진다 한들, 바깥세상에서 신경이나 쓰겠는가. 그리고 그들은 또다시 기대에 부응하지 못하고 사라진 신입의 존재를 더는 입 밖에 내지 않으리라……. 그런 악몽이 이 땅에서 반복되었을지도 모른다.

6

데루오는 곤다와 단둘이서 보묘조 앞에 앉아 한 시간쯤 떠다니는 코들을 묵묵히 관찰하는, 거의 고행에 가까운 지루한 작업을 여러 차례 해왔다. 보존 상태가 악화된 코를 조기에 찾아내기 위한 감시 당번이라고 했다. 하지만 그것도 오늘로 끝이다.

변덕스러운 겨울이 농장에서 멀어진 3월 하순, 연구소 뒤편의 커다란 목련이 새하얀 꽃을 피우기 시작했다. 목련은 모종을 심을 시기를 알려주는 꽃이라고 했다. 실제로 심을 날을 정해주는 건 달이었는데, 초승달이 뜨면 시작됐다. 그날이 오자 모든 작업원들은 이른 아침부터 보묘실에 모였다. 드디어 보묘조에서 코를 꺼내는 것이다.

데루오는 탱크 뚜껑이 열려 있는 걸 처음 보았다. 반구형의 스테인리스 뚜껑은 페달로 여닫는 쓰레기통처럼 크게 입을 벌리고 있었다. 설마 저기서 망 같은 걸로 하나씩 일일이 떠내는 건 아니겠지. 그런 생각을 하고 있는데 검붉은 보묘액을 공급하던 왼쪽의 유리관이 잠기더니, 탱크의 수위가 서서히 내려갔다. 그와 동시에 통에 담가두었던 고구마 같은 코들이 모습을 드러냈고, 이내 배출되지 못한 보묘액에 반쯤 잠긴 수많은 코들이 둥그런 탱크 바닥에 쌓였다. 비좁은 바닥에 빽빽하게 쌓인 코들은 액체 속을 부유할 때보다 훨씬 생동감 있어 보였고, 쳐다만 봐도 서로에게 뜨뜻한 콧김을 내뿜는 간질거리는 감촉이 느껴졌다.

덩치 큰 쓰다가 탱크 아랫부분에 있는 핸들을 돌리자 미끄럼틀처럼 기울어진 배출관에서 남은 보묘액들이 쏟아져 관 아래 놓인 거대한 스테인리스 팀파니 같은 용기에 담겼다. 코들이 구르듯 떨어지기 시작했다. 하나, 둘……. 나머지는 힘차게 찰박거리는 물소리를 내며 스테인리스 용기 안으로 우수수 쏟아졌다. 그 거대한 용기는 밑에 바퀴가 달려 있어서인지 '왜건'이라 불렸다. 옆에서 살며시 들여다보니, 왜건 속에는 커피를 내릴 때 쓰는 종이 필터 같은 하얀 주머니 형태의 천을 씌워놓았고, 코들은 그 안에 수북하게 쌓여 있었다. 보아하니 보묘액은 버리고 코만 걸러내는 장치인 듯했다.

모든 코들이 남김없이 배출되자, 왜건은 방 한가운데로 옮겨졌고, 작업원들이 주변을 에워쌌다. 그리고 왜건 가장자리에 달린 갈고리에 걸린 밧줄을 푼 뒤에, 여덟 명이 팔각형을 이루듯 붙잡는다. 코를 걸러낸 천을 들어내면, 그사이에 왜건을 구석으로 옮겼다. 그다음 천을 가마처럼 조심스레 내려놓으면, 바닥에 수북하게 쌓인 코 무더기가 나타난다.

거기서부터는 데루오도 고무장갑을 끼고 곤다의 지도에 따라 작업에 합류했다. 코를 하나씩 집어 '팔레트'라 불리는 평평하고 투명한 플라스틱 상자 속에 신중하게 늘어놓는다. 팔레트 내부는 가로세로 열 칸씩 칸막이로 나누어져 있어서, 팔레트 하나에 딱 100개의 코를 넣을 수 있었다. 하지만 닥치는 대로 아무 데나 넣어도 되는 건 아니다. 어느 팔레트의 어느 구획에 어떤 코를 넣어야 하는지 사전에 다 정해져 있었다. 그러한 까닭에 코마다 관리 번호를 붙여놓은 것이다.

처음 하나를 집는 데 상당한 각오가 필요했다. 코를 집어 든 순간, 오한이 등줄기를 타고 오르는 감각을 느꼈지만, 끝까지 가지 못하고 도중에 어디론가 사라졌다. 장갑 너머 손끝에 닿는 감촉은 틀림없는 인간의 코의 그것이었다. 부드러운 피부 아래에서 탱탱한 연골의 감촉이 느껴졌다. 단순히 연골의 탄력이라기보다는, 오히려 인간의 생명 그 자체에 본디 깃든 탄력성이라 해야 할지도 모른다. 이 코는 아직 얼굴과 이어져 있다, 인간과 이어져 있다, 순간 강렬한 착각에 휩싸인 데루오는 무릎을 꿇고 코를 집은 채 한동안 숨도 쉬지 못하고 꼼짝도 할 수 없었다. "코가 빠진다는 말은 이럴 때 쓰는 거겠지?" 옆에 있던 곤다가 우스갯소리를 하자 다른 작업자들은 눈을 치켜뜨며 키득거렸고, 데루오도 어찌 된 영문인지 쑥스러워져 헤헤 웃었다.

하지만 코를 대여섯 개쯤 줍고 나니 비로소 보이는 것들이 있었다. 일단 코의 종류가 다양했다. 노인의 것처럼 검버섯이 핀 코가 있는가 하면, 보기만 해도 눈물이 날 것처럼 자그마한 어린아이의 코도 있었다. 주인이 주당이었는지 울긋불긋한 딸기코도 있었고, 아름다운 여자의 것 같은 섬세한 콧대의 하얀 코도 있었다. 요컨대 남녀노소 구분하지 않고 모든 코들이 한데 뒤섞여 있는 것이었다. 그리고 놀라운 것은 어떤 코도 방금 떼어낸 것처럼 신선해 보인다는 사실이었다. 오래도록 보묘액에 담가놓았는데도 전혀 살이 불지 않아서, 지금이라도 원래 주인에게 돌려주면 위화감 없이 얼굴 한가운데에 쏙 들어갈 것만 같았다.

그다음으로 깨달은 건, 코를 잘라낸 자의 탁월한 기술이었다. 어떤 날붙이를 썼는지는 알 수 없었지만, 코의 절단면은 한 치의 망설임도 느껴지지 않는, 각각의 코가 짊어진 숙명과도 같은 멋진 곡선을 그리고 있었다. 콧방울 밑에서 안쪽으로 들어가, 콧구멍이 그리는 원을 망가뜨리지 않고, 뼈와 연골의 경계를 아름답게 분할한다. 시술자의 숙련된 기술은 말할 것도 없거니와, 이렇게 깨끗하게 떼어내려면 당하는 사람도 꼼짝하지 않아야 할 것이다. 시체에서 떼어냈거나, 아니면 마취해서 잠재운 사람에게서 떼어냈거나, 혹은 수술대 같은 데 머리를 완전히 고정시켜놓고 떼어냈겠지.

최종적으로 코들은 열다섯 개의 팔레트에 담겼다. 한마디로 코는 모두 1400개가 넘는다는 뜻이다. 어렴풋이 더 많을 거라 생각했는데, 1400개는 더 되는 코들이 한곳에 모여 있는데 부족하다고 느끼는 것도 이상했다.

누군가가 셔터를 올리자 푸르스름한 형광등 불빛을 쫓아내듯 투명한 햇살이 밀려들었고, 보묘실 내부를 기분 좋은 봄바람이 쓸고 지나갔다. 이른 아침부터 큰일을 마친 사람들은 눈이 부신 듯 눈을 게슴츠레 떴고, 그 얼굴에는 은은한 미소가 번져 있었다. 한 걸음 떨어진 곳에서 그들을 바라보고 있으면, 세상 부끄러울 것 없고, 누구 앞에나 당당히 나설 수 있는, 건실한 일에 종사하는 평범한 노동자처럼 보였다. 하지만 그들 바로 옆의 기다란 테이블 위에는 잘라낸 코들이 빼곡하게 담긴 플라스틱 케이스 여러 개가 나란히 놓여 있었다. 눈이 삐뚤어질 정도로 뒤틀린 광경이었다. 그런 생각을 하는데 곤다가 험상궂은 표정으로 다가와 말했다.

"팔레트를 하나 들어……. 오늘 안으로 전부 심어야 하니까."

그 역시 본래 양지바른 곳에서 당당히 선언해야 할, 심오하고 숭고한 말처럼 느껴졌지만, 심어야 할 것은 물론 코였다.

"이랑 하나마다 사람이 묻혀 있다고 생각해."

곤다는 그렇게 말했다.

데루오는 그간 코를 심는 법을 여러 차례 상상해왔고, 그의 예상은 그대로 맞아떨어졌다. 밭이랑에서 인간의 코가 자란 것처럼 절단면이 아래로 가도록 심는 것이다. 하지만 단순히 흙 위에 덜렁 두기만 하면 되는 게 아니다. 먼저 밭이랑을 덮은 검은 유공 필름을 부분적으로 잘라내, 그 아래의 흙을 살짝 떠낸다. 거기다 코를 심는 것이다.

"코가 계속 숨을 쉰다고 생각해." 곤다는 그렇게 말했다.

요컨대 흙이 콧구멍에 들어가지 않도록 조심하라는 뜻이었다. 더구나 코의 가장자리를 살짝 흙이 덮도록 절묘한 깊이로 심어야만 했다.

그나저나 코를 만지는 곤다의 손길은 한없이 다정했다. 마치 둥지에서 떨어진 아기 새를 줍는 것처럼 살살 대했다. 이럴 때 섬세함을 발휘하기 위해서 평소에는 거칠게 행동하는 건지도 모른다.

하지만 대부분의 코를 심은 건 데루오였다. 그가 심으면 곤다가 들여다보며 결점을 남김없이 지적하고 직접 마무리했다. 하지만 저녁 무렵 팔레트 하나에 담긴 코들을 전부 심었을 즈음에는, 데루오의 기술도 곤다가 굳이 수정 작업을 하지 않아도 될 수준에 이르러 있었다. 애당초 코 심기 작업에 요구되는 건 기술이 아니라 약간의 경험, 그리고 무엇보다 마음가

짐이었다. 조금이라도 흐트러진 마음가짐으로 코를 심으면, 반드시 곤다가 다시 손을 대야 했다.

농장에 관해 궁금한 점은 한두 가지가 아니었지만, 머리 위를 덮은 그물도 그중 하나였다. 그물은 농장 부지 전체가 아니라 코를 심어놓은 밭 주변에만 쳐놓았다. 지면에서 3미터 높이에 녹색 그물망이 걸려 있었고, 주변에는 그물을 걸어놓는 기둥, 쇠 파이프가 서 있었다. 그물코가 2센티미터쯤 되는 촘촘한 그물이라 늘 뭔가가 머리를 누르는 듯 갑갑했지만, 코를 심다 보니 방조망이라는 사실을 깨달았다. 참새나 비둘기에게는 무리겠지만, 까마귀나 솔개가 발견하면 신이 나서 코를 물고 날아갈 것 같았다.

일단 그런 생각이 들자 부지를 에워싼 철조망과 철판까지 달리 보이기 시작했다. 사람의 출입을 제한하는 역할도 있겠지만, 어쩌면 산짐승으로부터 코를 보호하는 것에 더 주안점을 두었을지도 모른다. 멧돼지나 원숭이가 들어오면, 줄줄이 떨어진 치즈를 보고 흥분한 쥐처럼 여기도 있네, 여기도 있어, 하고 남김없이 코를 먹어버릴 것이다. 그렇게 생각하며 다시 주변을 둘러보자, 밭이랑에 무방비하게 솟아오른 코들이 너무나도 위태로워 보였다. 하지만 이런 생각이 든다는 건, 데루오 역시 코에 애착을 갖기 시작했다는 뜻일지도 모른다.

날이 저물기 전에 모든 코를 무사히 심을 수 있었다. 기숙사로 돌아가는 길에 앞서 걷던 곤다가 고개를 쓱 돌리고 허공에 말을 놓듯 중얼거렸다.

“고생했다…….”

그런 말을 들은 건 처음이었다. 놀란 나머지 “아……” 하고 고개만 끄덕였다. 이 일에는 여러 관문이 있었고, 첫 관문이 탱크 속에 담긴 코를 보았을 때였다면, 코를 심는 일은 두 번째 관문이 아닐까.

이튿날부터 순회 작업이 시작됐다. 아침저녁으로 곤다와 함께 자신들이 담당하는 구역을 돌며 코의 상태를 확인했다.

머리 위 그물과 철조망은 날짐승으로부터 코를 보호해주었지만, 작은 벌레까지 막을 수는 없었다. 아침마다 분무기에 담긴 허연 살충제를 코에 뿌렸다. 그래도 벌레가 들끓으면 핀셋으로 하나씩 벌레를 잡았다. 빨간 진드기 같은 벌레가 가장 많았다. 코를 파먹는 건 아니었지만, 확실히 상하기는 했다. 코가 상하면 당연히 하나바에의 품질도 떨어졌다. 비바람도 무시할 수 없었다. 세찬 비가 내리면 ‘우산’이라 불리는 특수한 덮개를 코 위에 씌워야 했다. 한 번이라도 밭이랑에서 쓸려 내려가면, 그 코는 올해는 못 쓴다고 했다. 자라기 시작한 뿌리를 자르고 보묘조로 돌려보내야 한다. 물론 잡초도 꼼꼼하게 제거해야 했다. 곤다에 따르면 ‘대농大農은 풀을 보지 않고 풀을 뽑는다. 중농中農은 풀을 보고 풀을 뽑는다. 소농小農은 풀을 보고도 뽑지 않는다’라는 말이 있다고 한다. 풀을 보지 않고 어떻게 풀을 뽑는다는 걸까.

그래도 일은 훨씬 편해졌다. 아침저녁으로 두세 시간씩만 일하면 됐다. 갑자기 시간이 비어서, 도서실의 책을 읽기 시작했다. 20제곱미터쯤 되는 도서실에는 책이 빼곡하게 꽂힌 책장이 사방에 놓여 있었다. 시간도 남아돌겠다, 대충 세어봤더니, 얼추 1만 권은 될 것 같았다. 1만 나누기 365……. 매일 한 권씩 읽어도 27년이 걸린다는 사실을 알았을 때, 왠지 가슴이 서늘해졌다. 27년 후에도 여전히 이 도서실에 드나드는 자신의 뒷모습이 머릿속을 스치고 지나갔기 때문이다. 27년 동안 이 농장에서 한 발짝도 나가지 않은 채 쉰다섯 살이 된 자신……. 그 상상은 금세 눈앞에서 부풀어 올랐고, 이대로 손 놓고 있으면 조금씩 이 몸을 짓누를 터였다.

데루오가 읽는 책은 대부분 만화와 추리소설이었지만, 가끔은 어려운 옛날 책을 집어 들기도 했다. 허먼 멜빌의《모비 딕》, 나쓰메 소세키의《명암》, 다카하시 가즈미의 《사종문》……. 그런 책들에는 어김없이 장서인이 찍혀 있었다. 아마 추어가 만든 수제품인지 모양이 영 어설펐지만, 새겨진 이름은 간신히 알아볼 수 있었다. '오사키 이와오.' 궁금해서 찾아보니, 놀랍게도 장서 다섯 권 중 한 권은 오사키 이와오의 것이었다. 지금 농장에 그런 이름을 가진 사람은 없었다. 하지만 오사키 이와오의 이름이 이만큼이나 도서실에 넘쳐난다는 것은 과거 이곳에 그런 이름의 독서가가 있었다는 사실을 증명하는 게 아닐까.

'이와오巖'라는 이름에서 연상되는 건 험상궂은 생김새의 덩치 큰 남자였다. 곤다의 선배일까, 아니면 같이 이곳에 왔을까. 누군가에게 물어보면 순순히 알려줄지도 모르지만, 쓸데없는 걸 묻지 않는 버릇이 이미 들어버렸고, 정체를 알 수 없는 존재의 꼬리를 밟아버렸다는 두려움도 있었다. 영문은 알 수 없었지만, 오사키 이와오가 이곳에서 나간 것 같지는 않았다. 정확한 시기는 모르지만 이 농장에서 죽은 건 틀림없다. 그런 생각이 들었다.

7

9월에 들어서자 농장 사람들의 마음이 들뜨기 시작한 걸 데루오도 느낄 수 있었다. 수확 시기가 다가온 것이다. 심기는 초승달이 뜨는 날 낮에 했는데, 수확은 보름달이 뜨는 날 밤에 한다고 했다. 굳이 왜 밤에 하는지 궁금했지만, 애초에 초승달과 보름달이 무슨 상관이 있는지 모를 일이었다. 예정일은 9월 9일이었다. 8일이 될 가능성도 있지만, 곤다는 떨떠름한 표정으로 "9일에 오겠지"라고 했다. 뭐가 온다는 것인가, 생각하다 보니 조금씩 짐작이 갔다. 아니, 이미 오래전부터 알고 있었다. 알고는 있었지만, 현실에서 그런 일이 일어난다는 걸 인정하고 싶지 않았던 것이다.

코 심기를 할 때, 데루오는 코에서 작은 싹이 돋아나 점점 울창하게 자라는 모습을 상상했다. 하지만 그런 일은 일어나지 않았다. 며칠이 지나고, 몇 주가 지나도 코는 처음 심은 모습 그대로, 밭이랑 위에 위태롭게 얼굴을 내밀고 있을 뿐이었다. 하지만 절단면에서 뿌리를 내린다는 건 알고 있었다. 코 가장자리를 덮은 흙이 조금만 흘러내려도 비단실처럼 얇고 하얀 뿌리가 빈틈없이 빼곡하게 돋아나, 양분을 찾아 게걸스럽게 밭이랑을 파고드는 모습이 보였다.

8일, 아직 해가 중천에 떠 있을 때 모든 밭이랑에서 유공 필름을 제거했다. 그리고 밤이 되자, 작업원들은 모두 식당에 모여 텔레비전을 보거나, 차를 마시거나, 잡지를 보거나, 혹은 아무것도 하지 않고 저마다 가슴을 졸이며 시간을 보냈다. 하룻밤 교대로 밭을 둘러봤지만, 다들 기숙사로 돌아오면 고개를 저을 뿐이었다. 하늘이 밝아오기 시작하자, 장로인 곤다가 자리에서 일어나 말했다. "오늘 밤도 잘 부탁하네……." 작업원들은 졸린 눈으로 고개를 끄덕이더니 하나둘 나른한 걸음으로 각자 방으로 돌아갔다. 데루오도 방에 돌아와 커튼을 치고 자리에 누웠지만, 바로 곁을 맴도는 졸음을 좀처럼 붙잡지 못하고 천장을 향해서 눈을 뜬 채 한동안 검푸른 천장 옆을 바라보고 있었다.

어느샌가 데루오는 꿈을 꾸고 있었다. 농장에서 도망치는 꿈이었다. 은색의 달빛이 사방을 훤히 비추는 보름날, 어째서인지 바깥으로 나가는 문이 열려 있는 걸 알아채고 그 틈으로 살며시 나간 것이다. 밀려오는 절대적인 자유에 웃음을 터뜨리고 싶은 충동을 안간힘을 다해 삼키며, 종종걸음으로 어두운 산길을 따라 걷다 길가에 자리한 민가를 발견했다. 가까이 다가가자 집 뒤쪽에는 밭이 펼쳐져 있었고, 그 밭을 뒤덮은 건 농장의 그것과 꼭 닮은, 꺼림칙하게 솟은 밭이랑이었다. 그 위로 하나씩 쏙 올라온 건 혹시 코가 아닐까? 데루오는 뒷걸음질 치며 가던 길을 달렸다. 하지만 좌우를 둘러보면 익숙한 밭이랑만 눈에 들어올 뿐이었다. 조금이라도 평지가 있는 곳에는 모두 밭이랑이 솟아 있었다. 혹시 산 전체가, 한 겹의 철조망으로 에워싸인 거대한 농장이 되어버린 게 아닐까. 아니, 바깥세상과 단절되어 사는 동안 코를 심은 밭이랑이 온 세상을 뒤덮었을 가능성도 있었다. 오늘 밤 달은 그늘 한 점 찾아볼 수 없는 완벽한 보름달이었다. 흘러넘치는 달빛이 밭이랑을 적셨고, 곧 수확이 시작될 터였다. 데루오는 전율하며 다시 종종걸음으로, 이내 전속력으로 굴러떨어지듯 언덕을 내려갔다.

하지만 어찌 된 일일까. 무언가에 쫓기고 있다는 절박감이 등 뒤에 딱 달라붙은 느낌에 다급히 돌아봤다. 그러자 시야 한 구석에 밤을 뭉쳐놓은 듯한 그림자가 펄럭이는 게 아닌가. 자기 꼬리를 쫓아 도는 미친개처럼 연신 뒤를 돌아봤지만, 그때마다 그림자는 재빨리 등 뒤로 숨었다. 녀석이다! 녀석이 돌아왔다! 데루오는 망연자실해 우두커니 그 자리에 서 있었다. 이제껏 기다린 건가? 내가 농장 밖으로 나오기를?

'벗이여.' 그림자가 어깨 너머로 속삭였다. '마침 이 앞에 딱 좋은 낭떠러지가 있더군. 거기서 뛰어내리면 어때? 머리가 석류처럼 깨지고 온몸의 뼈가 으스러…….'

"꺼져! 나는 이제 너 따위에게 볼일 없어!"

데루오는 버럭 소리치며 진흙 목욕을 하는 짐승처럼 바닥을 굴렀다.

'그래? 아픈 건 싫다고? 그러면 다른 방법도 없는 건 아니지. 자, 잘 봐. 저기 숲속으로 들어가서 나무 사이에 누워. 그렇게 하루, 이틀, 사흘, 계속 누워 있으면 돼. 며칠이 걸릴지는 모르지만, 언젠가는 굶어 죽을 수 있을 거야.'

"알았어! 돌아갈게! 농장으로 돌아간다고!" 데루오는 대자로 뻗은 채 신음하며 용서를 구했다. "돌아가면 되잖아. 간다고!"

'벗이여, 권하지는 않겠어. 너는 네가 그곳에서 무엇을 키우는지 아나? 알 리가 없지. 안다면 그곳으로 돌아간다는 말을 할 수 없을 테니까.'

"너는 알아? 대체 그건 뭐지?"

'궁금하면 네 눈으로 확인해. 자, 사방에 이랑이 있잖아. 자기 손으로 묻은 어두운 비밀은 직접 파내야지. 그럴 용기가 없으면 스스로를 묻을 수밖에 없어. 그렇지? 걱정 마. 너만 그런 건 아니니까. 이놈 저놈 할 것 없이 모두가 자신이 묻은 어두운 비밀 옆에다 제 무덤을 파며 살아가거든. 그곳으로 돌아가겠다고? 그래, 돌아가든지. 나는 급할 게 없어. 몇 년이든, 몇십 년이든 기다려줄게. 아무리 빛이 밝아도 그림자는 사라지지 않아. 인간의 뱃속은 어느 시대나 시커멓다고…….'

악몽에서 자신을 떼어내듯 눈을 떴다. 천장을 올려다보고 있었다. 이불 위에서 살짝 거친 숨소리를 내고 있었다. 마치 정말 농장을 빠져나가 몰래 도망쳤다 돌아온 것 같았다. 아직도 그림자의 속삭임이 목덜미를 타고 돌아다니는 것 같았지만, 이내 자유와 공포가 아쉬운 듯 저편으로 물러나는 걸 느꼈다.

시계를 보니 7시가 지나 있었다. 늦잠을 잤나 싶어서 흠칫했지만, 커튼 너머에서 푸르스름한 햇빛이 쏟아지고 있었다. 아직 아침이다. 그 뒤로도 꾸벅꾸벅 졸다가 꿈에서 쫓겨나기를 반복한 끝에 점심시간이 되어서야 겨우 잠을 포기할 결심이 섰다.

저녁 6시 반쯤, 해가 지자마자 산 너머에서 한잔하며 기다리고 있었다는 양, 짓무른 듯 거대한 붉은 보름달이 달무리와 함께 서서히 떠올랐다. 작업원들은 모두 이미 밭으로 나가 곳곳에 서서 저마다 달을 노려보듯 올려다보고 있었다. 구름이 떠 있었지만 비단 장막을 펼쳐놓은 것처럼 흐릿했고, 그 너머에서 뻔뻔스러운 달빛이 농장을 구석구석 비추고 있었다.

첫 하나바에가 눈을 뜬 건 7시가 지났을 때였다. 200미터쯤 떨어진 곳에서 이시카와라는 이름의 비쩍 마른 50대 여자가 돌연 "좋은 아침이에요!"라며 새된 목소리를 내질렀고, 그때부터 긴긴 밤이 시작됐다.

숨 막히는 정적 속에 있던 데루오는 화들짝 놀라 목소리가 들린 쪽을 보았다. 옆에 있던 곤다가 이쪽을 보며 살짝 고개를 끄덕이더니 말없이 이시카와를 가리켰다. 가보라는 뜻인 것 같았다. 데루오가 내달렸을 때에는 이미 다른 작업원들도 이시카와 쪽으로 향하고 있었다.

이시카와의 발밑에서 밭이랑이 저절로 솟아오르는 모습을 데루오는 달려가며 똑똑히 보았다. 새카만 흙이 꿈틀거리더니 서서히 솟아올라 양쪽으로 무너져 내렸고, 그 사이로 허연 덩어리가 모습을 드러냈다. 하나바에가 밭이랑 속에서 상반신을 일으킨 것이다. 역시 예상대로였다! 역시 인간 비슷한 것이 묻혀 있던 것이다! 이미 짐작은 하고 있었지만, 막상 눈앞에서 보자 등골이 오싹해졌다. 머리는 아직 흙투성이라 생김새는 알 수 없었지만, 떡 벌어진 어깨로 보아 남자인 것 같았다.

데루오보다 앞서 달려간 가시마가 "좋은 아침이에요"라고 말을 걸며 일어난 하나바에의 흙투성이 얼굴을 들여다본 뒤 목에 걸고 있던 수건으로 얼굴을 닦아주었다. 하나바에는 그게 싫은지, 반쯤 묻혀 있던 팔을 들어 가시마의 손길을 뿌리치려 했지만, 움직임은 느릿하고 어설펐고, 정신이 온전치 않은 듯 결국 속수무책으로 가시마의 손에 몸을 맡겼다. 다른 사람들도 하나둘 모여들어 "좋은 아침입니다" 하고 하나바에에게 말을 걸었다. 보아하니 전통인 것 같았지만, 하나바에는 대꾸할 기력이 없는지 듣는 시늉조차 하지 않았다.

무너진 이랑 속에서 웅크린 채 주저앉은 하나바에의 모습을 데루오는 사람들 사이에서 쭈뼛거리며 내려다봤다. 40대쯤으로 보였지만, 온몸을 깨끗하게 닦이면 훨씬 젊을지도 모른다. 머리에 착 달라붙은 흙 묻은 머리카락은 어깨까지 왔다. 물론 갓 태어난 아기처럼 실오라기 한 올 걸치지 않았고, 반년 가까이 빛이 닿지 않는 곳에 묻혀 있었던 탓인지 달빛을 받은 피부는 양초처럼 푸르스름한 빛이 감돌았다. 코에만 살짝 붉은 기가 도는 건, 역시 여름 내내 볕을 받아 탔기 때문이리라.

하지만 무엇보다 데루오의 눈길을 끈 건 하나바에의 표정이었다. 무표정한 얼굴에 두 눈은 수도꼭지 속처럼 서늘하고 공허했으며, 표정근이 덜 발달됐는지 피부는 전체적으로 탄력이 없어 보였다. 입은 힘없이 반쯤 벌리고 있었고, 이따금 콜록거리며 까만 흙덩어리를 뱉어냈다. 겉보기에는 인간과 똑같았지만, 주변을 기어다니는 벌레만큼의 영혼이라도 가지고 있는지 의문스러웠다. 이건 그냥 흙으로 빚은 인형이다. 분명 실패작이다. 그런 생각을 하고 있는데 어느샌가 뒤로 다가온 곤다가 하나바에를 보며 "괜찮네"라고 중얼거렸다. 다른 작업원도 "이만하면 충분하죠. 차라리 이게 나아요"라며 희색이 도는 얼굴로 말했다.

하나바에 옆에 한쪽 무릎을 꿇고 있던 가시마가 고개를 들고 모여든 사람들을 둘러보았다. 데루오를 발견한 그는 재빨리 손짓하며 "거기 신입, 이리 와서 도와!" 하고 말했다. 뒤에서 곤다가 해보라는 듯 어깨를 밀었다. 데루오는 가시마가 시키는 대로 하나바에의 왼쪽으로 다가가 왼팔을 껴안는 모양새로 겨드랑이에 손을 넣었다. 상황에 등 떠밀려 순간적으로 움직였지만, 솔직히 온몸에 부르르 전율이 일었다. 인간과 전혀 다를 바 없는 부드러운 피부였고, 그 안쪽으로 단단한 뼈의 감촉이 선명하게 느껴졌다. 거대한 의문이 뇌 중심부에서 솟구쳐 올랐다. 대체 이게 뭐지? 내가 지금 뭘 만지고 있는 거지? 인간? 식물? 흙덩이?

좌우지간 양옆에서 팔을 잡고 가시마와 둘이 하나바에를 일으켰다. 설마 이 자세로 끌고 가야 하는 건가. 앞으로 일어날 일들이 두려워지기 시작했을 때 팔이 가벼워졌다. 하나바에가 자기 다리로 땅을 밟고 선 것이다. 다소 구부정한 자세였지만, 부축 없이도 제 발로 서 있었다. 다음으로 쭈뼛거리며 걸음을 내디디자, 이것으로 올해 농사는 풍작이라는 양 모두가 안도의 미소를 지으며 박수를 보냈다. 분명히 그 모습에서 갓 태어난 초식동물 같은 애틋함이 느껴지기도 했지만, 데루오의 머릿속에 제일 먼저 떠오른 건 흙투성이가 되어 벌거벗은 몸으로 배회하는 치매 노인의 가엾은 모습이었다.

"창고로 데려가자!" 가시마의 말에 데루오는 정신을 차리고 그를 따라 하나바에의 팔뚝을 붙잡은 채 셋이 나란히 밭이랑 사이를 지나 창고 쪽으로 천천히 걸어갔다. 하나바에는 여전히 멍한 표정이었지만, 딱히 싫어하는 기색 없이 시키는 대로 비틀비틀 걸음을 옮겼다. 하나바에의 팔뚝을 붙잡은 오른손에서 저도 모르게 뿌리치고 싶은 섬뜩한 기척이 느껴졌지만, 그보다 격렬히 데루오의 불안을 부채질하는 건 이 하나바에가 시작에 불과하다는 사실이었다. 이런 게 1400체 이상 더 밭이랑에서 깨어날 것이었다. 지금까지 살아온 인생 중에서 가장 긴 밤이 되리라는 건 분명했고, 만일 가슴에 팽팽하게 당겨진 실을 끊어버리면, 그의 이성은 흔적조차 없이 무너져 내릴 것 같았다.

창고로 향하는 길, 같이 하나바에를 부축하는 가시마가 힐끔거리며 자신의 안색을 살피는 걸 알 수 있었다. 한마디로 지금이 바로 신입의 존재 가치가 시험대에 오르는 순간인 것이다. 지금까지의 7개월은 수습 기간에 불과했다. 데루오가 오기 전에 있던 남자도 수확 장면을 보고 줄행랑쳤다고 시노다가 투덜거렸던 게 떠올랐다. 만난 적도 없는 남자가 털썩 주저앉아 떠는 모습이 눈앞에 선했다. 아니면 이성을 잃고 괴성을 내지르며 철조망을 넘으려 했을까.

"좋은 아침입니다!"

등 뒤에서 또다시 누군가의 낭랑한 인사 소리가 들렸다.

창고가 있는 구역은 다른 농장 부지와는 분위기가 달랐다.

농장 전체는 철조망으로 에워싸인 강제수용소를 방불케 하는 구조이긴 했지만, 창고 주변은 그 내부에 만들어진 수용소 안의 수용소처럼 살벌한 분위기를 풍기고 있었다. 그 주변이 또 한 겹의 철조망으로 에워싸여 있기 때문이겠지. 그 안쪽은 전체가 콘크리트 바닥이라 풀 한 포기 없어서 싸늘한 공기가 감돌았다. 오늘 밤은 철조망 위에 설치된 수많은 조명들이 창고 앞마당을 환하게 비추고 있어서, 그곳만 밤이 사라진 것처럼 하얗게 도드라져 보였다. 데루오와 가시마가 팔을 붙잡고 있기는 했지만, 하나바에가 얌전히 창고 쪽으로 걸어간 것은 불속으로 뛰어드는 불나방처럼 빛에 홀렸기 때문인지도 모른다.

데루오는 창고 주변을 에워싼 철조망 문이 열려 있는 걸 처음 보았다. 활짝 열린 문은 앞으로 쏟아져 들어올 하나바에들을 기다리고 있었다. 앞마당에 나와 있는 몇몇 사람을 보고, 다른 하나바에들이 벌써 도착했나 보다 싶었는데, 자세히 보니 평소에 거의 왕래가 없던 연구소 사람들이었다. 그들은 평소 하얀 가운 차림이었지만, 오늘 밤만큼은 작업원들처럼 티셔츠에 옥색 작업 바지를 입고 있었다.

하나바에를 데리고 문으로 들어가자 바로 왼쪽에 기다란 테이블이 있었고, 그 위에 놓인 플라스틱 케이스에 하얗고 기다란 종이가 빼곡하게 담겨 있었다. 하얀 마스크를 쓴 여성 연구원이 다가와 "D41……" 하고 하나바에의 콧대에 적힌 관리 번호 앞자리를 읽자, 플라스틱 케이스에서 'D41'이라 인쇄

된 기다란 종이를 꺼내 바스락바스락 하나바에의 왼쪽 손목에 채웠다. 종이가 아니라 관리용 태그인 것이다. 그 태그를 채우면 작업원의 임무는 끝인지, 가시마는 고압 세척기 같은 기계를 든 연구원들에게 하나바에를 인도한 뒤 가자는 듯 손짓하며 서둘러 문을 나섰다. 데루오는 가시마를 따라 걸음을 옮기며 뒤를 돌아봤다. D41은 고압 세척기에서 뿜어져 나오는 물을 맞고 힘없이 비명을 지르더니, 도망칠 생각도 못 하고 그 자리에서 몸을 웅크리고 비비 꼬며 떨고 있었다. 평범한 사람들처럼 추위를 느끼고 소리도 낼 수 있는 모양이었다.

밭이 있는 쪽을 보니 여러 체의 하나바에가 다른 작업원들의 손에 이끌려 이쪽으로 오고 있었다. 손목을 잡혀 울면서 걸어오는 다섯 살쯤 되는 여자아이, 등이 굽은 80대 노인, 60대로 보이는 통통한 여자, 스무 살쯤 된 마른 체구의 청년……. 하나같이 벌거벗은 데다 흙투성이였지만, 남녀노소 다양해서 공통점을 찾을 수 없었다. 새삼스레 이런 의문이 들었다. 이것들은 대체 뭐지? 설마 이걸 정말 작물로 섭취하는 마귀 같은 놈들이 있는 게 아닐까. 그런 섬뜩한 생각이 머릿속을 스치고 지나갔지만, 어린애나 젊은 여자면 몰라도 살이 처진 노인이나 뚱뚱한 늙은 여자를 원하는 식인귀가 있을까. 있을지도 모른다. 이 세상에는 어떤 인간도 존재할 수 있다. 데루오는 스스로에게 주문을 걸었다. 생각하지 마. 생각은 나중에 해. 지금 네 마음이 돌이라 생각해. 하지만 분명 생각하는 걸 나중으로 미룬 탓에,

눈앞의 현실을 버티는 데 정신이 팔린 탓에, 돌이킬 수 없는 실수를 저지른 인간도 이 세상에는 수없이 많을 것이다.

그날 밤, 밭이랑에서 하나바에를 몇 체나 꺼냈는지 기억도 나지 않는다. 몇 체의 하나바에를 잡으러 다녔는지도, 몇 체를 철조망에서 끌어 내렸는지도 기억나지 않는다. 기진맥진해서 몇 번을 주저앉았는지도, 밭이랑에 발이 걸려 몇 번을 넘어졌는지도. 하지만 정확히 기억나는 것도 있었다. 새벽녘까지 1436체의 하나바에가 제 힘으로 밭이랑에서 일어나, 흙을 털어내고 병원 환자복 같은 것을 입고서 창고에 수용되었다. 그리고 일곱 체의 하나바에는 달이 저물고 해가 떠오른 뒤에도 흙에 파묻힌 채 일어나지 않았다. 폭풍우가 휩쓸고 지나간 밭이 붉은 아침 햇살에 물든 가운데, 작업원들은 땅이 꺼져라 한숨을 내쉬며 그 일곱 체를 흙속에서 파냈다. 썩지도, 죽지도 않은 것 같았다. 육체는 완성되었고 호흡도 있었지만 스스로 움직이려 하지 않고 눈을 게슴츠레 뜬 채 막대기처럼 뻣뻣하게 굳어 있었다. 일곱 체가 모두 같은 상태였다.

"뭐, 어쩔 수 없지." 곤다의 말에 모두 말없이 고개를 끄덕였다. 분위기로 보아 해마다 실패작이 이 정도는 나오는 모양이었다. 알고는 있지만 납득이 가지 않는다는 듯 무거운 공기가 끝없는 피로 위로 힘없이 감돌고 있었다. 결국 그 일곱 체는 들것에 실어 연구소로 옮겼지만, 그 일련의 과정도 장례 행렬처럼 음울한 분위기에서 이루어졌다. 일이 끝난 뒤 작업원들은 기숙사로 돌아가 욕조에 몸을 담갔다. 따뜻한 물속에서 쾌락인지 고통인지 알 수 없는 신음 소리를 연신 흘릴 뿐 말수는 적었다.

데루오는 누름돌을 얹어놓은 듯 배가 뭉쳐서, 아무것도 먹지 않고 9시쯤 쓰러지듯 자리에 누웠다. 피 대신 납이 혈관을 타고 흐르는 듯 몸이 무거워서 이불과 함께 땅 밑으로 꺼지는 것 같았다. 악몽조차 되지 못한, 광기에 가까운 것들이 무리지어 방으로 들어와 번갈아 그의 옆에 누웠다. 그중 어떤 광기는 내일부터 매일 끼니때마다 하나바에가 식탁에 오를 것이다, 1400여 체의 하나바에를 겨울 내내 먹어치워야 한다고 밤새 속삭였다.

8

눈을 떠보니 방은 어두웠다. 해가 저물고 있는 것이다. 저녁 6시가 지나고 있었다. 볼일을 보고 식당으로 가자 이미 몇 사람이 저녁을 먹고 있었다. 식사할 거냐는 물음에 데루오는 고개를 끄덕이며 늘 앉는 자리에 앉았다.

불현듯 텔레비전과 제일 가까운 자리에 앉아 있는 낯선 노인이 눈에 들어왔다. 어째서인지 평소에는 아무도 앉으려 하지 않아서 늘 비어 있는 자리인데 괜찮은 건가. 노인은 70대 후반으로 보였다. 중키에 머리는 희끗희끗했고, 사각턱이 도드라졌으며, 눈은 흰자위가 보이지 않을 만큼 처졌다. 병석에서 일어난 지 얼마 되지 않은 사람처럼 낯빛이 좋지 않았다. 노인 앞에는 음식 대신 물이 든 컵 하나가 달랑 놓여 있었는데, 그는 그저 가만히 앉아 텔레비전 화면만 멍하니 바라보고 있었다. 의식의 초점이 전혀 맞지 않는 듯한 불안함이 느껴지는 표정이었고, 앉은 자세도 엉덩이가 젖은 것처럼 엉거주춤했다. 설마 이런 노인을 신입으로 데려온 건 아니겠지. 그런 생각을 하던 차에 데루오는 노인의 코가 유독 벌겋다는 사실을 뒤늦게 깨달았다. 혼이 빠진 표정, 그리고 창백한 피부에 딸기코……. 하나바에다! 이 노인은 하나바에다! 하지만 어찌 된 영문인지 코에 관리 번호가 없었다. 문신 같은 것인 줄 알았는데, 지울 수 있는 모양이었다.

데루오는 식당에 있는 작업원들의 표정을 살폈다. 모두 평소와 다름없는 모습으로 식사를 하거나 텔레비전을 보거나 잡지를 읽고 있었다. 하나바에가 이 자리에 있는 걸 딱히 신경 쓰는 기색은 조금도 느껴지지 않았다. 데루오의 혼란과 의문을 그들도 느끼고는 있을 터였지만, 그럼에도 눈을 맞추려 하지 않는 건 노인에 대해 굳이 신입에게 설명할 생각은 없다는 뜻이리라. 늘 그랬듯 묻지 마라, 차차 알게 될 것이다, 그런 건가.

아닌 게 아니라 곧 노인의 정체를 알게 됐다. 모두 노인을 '이와 씨'라 불렀다. 데루오의 머릿속에서 두 이름이 하나의 선으로 이어졌다. 장서인의 이름, '오사키 이와오'……. 틀림없다. 그 노인은 과거 이 농장의 작업원이었을 것이다. 그런데 어쩐

이유에선지 지금은 하나바에가 되었다. 역시 죽은 건가. 병이 나 사고로 사망했고, 누군가가 시체에서 코를 베어내 보묘조에 넣었다. 그런 건가. 그렇다면 하나바에란 되살아난 망자인가.

거기까지 생각했을 때 머리 중심부가 흔들리듯 섬뜩한 상상이 스르륵 고개를 쳐들었다. 하나바에가 그 노인뿐이라고 어떻게 단언할 수 있지? 곤다도, 가시마도, 쓰다도, 이시카와도……. 아니, 실은 그를 제외한 이 농장의 모두가 하나바에일 가능성도 있지 않은가. 아니, 잠깐만. 왜 자신은 아니란 말인가? 시노다의 차를 탔지만 도중부터 기억이 없었다. 깨어났을 때는 이미 이곳에 있었다. 어쩌면 잠든 사이에 시노다가 자신을 목 졸라 죽인 뒤 코를 떼어냈고, 사실 코만 이곳으로 보내진 게 아닐까? 하지만 그런 황당무계한 의구심은 곧 사라졌다. 오사키가 결코 뭔가를 먹지 않는다는 사실을 금세 깨달았기 때문이다. 물은 마셨지만 아무것도 먹지 않았다. 마치 식물처럼.

하지만 오사키에게서 식물 같은 점을 달리 찾아볼 수는 없었다. 투명한 피부 아래에는 검푸른 혈관이 흘렀고, 입을 열면 가지런히 늘어선 작고 하얀 치아가 보였다. 볕에 탄 코만큼은 진짜겠지만, 논리적으로 생각하면 그 외의 부분은 모두 절단면에서 자란 뿌리라 봐야 할 것이다. 그 뿌리가 인간처럼 걷고, 텔레비전을 보고, 목욕을 하고, 말을 한다. 단순히 물을 맞고 비명을 지르는 게 아니라, 멀쩡하게 말을 했다.

실제로 오사키는 날로 말수가 늘었다. 첫날에는 사람들이 말을 걸어도 제대로 대답하지 않았지만, 이튿날에는 당혹스러워하면서도 여어, 하고 어색하게 손 인사를 했다. 일주일이 지날 무렵에는 눈 코 입이 살아난다고 해야 할까, 생김새까지 번듯해졌다. 코에 축적돼 있던 기억이 뇌로 역류한 것처럼 사람들의 이름을 하나씩 떠올려냈다.

기숙사 복도에서 오사키가 곤다 앞에 멈춰 그 모습을 유심히 보더니, "어, 곤다 아냐……"라고 했을 때 데루오는 그 옆에 있었다. 곤다는 씩 웃으며 오사키의 어깨를 툭 쳤다. "점점 기운이 넘치네. 역시 이와 씨는 이래야지……."

곤다가 다음 작업을 하러 그 자리를 떠난 뒤에도, 잠깐이었지만 입가에 옅은 미소가 번져 있던 것을 데루오는 놓치지 않았다. 곤다는 분명 기쁨을 곱씹고 있었다. 곤다의 그런 모습을 본 건 처음이었다.

밤새 폭풍우가 휩쓸고 지나간 것처럼 수확을 마치기는 했지만, 농장 일이 한가해진 건 아니었다. 작업원들은 24시간 교대로 창고를 순찰해야 했다. 내부는 어딘가를 연상시켰는데, 교도소나 구치소는 아니었다. 데루오의 머릿속에 제일 먼저 떠오른 건 바로 펫 숍 벽에 늘어선 진열장이었다. 안에 강아지나 고양이를 넣어두면 손님들이 투명 유리 너머로 들여다볼 수 있는 진열장 말이다. 물론 창고를 찾아오는 손님이 있는 건 아니라 감방 안의 하나바에들을 보는 건 작업원들뿐이었지만.

창고 내부에는 U 자형의 기다란 복도가 있었고, 그 양쪽에 주르륵 감방이 늘어서 있었다. 방 넓이는 30제곱미터 정도였고, 한 방에 여섯 명의 하나바에가 수용되었다. 복도에 접한 벽은 강화유리였고, 출입구만 쇠 격자문이었다. 감방 내벽과 바닥은 하늘색 고무발포 소재라 제법 부드러웠다. 창고 안에는 늘 관현악풍의 편안한 음악을 틀어놓았는데, 데루오는 모차르트인 것 같다고 생각했다. 음악적 지식은 없었지만, 농작물이나 젖소에게 모차르트 음악을 들려주면 생육이 빨라지거나 젖이 잘 나온다는 이야기를 텔레비전에서 들은 적이 있었다.

음악 덕분인지는 모르지만, 하나바에들은 침대만 덜렁 놓인 살풍경한 방에서 다툼 없이 평화로운 시간을 보냈다. 그래도 사방이 유리로 된 방에 인간처럼 보이지만 인간이 아닌 자들이 갇혀 있는 광경은 기괴했다. 지옥이라고 하면 사람들은 훨씬 섬뜩하고, 어둡고, 뜨겁고, 춥디추우며, 더럽고, 황량하고, 무엇보다 단말마의 비명이 사방에서 끊임없이 울려 퍼지는 세계를 떠올릴 것이다. 하지만 순찰을 돌다 보면, 지옥 한편에는 이런 곳도 있을 것 같다는 생각이 들었다. 덥지도 춥지도 않다. 아프지도 괴롭지도 않다. 절규와 통곡 대신 울려 퍼지는 건 끝없이 반복되는 치유의 음악이다. 그 가운데 사람들은 같은 옷을 입고 침대에 누워, 벽에 기대앉아, 한곳을 빙글빙글 돌며, 이따금 눈을 맞추며 쑥스러운 듯 배시시 웃는다. 본래의 지옥이 끝없이 늘어난 막다른 골목이고, 그 안에서 죽음이 약동하고 있다면, 이 창고는 어떠한 움직임도 부드러운 벽에 흡수되는, 영원히 이어질 것 같은 막다른 골목, 즉 죽음이 정지된 곳이 아닐까.

하지만 다행히도 그것은 착각일 뿐이었다. 이곳은 지옥이 가진 절망과 영원성이 완전히 결여되어 있었다. 처음에는 말기 치매 환자를 모아서 가둬놓은 듯한, 구제할 길 없는 세상처럼 보였지만, 오사키가 날마다 과거의 기억과 감정을 되찾은 것처럼 다른 하나바에들도 표정과 언어를 조금씩 되찾았다. 그와 동시에 하나바에들은 매일 수십 명 단위로 농장에서 반출되었다. 한마디로 출하되는 것이다. 하루에 몇 대씩 들어오는 미니버스와 봉고차에 하나바에들을 태우는 것도 작업원들의 일이었다. 그렇다고 짐짝처럼 마구잡이로 싣는 건 아니었다. 어떤 하나바에를 어떤 차에 태울지가 사전에 미리 정해져 있었다. 출하되는 방면에 따라 차가 다를지도 모르지만, 데루오는 자세히 알지 못했다. 이따금 보통 승용차가 와서 하나만 태우고 가기도 했는데, 그 하나바에가 다른 개체와 어떻게 다른지도 데루오는 몰랐다.

이내 같은 미니버스와 봉고차가 하나바에를 태우고 나갔다 돌아온다는 사실을 깨달았다. 운전기사가 같았다. 그중 한 명이 데루오를 데려온 시노다였다. 눈이 마주치자 그는 낯익은 봉고차 등받이에 기댄 채 씩 웃었다. 겸연쩍은 웃음처럼 보이기도 했지만, 도쿄에서 처음 만났을 때도 저렇게 웃었는지 모른다. 분명 그날도 마음이 불편했던 게 아닐까. 단단한 응어리를 단번에 녹이는 마법의 말이라도 되는 양 시노다는 "어떻게 지내나?" 하고 말을 걸어왔다.

그건 내가 묻고 싶은 말이었다. 나는 어떻게 지내고 있는가…….

"목숨은 붙어 있습니다. 지금까지는요……."

데루오는 무뚝뚝하게 대답했다.

"흠, 뭔가 코가 불긋한 것 같은데."

그 말에 무심코 씩 웃었다. 시노다는 입을 벌리고 소리 없이 웃더니, 어깨를 탁 쳤다. 뒤에 있던 곤다도 크히히 웃었다.

반출되는 하나바에의 수는 점점 줄어들었고 10월이 되자 넓은 창고에는 달랑 다섯 체만 남았다. 그 다섯 체는 텔레비전이 있는 감방으로 옮겨졌고, 심심풀이용 책과 잡지도 넣어줬지만 어느 날 갑자기 다섯 체가 동시에 자취를 감췄다. 아무도 그들이 어떻게 되었는지 알려주지 않았다. 분명 그 다섯 체는 인수자를 찾지 못한 것이리라. 갈 곳 없는 하나바에들이 어떻게 되는지 데루오는 물론 알지 못했다. 다음 날부터 일주일 동안 모든 감방을 구석구석 청소한 뒤에 창고는 폐쇄됐다. 내년 9월까지 다시 긴 잠에 드는 것이다.

9

하지만 농장에서 하나바에가 모조리 사라진 건 아니었다. 오사키는 그대로 기숙사에 있었다. 기숙사에 그의 방이 있다는 건 데루오도 이미 알고 있었다. 작업원이었을 때 쓰던 방이 그대로 남아 있던 것이리라. 하지만 오사키는 방에 틀어박히는 걸 좋아하지 않는지, 식사를 하는 것도 아니면서 식당에 나와 사람들과 잡담을 나눴고, 아침저녁으로 거르지 않고 부지 안을 산책했다. 산책에는 작업원들도 동행하고는 했지만, 데루오에게 같이 가자고 한 적은 없었다. 만일 같이 가자고 하면 따라갈지 생각해봤지만, 솔직히 그는 아직 오사키의 존재가 꺼림칙했다. 매일같이 얼굴을 마주했지만, 오사키의 존재는 눈에 들어간 먼지처럼 위화감을 풍기며 그를 불편하게 했다. 하지만 다른 작업원들은 모두 긴 여행에서 훌쩍 돌아온 사람인 양 아무렇지도 않게 오사키를 대하고 있었다. 그리고 오사키에 대해 데루오에게 알려주는 사람은 아무도 없었다.

아마 오사키는 진작 죽었을 것이다. 진짜 오사키는. 코 이외의 부분은. 그렇다면 식당에 있는 그 물체는 뭘까. 하나바에다. 인간의 모조품이다. 하지만 오사키의 하나바에는 자신이 모조품이라는 사실을 잘 아는 것처럼 보였다. 하나바에란 걸 인식하지 못한다면, 분명 다른 사람들처럼 끼니때마다 뭔가를 먹으려 할 것이다. 식욕이 없다면, 왜 계속 식욕이 없는지 이상하게 여길 것이다. 하지만 오사키는 그러지 않았다. 자신의 상태를 이상하게 여기거나, 채워지지 않는 욕망을 품고 괴로워하는 모습을 전혀 찾아볼 수 없었다. 그저 물이 든 컵 하나를 앞에 놓고, 사람 좋은 영감처럼 건조한 미소를 지으며 사람들의 이야기에 귀를 기울이거나, 텔레비전을 볼 뿐이었다. 한마디로 이건 작업원들과 오사키 모두 상황을 인식한 상태에서 벌이는 삼류 연극인 것이다.

그렇다면 다른 1400여 체의 하나바에들 역시 이러한 연극 무대로 보내진 걸까. 그리고 과거의 가족들에게 둘러싸여, 행복한 시절의 잔향처럼 희미한 미소를 짓고 있을까. 아니, 꼭 그렇다고는 할 수 없다. 말 그대로 노예처럼 채찍질을 당하며, 평범한 인간은 감당할 수 없는 위험한 일과 더러운 작업에 혹사당할 가능성도 있었다. 창고에서 아름다운 여자 형태의 하나바에도 여럿 봤지만, 그들을 생각할 때마다 어떤 남자에게 팔려가 어떤 욕망의 배출구로 쓰이고 있을지, 끔찍하면서도 음탕한 상상이 떠오르고는 했다. 이러한 상상은 저열한 억측에 불과한 걸까. 어찌 되었든 되살아난 망자에게 돈을 쓰는 사람이 있으며, 농장에서 일하는 사람들은 그 돈으로 입에 풀칠하고 있다는 사실만큼은 분명했다.

데루오는 비워졌던 보묘조에 다시 검붉은 액체가 채워졌다는 사실을 알고 있었다. 언뜻 보기엔 보묘액만 든 것 같았지만, 자세히 들여다보면 이따금 눈앞을 지나치는 코가 보였다. 이미 코가 들어 있는 것이다. 어쩌면 잘 자라지 못하고 밭이랑 속에서 깨어나지 못한 하나바에의 것일지도 모른다. 만일 새롭게 나타난 코라면, 분명 그 수만큼 일본 어딘가에서 코 없는 시체가 화장터로 들어갔겠지.

이렇게 갖가지 상상을 동원해서 어떻게든 이해하게 된 일도 많았지만, 오사키가 이곳에 있는 이유는 아직도 영 짐작이 가지 않았다. 모두가 오사키가 하나바에가 되어 돌아오기를 바란 것일까? 아니면 오사키 자신이? 어느 쪽도 아니라면, 하나바에의 완성도를 측정할 샘플이 필요했던 걸까?

어찌 되었든 생전의 오사키를 모르는 데루오는 자신이 먼저 하나바에에게 다가갈 생각이 없었다. 애초에 그건 오사키 역시 마찬가지였던 것 같다. 복도에서 마주쳐도 신입이냐는 등 쓸데없이 말을 걸지도 않았고, 식당에서 가끔 눈이 맞아도 늘 먼저 시선을 휙 돌렸다. 데루오에게 아예 관심이 없는 건 아닌 듯했지만, 한번 죽음을 맞이하면서 새로운 것과 관계를 맺을 기력을 잃었다고 해야 할까, 생전의 자신을 아는 사람들과의 추억 속에서밖에 살아갈 수 없게 되었다고 할까, 좌우지간 오사키는 그런 불안한 분위기를 풍기고 있었다.

딱 한 번이지만 오사키와 단둘이 대화를 나눈 적이 있었다. 어느 날 도서실에 들어갔더니 그곳에 오사키가 있었다. 흠칫 놀란 데루오는 저도 모르게 입구에서 걸음을 멈췄다. 오사키는 입구를 등지고 창가에 서서 쏟아지는 햇볕을 받으며 책을 읽고 있는 듯했는데, 문소리를 듣고 노인 특유의 굼뜬 몸짓으로 돌아보더니, 뭔가 눈치를 보듯 헤벌쭉 웃음을 지었다. 데루오는 거의 반사적으로 고개를 꾸벅 숙였다.

오사키는 망자인 자신이 책을 읽는 것에 죄책감이라도 드는지, 왠지 겸연쩍은 표정으로 "아니……" 하고 말했다.

제대로 대화를 나눠본 적도 없는 데루오에게 다짜고짜 뭔가 변명을 하려는 투였지만, 뒷말을 잇지 못하고 침묵이 흘렀다. 하나바에가 되어 기숙사로 돌아온 지 두 달쯤 지났지만, 오사키는 아직도 반응이 둔했고, 표정도 어딘가 멍한 구석이 있었다. 무슨 말을 하려다가도, 불어오는 바람에 말을 빼앗긴 듯 하릴없는 표정을 짓다, 힘없이 웃으며 얼버무리는 것을 종종 보았다. 생전에는 분명 이렇지 않았으리라. 분명 빠릿빠릿하게 움직이며, 더욱 명석하게 말했을 것이다. 초기에는 회복세가 빨랐지만, 역시 모조품은 모조품인 건가. 하지만 데루오는 겸연쩍은 침묵 속에 내던져진 그 모조품이 왠지 안쓰러워서, "왜 그러세요?" 하고 물으며 다가갔다.

몸을 구부려 오사키가 읽던 책의 표지를 들여다보니 《구약성서》라고 적혀 있었다. 종이가 누렇게 바랜 양장본이었다. 분명 이 책도 오사키의 것이었으리라. 데루오는 대화의 실마리를 찾기 위해 "성경책인가요?" 하고 물었다.

질문이 끝나자마자 오사키의 얼굴에 생기가 돌더니 술술 말이 흘러나왔다.

"그래, 성경. 〈창세기〉라는 걸 읽고 있었는데……. 여기 좀 보게."

데루오는 책을 들여다보며 오사키가 가리키는 곳을 읽

었다. 이미 빨간 줄을 그어놓은 그곳에는 '하느님이 땅의 흙(아다마)으로 사람(아담)을 지으시고 생기를 그 코에 불어넣으시니'라고 적혀 있었다.

페이지 가장자리는 손때가 묻어 누렜다. 오사키는 생전에도 이 구절을 여러 번 반복해 읽은 것이리라. 아니, 오사키만 그런 건 아닐 터였다. 이곳에서 일하는 사람들은 모두 남몰래 이 도서실을 찾아와 무언가를 확인하듯 이 문장을 읽은 뒤, 인간의 순리에서 벗어난 일과로 복귀하는 게 아닐까. 데루오 역시 그렇게 함으로써 뭔가가 달라지기라도 하는 양 소리 내어 말했다.

"생기를 그 코에 불어넣으시니."

그러자 모호한 구석이라고는 찾아볼 수 없는 의기양양한 웃음이, 이지가 그리는 파문처럼 오사키의 얼굴 한가득 퍼져나갔다. 그리고 다음 순간, 오사키는 쓱 오른손을 들어 누군가가 생기를 불어넣었을지도 모를 그 코를 살짝 집어서 문질렀다. 그 동작이 너무나도 자연스러워서, 오사키가 장난으로 그런 것인지, 아니면 과거의 버릇이 나온 것인지 분간이 되지 않았다.

10

알고는 있었다. 이런 날들이 언제까지고 계속될 리 없다는 걸. 11월 하순, 초겨울 찬 바람을 맞은 것처럼 오사키의 상태가 점점 이상해졌다.

기숙사에 처음 왔을 때는 속이 비칠 듯 투명했던 피부가 날이 갈수록 누레져, 주변 사람들과 다를 바 없는 듯했던 걸 모습도 이제는 말 그대로 꽃이 시들듯 칙칙하게 생기를 잃어 갔다. 그와 동시에 움직임도 더욱 어색해졌고, 표정도 굳어졌으며, 말을 걸었을 때의 반응도 둔해졌다. 여전히 식당에서 물 한 컵을 놓고 앉아 있었지만, 자주 컵을 입에 대는데도 물은 전혀 줄어들지 않는 것 같았다. 예전에 그런 주정뱅이를 종종 보았는데, 컵을 든 손이 영 불안해 보이는 것도 그렇고, 갑작스레 길게 침묵하는 모습까지 똑같았다.

오사키의 수명이 다해가는 건 분명했다. 손끝이 특히 심하게 망가져, 갈색을 넘어서 아예 동상에 걸린 것처럼 거무죽죽하게 변했다. 정신적 퇴행도 현저해져서, 날마다 많은 것들을 잊어버렸고, 사람들이 말을 걸어도 누구인지 모르겠다는 표정을 짓는 일이 많아졌다. 오사키의 상태가 이러니, 당연히 출하된 1400여 체의 하나바에들도 비슷한 과정을 거치고 있을 게 틀림없었다. 피었던 꽃이 눈앞에서 시들어 썩어가는, 이런 안타까운 현상이 전국에서 일어나고 있을 것이다. 이 현상의 끝은 어떨까. 그냥 썩어가도록 침대에 방치해두는 걸까. 그리고 죽으면 밤에 몰래 마당에 묻기라도 하는 걸까.

이러지도 저러지도 못하고 그런 의문을 가슴에 품고 있던 어느 날, 정답이 제 발로 나타났다. 전국으로 흩어졌던 하나바에들이 차례차례 농장으로 돌아온 것이다. 떠날 때 탔던 미니

버스와 봉고차가 하나둘 도착했다. 정도의 차이는 있었지만, 하나바에들은 모두 열화가 진행되어 있었다. 밭이랑에서 막 깨어났을 때의 푸르스름하고 투명한 피부는 찾아볼 수 없었다. 눈동자도 탁해졌고, 이따금 헛소리를 하듯 입을 뻐금거렸다. 돌아온 하나바에들은 일시적으로 창고 앞마당에 수용되었지만, 이제 그런 대우는 과분하다는 듯 창고 안으로 들여보내지는 않았다.

철조망으로 둘러싸인 앞마당에 찬 바람을 맞으며 갇힌 쇠약한 하나바에들. 유령처럼 배회하는 이도 있었고, 힘없이 철조망에 기댄 이도 있었으며, 어떤 이는 원망스러운 표정으로 철조망을 붙잡고 바깥을 바라보았다. 떠날 때는 그나마 행복한 것이었다, 앞으로 성장할 가능성이 있었으니까. 데루오는 그 사실을 깨달았다. 그나저나 이 하나바에들을 앞으로 어떻게 하려는 걸까. 의아해하며 철조망 너머를 바라보는데, 곤다가 전에 없이 사나운 표정으로 "따라와" 하고 손짓을 했다.

연구소로 들어간 곤다는 보묘실 옆 '회수실'이라는 명패가 달린 문을 열었다. 처음 와보는 곳이었다. 40제곱미터쯤 되는 회수실의 분위기는 보묘실처럼 살벌했지만, 물론 보묘조는 없었고, 대신 커다란 의자 같은 게 다섯 개 놓여 있었다. 의자에 달린 두꺼운 기둥이 콘크리트 바닥에 단단히 고정된 구조는 이발소의 이발용 의자와 비슷했지만, 그런 멋들어진 것이 아니라는 사실은 단번에 알 수 있었다. 제일 먼저 머릿속에 떠오른 건

전기의자였다. 물론 전기의자를 실제로 본 적은 없었지만, 세월이 느껴지는 검은 가죽 시트와 앉은 사람의 머리를 고정하는 장치는 음울함을 넘어 불길한 기운을 풍겼고, 그의 머릿속에 죽음에 관련된 도구라는 거부할 수 없는 인상을 심어준 것이다.

그리고 또 하나, 섬뜩한 분위기를 풍기는 물건이 있었다. 의자 옆에 스테인리스 기구대가 있었는데, 그 위에 모종의 도구들이 줄줄이 늘어서 있었다. 수술 도구를 연상시켰지만, 그것은 메스나 가위가 아니라 본 적도 없는 형태의 날붙이였다. 가늘고 긴 칼날 양 끝에 10센티미터쯤 되는 나무 손잡이가 달린 걸 보니 두 손으로 쓰는 도구 같았다. 얇고 날카로운 칼날 부분은 폭이 5밀리미터, 길이가 5센티미터쯤 되었고, 수저의 단면처럼 구부러져 있었다. 상상을 동원할 필요도 없었다. 이것으로 코를 잘라내는 것이다. 도구마다 길이나 곡선의 형태가 미묘하게 다른 건, 분명 코의 크기나 모양에 따라 사용하는 개체가 다르기 때문이리라.

회수실에 먼저 와 있던 건 가시마뿐이었는데, 그는 말없이 곤다와 눈을 맞추며 무겁게 고개를 끄덕였다. 곤다는 구석의 세면대에서 꼼꼼하게 손을 씻더니, 의자가 있는 곳으로 돌아와 데루오에게 "잘 보고 있어"라고 속삭였다.

회수실과 보묘실은 하나의 문으로 이어져 오갈 수 있었다. 반대편 벽에도 슈퍼마켓의 관계자 외 출입 금지 구역으로 통하는 것 같은 여닫이문이 달려 있어서, 아직 데루오가 들어간 적 없는 옆방과 이어져 있었다. 가시마는 그 문을 열어 옆방에 있는 누군가를 향해 손짓했다. 그러자 이내 바퀴가 달린 뭔가가 움직이는 소리가 났다. 이어서 하얀 가운 차림의 두 연구원들이 이동식 침대를 밀며 들어왔다. 침대 위에는 머리가 벗겨진 50대 남자 하나바에가 알몸으로 힘없이 누워 있었다. 그 하나바에는 게슴츠레 뜬 초점 없는 눈으로 천장을 올려다볼 뿐, 꿈쩍도 하지 않았다. 이미 죽은 것이다. 코를 들여다보니 지워졌던 관리 번호가 다시 짙게 새겨져 있었다. 그로써 다시 수조 속을 부유하는 존재로 돌아간 것처럼 무기질적이고 차가운 기운이 감돌았다.

연구원과 가시마가 그 하나바에의 시체를 들어, 사냥감을 기다리고 있는 의자에 앉혔다. 곤다가 의자 뒤에 있는 핸들 같은 것을 재빨리 돌리자 사슴벌레의 큰 턱을 연상시키는 기다란 패드 같은 것의 간격이 좁아지며 하나바에의 관자놀이 부근을 양쪽에서 단단히 고정했다. 하나바에의 턱을 잡아 흔들며 얼굴이 움직이지 않는 것을 확인한 다음, 곤다는 기구대에서 비삭도鼻削刀라고 해야 할까, 전용 칼을 하나 골라 들었다. 이 작업을 하는 건 아마 1년 만일 테지만, 긴장하거나 겁먹은 기색은 찾아볼 수 없었다.

곤다는 양쪽 엄지와 검지를 써서 칼을 들더니, 다른 세 손가락을 하나바에의 광대뼈에 대고, 코 아래쪽으로 탄력이 있는 구부러진 칼날을 넣었다. 주저하는 기미는 전혀 없었다. 칼날이 코 아래로 파고들자, 미간 쪽을 향해 떠내듯 칼을 움직였다. 2~3초쯤 지난 뒤, 곤다가 살며시 집어 들자 코는 순순히 쑥 빠졌다. 얼굴 한가운데에 검붉은 빛으로 축축하게 빛나는 삼각형의 절단면이 대신 모습을 드러냈다. 해골 같은 기다란 콧구멍이 어두운 입을 벌리고 있었다. 이미 심장이 멎어 피가 쏟아지지 않아서인지, 과묵하다는 표현이 어울리는 조용한 상처였다.

코를 떼어낸 얼굴……. 처음 보묘조 안에서 부유하는 코를 본 뒤로, 집요하리만치 상상했던 광경이었지만, 상상했던 것보다 훨씬 끔찍하다는 생각은 들지 않았다. 그나저나 이 코를 잃은 하나바에의 텅 빈 느낌은 무엇일까. 하나바에라는 존재를 알고 있어서일까, 코가 없는 시체를 보자마자 떠오른 건 '빈껍데기'라는 말이었다.

보묘액으로 추정되는 액체가 가득 담긴 스테인리스 양동이 같은 것이 의자 뒤 벽 쪽에 놓여 있었는데, 곤다는 코를 그 속에 퐁 던져 넣었다. 가시마와 다른 연구원이 하나바에를 다시 이동식 침대로 옮겼다. 두 연구원은 이동식 침대를 밀며 복도로 나가 그대로 사라졌다.

그 뒤로도 시체가 줄줄이 들어왔고, 곤다가 깔끔하게 코를 떼어내면 다시 어디론가 옮겨졌다. 중간부터 연구원을 대신해 데루오가 가시마와 함께 시체를 의자에 앉혔다가 이동식 침대로 돌려놓았다. 그러던 와중에, 데루오는 하나바에들의 팔뚝에 작은 점 같은 상처가 있다는 사실을 깨달았다. 주삿바늘 자국이 분명했다. 수명을 다한 하나바에들에게 모종의 약물을 주입해 죽음을 앞당기는 것이다. 자연사하기를 기다리면, 다음 분기에도 사용할 수 있는 코가 상할 가능성이 있기 때문일지도 모른다.

오후에는 와카바야시라는 남성 작업원과 함께 곤다를 보조했다. 가시마는 옆 의자로 이동해 직접 하나바에의 코를 떼어내기 시작했다. 그날의 작업은 저녁 5시쯤에 끝났다. 양동이에는 수십 개는 될 코가 들어 있었지만, 보묘액에 잠겨 있어서 세어볼 수는 없었다. 하지만 양동이는 이중구조로 만들어져 있어서, 가시마가 채반 형태의 통을 빼자, 그 안에 수북하게 쌓인 코들이 나타났다. 그 코들을 하나씩 스테인리스 트레이에 늘어놓고 관리 번호를 확인한 뒤 다시 통으로 옮겼다. 와카바야시는 그 통을 가지고 보묘실로 가서 벽에 설치된 레버를 올려 보묘조의 뚜껑을 열고 사다리를 올라 오늘 회수한 코들을 남김없이 넣었다.

그 후로 날마다 코를 잘라내는 작업이 이어졌다. 서서히 알게 된 바로는, 코를 잘라내는 현장에 절대 발을 들이지 않는 작업원들이 몇몇 있었다. 분명 생리적으로 거부 반응을 보이는 것이리라. 옛 귀부인처럼 정신을 잃고 쓰러지거나, 신입 형사처럼 살인 사건 현장에서 구토하거나. 데루오는 쓰러지지도, 토하지도 않았지만, 조금씩 생명의 뿌리를 갉아먹히는 것처럼, 정체 모를 소모감을 느끼기 시작했다. 딱히 지친 것도 아닌데, 종일 배 속에서 나른한 한숨이 솟아올랐다. 죽이고 코를 떼어내고, 죽이고 코를 떼어내고……. 애초에 어째서 나는 이 광기 어린 세상에 존재할 수 있는 걸까. 오랜만에 시노다의 말이 떠올랐다. '익숙해진 나머지 지옥은 분명 더 아래쪽에 있다고 착각하는 거지.' 그의 말이 맞을지도 모른다. 이곳이 지옥일지도 모른다. 이곳에 온 뒤로, 어떤 책에서 '아비지옥阿鼻地獄'이라는 말을 보았는데, 팔대지옥 중에서도 가장 괴로운 지옥이라고 했다. 왜 그 말에 '코鼻'가 들어가는 걸까.

코를 떼어내는 작업을 하며 알게 된 사실이 하나 더 있었다. 코를 잘라내는 기술을 가진 사람은 네 명밖에 없는 듯했다. 곤다를 필두로 가시마, 야하타, 기무라까지 네 명뿐이었다. 와카바야시와 오이카와는 아직 수습 중인 것 같았다. 그 수습에 자신 역시 포함되는 것 같다는 걸 데루오는 조금씩 느끼고 있었다. 분명 겨울 한철 작업을 시켜보고, 버티는지 상태를 지켜보려 했던 것이리라. 하지만 곤다의 의도가 그런 태평한 것이 아니었음을 얼마 지나지 않아 통감하게 되었다.

어느 날, 아무 마음의 준비도 안 된 상황에서 실려 온 낯선 시체와 대면하게 되었다. 오사키였다. 그날 아침, 여느 때처럼 식당에서 본 사람이, 오후에는 이동식 침대 위에 알몸으로 누워 있었다. 흠칫하며 무의식중에 곤다를 보았지만, 그는 낯빛 하나 바꾸지 않고 "왜 그러고 있어. 빨리 의자에 앉혀"라고 말했다. 설마 이 시체가 오사키라는 걸 모르나 싶었지만, 순간적으로 놀란 표정을 지었던 와카바야시도 결국 말없이, 애써 담담하게 일을 처리하려 마음을 다잡은 것 같았다. 오사키에게는 좀 더 특별한 최후가 준비되어 있을 거라 생각했는데, 완전한 착각에 불과했던 것이다. 다른 하나바에들과 똑같이 살해되어, 다른 하나바에들과 똑같이 코가 잘리는 것이다. 거기서 끝이 아니었다. 오사키를 의자에 앉히자 곤다가 말했다.

"이노우에, 네가 해봐."

곤다는 언제부터인가 데루오를 신입이라 부르지 않았다. 하지만 딱히 기쁘지는 않았다. 오히려 이름을 불리면, 자신이라는 존재에 정확하게 초점을 맞춘 것 같아서 갑갑했다. 이노우에, 네가 해봐.

"뭘…… 말입니까?"

"내가 도와줄 테니까 네가 이와 씨의 코를 잘라봐. 어떻게 하는지는 지금까지 많이 봤잖아."

왜 오사키가 하나바에가 되었는지, 그 이유를 알 것 같았다. 연습용인 것이다. 어쩌면 인수자가 없는 것이라 여겼던 나머지 하나바에들도, 연습용으로 쓰였을지 모른다. 와카바야시와 오이카와를 힐끗 보았다. 두 사람도 오사키의 코를 잘라봤을까. 작년일까, 재작년일까, 아니면 그보다 전에……. 오사키는 아마 되살아났다 코를 잘리고, 되살아났다 코를 잘리며, 영원회귀를 하듯 연습용으로서의 삶을 반복하는 것이리라. 아니, 어쩌면 연습용으로 쓰일 뿐 아니라, 하나바에가 어떠한 존재인지를 신입들에게 가르쳐주기 위한, 살아 있는 표본일지도 모른다. 제대로 말도 못 하는 상태에서 점차 왕년의 명석함을 되찾는 모습을 보여주다, 서서히 추하게 소멸하는 하나바에들의 비참한 모습……. 제 몸을 희생해 그 사실을 후대에 알려주기 위해 영원히 부활을 반복하고 있는지도 모른다.

갑자기 맥박이 빨라졌다. 귓속에서 심장 뛰는 소리가 쿵, 쿵, 울려 퍼졌다. 곤다는 실망할 테지만, 분명 거부할 수도 있을 것이다. 하지만 데루오는 제 마음이 이미 어떠한 선을 넘었다는 사실을 깨달았다. 이토록 가슴이 뛰는 건, 망설임 때문이 아니라 분명 이 일을 실행할 것이란 예감에서 비롯된 것이다. 이것은 결코 용기 같은 게 아니다. 양지바른 곳을 걸어오지 못했던 자의 체념으로, 이 지옥에 흘러 들어온 자의 어두운 숙명으로, 데루오는 쭈뼛거리며 다음 한 걸음을 내디딘 것이다.

곤다는 찰나의 순간 입가에 옅은 웃음을 비추더니, 이내 받침대에 늘어선 나이프를 내려다보며 물었다.

"뭘로 할래?"

데루오에겐 이미 정해둔 게 있었다.

11

그로부터 44년의 세월이 흘렀다. 많은 것들이 달라졌다. 하지만 지금 와서 생각해보면 모든 변화는 순리처럼 자연스러웠고,

오히려 변하지 않은 것들이 부자연스럽게 고집을 부린 게 아닐까. 그리고 변하지 않은 것 중 하나는 농장이었다. 부지는 넓어지지도, 좁아지지도 않았다. 44년 전과 마찬가지로 거대한 유리 보묘조에 검붉은 보묘액이 담겨 있었고, 그 속을 수많은 코들이 윤회하듯 부유하고 있었다. 그 광경은 44년 전에도 섬뜩하고 예스러운 느낌을 주었지만, 지금은 그걸 뛰어넘어 과거 바다에 가라앉은 대륙의 신비한 과학기술이 이 땅에서 근근이 명맥을 이어가는 것처럼 보였다.

농장에서는 많은 것들이 옛날 그대로의 모습을 유지하고 있었는데, 어떤 의미에서는 이노우에 데루오도 그중 하나라 할 수 있을 터였다. 스승인 곤다의 삐딱한 성격을 물려받지는 않았다. 일흔둘이 된 지금도 처음 이곳에 끌려왔을 때처럼 과묵했고, 무표정했으며, 근면했다. 달라진 거라면, 절대 흔들리지 않을 일류 지식과 기술을 익혔다는 것, 회양목 자투리를 얻어 직접 장서인을 파고, 책을 사들이기 시작했다는 것쯤일까. 실제로 데루오는 자신이 처음 코를 베어낸 오사키를 닮아갔다. 사람들의 이야기에 귀를 기울이는 모습이나, 이따금 보여주는, 눈꼬리가 어깨까지 늘어질 것 같은 웃음도 판박이였다.

하지만 이제 몇 번의 수확기가 찾아오더라도, 오사키가 농장으로 돌아오는 일은 없을 것이다. 오사키는 이미 40년 전에 그 임무에서 해방됐다. 뒤를 이은 건 곤다였다. 그는 어느 겨울 아침에 화장실에서 쓰러진 채 발견됐다. 가시마가 즉시 코를 떼어냈다. 전부터 오사키의 후계자로 정해져 있었다고 했다. "남의 코를 그렇게 떼어놓고, 막상 자기가 죽으면 봐달라고 할 순 없잖아"라고 했단다. 그 후로 곤다는 가을마다 농장으로 돌아왔다.

30년 전, 우연히 식당에 단둘이 앉았을 때, 곤다의 하나바에는 생전에는 절대 하지 않았을 법한 신기한 이야기를 했다.

"자기를 가리킬 때 왜 코를 가리킬까?"

그 연유를 알 리 없었지만, 데루오는 흥미롭다고 생각했다. 듣고 보니 그랬다. 영혼이 깃든 곳은 다름 아닌 코라는 듯 기묘한 동작이었다. 하지만 데루오는 재미없는 대답을 했다.

"코가 제일 튀어나와 있으니까 가리키기 쉬운 게 아닐까요?"

그러자 곤다는 씩 웃더니 턱을 가리켰다. 주걱턱이 심해서 코보다 더 튀어나와 있었던 것이다. 곤다는 검지로 아래서부터 턱을 잘라내는 시늉을 하더니 잠시 히죽거렸다. 그러다 갑자기 진지한 표정으로 중얼거렸다.

"올해로 10년이군……."

그의 말대로 눈앞의 곤다는 열 번째 하나바에였다.

"기억하시는 겁니까?"

데루오의 물음에 곤다는 "아니……" 하고 대꾸했다. "달력이라는 편리한 도구가 있잖아."

이번에는 데루오가 씩 웃었다. 하지만 곤다의 말대로, 하나바에는 해마다 처음 부활하는 심정으로 충격과 함께 되살아날 것이다. 하루하루 시시각각 생전의 기억을 되찾고, 그 시간은 세상이 눈앞에서 펼쳐지는 듯한 눈부신 기적의 연속처럼 느껴질지도 모르지만, 하나바에로서 반복되는 가을의 기억은 결코 축적되지 않으리라. 하지만, 그럼에도 뭔가가……. 그런 생각이 절로 드는 건 어쩔 수 없었다. 되살아날 때마다 뭔가가 축적돼간다. 10년 동안의 뭔가가 곤다의 영혼 밑바닥에 침전물처럼 어둡게 가라앉아 있다. 그것이 좋은 것인지, 나쁜 것인지 데루오는 알 수 없었고, 지금도 모르겠다.

"슬슬 힘드신가 보죠?"

그 물음에 곤다는 훗, 코웃음을 쳤다. 그리고 다시 겨울이 찾아왔고, 수습이 그 코를 베어냈다.

곤다의 하나바에는 올해로 40번째 가을을 맞이했고, 얼마 전에 다시 보묘조로 돌아갔다. 40번째……. 무시무시한 울림이었다. 감옥을 연상시키는 세월이었다. 그리고 그 40번째 코를 베어낸 건 요시모토 리아무라는 이름의 청년이었다. 까무잡잡한 피부에 구불구불한 머리, 이목구비가 뚜렷한 복잡한 얼굴이었다. 분명 아프리카나 중남미 혈통이 섞인 것이리라. 이름을 듣고 데루오는 내심 눈살을 찌푸렸지만, 요즘 젊은이들은 다들 이런 영문 모를 이름을 갖고 있다. 이름이야 어쨌든 간에 리아무가 작업원으로서 쓸모없는 건 아니었다. 그는 올해로 벌써

4년차였다.

최근에는 리아무와 함께 보묘조를 감시하는 경우가 많았다. 리아무는 수다스러워서 심심하면 바로 말을 걸었다. 데루오는 부유하는 코들을 말없이 바라보는 걸 좋아했지만, 적당히 맞장구를 쳐줬다. 이곳은 젊은이들에게는 너무 지루하니, 늙은이가 이야기 정도는 들어줘야 한다고 생각했기 때문이다. 그런 리아무가 인플루엔자에 걸려 누워 있었다. 그 밖에도 세 명의 작업원이 인플루엔자로 거동하지 못했다. 당번은 2인 1조가 원칙이었지만, 리아무에게는 자고 있으라고 했다. 말 안 해도 그럴 거거든요, 당돌하게 대꾸하는 걸 듣고 그럼 일어나라고 했지만, 리아무는 그저 웃을 뿐이었다.

데루오는 철제 의자에 앉아 홀로 보묘조를 올려다보고 있었다. 개미 한 마리 얼씬거리지 못하게 하겠다는 양 뚫어져라 감시할 필요는 없다는 건 이미 알고 있었다. 어깨 힘을 빼고, 다리도 편하게 펴고, 적당히 지켜보면 된다. 그렇지만 상하기 시작한 코가 눈앞을 스쳐 지나가면 헉 놀라고는 했다. 예전에는 감시 당번 일이라면 질색했지만, 나이를 먹어서인지 지금은 오히려 이 시간이 좋았다. 시시각각 변화하고 있지만, 전체적으로는 반복되고 있다. 그런 풍경을 바라보는 것이 더는 힘들지 않았다.

리아무가 없어서 전에 없이 조용했다. 배 밑으로 밀려드는 낮은 소리와 함께 코들의 무리가 탱크 속에서 돌고 있었다. 정말이지 과묵한 자들이다. 빛을 빼앗기고, 소리를 빼앗기고, 말을 빼앗기고, 감촉을 빼앗긴 자들이 언제 밝아올지도 모를 검붉은 밤을 끝없이 부유하고 있었다. 하지만 정말일까? 이따금 그런 의문이 들었다. 정말 그들은 아무것도 느끼지 못하는 것일까? 그들은 보묘액 속에서 아주 천천히, 하나로 이어져 산 자가 상상조차 하지 못했던, 영혼의 도가니 같은 세상을 만들어 가고 있는 게 아닐까. 그들이 생전에 쌓아 올렸던 모든 기억들은 액체 속에서 남김없이 녹아내리고, 그걸 바탕으로 장대한 유사 세계가 창조된다. 그들은 그곳에서 망자에게만 허락된 덧없는 잠에 빠져 있는 게 아닐까.

그로부터 30분 동안, 데루오는 말없이 보묘조를 올려다봤다. 가만히 앉아 있기에는 역시 몸이 힘들어서, 엉덩이를 빼고 등받이에 기대거나, 무릎에 손을 올리고 허리를 앞으로 구부리는 등 자세를 바꿨다. 이따금 몸을 긁거나 손목시계를 보기도 했다. 하지만 그뿐이었다. 만일 그늘에서 그런 데루오의 모습을 조용히 지켜보는 이가 있었더라도, 평소와 다른 낌새를 느끼지는 못했을 것이다. 하지만 만일, 그 관찰자가 무척 주의 깊은 성격이었다면 데루오 곁으로 다가온 방문객이 있었다는 사실을 알아챘으리라.

데루오의 왼쪽 옆에는 리아무의 철제 의자가 비스듬하게 덩그러니 놓여 있었다. 하지만 갑자기 그 의자 다리가 끼익끼익 귀에 거슬리는 소리를 내며 바닥을 끌며 앞을 향했다. 그리고 누군가가 그곳에 앉자 의자에서 삐거덕거리는 소리가 났다. 데루오는 그 소리를 알아챘지만, 아무 일도 없었던 것처럼 보묘조를 계속 바라보았다. 시야 구석으로 방문자의 검은 다리 같은 게 보였다. 하지만 그 다리는 너무나도 새카매서, 바라보기만 해도 안구가 암흑에 젖어 들어가는 것 같았다. 데루오의 그림자는 밤의 밑바닥에 자리한 못에서 방금 기어 올라온 것처럼 어둠을 뚝뚝 흘리고 있었다.

그때 데루오는 팔짱을 끼고, 무릎을 반쯤 벌린 채 다리를 펴고 있었는데, 옆에 앉은 그림자도 그와 똑같은 자세였다. 데루오가 무릎에 손을 대자 그림자도 무릎에 손을 댔고, 데루오가 코 밑을 비비자 그림자도 그리했다. 그림자가 움직이는 속도는 데루오의 그것과 똑같았고, 어쩌면 그림자가 조금 더 빠르게 보일 정도였다. 두 사람은 한동안 그렇게, 조용히 본체와 그림자를 연기했다. 하지만 다음 순간, 데루오가 취한 행동을 그림자는 따라 하지 못했다. 그림자에게 말을 걸었기 때문이다.

"오랜만이군."

데루오의 말에 그림자는 '그건 아니지'라고 대답했다. 어릴 적 묻었던 양철 상자에서 튀어나온 듯, 그리움과 희미한 겸연쩍음을 불러일으키는 목소리였다. '벗이여, 나는 늘 있었네. 네 곁에 늘 함께. 알고 있었지?'

"그래, 분명 알고 있었을 거야."

'참 많은 세월이 흘렀어. 44년이라는 세월이…….'

"그래. 하지만 아직도 어제 일 같아. 요즘 들어, 가만히 있다가 갑자기 눈을 뜨는 게 아닌가 하는 생각이 들어. 그 공원에서, 그 절망 속에서……."

'그래, 너는 지금도 계속 꿈을 꾸지. 꿈속의 너는 스물여덟 살이고, 도쿄 공원에서 벤치에 누워 2월의 찬 바람 속에서 얕은 잠에 얼굴을 찌푸리며 악몽을 꾸고 있어. 지옥에서 온 사자에게 선택받아, 지옥의 옥지기가 된 꿈을. 망자의 코를 잘라내고 되살리고, 잘라내고 되살리기를 반복함으로써 제 죽음을 미루는 꿈을. 하지만 이제 그런 꿈도 끝났어. 인간은 살아 있는 한 몇 번이고 눈을 뜨지. 어떤 꿈이든, 언젠가는 깨고 말아. 하지만 여러 꿈들을 떼어내 버리고, 떼어내 버리기를 반복하다 마지막에 눈을 떴을 때 곁에 있는 건 나야. 결코 배반하지 않는, 고향처럼 그리운 벗인 나지.'

데루오는 잠시 소리 없이 웃었다. 하지만 그림자는 웃지 않았다. 너도 원래는 그렇게 웃기지 않을 거라는 양. 그림자는 웃음 대신 다시 삐거덕거리는 소리를 내며 천천히 일어났다. 그리고 쓱 데루오 앞에 서더니, 악수라도 청하듯 새카만 손을 뻗었다.

'자, 일어나. 우리도 가야지.'

데루오는 그림자를 올려다보았다. 그림자의 눈은 밤하늘처럼 아득한 곳에서 똑바로 데루오를 내려다보고 있었다. 그

등 뒤에서 보묘조 뚜껑이 덜컹거리는 소리를 내며 저절로 열리더니, 두 사람을 기다렸다는 듯 입을 쩍 벌렸다.

데루오는 웃음기를 거두고, 말없이 44년의 세월 동안 키워온 그림자의 손을 잡았다. 이미 충분한 힘을 지닌 그림자는 주인의 손을 잡더니 수화기를 들듯 손쉽게 데루오를 일으켜 세웠다. 이제는 주인보다 두 배는 거대해진 그림자는, 온몸을 감싸 안듯 내려다보고 있었다.

데루오는 땅이 꺼져라 무거운 한숨을 내쉬더니, 보묘조로 다가가 탱크에 걸린 사다리의 단마다 말을 걸듯 천천히 올라갔다. 올라가며 나타났다 사라지는 코들의 무리를 가까이서 바라보았다. 이 중에 자신이 한 번도 잘라내지 않은 코가 하나라도 있을까. 그들을, 제 인생 언저리를 그저 스쳐 지나가는 이름 없는 망자의 무리로 여기는 건 이미 불가능했다. 그 하나하나에 데루오가 휘두른 칼날의 궤적이 각인되어 있었다. 그것은 과연 망자를 깨우는 채찍 자국이었을까, 아니면 어둡고 깊은 잠에서 건져내는 자애의 손길이었을까.

사다리 끝까지 올라선 데루오는 탱크 가장자리를 잡고 안을 들여다보았다. 분홍색 거품이 떠오른 보묘액이 원을 그리며 돌아가고 있었다. 마치 지각 아래에 펼쳐진, 망자들의 세계로 통하는 작은 샘 같았다. 그것을 증명하듯 코들이 하나둘 모습을 드러내더니 장난치듯 데루오를 유혹하는 게 아닌가. 방금 곤다의 코가 시야를 가로지른 것 같았다.

"곤다 씨. 40년이 지났네요. 정말 길었어……."

그렇게 말하며 데루오는 겉옷 주머니에서 정든 나이프를 꺼내, 매끈하게 벼려진 칼날이 빛나는 모습을 잠시 바라보다, 다시 보묘조 안으로 시선을 떨구며 중얼거렸다.

"슬슬 교대하죠. 솔직히 너무 오래 했어……."

데루오는 얼굴을 잡고, 생기를 불어넣은 흔적을 확인하듯 세월의 흔적이 역력한 코를 살짝 집어 문질렀다. 그리고 두 손으로 나이프를 고쳐 쥐고, 보묘조 안을 들여다보는 자세로 코 옆에 칼날을 댔다. 그 칼날은 지금까지 잘라냈던 모든 코들은 이 순간에 이르기 위한 통과 지점에 지나지 않았다는 듯, 그리고 오늘 밤 드디어 본래의 사명을 다하겠다는 듯 한 치의 어긋남도 없이 데루오의 코에 찰싹 달라붙었다.

소용돌이치는 수면 위로 밤을 잘라낸 듯한 그림자가 드리웠다. 제 그림자가 분명했지만, 지금까지 이토록 짙고 깊은 그림자를 드리운 적이 있었던가. 데루오는 눈을 감고 잠시 가만히 있었다. 몇십 년이나 이날을 간절히 기다려온 그림자가 사다리 위에 선 데루오의 등 뒤를 덮으며 껴안듯 달라붙었다. 그리고 두꺼운 팔로 양쪽 겨드랑이를 붙잡아 데루오와 함께 나이프 자루를 단단히 쥐었다. 다음 순간, 그 그림자가 데루오의 몸에 흡수되듯 하나가 되자, 칼날은 순식간에 콧속으로 파고들었다 빠져나갔다.

데루오가 검붉은 세계로 떨어지는 자신의 코를 끝까지 지켜봤는지, 아무도 모른다. 사다리 위에서 몸을 젖히고 선연한 피에 젖은 칼날을 들고 기도하는 자세로 데루오는 한동안 하늘을 올려다봤다. 그리고 깊은 숲속에서 조용히 쓰러지는 고목처럼 천천히 뒤로 쓰러져, 이내 차갑고 단단한 콘크리트에 머리를 찧었다. 하지만 그것은 이미 데루오가 아닌, 그저 빈껍데기에 지나지 않을지도 모른다.

머리카락 재앙

髮禍

어릴 때부터 머리카락을 자르는 게 너무 싫었다……. 중학교에 올라갈 때까지는 욕실에서 엄마가 잘라줬지만, 다 자르고 나면 바닥에 흩어진 머리카락을 모아서 치워야 했다. 그게 몸서리가 쳐질 정도로 끔찍해서, 늘 온몸에 소름이 돋은 상태로 머리카락을 주웠다. 어쩌면 엄마도 내 머리카락을 만지기 싫어서 어린 딸에게 뒷정리를 시킨 게 아니었을까. 이런 생리적인 혐오감은 피를 통해 이어졌다는 기분이 들었다.

그나저나 머리카락은 신기하다. 지금까지 제 머리에 자라 있던 건데도, 가위로 잘라 바닥에 떨어지는 순간 꼭 시체처럼 보이니 말이다. 같은 신체의 일부인 손톱이나 치아는 이렇게까지 섬뜩한 기분이 들지 않았다. 머리카락만이 가진, 그 독특한 죽음의 그늘. 살아 있는 몸에게 배신당해, 산 자의 세계에서 추방당했다는 양, 원망스럽게 흩어진 그 검은 머리카락들. 언젠가 자신이 죽는다는 걸 아는 생물은 인간뿐이라는 이야기를 엄마에게 들었을 때, 이렇게 머리에만 털을 기르는 것도 인간뿐이라는 생각이 중첩되면서, 인간이라는 건 머리에 죽음을 쓰고 사는 유일한 생물이라는 엉뚱한 생각에 사로잡힌 적도 있었다. 형제가 없어서 자유로운 상상력으로 지루함과 외로움을 달래는 외동이었으니까.

남자 보는 눈이 없던 엄마는 두 번 결혼하고 이혼했다. 그 흔적은 호적뿐 아니라 몸에도 선명하게 새겨져 있었다. 왼쪽 손바닥의 생명선을 끊어낸 흉터는, 첫 번째 남편이었던 트럭 운전기사가 휘두른 식칼에 다친 것이었고, 왼쪽 위 앞니 대신 의치를 해 넣은 건, 두 번째 남편이었던 배관공의 주먹에 맞아서였다. 엄마는 술이 없으면 밤의 무게를 견디지 못하는 사람이었는데, 어처구니없을 정도로 큰 종이 팩에 든 들쩍지근한 레드와인을 물처럼 마시며, 딸인 나에게 종종 자기 과거를 이야기했다. 폭력을 휘두르는 남자를 알아보는 방법을 가르쳐주기도 했다.

"남자하고 사귈 때는 먼저 주먹을 어떻게 쥐는지 봐. 여자를 때리는 남자는 여기, 이 뼈가 튀어나온 곳에 살이 눌린 것처럼 상처가 있어. 그런 남자는 머리에 열이 오르면 여자뿐 아니라 벽을 치거나 전봇대를 치거나 우체통을 치기도 하니까, 상처가 남거든."

그 법칙을 발견한 덕인지는 모르겠지만, 그 뒤로 만난 내 아버지는 폭력을 휘두르지 않는 남자였다고 한다. 그 대신 결혼은 하지 못했다. 불륜이었다. 엄마의 몸에 상처는 남지 않았지만, 나라는 짐이 생겼다. 엄마는 자신이 아이를 좋아한다고 착각했던 게 분명하다. 막상 내가 태어나자, 아이라는 생물에 실망하고 그런 자신에게도 실망했음이 틀림없다. 고등학교에 진학한 뒤 내가 외박을 하자, 딸이 자신의 전철을 밟고 있다는 듯, 뭔가 체념한 투로 "피임은 꼭 해라"라고 말했다.

"넌 나를 많이 닮았어." 그게 엄마의 입버릇이었다. 우유와 송이버섯을 싫어하는 것도, 국자로 냄비 밑바닥을 긁는 소리를 질색하는 것도, 울 스웨터를 못 입는 것도 엄마와 똑같았다. 사춘기 시절에는 닮았다는 소리를 들을 때마다 진저리가 났지만, 피부를 벗겨낼 수 없는 것과 마찬가지로 어찌할 도리가 없었다.

마음과는 반대로 외모까지 닮아갔다. 키가 크고 이목구비가 시원해서 남자들에게 인기는 있었다. 턱이 작은 탓에 치열이 고르지 못해서, 엄마와 마찬가지로 입을 벌리고 웃지 않는 버릇이 들었는데, 그 모습이 남자들 눈에는 신비하게 비친 모양이었다. 거기다 여봐란 듯 눈물점까지 있어서, '사연 있는 여자' 얼굴이라는 소리를 들은 적도 한두 번이 아니었다. 사귀던 남자에게 햇살이 어울리지 않는다는 소리를 들은 적도 있었고, 하얀 속옷이 어울리지 않는다는 말도 들었다. 하지만 제일 싫었던 건 4년 전에 헤어진 남편이 했던, '행복과 어울리지 않는 여자'라는 말이었다. 자기가 먼저 바람을 피워놓고는, 내가 추궁하자 배 째라는 식으로 그런 저주를 내뱉은 게 아닐까. 바보와 행복은 종이 한 장 차이라고 해야 할까, 아무래도 남편 눈에는 머리에 나사가 한두 개 빠진 내연녀는 행복과 어울리는 여자로 보인 모양이다. 남편은 주먹이 깨끗한, 때리지 않는 남자였다. 하지만 외도하지 않는 남자를 찾으려면, 어디를 봐야 하는 걸까.

남편의 저주가 실현되었는지, 서른세 살인 지금 삶은 엉망이 되어가고 있었다. 스물다섯 살 때부터 간병인 일을 시작했다. 노동 현장은 눈앞이 핑 돌 정도로 가혹했고, 피로가 납처럼 뼛속까지 스며들어서 원인 불명의 가벼운 어지럼증에 계속 시달렸다. 간만의 휴일이면 독재자의 아내처럼 필요도 없는 물건을 산처럼 사들였고, 밤이 오면 죽고 싶어졌다. 뇌가 돌처럼 묵직하게 굳어버려서, 흐리멍덩한 의식을 억지로 끌고 여러 꿈속을 헤매듯 일했다. 어제도, 오늘도, 내일도 그런 날들이 이어졌다. 그리고 어느 날 아침, 침대에서 일어나지 못해서 일을 관뒀다. 그 뒤, 몇 달이 지나도 굳은 뇌는 풀어지지 않았고, 밤에도 깊이 잠들지 못했다. 통장에 구멍이라도 뚫린 것처럼 얼마 안 되는 적금도 순식간에 사라졌다. 일자리를 구해야 한다, 조바심은 났지만 영혼 밑바닥이 빠져버린 듯 아무것도 하고 싶지 않았고, 아침부터 저녁까지 잠옷 차림으로 한숨만 내쉬었다.

하필이면 그런 상황에서 악마의 유혹처럼 한 통의 전화가 걸려 왔다. 그 악마의 이름은 와키타라고 했다. 부끄럽지만 젊었을 적, 매춘 비슷한 일을 한 적이 있는데 그때 업소에서 실장으로 일했던 와키타와 알게 되었다. 중동 쪽 피가 섞인 듯 까무잡잡한 피부에 눈이 푹 들어간 남자였는데 나이는 일고여덟 살 많았다. 눈이 핑핑 돌아갈 정도로 말이 빠르고 머리도 잘 돌아갔지만, 웃으면 말처럼 검붉은 잇몸이 보였고, 그 웃음도 종잇장처럼 가볍기 짝이 없어서 웃을 때마다 성실함이 새어 나가는 듯 믿음직스럽지 못한 남자였다. 덤으로 와키타의 두 주먹에는 상처 자국이 선명하게 남아 있었다. 술에 취해서 길거리에 세워놓은 음식점 간판에 샌드백처럼 주먹을 날리는 모습을 본 친구도 있었다. 내가 그만두고 난 뒤의 일이기는 했지만, 가게 아가씨를 여러 차례 건드렸다가 결국 잘렸다고 했다.

그런 남자가 10년 만에 느닷없이 연락을 해 온 것이다. 영 꺼림칙해서 무시해야겠다는 생각부터 들었지만, 어쩌면 돈벌이가 될 만한 일을 물고 왔을지도 모른다는 예감이 뒤따라서, 망설이며 전화를 받았다. 스스로 움직일 수 있는 상황이 아니니, 들어오는 일을 무는 수밖에 없잖아. 그런 한심한 심정이었다. "사야카! 잘 지내지?" 경박함, 성급함, 얄팍함, 세 박자를 모두 갖춘 목소리가 갑자기 스마트폰에서 튀어나왔다. 연락이 뜸했던 지난 10년을 단숨에 건너뛰듯 친근한 말투를 들으니 역시 이 녀석은 조심해야겠다는 경계심이 가슴에 퍼져나갔다. 하지만 이어진 말에 허를 찔려서, "어?" 하고 얼빠진 소리를 냈다.

"지금 어떤 헤어스타일이야?"

결국 내 육감이 맞았다. 와키타는 1박 2일에 10만 엔을 주는 일을 제안했다. 성적인 접촉 없음, 남자와 엮이는 일도 없음, 촬영 없음, 상대가 준비한 의상으로 갈아입어야 하지만, 애초에 알몸을 보일 필요는 없다. 한마디로 성적인 일은 아니었다. 그러면 대체 무슨 일이지? 경계심이 한층 깊어졌다. 간단히 말하면 어떤 종교의식의 바람잡이라는 게 와키타의 대답이었다. 그 의식이 거행되는 하룻밤 동안 아무것도 하지 않고, 종교 시설에 들어가 그저 앉아서 보고만 있으면 10만 엔을 준다고 했다. 하지만 표면적으로는 비밀스러운 의식이라 외부인의 출입은 금지되어 있기에, 그날 보고 들은 건 불문에 부쳐야 한다고 했다. 한마디로 10만 엔이라는 보수에는 비밀 유지비도 포함된 것이다.

종교라는 단어가 나온 순간 이 일 자체가 급격히 수상해졌다. 종교 단체의 이름이 뭐냐고 묻자, '간나가라 천도회'라고 했다. 신의 본성 그대로라는 뜻의 간나가라라는 말은 본래 유신惟神이라고 쓰는데, 이 단체는 유발惟髮이라 쓰고 간나가라라고 읽는다고. 물론 듣도 보도 못한 말이었다. 머리카락이라는 말을 들은 순간, 죽은 머리카락들이 머릿속에서 흩어지며 순간 섬뜩해졌다. 그 종교 단체의 신자냐고 묻자, 와키타는 편의상

입교하기는 했지만 실제로는 잡역부처럼 이런저런 잡무를 담당할 뿐이라고 했다. 이런 바람잡이를 구하는 일도 잡무의 일환이라고.

나중에 인터넷에서 검색해보니, 교주는 가미요미髮読 히루메라는 아흔 줄 노인으로, 이름처럼 인간의 두발에서 다양한 것들을 읽어내는 신비로운 능력을 가졌으며, 과거에 닥친 불행부터 미래에 나아가야 할 길까지 아주 족집게처럼 맞힌다고 했다. 단체가 발족된 건 1957년, 교주가 서른네 살일 때였다. 기타오사카시에서 평범하게 살던 그녀는 남편과 두 자식을 화재로 잃고 원인 불명의 병에 걸려 사흘 동안 생사를 헤맸는데, 어찌 된 일인지 그 과정에서 온몸의 털이 다 빠졌다고 한다. 그때 꿈속에서 오가미누시大髮主라는 검은 태양 같은 신이 나타나, 교리의 핵심이 되는 '머리카락은 신이다. 인간의 마음은 머리카락에서 태어나 머리카락으로 돌아간다'라는 계시를 내렸다. 검은 태양은 사실 머리카락 덩어리였고, 인간의 모든 머리카락은 거기서 비롯되었다고 한다. 웹사이트에는 교주의 말이 소개되어 있었다.

"저는 병에 걸려 온몸의 털이란 털은 한 올도 남김없이 잃은 경험이 있습니다. 그 뒤로 다시 태어난 것처럼, 머리에서 새카맣고 굵은 머리카락이 쑥쑥 자라났죠. 그때까지 제 머리카락은 얇고 윤기도 없어서 푸석푸석했지만, 새로 난 머리카락은 전혀 달랐습니다. 아, 이건 평범한 머리카락이 아니다, 신이 주신 귀하고 귀한 머리카락이다, 생각했습니다. 우리 머리에서 난 머리카락은 신이 주신 선물이라는 중요한 사실을 아는 사람은 거의 없습니다. 그런 사람의 머리카락은 역시 단순한 머리카락이고, 말하자면 죽은 머리카락이죠. 하지만 진리를 깨달은 사람의 머리카락은 점점 달라집니다. 신과 이어진, 살아 있는 머리카락으로 변해가죠. 그 살아 있는 머리카락을 우리는 '영발靈髮'이라 부릅니다. 영발을 가진 사람은 언젠가 신의 목소리를 들을 수 있고, 한 단계 높은 곳으로 올라가 새로운 인간으로 다시 태어날 수 있습니다. 그 새로운 단계의 인간을 우리는 '가미우도髮人'라고 부릅니다."

영발이 어쩌고 가미우도가 어쩌고, 수상쩍기 그지없었다. 신흥종교라 해도 불교나 신도에 뿌리를 둔 종교들은 나름 근본 있어 보이는데, 이 교단은 아무것도 없는 곳에 완전히 새로운 신화를 쓴 모양이다. 그리고 이야기는 더욱 괴이하게 흘러갔다.

"가미우도는 영발을, 신과 이어진 살아 있는 머리카락을 세상에 전파하는 사자입니다. 가미우도는 영발을 사람들에게 나눠줄 힘을 가지고 있습니다. 한 명의 가미우도가 100명의 가미우도를, 100명의 가미우도는 만 명의 가미우도를 만들어낼 수 있습니다. 그렇게 우리 인간은 영발을 통해 하나로 이어질 수 있습니다. 영발을 통해 우리는 늘 오가미누시의 자비를 느낄 수 있습니다. 그날이 오면 세상에서 고독은 사라집니다. 미움도 사라집니다. 다툼도 사라집니다. 영원한 평화만이 남죠. 그곳에 이르는 길을 우리는 '간나가라의 길'이라 합니다."

하지만 다행히도 신의 사자, 가미우도는 아직 어디에도 존재하지 않는다고 했다.

"안타깝게도 우리 시대에는 아직 가미우도가 태어나지 않았습니다. 앞으로 태어나겠죠. 오가미누시의 거대한 힘을 물려받은 구세주가 언젠가 이 땅에 강림해, 첫 가미우도인 오가미우도가 될 것입니다. 여기서 분명히 말해둡니다만, 저는 아닙니다. 저에게는 그런 힘이 없습니다. 저는 그저 선도자에 지나지 않습니다. 제 역할은 오가미우도를 위해 길을 닦는 것입니다. 그리고 이 노구를 그 길에 바치는 것입니다."

읽으면 읽을수록 꺼림칙한 교리였지만, 가장 큰 문제는 왜 종교의식에 나 같은 바람잡이가 필요하느냐는 것이었다. 와키타는 이번에 거행되는 행사가 간나가라 천도회가 시작된 이래 최대 규모로, '가미유즈리의 의식'이라 불리는, 교주의 후계자를 선보이는 의식이라고 했다. 때문에 의식의 들러리가 될 여자는 젊고 아름다워야 했고, 무엇보다 중요한 건 꼭 긴 머리여야 한다는 것이었다. 하지만 신자들만으로는 그 조건에 적합한 인물을 다 채울 수 없었단다. 대체 머리가 얼마나 길어야 합격이냐고 묻자, 원래는 배꼽까지 오는 길이여야 하지만, 가슴까지만 와도 괜찮다고 했다. 그리고 또 하나의 조건이, 검은 머리여야 한다는 것이다. 그 때문에 만일 다른 색이라면 당일까지 검게 염색을 해야 한다고 했다. 그 점에서 나는 걸리는 게 없었고, 길이도 딱 가슴까지 왔으며 물에 젖은 까마귀처럼 까만 머리였다. 지난 몇 년 동안 예뻐 보이려고 머리카락에 손을 댈 기운이 전혀 없었기 때문이다.

오랜만에 다른 사람과 오래 이야기한 탓인지, 와키타의 이야기를 듣다 보니 멀미가 왔다고 할까, 점점 머리가 혼란스러워졌다. 그래서 좀 생각할 시간을 달라고 했는데, 그렇다면 내일까지 반드시 답을 달라며 못을 박더니, 고작 하룻밤 앉아만 있어도 10만 엔을 주는 일이 요즘 흔한 줄 아느냐며 끈질기게 꾀었다. 뿌리치듯 겨우 전화를 끊은 후, 진이 빠져서 한동안 침대에 쓰러져 있었다.

인터넷에서 검색해보니 교단 본부는 30년 전쯤에 기타오사카시에서 와카야마현의 H 마을로 이전했다고 한다. 주변이 온통 산으로 둘러싸인 산간벽지인 것 같았다. 홈페이지의 안내 지도를 보니, 제법 넓은 부지를 소유하고 있었고 '종교 시설 외에도 산책길이나 대욕장, 스포츠 시설 등을 갖추고 있으며 대자연이 간직한 선한 기운과 우애와 진화의 힘이 이 일대에 끓어오르고 있다'는 둥 소름 돋는 설명이 적혀 있었다. 생각할수록 이상한 이야기였다. 종교가 여자의 긴 머리에 집착하는 것도 왠지 음란하고 더러운 느낌이 들었다. 다른 데 발설하면 안 되는 종교의식이라 하니, 사이비 종교라 해야 할까, 모닥불이 타오르는 가운데 끝없이 난교를 벌이거나, 섬뜩한 제단 앞에서 갓난아이를 죽여 그 선혈을 다 같이 마시는, 그런 무시무시한 상상만 커졌다 사라졌다. 어떻게든 여자를 모아야 한다는 조급함이 느껴지는 와키타의 말투도, 10년이나 왕래가 없었던 여자에게까지 연락하는 분별없음도, 불안을 부채질했다. 하지만 전화를 끊은 순간부터 어렴풋이 느낌이 왔다. 나는 분명 이 일을 받아들이리라는 느낌. 이 수상쩍은 일로 어떻게든 추진력을 얻어, 다시 한번 고개를 들고 사회로 나아가자, 살아보자, 그런 생각이 싹을 틔우고 있었다.

오사카시에 N 공원이라는 큰 공원이 있다. 그곳의 북쪽 주차장에 'KT 투어 참가자'라는 종이가 붙은 버스가 있을 테니 그걸 타면 된다. 이튿날 통화에서 와키타는 그렇게 말했다. '간나가라'에서 'K'를, 천도회에서 'T'를 따온 것이겠지만,* 종교단체라는 사실을 감추려는 꿍꿍이가 훤히 들여다보여서 뭔가 꺼림칙했다.

오후 6시, 석양이 저무는 주차장에 도착한 나는 놀랐다. 버스가 온다는 이야기를 듣고, 작은 미니버스를 상상했는데 주차장에 서 있던 건 50명은 탈 수 있는 커다란 대형 버스였다. 앞 창에는 와키타의 말대로 'KT 투어 참가자'라는 종이가 붙어 있었고, 출입문 밖에서 와키타가 기다리고 있었다.

---

* 천도회의 일본어 발음은 '덴도카이'이다.

10년 만에 만난 와키타는 수수한 남색 정장에 깔끔한 넥타이 차림이었다. 트레이드마크였던, 징그러운 느낌의 삐죽삐죽한 턱수염까지 깨끗이 밀었다. 그의 과거를 아는 나는 성실한 척하는 그 모습에 소름이 끼쳤다. 내 얼굴을 보자마자 와키타는 웃음을 뚝뚝 흘리며 손을 뻗어 어깨를 만지고 "사야카 아냐! 잘 왔어. 와줘서 고마워, 정말 고마워" 하고 인사를 건넸다. '인류는 모두 형제', '매일이 감사의 연속'처럼 낯부끄러운 친근함을 억지로 강요하는 꾸며낸 말투에서, 그가 얼마나 위험한 일을 하고 있는지가 느껴져 새삼 씁쓸한 기분이 들었다.

그런 나의 불신감을 알아챘는지 와키타는 옆 테이블에 놓아둔 작은 금고에서 봉투를 꺼내 "이게 약속했던……"이라 말하며 씩 웃었다. 선금으로 5만 엔을 건네고, 돌아가는 길에 나머지 5만 엔을 주겠다는 약속을 했다. 그리고 과정에서 또 하나 중요한 조건이 있었는데, 선금을 받을 때 스마트폰이나 휴대전화, 카메라 등 촬영 가능한 기기를 와키타에게 맡겨야 한다는 것이었다. 표면상으로는 비밀스럽게 거행되는 의식이라니 이해 못 할 바도 아니었지만, 일시적이라 해도 외부와의 연결이 차단된다는 건 상당히 무서운 일이었고, 정체 모를 교단에 스마트폰을 맡긴다 생각하니 생판 모르는 남에게 심장을 맡기는 것처럼 불안했다.

와키타는 가방을 샅샅이 뒤지고 나서야 겨우 선금이 든 봉투를 건넸고, 나는 정말 이대로 괜찮은 걸까 의문을 안은 채 버스에 올랐다. 번듯한 유니폼을 입은 60대 운전기사를 보고 괜찮다고 마음을 달래며 좌석 사이의 통로로 들어갔다. 자리는 이미 7할쯤 차 있었다. 통로를 지나며 슬쩍 다른 사람들을 훑어봤다. 와키타의 말대로 사방에 긴 검은 머리의 여자들뿐이었고, 연령대는 10대 후반부터 30대까지로 보였다. 유흥업에 종사하는 듯한 화려한 인상의 여자도 있는가 하면, 남편 몰래 빚을 지고 일생일대의 모험에 나선 듯한 표정의 주부 같은 여자도 있었다. 세상 풍파에 찌들어 보이는 40대 가까운 여자도 있었고, 집을 나와 자포자기하는 심정으로 몸을 던진 듯한 가출소녀 느낌의 여자도 있었다. 빈말로라도 와키타가 조건으로 내건 '젊고 아름다운 여자'들만 모였다고는 할 수 없는 면면이었다. 하지만 그녀들의 머릿속에서는 분명 10만 엔을 갈구하는 절박함이 삐거덕 소리를 내며 돌아가고 있을 것이 틀림없었다.

창가 자리는 하나도 비어 있지 않았다. 20대 초로 보이는 한 여자와 우연히 눈이 맞았고, 이것도 인연이겠거니 싶어서 "여기 앉아도 될까요?" 하고 말을 걸었다. 앉으면서 여자를 위아래로 슬쩍 훑어봤는데, 화장기가 전혀 없는 창백하고 기다란 얼굴에 싼 티 나는 수수한 옷차림을 보아 하니 세상 물정 모르는 여자가 나쁜 남자에게 잘못 걸려 돈을 뜯기는 장면이 머릿속에 떠올랐다. 여자는 공손하게 "네" 하고 대답했지만, 뭔가 정신적으로 문제가 있어 보이는 분위기라, 왠지 상습적으로 자살 시도를 할 것 같다는 편견에 사로잡혔다. 힐끗 왼쪽 손목을 훔쳐본 순간 놀라서 숨을 삼켰다. 예상치도 못했던 것이 눈에 들어온 까닭이다.

여자는 왼쪽 손목에, 저런 걸 팔찌라고 할 수 있을지는 모르겠지만 아무튼 가늘고 긴 실 같은 것을 두르고 있었다. 아주 새카만 실이었다. 보자마자 단번에 머리카락이라고 생각했다. 인간의 머리카락은 그 어떤 실과도 다른, 특유의 어둡고 무거운 빛깔을 띠고 있다. 기름기로 바늘이 드나들기 쉽게 하기 위해서인지, 예전에는 바늘꽂이 속에 머리카락을 넣었다는 이야기를 들어본 적은 있지만 머리카락을 손목에 두른다는 이야기는 금시초문이었다. 순간적으로 소름이 끼쳐서, 상대가 알아채지 못하도록 살짝 허리를 틀어 거리를 두고 앉았다. 힐끗거리며 확인했지만 몇 번을 봐도 머리카락은 머리카락이었고, 머리카락이 뭐가 잘못이냐며 이쪽을 노려보는 것 같았다. 그제야 이 여자가 신자라는 걸 깨달았다. 이 버스에 탄 사람들은 모두 나 같은 바람잡이고, 진짜 신자는 없을 줄 알았다.

혹시나 해서 다른 여자들도 훑어봤지만, 등받이에 가려 왼쪽 손목이 보이지 않았다. 애초에 신자라면 반드시 머리카락을 감고 다녀야 하는지도 알 수 없었다. 그러는 동안 차례차례 새로운 사람들이 버스에 올라타 자리에 앉았다. 내 옆을 지나 더 안쪽으로 들어가는 여자들의 왼쪽 손목을 뚫어져라 보았다. 결국 머리카락을 손목에 감은 사람은 옆자리 여자와 30대로 보이는 촌스럽고 뚱뚱한 여자뿐이었다. 아무래도 신자도 같이 타긴

했지만 역시 대부분은 바람잡이인 모양이다. 버스에 올라타 통로를 걸어오는 여자들의 안절부절못하는 불안한 표정도 내 추측을 뒷받침해주었다.

자리가 대충 다 찼을 무렵, 와키타가 사람들의 스마트폰이 든 상자를 들고 버스에 올라탔다. 역시 당일 취소한 여자들이 있는지, 얼굴이 짜증스레 일그러져 있었다. 옛날을 연상시키는 얼굴이었지만, 나이를 먹은 만큼 예전보다 더 살기등등해 보였다. 와키타는 상자를 제일 앞자리 아래에 놓더니 말문을 열었다.

"여러분, 오늘은 바쁘신 와중에 이렇게 와주셔서……."

얄팍한 웃음을 지으며 정중하게 인사를 올린 뒤, 스마트폰을 맡길 때 주었던 번호표를 잃어버리지 마라, 번호표를 반납할 때 나머지 '사례'를 하겠다, 설명을 늘어놓더니 "그럼 출발하겠습니다" 하고 마무리했다. 하지만 정작 본인은 "저는 아직 할 일이 남아서 여기서 실례하겠습니다. 여러분, 멋진 여행 되시길……"이라는 말을 남기고 버스에서 내렸다. 탈 때 와키타가 갖고 있던 명부를 슬쩍 들여다보았는데, 이 주차장에서 출발하는 버스는 아직 더 남아 있는 것 같았다. 와키타처럼 질 나쁜 남자를 이용해 돈이 급한 여자들을 이렇게 많이 모으는 종교 단체란 대체 어떤 곳일까. 그런 생각을 하니 새삼 마음이 무거워졌다.

이내 버스가 움직이기 시작했다. 도착할 때까지 세 시간 가까이 걸릴 것 같았지만, 스마트폰을 뺏겨서 뭘 해야 할지 알 수 없었다. 읽던 책이 가방에 들어 있었지만, 애당초 만들어낸 이야기에 몰입할 수 있는 상황이 아니었다. 그보다 옆에 앉은 여자가 신경 쓰였다. 왼쪽 손목의 자국은 대체 무엇일까. 자기 머리카락을 잘라서 직접 꼬아 만든 걸까. 아니면 누군지도 모를 남의 머리카락일까. 어느 쪽이든 잘라낸 머리카락을 말없이 꼬고 있는 누군가의 음침한 뒷모습을 상상하자 등골이 오싹해졌다.

심란한 마음이 표정에 드러났는지, 여자는 안개를 털어내듯 갑자기 고개를 홱 돌리며 말을 걸었다.

"도우미분이신가요?"

그 얼굴에는 서글서글한 미소가 번져 있었고 말투도 한없이 부드러웠다. 신의 은총을 입어 진리와 행복이 가득한 자신이 이 무지몽매한 여자를 올바른 길로 인도해야 한다는 사명감이 느껴지는 태도였다. 하지만 어두운 겉모습과 어울리지 않게 갑자기 싹싹한 태도를 보이는 모양새가 영 부자연스럽고 어색해서 위태로운 느낌이 들었다.

"네, 지인이 부탁해서요. 아까 버스 밖에 있던 와키타 씨인데……."

살짝 늘어진 목소리를 흘리며 여자는 고개를 끄덕였지만, 무슨 사정인지 알겠다는 표정으로도 보여서, 나는 내 어두운 과거까지 들여다본 게 아닌가 싶어 껄끄러워졌다. 하지만 어차피 나처럼 바람잡이로 불려 온 여자들은 모두 크든 작든 사연이 있을 테니, 이제 와서 부끄러워할 거리도 아니었다. 여자가 말을 걸어온 김에 궁금했던 거나 물어보자 싶었다.

"실은 자세한 사정을 거의 못 듣고 왔는데, 오늘 의식에 대해 아는 게 있으신가요?"

그러자 여자는 미안하다는 듯 미간을 찡그렸다.

"사실 저도 잘은 몰라요. 아직 제7발위髮位라서요……."

"제7발위?"

"네. 평신자는 제8발위부터 시작해요. 그리고 제1발위는 히루메 교주님뿐이고요."

"아, 그렇구나……. 하지만 오늘 밤은 그 히루메 님의 후계자를 선보이는 자리라고……."

여자의 이름은 후지노라고 했다. 후지노의 말로는 신자 중에 가미요미 능력을 가진 사람이 달리 없었기에 교단은 오랫동안 존폐 위기에 처해 있었지만, 마침내 최근 들어 제1발위를 이어받을 힘을 가진 후계자를 찾았다고 한다. 대체 가미요미라는 게 구체적으로 어떠한 능력인지 궁금했는데, 듣다 보니 더욱더 혐오감이 깊어졌다. 물이 든 대접에 머리카락 한 올을 넣고, 단숨에 들이켠다고 했다. 마치 국수를 먹듯이 후루룩……. 후지노도 그렇게 가미요미를 본 적이 있다고 했다. 당시 교주는 열네 살에 후지노를 덮친 '거대한 불행'을 딱 알아맞히더니, 그녀를 안고 한동안 같이 울어줬다고 했다. 어떤 속임수인지는 몰라도, 감수성 풍부한 소녀의 어깨 너머로 혀를 쏙 내밀며 우는 시늉을 하는 추악한 노파의 모습이 머릿속에 절로 그려졌다.

손목에 감고 있는 것은 발륜髮輪이라고 하는데, 히루메 님의 머리카락으로 만들었다고 했다. 아흔 살 넘은 노인의 것이라기에는 너무 까만 머리카락이 영 수상쩍었다. 하지만 후지노의 말에 따르면 교주는 흰머리가 한 올도 없다고 했다. 오늘 밤 사람들 앞에서 그 기적과도 같은 모습을 드러낼 테니 직접 확인해보라고 했다. 정수리에도 염색한 흔적 같은 건 찾아볼 수 없으며, 마치 꽃다운 아가씨처럼 윤기 흐르는 검은 머리를 가졌다고 했다. 후지노는 그 발륜을 샀다고는 하지 않았지만, 돈을 주고 산 게 틀림없었다. 10만 엔을 주고 100만 엔짜리 쓰레기를 사라고 강요하면 어쩌지 싶어 정신 똑바로 차려야겠다고 단단히 결심했다.

하지만 후지노와 이야기하는 동안 다소 마음이 가벼워진 것도 분명했다. 신자인 후지노가 무해해 보이는 여성이기 때문이기도 했다. 머릿속을 맴돌던 다양한 지옥도가 물러나며, 최악의 경우라도 비싼 팔찌 같은 걸 강매당하는 게 고작이겠지, 하고 다소 안심하는 마음이 솟아올랐다.

한와 고속도로를 타고 남쪽으로 내려가는 동안 해가 저물었고, 버스는 어느샌가 사방이 캄캄한 숲에 에워싸인 어두운 산길을 달리고 있었다. 정확한 시간은 알 수 없었지만, 슬슬 도착할 때가 됐다는 후지노의 속삭임에, 대체 무슨 일이 일어나는 건가 싶어서 안절부절못하는 심정이 되었다. 버스에서 내리자마자 냅다 도망칠까 생각도 했지만, 사람이 사는 곳에서 멀리 떨어진, 전혀 지리 감각이 없는 산길을 지나기도 무서웠고, 애초에 스마트폰이 인질로 잡혀 있었기 때문에 상당한 각오가 없으면 도망칠 수 없을 것 같았다. 어쩌면 스마트폰으로 사진이나 동영상을 찍지 못하게 한다는 것은 구실에 불과하고, 사실은 인질로 삼으려 가져간 게 아닌가 하는 생각이 들면서, 여기까지 와서도 불쾌한 예감이 등줄기를 타고 올라왔다.

그러는 와중에, 드디어 간나가라 천도회의 본부로 보이는 건물이 전방에 나타났다. 사방이 울창한 산들에 에워싸인 외진 곳이었는데, 그 깊고 짙은 어둠의 품 안에 불야성처럼 휘황찬란하게 빛나는 여러 건물들이 서 있었다. 와키타는 신자 수가 20만이라고 했고, 홈페이지에도 그렇게 적혀 있었지만 내심 과장됐다고 생각했다. 하지만 실제로 보니 과장만은 아닐지도 모른다는 생각이 들 정도로, 사찰 건축을 연상시키는 당당한 철근 콘크리트 건물이었다. 그중에서도 한층 눈길을 끄는 건, 일본 부도칸을 방불케 하는 산 모양의 지붕을 얹은 팔각형 건물이었다. 부도칸보다는 작지만, 지붕 꼭대기에는 양파처럼 생긴 검은 장식을 달아놓았는데, 어딘가 뻔뻔한 표정으로 하늘을 향해 솟아 있었다. 그것을 본 순간, 저기가 그 의식이 열리는 곳임을 직감했다.

이내 버스는 주철로 된 커다란 문을 지나 5층 높이 건물에 에워싸인 로터리에 도착해 정차했다. 주변은 한적한 리조트 같은 풍경이었는데, 로터리 한가운데에는 붉은 화강암으로 조각한 듯한 여신 오브제가 서서, 통통한 팔로 크고 둥근 시계를 들고 있었다. 시간은 밤 9시 40분, 의식은 밤새 거행된다 들었으니, 앞으로 기나긴 시간을 보내야 하리라. 로터리에는 이미 대형 버스가 두 대 정차해 있었고, 차에서 내린 승객들은 모두 눈앞의 건물로 빨려 들어갔다. 만일 저 부도칸 같은 건물에 5천 명을 수용할 수 있고, 버스 한 대에 50명이 탔다고 치면, 상상했던 것보다 훨씬 큰 의식이다. 고작해야 비싼 팔찌나 강매당하겠지 낙관했던 마음이 다시 술렁거렸다. 후지노에게 오늘 사람들이 얼마나 모일 것 같냐고 물어봤는데, 그녀도 고개를 갸웃거릴 뿐 자세히 모르는 것 같았다. 그녀의 말로는 오늘 밤 의식에 참가할 수 있는 건 신자 중에서도 극소수에 불과하다고 했다. 준비도 교단 상층부가 비밀리에 진행해서 그녀 같은 평신도는 거의 정보가 없는 상태에서 소집당했다고 했다. 그렇다고 해서 외부인인 나처럼 불안해하는 것 같지도 않았고, 참가자로 뽑힌 것이 가문의 영광이라도 된다는 양 얼굴빛이 환했다.

로터리에 내리자, '유도원'이라 적힌 하얀 완장을 찬 고지식한 표정의 남녀가 곳곳에 배치돼 있었다. 버스에서 내리는 건 모두 젊은 여자뿐이었고, 대부분은 이곳이 처음인 듯 안절부절못하는 눈치였다. 시키는 대로 후지노와 함께 건물로 들어가며, 슬쩍 사람들의 왼쪽 손목을 보았지만, 역시 발륜을 찬 여자는 거의 없었다. 신자가 반드시 발륜을 착용하는 건 아니라는 후지노의 말은 사실인 듯했지만, 아무리 생각해도 '도우미'가 더 많아 보였다. 종교 단체의 비밀스러운 의식에 참가하는 게 외부인뿐이라는 건 이상하지 않은가? 어느 쪽으로 고개를 갸웃거려야 할지 알 수 없었다.

우리는 결국 '용담의 방'이라 적힌, 연회장처럼 널찍한 방으로 안내를 받았다. 바닥에는 종이 상자가 같은 간격으로 하나씩 놓여 있었는데, 60대 여성 유도원이 무엇이든 좋으니 상자를 하나 골라서 그 뒤에 서달라고 말했다. 이 방에만 해도 300명쯤 되는 여자가 있었는데, 다들 미심쩍은 표정으로 자신의 상자를 고르고 있었다. 나는 신자인 후지노와 함께 있으면 험한 일은 당하지 않으리라는 묘한 희망을 품고서, 그 옆의 상자 뒤에 섰다. 곧바로 누군가가 상자를 열려고 했는지, 유도원이 마이크로 "아직 상자에 손대지 마세요!" 하고 주의를 줬다.

발밑의 상자를 내려다봤다. 겉면에 아무것도 인쇄되지 않은 귤 상자 같은 단순한 상자였다. 나는 아직 상자를 건드리지 않았지만, 다른 사람의 다리가 닿았을 때의 반응을 보면 속이 꽉 찬 것 같지는 않았지만 빈 것 같지도 않았다. 불현듯 옷을 갈아입어야 한다는 와키타의 이야기가 떠올랐다. 안에는 아마 갈아입을 옷이 들어 있을 것이다.

잠시 뒤, 방이 꽉 차고 모든 사람들에게 상자가 하나씩 돌아갔다. 하지만 복도 쪽에서 끊임없이 술렁거리는 소리가 들리는 걸로 보아 또 새로운 여자들이 도착해 다른 방으로 이동하는 듯했다. 일이 커졌다고 새삼 생각했을 때, 유도원이 입을 열었다.

"여러분, 이미 안내원들에게 이야기를 들으셨겠지만, 이곳에서 의식에 꼭 필요한 특별한 의상으로 갈아입어주세요. 상자를 열고 내용물을 확인해주세요."

상자를 여는 바스락 소리가 실내를 뒤덮었고, 이내 곳곳에서 우아, 꺄악, 하는 비명인지 신음인지 구분이 가지 않는 소리들이 터져 나왔다. 쭈뼛거리며 상자를 연 나는 화들짝 놀랐다. 상자 바닥에 유카타 같은 기모노 한 벌이 곱게 개어져 있었다. 문제는 재질이었다. 온통 새카맸다. 한마디로 머리카락으로 짠 홑겹의 옷이었다. 등골을 타고 오한이 들었다. 이 방 하나에만 수백 명이 있는데, 설마 이게 전부 교주의 머리카락일 리는 없겠지. 다른 사람들의 얼굴도 정도의 차이는 있을지언정 하나같이 혐오감으로 일그러져 있었는데, 애초에 잘라낸 머리카락을 싫어하는 나는 누구 것인지도 모를 머리로 짠 옷을 걸쳐야 한다는 생각만 해도 뼛속까지 소름이 돋을 것 같았다.

왼쪽에 있는 후지노의 안색을 살폈다. 역시 신자라서인지 다른 사람들과는 표정이 딴판이었다. 이미 의상을 들고 이게 그…… 라는 양 흥미진진한 눈빛으로 바라보고 있었다. 게다가 나를 보며 갑자기 이렇게 말하는 게 아닌가.

"이건 발의髮衣라는 건데, 보통은 제4발위가 아니면 입을 수 없어요. 게다가 특별한 때에만……."

이런 징그러운 걸 용케도 만진다고 생각했다. 와키타에게 사전에 발의 이야기를 들었다면 이 일을 수락하지 않았을 것이다. 하지만 이미 선금을 받았고, 스마트폰도 여전히 인질로 잡혀 있었다. 10만, 10만이라 외며 죽을힘을 다해 옷을 입고 하룻밤 버텨보는 수밖에. 술렁거리는 여자들을 저지하듯 유도원이 발의에 대해 설명하기 시작했다.

"여러분, 조용히! 발의는 맨살 위에 입지 않아도 됩니다. 하지만 가급적 안에 입은 옷이 안 보이도록……."

개인 소지품을 모두 발의가 들어 있던 종이 상자에 넣고 테이프로 봉한 뒤, 까만 매직으로 상자 겉면에 이름을 적으라는 지시를 받았다. 의식은 새벽까지 계속되는데, 이 방으로 돌아올 때까지 절대로 발의를 벗으면 안 된다고 못을 박아서, 점점 정신이 아득해졌다.

발의는 상상을 조금도 배신하지 않는, 최악의 착용감을 자랑했다. 속옷 위에 얇은 니트를 입었는데, 수없이 많은 머리카락 끝이 니트를 찔러서 말 그대로 바늘방석에 앉은 것처럼 온몸이 따가웠다. 게다가 물 먹은 듯 묵직했고, 남의 두피에서 나는 기름진 냄새까지 피어올랐다. 키가 큰 나한테도 넉넉할 정도로 커서, 소매가 손등을 찔러댔고, 밑단도 너무 길어서 걸을 때마다 발등을 쓸었다. 그중에서도 견디기 힘들었던 건 목덜미에 닿는 감촉이었다. 맨살에 닿은 느낌이 마치 벗겨낸 두피를 목에 두르고 있는 것 같았다. 신자인 후지노도 미간을 찌푸리며 계속 목을 만지는 걸 보면, 생리적인 불쾌감 이전에 인간의 머리카락이라는 건 고슴도치의 가시와 마찬가지로 의복의 소재로 적합하지 않은 건지도 모른다.

우리는 유도원을 따라 '용담의 방'을 나왔다. 정말이지 기괴한 광경이었다. 어둡게 빛나는 머리카락 옷을 걸친 수백 명의 여자들이, 불쾌하게 굳은 핏기 없는 얼굴로 망자의 무리처럼 줄줄이 맨발로 복도를 걸어가는 모습은. 어디까지가 머리카락이고 어디까지가 발의인지 분간이 가지 않아서, 모든 여자들은 마치 검은 원념 덩어리처럼 보였다.

유도원의 설명에 따르면 버스에서 본 부도칸 같은 건물은 '영발전'이라 하는데, 예상대로 그곳에서 '가미유즈리의 의식'이라는 비밀 의식이 거행된다고 했다. 제1천도관과 영발전은 어딘가에서 복도로 이어져 있는지, 불길한 검은 물결이 된 우리는 현관이 아니라 실내를 말없이 통과했다. 게다가 다른 방에서 옷을 갈아입은 여자들까지 합류한 까닭에, 검은 물결은 더욱더 몸집을 불려갔다. 그 커다란 강을 구성하는 한 방울이 되어 걸어가다 보니, 지옥 어딘가에 망자의 머리카락이 흐르는 검은 강이 있고, 지금 그것을 재현하고 있는 게 아닌가 하는 무시무시한 공상이 솟구쳤다.

제1천도관에서 제2천도관을 지나 밖으로 나가자, 눈앞에 천장이 높고 기둥이 늘어선 복도가 나타났다. 복도 양쪽으로는 울창한 대숲이 펼쳐져 있었는데, 바람이 거센지, 아니면 우리의 운명을 동정하는 건지 끊임없이 술렁거렸다. 실내는 판자 바닥이라 발이 시렸는데, 여기서부터는 한층 더 차가운 돌바닥이었다. 우리는 불안한 발소리와 함께 걸음을 옮겼다. 복도는 왼쪽으로 크게 호를 그리고 있었고, 걸어가다 보니 대숲 너머에서 영발전이 그 위용을 조금씩 드러내고 있었다. 아까 멀리서 차창 너머로 언뜻 봤을 때는 몰랐는데, 이렇게 끌려가는 노예처럼 걸음을 옮기며 새삼 바라보니, 마치 복도가 거대한 짐승의 위장에 연결된 기다란 혓바닥 같다는 생각이 들었다.

긴 복도 끝까지 왔을 때, 눈앞에는 이미 영발전이 우뚝 서 있었다. 외벽은 모두 목탄처럼 윤기 없는 어두운 회색으로 칠해져 있었고, 문이나 창틀의 금속 부분은 옻칠을 한 것처럼 검게 빛났다. 15단쯤 되는 넓은 계단을 올라가자 뒷문인 듯한 커다란 문이 활짝 열린 게 보였다. 현관을 빠져나와 어두운 복도를 가로지르자, 그곳에는 팔각형의 거대한 공간이 펼쳐져 있었다.

그 공간은 한가운데를 향해 완만한 경사를 이루고 있었고, 바닥에는 네 변이 10미터쯤 되는 작은 무대가 자리하고 있었다. 그리고 그 무대를 에워싸듯 수많은 좌석들이 몇 겹으로 늘어서 있었다. 팔각형의 산 모양을 한 천장에는 한 송이의 거대한 국화꽃을 연상시키는 복잡한 부조를 새겨놓았다. 우리는 모두 입을 벌리고 갓 상경한 사람들처럼 두리번거리며 한가운데에 자리한 무대를 향해 완만한 계단을 내려갔다. 돌아보자 2층 좌석이 보였다. 천 명은 더 됨 직한 발의 차림의 사람들이 이미 좌석을 검게 채우고 있었다. 보아하니 2층 좌석에 앉은 사람들은 신자 같았는데, 남녀를 불문하고 고령자가 많았다. 그들은 아마 후지노가 말하는 제4발위 이상의 사람들이리라. 그나저나 높은 지위의 신자를 2층에 앉히고, 하룻밤 '도우미'에 불과한 우리를 무대에서 가장 가까운 1층석에 앉히는 건 어째서일까.

우리는 '도우미' 중에서도 일찍 도착한 편인지 앞에서 다섯 번째 줄에 앉았다. 내 자리는 그중 오른쪽 가장자리였고, 왼쪽에는 후지노가 앉았다. 후지노는 다소 흥분한 얼굴로 속삭이듯 말했다.

"저기 보세요. 오른쪽에 있는 게 하나미치*예요. 히루메 님이 바로 저 길을 지나신다고요. 우리는 운이 좋아요. 이렇게 가까이서 히루메 님과 새 후계자님을 볼 수 있다니……."

황송하다는 목소리였지만 신자가 아닌 나는 교주를 가까이서 보고 싶은 마음이 눈곱만큼도 없었다. 보고 싶기는커녕,

---

* 관객석을 지나 무대로 이어지는 통로.

괜히 눈이 맞으면 '머리카락 한 가닥을 내놓아라, 네 영혼을 벌거벗겨주마' 같은 소리를 하는 게 아닌가 걱정이 됐다. 하필이면 이런 자리에 앉아서…….

그로부터 상당한 시간을 기다렸다. 시계가 없어서 정확한 시간은 알 수 없었지만, 의식이 시작되기까지 두세 시간은 기다린 것 같다. 그동안에도 발의를 입은 여자들이 차례차례 쏟아져 들어와서, 1층 좌석을 새카맣게 채웠다. 놀랍게도 모든 좌석이 거의 찬 걸 보면, 결국 이곳에 모인 여자들은 수천 명에 이르는 것 같았다. 만일 5천 명의 '도우미'를 모았다면, 한 명당 10만 엔씩 5억 엔을 지불해야 한다. 하지만 그보다 더 나를 소름 끼치게 한 건, 5천 벌의 발의였다. 아니, 2층석 신자들까지 합치면 6천 벌은 될까. 대체 몇 명의 여자들이 얼마나 머리카락을 잘라야 6천 벌의 발의를 짜낼 수 있을까. 한 벌의 발의에 머리카락을 제공한 여러 여자들의 존재가 깃들어 있고, 그 머리카락에 달라붙은 사념 같은 것이 이 영발전이라는 공간에 넘쳐흐르는 게 아닐까. 그런 생각을 하자 숨을 한 번 내쉴 때마다 실을 뽑아내는 느낌이 들어서 속이 갑갑해졌다.

갑작스레 회장이 어둠에 휩싸이며 의식이 시작됐다. 영화관처럼 스르륵 조명이 꺼지더니, 한가운데에 자리한 무대와 하나미치가 조명을 받아 어둠 속에서 찬란하게 나타났다. 무대에 지붕은 없었지만, 전통 방식의 판자 바닥 가장자리에는 낮은 난간 같은 것을 세워놓아서 왠지 노* 무대를 연상케 했다. 의식이 시작되는 걸 알아차리고 마른침을 삼키는 기척이 어둠 속에서 잔물결을 일으키며 퍼져나갔다.

"지금부터 간나가라 천도회가 지난 세월 동안 고대했던 비의秘儀 중의 비의, 가미유즈리의 의식을 거행합니다. 이 신성한 전당에 모이신 여러분, 오늘 밤에 새로운 시대의 막이 오르면 기뻐해주십시오, 축하해주십시오, 찬양해주십시오……. 신은 머리로부터 내려오십니다, 머리카락도 머리로부터 내려오십니다……. 머리카락은 신이고, 신은 머리카락이라……."

노래하듯 독특한 가락을 띤 안내 방송이 흘러나온 뒤에, 땅속에서 솟아오르듯 서서히 음악이 연주되기 시작했다. 큰북과 징, 피리, 축제 음악처럼 흥겨운 곡조였지만, 피리가 연주하는 가락은 왠지 불편하다고 해야 할까, 목덜미를 핥듯 음정을 올렸다 내렸다 하거나, 음정이 어긋난 것처럼 마구 내달리다 순식간에 제자리로 돌아가는 등, 좌우지간 곡조에 집중하려는 순간 그것을 깨트리는 기분 나쁜 음악이었다.

그때 하나미치 쪽에서 쿵, 쿵, 하고 여럿이 발을 구르는 소리가 울려 퍼졌다. 드디어 사람이 등장한 모양이다. 쭈뼛거리며 돌아보자, 칠흑의 막을 시원하게 가르며 여덟 명의 무용수들이 차례차례 모습을 드러냈다. 무용수들은 하얀 천 위에 역

---

* 가면을 쓰고 연주에 맞춰 노래하고 춤추는 일본의 전통 악극.

시 발의를 걸치고 있었는데, 우리가 입은 것보다 옷자락이 훨씬 길어서 뛰어오를 때마다 하늘하늘 흩날렸고, 소매도 후리소데처럼 길게 늘어져서 팔을 흔들 때마다 검은 호를 그렸다. 오른손에는 하얀 부채, 왼손에는 고헤이* 같은 것을 들고 바스락바스락 마른 소리를 냈다. 하지만 무엇보다 눈길을 끈 건 풍성한 머리카락이었다. 허리께까지 오는 윤기 있고 풍성한 머리카락을 사자춤을 추듯 능숙하게 흔들고 있었다. 폭이 2미터 남짓한 하나미치를 잘 활용한 아름다운 몸놀림, 일사불란한 거친 발동작, 춤 같은 건 잘 몰랐지만 그들이 급조된 무용수가 아니라는 건 금방 알 수 있었다. 그리고 그 황홀한 표정, 이대로 목숨이 다할 때까지 춤추겠다는 숙명에 타오르는, 무아지경의 표정이었다.

무용수들이 하나미치를 지나 네모반듯한 무대로 올라가, 다시 두 바퀴쯤 춤췄을 무렵 갑자기 음악이 멎었다. 쿵, 쿵, 격렬한 고동 같은 무용수들의 발소리만 실내에 울려 퍼졌다. 그때 한층 눈 부신 빛줄기가 하나미치를 밝혔고, 모두가 그쪽으로 눈을 돌렸다. 검은 막을 좌우로 헤치고 다시 새로운 무용수 두 명이 나무 의자를 양쪽에서 공손하게 들고 하나미치에 모습을 드러냈다. 하지만 그들은 조연에 불과했다. "저분이 히루메

---

* 일본 전통 종교인 신도에서 무녀나 신관들이 사용하는 도구로, 막대기 끝에 흰 종이나 천을 지그재그 모양으로 접어 끼워서 만든다.

님이세요"라고 후지노가 속삭였다. 무용수들 뒤에서 교주 히루메가 걸어 나왔다.

한마디로 표현하면 자그마한 노파였다. 살짝 숙이고 있는 얼굴은 90대 노인처럼 보였다. 축 처진 눈꺼풀 아래로 투견처럼 어둡고 날카로운 눈빛이 번쩍였다. 얇은 눈썹에, 애굣살이 도드라졌고, 입은 꾹 다문 채였다. 기미를 감추기 위해서인지 금방이라도 금이 갈 것처럼 허옇게 칠한 얼굴이 으스스했다. 하지만 가장 눈길을 끄는 건 머리카락이었다. 후지노의 말대로 머리카락만 유독 새카맸다. 게다가 머리가 얼마나 긴지…….아, 얼굴이 나타났다고 생각한 순간, 그 뒤에 마치 혜성이 꼬리를 끌듯 길게 뻗은 검은 머리가 보였다. 과장이 아니다. 새로 나타난 두 무용수는 믿기지 않을 만큼 풍성한 교주의 검은 머리카락을 품에 안고 뒤를 따랐다.

저 머리카락은 가짜다. 곧바로 그런 생각이 들었다. 길이가 5미터쯤 되는 것만 봐도 그렇다. 있을 수 없는 일이다. 머리카락은 한 달에 1센티미터쯤 자란다는 이야기를 자주 듣는데, 그게 사실이라면 1년에 12센티미터다. 머리카락의 수명을 10년이라 치면, 최대는 120센티미터다. 사람에 따라 머리카락이 자라는 속도나 수명에 차이는 있겠지만, 5미터라니. 종교적인 연출임을 감안해도 역시 과했다. 그런 내 의문을 알아챘는지, 후지노가 속삭였다.

"히루메 님은 오가미누시 님의 계시를 받으신 뒤로 한 번도 머리카락을 자르지 않으셨어요. 이 발륜은 자연스럽게 빠진 머리카락으로 만들었다고 해요…….”

백번 양보해 그것이 사실이라고 해도, 저 괴물처럼 긴 머리카락을 완전히 설명할 수는 없다. 불현듯, 예전에 방송에서 보았던 세계에서 가장 긴 머리를 가진 인도 남자의 영상이 떠올랐다. 그 남자는 머리카락을 똬리처럼 둘둘 묶어 올렸던데, 분명히 몇 미터쯤 됐던 것 같다. 그렇다면 이 머리카락도 진짜일까?

하얀 버선을 신은 교주의 발이 내 바로 옆을 천천히 지나쳤다. 앞장선 두 무용수가 들고 있던 의자를 무대에 내려놓았다. 높은 등받이를 투조*로 섬세하게 장식한 커다란 의자였다. 조각된 팔걸이나 묵직한 다리가 한눈에도 장엄한 옥좌를 연상시켰다. 교주는 무대를 한 바퀴 돌더니, 그 의자에 어색하게 앉았다. 기다란 머리카락은 무용수들이 수혈식 주거처럼 원뿔형으로 펼쳐놓았는데, 그 속에 석고처럼 허연 얼굴의 노파가 근엄하게 앉아 있는 모습은 우스꽝스러우면서도 한편으로는 으스스했다. 교주는 아무래도 몸 상태가 좋지 않은지, 걸음걸음이 위태로웠고, 거동도 나른했으며, 턱을 힘없이 떨구고 있었다. 온몸에서 노쇠의 기운이 짙게 피어오르고 있었다. 후계

---

* 평면에 구멍을 뚫거나 완전히 도려내어 형상이나 무늬를 부분 입체적으로 표현한 조형 기법.

자에게 자리를 물려주고 싶을 만도 하다고 생각했다.

교주가 등장한 뒤에도 검은 무용수들은 뭔가를 자극하듯 계속해서 발을 굴렀다. 뭔가 더 나올 것 같다고 생각한 순간, 환한 스포트라이트가 다시 하나미치 쪽으로 슥 움직였다. 한동안 뜸을 들이듯 아무것도 나오지 않았지만, 갑자기 쿵 하는 타악기의 굉음과 함께 검은 막이 좌우로 젖혀지며, 이번에는 빌의를 걸친 네 명의 젊은 남자들이 네모로 진형을 짜서 모습을 드러냈다. 네 남자는 비둘기처럼 앞뒤로 몸을 흔들며, 무용수들의 발 구르는 소리에 맞춰 조금씩 전진했다. 어깨에 두툼한 막대를 멘 것으로 보아 이번에는 가마가 등장할 차례인 것 같았다. 예상대로 작은 신당 같은 가마가 나타났는데, 내가 뭘 보고 있는지 이해하기까지 10초쯤 시간이 걸렸다.

가마에는 한 사람이 타고 있었다. 여덟 명의 남자들이 멘 가마는 금세공을 한 현란한 지붕이 달려 있었다. 지붕을 받치고 선 네 귀퉁이의 기둥 안쪽 공간에 두툼한 방석 같은 것이 깔려 있었고, 그 위에 사람 하나가 오도카니 앉아 있었다. 사람이라는 걸 한눈에 알아보지 못한 데엔 몇 가지 이유가 있었는데, 먼저 의아하게 여긴 건 크기였다. 갓난아이쯤 되는 크기에다 실오라기 하나 걸치지 않은 알몸이었다. 하지만 그것이 갓난아이가 아니라는 사실을 알아챈 순간, 다가오는 가마가 뇌를 온통 헤집어놓는 듯한 경악에 휩싸였다.

그것은 분명 여자였다. 결코 풍만하다 할 수는 없지만, 분명히 가슴이 봉긋했기 때문이다. 그리고 체모 없이 매끈한 사타구니 사이에는 여성의 생식기가 있었다. 앳된 소녀일까? 하지만 그것도 확신할 수 없었다. 여자는 음부뿐 아니라, 온몸에 털이 한 올도 없었기 때문이다. 머리카락은 물론, 겨드랑이, 눈썹, 가까이서 보지는 못했지만, 아마 속눈썹도 없을 것이다. 온몸이 양초처럼 매끄러운 창백한 살덩어리…….

하지만 체모가 없다는 이유만으로 이토록 경악하지는 않았을 것이다. 더욱 중요한 것이 결여되어 있었다. 여자에게는 팔다리가 하나도 없었다. 신화 속 히루코 같다고 할까, 어깨는 완만한 곡선을 그리며 옆구리로 이어졌고, 허리도 곧바로 음부와 이어져 있었다. 과거 사지가 달렸던 흔적은 전혀 찾아볼 수 없었고, 팔다리란 인간 본연의 아름다움을 해치는 방해물일 뿐이라는 듯 요염한 자태를 자랑하며, 여자는 조용히 가마 속에 모셔져 있었다. 처음에는 미술에서 쓰는 토르소 같은 것인 줄 알았는데, 머리가 좌우로 느리게 흔들렸고, 입술도 숨 쉬듯 희미하게 움직이는 걸 보면 결국 살아 있는 인간이라는 걸 인정할 수밖에 없었다. 후지노도 이런 사태를 예상하지는 못했는지, 눈을 부릅뜨고 여자를 바라보며 입을 다물고 있었다. 혹시 이 여자가 그 후계자인가? 갑자기 그런 생각이 들었다. 머리카락을 신으로 받드는 전국 20만 신자 위에 군림하는 사지 없는 무모증의 여자라니, 충격적인 광경이었다.

가마가 가까이 다가왔을 때에야 깨달았지만, 여자는 눈도 보이지 않는 것 같았다. 눈을 반쯤 뜨고 있었는데, 눈꺼풀 아래에는 안구가 아니라 어두운 구멍이 뚫려 있는 것처럼 보였다. 어쩌면 팔다리와 마찬가지로 안구도 날 때부터 없었던 건지도 모른다. 그럼에도 여자는 텅 빈 안와 깊숙한 곳에 진리를 움켜쥔 감각기관을 감추고 있는 것처럼 유유히 고개를 흔들고 있었다. 아름다운 얼굴이었다. 오뚝한 코, 자그마한 입, 날렵한 턱선, 주름 하나 없는 촉촉한 피부, 그리고 매끄럽게 뻗은 가느다란 목, 가련한 곡선을 그리는 쇄골, 소담한 가슴……. 소녀라 할 정도로 어리지는 않았지만, 많아봤자 스무 살쯤 됐을 것이다. 이 젊은 여자가 머리카락을 삼키며 이런저런 일들을 점치는 걸까. 그 광경을 상상해봤지만 희한하게도 이상하지 않았다. 이토록 많은 것들이 결여되어 있으니, 그 정도 능력을 가져야 비로소 손익이 맞는다 할 수 있지 않을까.

가마가 천천히 하나미치를 지나는 동안, 어딘가에서 향을 피우기 시작했는지 주정뱅이의 숨결 같은 달달하고도 비릿한 냄새가 코끝을 간질였다. 대체 무슨 냄새지. 자세히 맡아보려고 코를 킁킁거릴 때마다 뇌수에 배어드는 것 같아서, 살짝 눈앞이 핑 돌았다. 눈앞에서 펼쳐지는 기괴한 광경에 정체 모를 냄새까지 더해져, 더욱더 악몽을 꾸는 기분에 휩싸였다.

가마 뒤에서 두 남자가 또 다른 의자를 들고 걸어오고 있었다. 교주의 의자는 전체적으로 갈색빛이 도는, 세월의 흐름과 위엄이 느껴지는 빼어난 작품이었지만, 이 의자는 의장은 비슷했지만 목재의 빛깔이 훨씬 밝았다. 그야말로 후계자를 위해 새롭게 만들어진 푹푹한 옥좌였다. 가마가 무대 위에 오르자 교주와 마주 보는 형태로 의자를 배치했다. 그리고 후계자는 방석에 놓인 자세 그대로 두 남자의 부축을 받아 가마에서 의자로 옮겨졌다. 풍성한 검은 머리에 파묻힌 늙은 교주와 털 없는 젊은 후계자가 무대 위에서 서로 마주 보았다.

집요하게 발을 구르던 검은 무용수들이 단번에 동작을 멈췄다. 다시 축제 음악이 흘러나오자 화려한 원무가 재개됐다. 이번 음악은 더욱 격렬하고 선정적이어서, 점점 템포가 빨라지는 듯한 착각이 들었다. 거기에 알싸한 향기가 주는 몽롱함까지 더해져, 빠른 듯 느린 듯, 눈 부신 듯 컴컴한 듯, 더운 듯 추운 듯, 모순되는 감각이 의식을 마구 주물렀다.

아, 뭔가 이상하다. 위험하다 싶었다. 머리가 빙빙 도는 것 같아서 숨을 삼켰지만, 머리는 멀쩡했다. 무용수들이 흔드는 검은 머리카락이 코끝을 간질이는 느낌에 숨을 삼켰지만, 역시 무대에서 5미터쯤 떨어져 있었다. 분명 마주 보는 교주와 후계자를 옆에서 바라보고 있었는데, 의식이 무대 위로 빨려 들어가 두 사람 사이에 앉아 있는 기분이 들었다. 왼쪽을 바라보자, 교주가 늘어진 눈꺼풀 아래의 두 눈으로 서릿발 같은 시선을 보냈다. 오른쪽을 보자 민둥산 같은 여자가 하니와*처럼 뺑

---

* 무덤 외부를 장식하는 인형 모양의 토기.

뚫린 눈으로 허무한 눈빛을 보냈다. 그럴 리 없다며 황급히 고개를 젓자 의식이 원래 자리로 돌아왔지만 조금만 방심해도 곧바로 무대 위로 끌려갔다. 아무래도 나만 이러는 건 아닌 것 같았다. 후지노는 턱을 앞으로 내민 채 초점 없는 눈에 입도 반쯤 벌어져 있었다. 지근거리에서 들여다봐도 반응이 없었다. 뒤돌아 실내를 둘러보니, 모든 여자들이 찍어낸 것처럼 얼빠진 얼굴로 무대를 바라보고 있었다.

그러는 동안 나지막한 신음 소리 같은 것이 희미하게 들리기 시작했다. 처음에는 흘러오는 음악에 그런 소리가 뒤섞인 줄 알았는데, 의식이 무대 위로 빨려 들어갔을 때, 교주가 입을 오물거리고 있는 걸 보았다. 귀를 기울여보니 단순한 신음이 아니라 뭔가 중얼거리는 소리 같았다. 경인지 축사인지 주문인지는 알 수 없지만, 목소리 자체가 으스스하고 거칠거칠한 감촉을 가지고 있어서, 흥겨운 축제 음악을 비집고 개미 떼가 줄줄이 귀로 들어오는 것만 같았다. 불쾌한 소리라 생각하며 귀를 막으면 순간적으로는 들리지 않았지만, 곧 빈틈을 찾았다는 양 귓속을 파고들었다.

그렇게 목소리를 떨치지 못하고 있는데, 설상가상 또 하나의 목소리가 거기에 더해졌다. 후계자까지 교주를 따라 뭐라고 중얼거리기 시작한 것이다. 교주의 목소리보다 높고 매끄러웠지만, 그 목소리가 줄지어 귓속으로 숨어들자, 온몸이 주체할 수 없이 덜덜 떨렸다. 주변을 둘러보자 곳곳에서 정신을 차리고 귀를 닦아내기를 반복하는 여자들의 모습이 보였다.

더욱더 마음이 혼란스러워지며 기묘한 심정에 빠졌다. 두 사람의 중얼거림이 두 줄의 행렬이 되어 머릿속을 빙글빙글 돌기 시작했다. 하늘로 떠오르고, 바닥을 기며, 마찰하고, 뒤섞이며 한없이 계속됐다. 현기증이 심해져서 도저히 몸을 가누지 못하고 억지로 의자에 기대 버텼다…….

그 순간이었다. 그때까지의 모든 일들이 서장에 지나지 않았다는 듯, 기이한 현상이 조용히 시작되었다. 원뿔형으로 늘어져 있던 교주의 검은 머리카락이 바람을 머금은 듯 두둥실 허공으로 떠오르기 시작했다. 하지만 어딘가에서 바람이 불어온 것 같지는 않았고, 실제로 교주의 발의에서도, 무용수들의 머리카락이나 옷자락에서도 공기의 흐름을 느낄 수 없었다. 그저 교주의 머리카락만이 파도 사이를 떠도는 해초처럼 펼쳐져 너울너울 춤을 추었다.

이내 교주의 머리카락은 한 방향을 향해 움직였다. 전방, 즉 후계자를 향해, 먹을 머금은 거대한 붓처럼 흐느적흐느적 나부끼기 시작했다. 하지만 1미터쯤 남겨두고, 길이가 부족하다, 닿지 않는다, 아직 닿지 않는다, 하고 원망스러운 듯 공중에서 술렁거리고 있었다. 이건 마술이다. 뭔가 속임수가 있는 게 분명하다. 머리 한구석에서는 의심이 들었지만, 의식의 허리가 반으로 꺾인 것처럼 간파하려는 강한 의지가 생기지 않았다.

정신 똑바로 차려야 해. 속으로 되뇌던 순간, 더욱 으스스한 장면을 목격했다. 후계자에게 닿지 않을 것 같던 교주의 머리카락이 쑥 늘어난 것이다. 아니, 늘어난 것처럼 보였을 뿐, 실제로는 한 줌의 다발이 되어 빠졌다. 그리고 그 다발은 후계자를 향해 똑바로 나아가, 뭔가를 중얼거리던 그 아름답고 소담한 입으로 쏙 빨려 들어갔다. 길이가 5미터쯤 되는 머리카락을, 후계자는 마치 국수를 먹듯이 후루룩후루룩 빨아들였다. 남의 머리카락이 다발이 되어 목구멍으로 넘어간다……. 보는 내 속이 뒤집어질 정도로 기분 나쁜 장면이었다. 물론 한 다발로 끝나지 않고, 두 다발, 세 다발, 넷, 다섯…… 교주의 머리에서 빠진 머리카락들은 차례로 후계자의 입으로 빨려 들어갔다. 하얗고 가느다란 목은 사냥감을 삼킨 큰 뱀처럼 두툼해져서 실룩거렸다. 교주의 풍성한 머리카락을 무게로 환산하면 몇 킬로그램, 아니 어쩌면 10킬로그램은 더 될 것 같았다. 그 엄청난 양의 머리카락이 여자의 여윈 몸속으로 빨려 들어갔다.

이 여자는 진정 인간일까, 어둠의 세상에서 스르륵 기어 나온, 인간 아닌 존재가 아닐까. 그런 의심이 고개를 들었을 때, 묘한 사실을 깨달았다. 반쯤 닫혀 있던 후계자의 눈꺼풀이 조금씩 올라가기 시작한 것이다. 게다가 텅 비어 있던 안와에서도 뭔가가 꿈틀거리고 있었는데, 그것이 머리카락 뭉치라는 사실을 깨닫기까지는 한참이 걸렸다. 털실같이 동그랗게 말린 검은 머리카락이 마치 안구처럼 데굴데굴 분주하게 움직이고 있었다. 가로세로로 수없이 나뉘어 곤충의 복안을 연상시키는 기묘한 빛깔의 어두운 눈알이, 눈동자도, 흰자도 없는데 어찌 된 영문인지 나를 응시하고 있는 것 같아서 등골이 오싹해졌다.

후계자의 몸에 나타난 변화는 그게 끝이 아니었다. 매끈하게 빛나던 두피가 회색빛을 띠더니, 머리카락이 순식간에 자라나는 게 아닌가. 한편, 교주의 머리 곳곳에는 푸르스름한 두피가 보이기 시작했고, 점점 범위가 넓어졌다. 그럼에도 교주는 아랑곳하지 않고 계속 뭔가를 중얼거렸고, 이 의식이 이번 생의 마지막이라는 듯 깡마른 손으로 팔걸이를 꽉 붙잡고 귀기 어린 표정으로 앉아 있었다.

그리고 사태는 더욱더 경이로워졌다. 그나마 머리는 이해가 간다고 쳐도, 원래 팔다리가 있어야 할 자리에서도, 마치 천국수처럼 머리카락이 쑥쑥 자라나는 게 아닌가. 두 팔과 두 다리, 즉 모두 네 곳에서 머리카락이 다발로 솟아나, 동아줄처럼 구부러지며 하나로 합쳐지더니, 타란툴라의 다리를 연상시키는 털이 수북한 새까만 팔다리의 형상을 이루었다. 게다가 그 팔다리는 각각 3미터쯤 될 정도로 비정상적으로 길지만 팔꿈치나 무릎 같은 관절은 있었다. 인간의 몸을 가진 소금쟁이 같은 느낌이었다.

조금 전까지 털 한 가닥 없던 여자가, 교주의 머리카락을 먹으며 섬뜩한 긴 팔을 구부려 의자 팔걸이를 잡더니 드디어 몸을 일으켰다. 그리고 까만 다리로 바닥을 디디고 갓 태어난

아기 사슴처럼 부들거리며 일어나려 했다. 그 소름 끼치는 장면에 곳곳에서 비명이 터져 나왔다. 후계자는 허리를 펴면서 고개를 돌렸다. 그리고 세상의 모습을 확인하려는 듯, 검은자위만 있는 눈알을 번들거리며 천천히 장내를 둘러보았다.

그러는 동안에도 후계자는 계속 신음 소리를 내며 교주의 머리카락을 검은 연기처럼 들이마시고 있었다. 하지만 머리카락이 얼마 남지 않은 교주의 얼굴에 고통스러운 표정이 떠오르고, 솟아난 땀줄기는 뺨을 따라 흘러내려 뚝뚝 떨어졌다. 후계자가 비틀거리며 쓱 일어났을 때에는, 그토록 풍성했던 교주의 검은 머리도 슬슬 바닥을 보였고, 아무것도 없는 해골 같은 작은 머리통이 힘없이 무릎 위로 떨어졌다. 교주는 이제 털 뽑힌 닭처럼 비참하고 무력한 모습으로 변했다. 간신히 숨은 붙어 있는 것 같았지만, 그 입은 말이 아니라 침을 흘렸고, 하얗고 탁한 눈은 죽은 물고기 같았다. 의식이 있는지 없는지조차 불분명했다.

교주의 머리카락을 모조리 먹어치운 후계자는 머리카락으로 이루어진 팔다리의 힘을 빌려 우뚝 서서 의기양양하게 우리를 내려다보았다. 여자의 얼굴은 무대에서 4미터쯤 떨어진 곳에서, 바람을 맞은 높은 나무처럼 살랑살랑 흔들리고 있었다.

그때 어디선가 갑자기 우렁찬 박수 소리가 터져 나왔다. 둘러보니 2층석에 있던 신자들이 모두 일어나 열광적으로 손뼉을 치고 있었다. 어두워서 자세한 표정은 보이지 않았지만, 새로운 지도자가 탄생하는 장면을 목격한 기쁨에 몸이 절로 움직인 것 같았다. 고위 신자인 그들은 이 범상치 않은 사태가 일어날 것을 사전에 인지하고 있었다는 뜻이리라.

한편, 일개 '도우미'인 나는 겁에 질려 떨고 있었다. 내가 무엇을 보았는지, 대체 무엇의 탄생을 목격한 것인지, 도무지 알 수가 없었다. 영혼 밑바닥에서 공포가 검고 거대한 덩어리가 되어 솟아올랐다. 10만 엔은 아무래도 좋다, 10만 엔을 내고서라도 당장 이곳을 빠져나가고 싶다. 그런 마음이 간절했지만, 내가 돌발 행동을 하면 고조된 감정의 둑이 터지며 눈사태가 일어나듯 모두가 순식간에 공황 상태에 빠질 것 같았다. 하지만 도망치려 한 건 나만이 아니었던 모양이다. "어?" "왜?" "왜 이래?" "싫어!" "안 움직여!" "못 일어나겠어!" 사방에서 다급한 목소리가 터져 나왔다.

순식간에 핏기가 가셨다. 움직일 수 없다? 설 수 없다? 설마 싶어서 일어나려 했다. 하지만 정말 설 수 없었다. 발의다. 발의가 어느샌가 철판처럼 뻣뻣하게 굳어서 우리를 앉은 자세로 좌석에 내리누르고 있었던 것이다. 머리카락으로 짠 옷이 이렇게 단단해질 리 없다. 온 힘을 다해 일어나려 했지만 몸에 콘크리트를 들이부은 것처럼 일어날 수 없었다. 간신히 고개를 돌려 후지노 쪽을 보자, 그녀도 다른 사람들처럼 시뻘건 얼굴로 몸부림치고 있었다. 신자인 후지노도 발의에 이런 비밀이 숨겨져 있는 줄은 몰랐던 모양이다.

충격에 휩싸인 머리 한구석으로, 그럼 왜? 하는 거대한 의문이 스쳐 지나갔다. 왜 우리를 구속하는 거지? 공포에 사로잡혀 도망칠 것을 예상하고 이 발의를 입힌 건가? 애초에 우리는 왜 공포를 견디면서까지 이런 장면을 봐야 하는 거지?

하지만 모든 것은 교단의 계획대로 진행되는 듯했다. 2층석의 고위 신자들도 우리처럼 발의를 입고 있었지만 이성을 유지한 채 자리에 앉아 있었고, 축제 음악을 연상시키는 흥겨운 연주도 변함없이 이어지고 있었다. 무용수들도 후계자의 발밑에서 무엇에 홀린 사람처럼 미친 듯 춤추고 있었다. 교주의 힘이 소진되자 염불처럼 중얼거리던 소리도 순간 끊겼지만, 이내 다시 울려 퍼지기 시작했다. 후계자가 이어서 뭔가를 외기 시작한 것이다. 활기찬 음악을 배경에 깔고, 곳곳에서 여자들의 비명과 울음이 터져 나오는 가운데 왜 저 나지막한 혼잣말이 귀에 들어오는 것인지 알 수 없었다.

그때였다. 후계자가 기다란 팔을 천천히 들어 1층석을 가리키더니, 아는 얼굴을 찾듯 서서히 옆으로 움직이기 시작했다. 유독 사위스럽게 느껴지는 그 새까만 손은, 마치 손가락 하나하나에 생명이 깃든 양 꿈틀거려서 거대한 불가사의 같았다. 그 손끝이 이쪽으로 스르륵 다가왔다. 그것만으로도 흠칫했는데, 설상가상으로 갑자기 딱 멈추는 게 아닌가. 왜 나를? 마음속으로 외쳤지만 곧 손가락이 가리키는 게 내가 아니라는 걸 알아챘다. 자세히 보니 손끝이 살짝 왼쪽으로 기울어 있었고, 아무래도 옆자리의 후지노가 당첨된 모양이었다.

히익, 후지노의 입에서 절망에 찬 소리가 새어 나오고, 두 눈에서 한 줄기 눈물이 흘러내렸다. 물론 당장이라도 도망치고 싶겠지만, 그녀도 아까부터 발의에 짓눌려 꼼짝도 하지 못하는 것 같았다. 하지만 다음 순간 후지노가 덜덜 떨면서 어색하게 몸을 일으켰다. 어쩌면 후지노의 발의는 내 것처럼 무겁지 않은 걸까? 순간 의심이 들었지만 아무래도 제 의지가 아니라 발의가 강제적으로 일으켜 세운 것 같았다. 후계자는 발의를 자유자재로 조종하는 능력을 갖추었는지, 우리를 앉혀두는 것도, 일으켜 세우는 것도 마음대로 할 수 있는 것 같았다.

후지노가 일어나자, 등 뒤에서 거센 바람을 맞은 것처럼 머리카락이 무대를 향해 나부끼기 시작했다. 교주의 머리카락이 맞이한 운명처럼, 하나둘 빠진 머리카락은 허공을 날아 후계자의 입으로 빨려 들어갔다. 순식간에 머리카락을 빼앗긴 후지노는 마네킹처럼 민머리가 되었지만, 거기서 끝이 아니었다. 더욱 참혹한 사태가 그녀를 덮쳤다. 민머리에서 다시 새로운 머리카락이 돋아나기 시작한 것이다. 게다가 후계자의 정체 모를 힘이 억지로 머리카락을 뽑아내듯, 비정상적이라고밖에 표현할 수 없는 방식으로 돋아나고 있었다. 후지노는 더 이상 비명을 지를 기력조차 없는지 뺨을 씰룩거리며 눈을 까뒤집은 채 침을 흘리고 있었고, 보아하니 대소변까지 지리는 것 같았다.

새로 난 머리카락은 돋아나고 뽑히기를 반복했고, 그동안 후지노의 얼굴은 곶감처럼 점점 쪼그라들어 주름이 수없이 생겨나더니, 이내 나이를 가늠할 수 없는 쪼글쪼글한 노파의 그것으로 변해버렸다. 머리카락을 만들어내는 생명력이 소진된 뒤에야 풀려난 후지노는 힘없이 자리에 쓰러졌지만, 신기하게도 아직 숨이 붙어 있는지 목에서 쉭쉭 소리가 났다.

이리하여 우리는 이곳에 끌려온 이유를 깨달았다. 첫 제물로 바쳐진 후지노를 시작으로 여자들이 하나씩 일으켜 세워져, 빈껍데기가 될 때까지 머리카락을 빨리고 버려지는, 그런 아비규환의 지옥도가 펼쳐졌다. 이런 절망적인 사태를 2층의 고위 신자들은 이미 예견하고 있었는지, 이따금 박수와 환성이 터져 나왔다.

그동안에도 후계자는 머리카락을 계속 빨아들여 더욱더 무시무시한 모습으로 변모해갔다. 이제 사지라는 말은 적절하지 않았다. 어깨와 하체에서 팔다리가 두 개씩 자라나 거대한 거미처럼 추악하기 짝이 없는 모습을 드러냈고, 등에서는 네 장의 검은 날개가 돋아나 무대를 뒤덮었다. 얼굴 양쪽으로는 마치 아수라처럼 새카만 얼굴이 새로이 나타났고, 세 개로 늘어난 입으로 차례차례 사냥감을 물색했다. 네 장의 날개가 충분한 크기로 자라나자, 후계자는 천천히 날갯짓을 시작했고, 서서히 허공으로 떠올라 머리카락을 빨아들이며 커다란 각다귀처럼 유유히 장내를 선회하기 시작했다. 그 순간, 2층에서 또다시 우레와도 같은 박수 소리가 터져 나왔고 한동안 멈추지 않았다.

그런 악몽이 몇 시간이나 계속되었는지 모른다. 후계자는 과거 인간의 모습을 찾아볼 수 없는 사위스러운 존재로 탈바꿈했다. 10미터는 될 법한 기다란 다리가 무수히 뻗어나갔고, 장내에 거센 바람을 불러일으키는 날개는 밤을 뚝 떼어놓은 것 같았으며, 매끈하고 고운 투명한 피부는 검은 머리에 파묻혀서, 몸통은 이제 잠수함처럼 검은 덩어리로 보였다. 배 부분에는 곤충의 기문을 연상시키는 구멍이 여러 개 뚫려 있었고, 머리카락이 그곳을 통해 쉬지 않고 빨려 들어갔다. 이제 2층석의 신자들도 무사하지 못했다. 하지만 우리와 달리 그들은 앞다투어 몸을 바쳤고, 후계자의 눈에 들어 머리카락을 빼앗기기 시작하면 환희에 찬 목소리를 흘렸다. 미쳤다. 모든 것이 광기에 찬 가운데, 마지막 남은 한 줌의 이성마저 갈아버리는 거대한 절망이 소용돌이치고 있었다. 잡아먹을 거면 차라리 빨리 잡아먹어라. 울부짖다 지친 나는 그저 벌레처럼 쪼그라든 마음으로 그 자리에 앉아 기다리는 것밖에 할 수 없었다.

그때 불현듯 시선을 들자 더욱 이상한 광경이 눈에 들어왔다. 머리카락을 남김없이 빼앗기고 무대 위로 쓰러진 무용수들 사이에서, 누군가가 천천히 일어났다. 인간의 그림자를 땅바닥에서 벗겨낸 것처럼 온몸이 새까맸다. 머리끝부터 발끝까지 고무 슈트를 입은 것처럼 온몸이 새까만……. 그제야 깨달았다. 의자에 쓰러져 있던 교주의 모습이 어느샌가 보이지 않았다. 그렇다면 저 기괴한 존재는 변해버린 교주인가. 뚫어져라 바라봤다. 아무래도 교주의 온몸을 뒤덮은 것 역시 머리카락인 듯했다. 게다가 실지렁이처럼 꿈틀거리며 손발 끝으로 퍼져나가는 머리카락을 보아 하니, 계속해서 교주의 몸을 뒤덮고 있는 것 같았다. 발의다. 그런 생각이 들었다. 몸에 착 달라붙은 발의가 교주의 몸을 뒤덮고 뭔가 다른 존재로 탈바꿈시키려 하는 것이다.

이제 머리카락 인간으로 변한 교주는 구부정하게 몸을 굽히고 두 손을 앞으로 힘없이 늘어뜨린 자세로, 살아 있는 시체처럼 비틀거리며 무대 위를 떠돌기 시작했다. 머리는 물론 눈과 코까지 머리카락에 뒤덮여 있었지만, 호흡을 위해서인지 입 부분은 남겨놓아서, 괴로운 듯 신음하는 입이 보였다. 이내 교주는 고개를 들고 관객석 한곳에 시선을 고정했다. 아니, 이제 눈은 완전히 영발로 덮였으니, 뭔가를 감지한 듯 얼굴을 돌렸다고 표현해야 하리라. 교주는 붉게 빛나는 입을 크게 벌리고, 짐승처럼 탁한 신음을 흘리기 시작했다. 아무래도 아직 나처럼 머리카락이 남은 사람들을 발견하고 그 여자를 향해 으르렁거린 것 같았다. 그러자 이내 교주의 입으로도 머리카락이 빨려 들어가기 시작했다. 끔찍하게도 머리카락 인간 역시 후계자처럼 머리카락을 빨아들이는 능력을 가지고 있었다.

교주의 재생은 시작에 불과했다. 곳곳에서 검은 그림자들이 우뚝 일어나, 사냥감을 찾아 주변을 헤매기 시작했다. 옆에 있던 후지노 역시 벌떡 일어나 제2의 새로운 삶, 최초의 먹잇감을 보는 눈으로 나를 내려다보았다. 하지만 나를 점찍은 머리카락 인간은 후지노 하나뿐이 아니었다. 여섯 일곱 명이 벽을 쌓듯 나를 에워쌌다. 올 것이 왔다고 생각했다. 머리 위에서는 거대한 암흑이 된 후계자가 날아다니며 사방팔방에서 머리카락을 빨아들였고, 지상에서는 머리카락 인간들이 아직 멀쩡한 여자를 찾아내 남김없이 머리카락을 집어삼켰다. 달착지근한 향냄새에 여자들이 흘린 분뇨와 토사물에서 피어오르는 악취가 뒤섞여, 숨을 들이마실 때마다 코가 짓무를 것 같았다. 광란의 축제, 그 소용돌이 속에서 절규와 비명, 통곡과 오열, 희열에 찬 목소리가 터져 나왔다 사라지기를 반복했다.

있는 힘껏 소리쳤지만, 아무리 외쳐도 목소리가 나오지 않는 꿈을 꾸는 것 같았다. 머리카락 인간들이 돌림노래처럼 차례차례 신음 소리를 흘리기 시작하자, 온 두피의 모공이 조여드는 것 같았고, 머리카락이 모조리 곤두섰다. 누가 머리카락을 움켜쥐고 허공에 매단 것처럼, 힘겹게 몸이 떠오르는 느낌에 휩싸였고, 이내 곤두선 머리카락이 들어 올려졌다. 천지 분간이 가지 않을 정도의 현기증에 휩싸여서, 이제 내가 서 있는지 앉아 있는지, 아니면 쓰러졌는지조차 알 수 없었다. 우물 속으로 떨어진 것처럼 검은 그림자가 세상의 가장자리를 휘감고 있었다. 그 그림자가 새빨간 입을 벌리고 내 머리카락을 빨아들이기 시작하자, 마음까지 천 갈래 만 갈래로 찢어졌다. 밤의 어둠에 고인 침전물처럼 검은 덩어리가 흐려지는 시야를 날갯짓하며 가로질렀다.

왜 이런 곳에 있는 걸까. 뭔가 원하는 게 있었는데, 그게 무엇인지도 더 이상 생각나지 않았다. 곳곳에서 날아오르는 수많은 머리카락들이 자궁을 거슬러 오르는 정자들처럼 허공에 떠올라 세계에 군림하는 어둠 속으로 빨려 들어갔다. 몸이 삐거덕거리며 떠올랐다. 그동안에도 마음이 찢겨 나갔다. 떠오른 게 맞나? 추락한 게 아니고? 모르겠다. 이제 아무것도 모르겠다. 그저 멀어져가는 의식에 몸을 내맡기고, 영혼 밑바닥으로 떨어지며 중얼거렸다. 인간이 이런 식으로 죽을 수도 있구나…….

***

……완전한 온기에 안겨 편안하게 잠자다, 완벽한 상태로 깨어났다. 지독한 악몽에 시달렸던 것 같은데, 지금은 불쾌감도 희미해지고 아무것도 두렵지 않았다. 불안도 없고, 분노도 없고, 슬픔도 없었다. 몸 어디에서도 그늘을 느낄 수 없었고 충만한 기분으로 가득 찼다. 이 모든 건 히루메 님의 은총이다. 히루메 님의 자애의 결정, 검게 빛나는 영발이 온몸을 뒤덮고 있어서, 나는 한없는 지복 속에서 깨어날 수 있었던 것이다.

몸을 일으키자, 5672명에 이르는 가미우도들이 줄을 지어 차례로 영발전을 나서는 기적이 났다. 나도 그들과 함께 가야 한다. 함께 이 땅을 떠나 싸워야 한다. 그들은 모두 동지들이다. 우리는 모두 히루메 님의 수족이 되어 싸우는 병사들이다. 온몸을 뒤덮은 영발을 통해 우리는 하나로 이어져 있으며, 모두의 몸에 들끓는 사명감이 피부를 타고 전해졌다.

우리는 첫 가미우도에 지나지 않는다. 한 명의 가미우도는 100명의 몽매한 인간을 찾아내 죽은 머리카락을 빼앗고, 그 대신 신성한 영발로 다정하게 감싸 안는다. 그렇게 눈을 뜨게 하고, 새로운 동료로서 맞이해야 한다. 그리고 언젠가 100명의 가미우도는 1만 명으로, 1만 명은 100만 명으로, 100만 명은 1억의 군단으로 늘어날 것이다.

나는 일어나 동지들의 출정 행진에 합류했다. 머리 위를 올려다보니 더없이 아름답게 성장하신 새로운 히루메 님이 승리와 자애가 구현된 발익髮翼을 유유히 펼치고 선회하며 길고 오랜 싸움에 임하는 우리를 격려하고 축복하셨다. 자긍심이 용암처럼 힘차게 솟아올랐고, 영발 아래로 뜨거운 눈물이 뺨을 적셨다. 모든 것은 사랑이다. 사랑이 이 가슴에 흘러넘쳤다. 이것은 세상을 향한 사랑, 생명을 향한 사랑, 인류를 향한 사랑이다. 마르지 않는 샘과 같은 히루메 님의 사랑을, 나의 사랑을, 우리의 사랑을, 온 세상 사람들에게 나눠줘야만 한다.

동료들과 함께 영발전을 나서자, 동쪽 하늘이 하얗게 밝아오고 있었다. 구름 한 점 없는 감청색 하늘, 맑고 깨끗한 공기……. 이 얼마나 산뜻한 아침이란 말인가. 길 떠나는 우리를 위해 준비된 지고의 새벽이다. 가슴이 세차게 뛰었고, 나는 등골을 타고 오르는 기대감에 몸을 부르르 떨었다.

그때였다. 투명한 새벽녘 하늘에 귀를 찌르는 소리가 울려 퍼졌다. 돌아보자 금이 간 영발전 지붕을 뚫고 검은 용처럼 그 장엄한 모습을 드러내는 히루메 님이 보였다. 껍질을 깨고 부화한 오가미우도께서 드디어 구제를 기다리는 이 혼탁한 세상에 강림하신 것이다. 거대한 오가미우도께서는 조심스럽게 날갯짓하며 떠오르더니, 점점 고도를 높여서 천천히 선회하며 언젠가 당신의 손에 들어올 잠든 세상을, 황홀한 표정으로 바라보셨다.

히루메 님은 날갯짓하면서 세상의 찬연한 앞날을 그리셨고, 그 전망이 영발을 통해 우리에게 그대로 전해졌다. 우리는 이제 산을 내려가 마을로 들어가서, 무시무시한 기세로 수를 늘려갈 것이다. 공포도 두려움도 모르는 검은 군단이 되어 마을에서 마을로 이동하며, 진정한 행복을 모르는 가엾은 중생들을 모조리 히루메 님의 은총으로 감싸 안으리라. 그리고 영발은 온 세상에 창궐한 도시 문명을 차례차례 뒤덮고, 숨통을 끊어 빛나는 마음의 시대의 도래를 고하리라.

히루메 님이 하늘을 뒤흔들듯 포효하며 개전開戰을 선언하자, 대지도 그에 호응하며 환희에 차 몸부림치는 것 같았다. 우리 모두는 감격에 겨워 다 함께 주먹을 치켜들며 하늘을 향해 일제히 함성을 내질렀다. 머리카락은 신이다! 머리카락은 신이다! 그러자 히루메 님께서는 크나큰 은총의 단비를 내려주셨다. 등이 부풀어 오르더니, 차례차례로 검고 아름다운 발익이 돋아나기 시작했다. 환희에 차 터질 것 같은 가슴으로, 우리는 둥지를 떠나는 아기 새들처럼 곧 날갯짓을 시작했다. 잠깐 날갯짓했을 뿐인데도 우리는 이미 나는 방법을 알고 있다는 사실을 깨달았다.

누군가가 말했다. 날아오르자! 모두가 답했다. 그래, 지금이야말로 날아오르자! 고요한 수면에 떨어진 혁명의 조약돌처럼, 검은 날개가 대지로부터 떠올랐다. 파문이 번지듯 모두가 그 뒤를 따랐다. 시시각각으로 푸르게 밝아오는 새벽녘 하늘로, 요란한 날갯소리와 함께 우리는 일제히 날아올랐다. 우리는 한 마리의 큰 뱀처럼 꿈틀거리며 장차 전설이 될, 해방의 선봉이 될 마을을 향해 맹렬히 돌진했다. 우리의 탄생을 뒤늦게 알아챈 말간 태양이 맹렬하게 퍼덕이는 날개에 놀란 듯 빛을 발하기 시작했다. 차갑고 단단한 새벽녘 바람이 영발의 표면을 씻어내며 긴장을 불어넣었다.

우리는 행복했다. 모두가 행복했다. 여명의 전사로 선택받았다는 영예, 개전에 선발대로 참전한다는 지복, 눈을 내리깔고 부끄러워하는 소녀 같은 세상, 우리 모두는 얼굴을 뒤덮은 영발 아래에서 차오르는 웃음을 주체할 수 없었다. 이 웃음을 어떻게 사람들에게 보여줄 수 있을까. 검은 가면 아래에서 우리가 환한 미소를 지으며 싸우고 있다는 사실을 어떻게 알려줄 수 있을까. 모두가 내 물음에 답했다. 답은 하나! 세상도 하나! 만물을 영발로 뒤덮으라! 싸우자! 싸우자! 이 나라를, 이 세상을, 이 지구를, 이 우주를, 자비와 구제의 영발로 새까맣게 뒤덮는 그날까지!

나부와 나부

裸婦と裸夫

요즈음, 통근 전철 차량의 천장에 줄줄이 매달린 '현대의 나부裸婦전' 광고가 바람에 나부끼는 소리가 영 거슬렸다. K 시에 있는 현립미술관에서 8월 말까지 개최되는 전시회라고 했다. 광고 문구가 과장이 아니라면, 입구에서 출구까지 적어도 수십 점은 될 터였다. 수십 점의 나부, 나부, 나부……. 한마디로 여자의 나체가 여봐란 듯 전시되어 있는 것이다.

미술관 관계자들은 어때, 멋진 기획이지? 하고 콧김을 내뿜을지 모르지만, 대체 어떤 관객층을 노린 걸까. 광고를 처음 봤을 때 게이스케는 그런 생각을 했다. 어디까지나 예술은 예술이니 남자의 엉큼한 마음에 호소하는 것도 아닐 테고, 그렇다고 한가한 아주머니들을 노린 것도 아닐 터였다. 그들은 더 유명한 그림들을 모아놓은 속물적인 기획을 선호할 테니까.

그렇다면 젊은 커플의 데이트 코스인가? 모텔로 돌진하기 전의 전초전으로는 더할 나위 없겠지만, 서로의 몸을 모르는 순진한 남녀가 찾기에는 문턱이 높다. 어찌 되었든, 가장 어울리지 않는 관객은 혼자 전시회를 찾는 30대 남자다. 그렇다면 내가 도전해볼까? 순간적으로 그런 반항적인 생각이 머리에 떠올랐다.

무엇을 숨기랴, 게이스케의 어릴 적 꿈은 만화가였다. 고등학생 시절에는 미술부였고, 귀스타브 모로나 오딜롱 르동에게 푹 빠져 비현실적인 환상화를 그려댔다. 지금은 그림 센스나 실력은 조금도 필요로 하지 않는 보수적인 기업에서 일하고 있지만, 아직도 그림에는 일가견이 있었다. 그리고 사실 광고 속 그림, 우키요에와 클림트가 싸우고 나서 화해한 듯한 화풍의 기발한 작품에 눈길이 갔다. 인터넷에서 검색해보니 가스가 아무개라는, 처음 듣는 일본인 화가의 작품이었다. 황홀한 미소를 띤 무수한 알몸의 여자들이 요염하게 몸을 꼬며 하나가 되었다. 호쿠사이*의 파도처럼 넘실거리는 그들은 우뚝 솟아올라, 거꾸로 소용돌이치고 있었다. 제목은 〈어머니 바다〉라는데, 광고에 실린 건 일부이고, 실물은 꽤 큰 것 같았다. 광고에 실은 걸 보면 대표작인 듯한데, 출퇴근길에 전철 광고를 계속해서 보다 보니, 점점 이 그림 한 장을 보러 전시회에 갈 가치

* 가쓰시카 호쿠사이(1760~1849), 에도 시대의 우키요에 화가.

가 있을 것 같다는 생각이 들었다. 애초에 미술관이란 원래 혼자 가는 것이라는 양 고상을 떨며 이번 휴일에 한번 들러볼까.

게이스케는 M 시의 공동주택에서 혼자 살고 있었다. 걱정 많은 부모가 이따금 식량이나 고향 특산품을 들고 찾아오는 것을 제외하면 누구를 데려오는 일도 없었다. 학창 시절 친구들과는 지금도 띄엄띄엄 연락을 주고받았지만, 다들 도쿄, 후쿠오카, 히로시마에 흩어져 살고 있어서 연말 송년회 때나 얼굴을 보는 정도였다. 애초에 떠들썩한 분위기에서 어울리는 걸 좋아하는 성격도 아니었고, 술을 잘 마시는 것도 아니라 회사에서도 고지식하고 재미없는 사람이라는 평을 들었다. 고등학교를 졸업한 뒤로 붓은 손에서 놓았다. 나중에 선 자리에서 취미가 뭐냐는 질문이라도 받으면 머릿속이 새하얗게 변해 말문이 막히고, 내려앉은 침묵 속에, 정원에서 울려 퍼지는 시시오도시* 떨어지는 소리에 영혼이 빠져나갈지도 모른다. 휴일에는 비디오게임을 하거나, 동영상 사이트에서 영화나 드라마, 애니메이션을 보거나, 유행하는 추리소설을 읽었다. 그렇게 시간 때우는 일들을 취미라 부르기보다는, 차라리 옛날 사람처럼 일이 취미라고 하는 게 나을지도 모른다.

---

* 들짐승을 쫓기 위해 대나무로 만든 장치. 오늘날은 주로 정원 장식물로 쓰인다.

여자와는 더 인연이 없었다. 살면서 데이트를 한 적은 단 두 번뿐인데, 둘 다 결말은 비참했다. 초등학교 저학년 때 피아노를 배우기는 했지만, 발표회 때 너무 긴장하는 게 싫어서 그만뒀다. 많은 사람들 앞에서 뭔가를 하는 걸 싫어하는 성격인 줄 알았는데, 관객이 여자 혼자라도 달라지는 건 없었다. 좋아하는 여자가 눈앞에 있으면 그대로 테이블을 닦을 수 있을 만큼 손에서 땀이 배어 나왔고, 말도 시종일관 더듬거렸으며, 어느 정도 거리를 두면 오히려 빤히 보고 말았다. 성은 '거동', 이름은 '수상', 그렇게 말하는 것이나 마찬가지다. 첫 번째 데이트를 떠올리면 심박수가 오르며 호흡이 거칠어졌고, 두 번째 데이트를 떠올리면 가슴을 쥐어뜯으며 하늘을 찢어버릴 괴성을 내지르고 싶었다.

그럼 평범한 여자가 아니라, 남자를 많이 상대해본 여자의 경우는 어떨까. 한 번, 회사 선배가 그런 업소에 데려갔을 때, 예상대로 긴장성 발작을 일으켜서 이집트 미라처럼 뻣뻣하게 침대에 누웠다. 그와 반대로 하반신은 매오징어처럼 작고 흐물흐물한 상태여서, 그대로 허무하게 끝났다. 못 마시는 술을 마시면 늘 이 모양이라고 둘러댔지만, 1만 6천 엔을 내고 얻은 거라곤 바다처럼 깊은 동정의 눈빛과 뼈아픈 추억뿐이었다.

그런 게이스케가 휴일에 홀로 외출하는 건 좀처럼 없는 일이었다. 게다가 미술관 같은 곳에 혼자 가본 적은 거의 없었다. 현립미술관에는 예전에 가족끼리 고흐전을 보러 간 적이 있는

데, 기억나는 것이라고는 붐비는 인파에 진이 빠져서, 이 수익을 시공을 초월해 생전의 고흐에게 보내주고 싶다고 생각했던 일밖에 없었다. 하지만 '현대의 나부전'을 생각하면, 관짝처럼 비좁은 세상의 뚜껑이 살짝 열리며 빛이 새어 드는 기분이라, 왠지 마음이 설렜다. 이번을 계기로 미술관 투어라는 고상한 활동을 취미로 삼아, 남들처럼 인생을 즐기는 첫걸음을 내디디는 것도 나쁘지 않으리라.

하지만 막상 당일 아침이 되자 컨디션이 영 이상했다. 애초에 소풍 전날 밤도 아닌데 정신이 말똥말똥해서 결국 잠을 설쳤다. 7월 들어 실내 온도 30도를 웃도는 무더위가 기승을 부려서, 잘 때도 선풍기를 켜두었는데 선풍기 바람이 닿을 때마다 몸이 떨렸다. 추위와는 조금 다른 감각인 듯했지만, 역시 몸이 떨리고 간질간질한 게 피부가 민감해진 것 같았다. 선풍기를 끄면 덥고, 켜면 몸이 떨려서 한동안 선풍기를 껐다 켰다 하다가 어느새 잠이 든 모양이다. 하지만 아침까지 푹 자지 못하고, 중간중간 깨서 몸 어딘가를 벅벅 긁고 있는 걸 의식했다. 모기에 물린 건가 싶었지만, 이렇게 여러 군데를 물었으면 모기도 배가 불러 더 이상 달려들지 않겠다 싶어, 그냥 억지로 잠을 청했다. 그리고 날이 밝자 일어나라는 듯 알람이 울려서, 미적거리며 자리에서 일어났다.

모기에 물린 자국이 수두룩하겠지 생각하며 팔다리를 긁

는데, 신기하게도 어디에도 물린 자국이 없었다. 하지만 살갗이 따끔따끔 살짝 저린 것 같았다. 창가로 가서 저린 부분을 햇빛에 비추며 샅샅이 살펴보았지만 딱히 발진이 생긴 것 같지도 않았고, 매끈매끈했다. 감기에 걸렸을 때 피부가 따끔거리는 경우가 있기는 했지만, 그것과는 전혀 달랐다. 손 닿는 대로 다리나 허리를 확인해보니 역시 곳곳이 저릿저릿했다. 지금으로서는 딱히 아픈 건 아니었지만, 처음 있는 일이라 영 꺼림칙했다. 뭘 잘못 먹었나 싶어서 어제 기억을 더듬어봤지만 짚이는 게 없었다. 시험 삼아 열을 재봤지만 아침이라는 점을 감안하더라도 평소보다 낮았다. 뭔가 알레르기라도 생겼나 해서 인터넷으로 검색해봤지만 그것도 아닌 모양이었다. 미술관에 가서 취미를 만들겠다는 주제넘은 생각을 해서, 몸이 거부 반응을 보인 걸까.

그 뒤로, 이상한 건 피부 저림 증상만이 아니라는 사실을 깨달았다. 요즘 잘 때는 알몸의 전 단계인 러닝셔츠에 트렁크팬티 차림이었는데, 그게 왠지 신경 쓰였다. 속옷 주제에 몸에 달라붙지 않는 점이 영 못마땅하다고 할까, 좌우지간 평소보다 착용감이 불편했다. 거꾸로 입었나 싶어서 확인해봤지만 그것도 아니었다. 어차피 혼자인데 차라리 그냥 다 벗어버릴까도 고민했지만, 그쪽 세상으로 가면 안 된다고 속삭이는 목소리가 들렸다. 분명 피부의 저림 증상과 상관이 있을 것이다. 피부가 민감해진 탓에 속옷만 입어도 살이 쓸리는 느낌이 드는 것이리라.

하지만 그 밖에는 몸에 아무 문제도 없었다. 두통이 있는 것도 아니었고 권태감을 느끼지도 않았다. 그렇다면 예정대로 미술관에 갈 수 있겠다 싶었다. 식욕이 없긴 했지만 분명 무더위와 수면 부족 때문이리라. 이렇게 맛이 없었던가 고개를 갸웃하며 어묵소시지와 그래놀라를 먹고, 이렇게 쓴맛이 났나, 얼굴을 찌푸리며 커피를 마셨다. 혀도 피부와 이어져 있으니, 미각도 이상해진 게 분명했다.

이런저런 일을 처리하고 오전 11시 반에야 집을 나섰다. 미술관에서 가장 가까운 역에 내려 역 앞에서 라멘이라도 먹고 '현대의 나부전'을 감상할 생각이었다.

M 역에서 전철을 탔다. 미술관은 K 시의 바닷가 해안 공원 안에 자리해 있었는데, 가장 가까운 K 역까지는 급행열차로 15분쯤 걸렸다. 출퇴근 시간이 아니라 다행히 빈자리가 많아서, 뚱뚱한 아주머니와 아저씨 사이로 난, 습도가 높아 보이는 낀 자리에 간신히 앉을 수 있었다. 자리에 앉고 나서 알아챈 사실이지만, 20대 중반으로 보이는 괜찮은 여자가 맞은편에 앉아 있었다.

인간관계에는 영 젬병이었지만, 게이스케에게는 어릴 적부터 사람을 빤히 보는 나쁜 버릇이 있었다. 한마디로 쌍방적 관계를 맺지 못하는 탓에, 짝사랑이나 훔쳐보는 일방적 관계를 맺고 마는 것이다. 초등학교 졸업 문집에서 장래 희망을 적는 란에 '1위 만화가'라고 적었고, 나름대로 진심이었지만 그다음이 떠오르지 않았다. 그때 문득 떠오른 게 '투명 인간'이었다. 만화가는 목숨을 갉아먹는 직업이라는 걸 알기에 이제 만화가가 되고 싶은 마음은 전혀 없었지만, 투명 인간은 여전히 되고 싶었다. 귀여운 여자뿐 아니라, 전철에서 본 신경 쓰이는 사람을 몰래 뒤따라가, 그 사람이 어떻게 사는지 직접 확인하고 싶었다. 그리고 "아, 이 역시 인간이군……" 하고 감개에 젖어 중얼거리는 것이다.

맞은편에 앉은 여자는 우선 전철에서 책을 읽는 점이 마음에 들었다. 요즘 젊은 사람들은 대부분 전철에서 스마트폰을 만지작거리거나 음악을 듣거나, 또는 그 둘을 동시에 한다. 정작 게이스케 자신도 스마트폰으로 '글림 스팽키'라는 록밴드의 데뷔 앨범을 듣고 있었다. 상황이 이러한지라, 책을 읽는 여자는 멸종 위기종이라 해도 과언이 아니었고 사라져가는 것은 아름답다. 책 커버를 씌워놓아서 무슨 책을 읽는지는 알 수 없었지만, 내용은 상관없었다. 스마트폰을 만지지도 않고, 음악도 듣지 않고, 책을 펼친 그 시점에 반골 정신의 진정성은 증명된 것이나 마찬가지다. 실은 게이스케의 가방에도 최근 유행하는 북유럽 미스터리가 들어 있어서, 자연스럽게 책을 꺼내 자신 역시 요즘 시대에 보기 드문, 문학청년의 후예라는 점을 어필할까 고민했으나, 그러면 그녀를 관찰하기 어려울 것 같아서 단념했다.

여자의 수수한 검은 테 안경도 마음에 들었다. 여자의 안경이란 향락적인 생활에 날리는 절연장이라 해도 좋다. 남자가 없을 가능성이 컸다. 만일 남자가 있다면 그 관계는 반석과도 같아서 끼어들 여지는 없을 것이다. 처음에는 철벽이지만, 한 번 마음을 허락하면 일편단심, 그것이 게이스케가 상상하는 안경 여자였다. 대충 묶은 포니테일 머리에도 높은 점수를 주고 싶었다. 남자라면 누구나 좋아하는 포니테일은 그 자체로 공격력이 너무 높은 까닭에, 돌아봤을 때 격차가 발생하면 그 파괴력은 상상을 초월한다. 아무리 남자들이 좋아한다 해도, 가벼운 마음으로 도전할 수 있는 헤어스타일이 아니다. 그 점에서 눈앞의 여성은 훌륭했다. 하얀 피부에 옅은 화장, 시원하고 이지적인 눈매, 이런 여성과 함께 미술관 투어를 한다면 빛나는 추억이 되리라.

신이 나서 그런 상상을 하고 있는데, 옆 차량 쪽에서 시끌시끌한 소리가 났다. 무슨 일이지 싶어서 음악을 끄고 이어폰을 뺐다. 몸을 내밀어 왼쪽으로 고개를 돌리자, "우어!", "꺄악!" 하는 불길한 목소리들이 들려왔다. 시비가 붙었거나, 취객이 소란을 피우는 것일까? 상황을 살펴보던 게이스케는 흠칫했다. 옆 차량에서 남자 한 명이 힘차게 문을 열고 이쪽으로 뛰어 들어온 것이다. 나이는 마흔쯤 되었을까, 가느다란 팔다리에 배만 볼록 나온 한심한 몸매의 남자는 팔짱을 낀 채 문 앞에

서서 한바탕 소란을 피운 것처럼 어깨를 들썩이며 숨을 몰아쉬었다. 심상치 않은 표정을 하고서, 무슨 일인가 싶어 어리둥절한 승객들을 눈을 부릅뜨고 노려보고 있었다. 제대로 서 있는 걸 보면 술에 취한 것 같지는 않았다. 팔을 벅벅 긁고 있었는데, 거기만 가려운 게 아닌지 온몸 곳곳에 지렁이 같은 켈로이드 자국이 있었다.

하지만 만일 경찰이 남자의 특징을 묻는다면, 모두들 망설이지 않고 한마디로 요약할 것이다. 알몸에 넥타이만 맸다고. 그는 허연 알몸 위에 흐물흐물 늘어진, 새빨간 넥타이를 매고 있었다. 알몸에 양말만 신은 여성은 형언할 수 없는 관능을 자아내지만, 알몸에 넥타이만 맨 중년 남자가 자아내는 것은 확고한 변태성뿐이라는 사실을 게이스케는 깨달았다. 하지만 남자가 일생일대의 이 큰 무대에 욕정을 느끼는 건 아닌 것 같았다. 그의 고간에 달린 작고 지저분한 물건은 민망할 정도로 초라했기 때문이다. 어찌 되었든 저 차림으로 옆 차량을 활보하고 있었다면 더 엄청난 비명이 터져 나왔어야 마땅하겠지만, 사람은 너무 놀라면 제대로 말도 나오지 않는 법이다. 실제로 이 차량의 승객들도 모두 아연실색해 얼어붙거나, 황급히 남자에게서 멀어질 뿐이었다. 설마 집에서부터 저 꼴로 나오지는 않았겠지만, 옷을 들고 있는 것도 아니라서 옷을 입으라고 설득하는 사람도 없었다. 왠지 이제 '전철에서 나체'라는 사실만으로 문명에 대한 테러이며, 살아 있는 폭탄이라는 느낌이었다. "어이!" 누드남이 꽥 소리를 질렀다. "언제까지 그런 꼴로 있을 거지! 이제 그런 시대가 아니라고!"

비틀리고 새된 목소리는 남자가 제정신이 아님을 말해주고 있었지만, 목소리보다는 내용이 훨씬 이상했다. 그런 시대가 아니라면, 대체 어떤 시대가 온다는 말인가.

"이놈이나 저놈이나 다들 둔해빠져서! 멍하니 있지 말라고!"

남자는 버럭 소리치더니 팔을 벌리고 뛰기 시작했다. 그제야 여자들의 자지러지는 비명과 남자들의 굵직한 비명이 터져 나왔다. 남자는 호이호이호이호이, 기괴한 소리를 내며 도망치는 승객들을 차례차례 만졌다. 여자를 노리는 줄 알았는데, 남녀노소 구분하지 않고 닥치는 대로 만지고 다녔다. 으아, 이쪽으로 오잖아. 게이스케는 흠칫했지만 비좁은 차내에는 도망칠 곳이 없어서 앉은 채 몸을 젖히는 게 고작이었다. 흉기를 휘두르는 것도 아니라 다 같이 달려들어 제압하는 것도 불가능하지는 않을 테지만, 다들 이런 변태와 접촉하고 싶지 않은 것이다.

그때, 앉아 있던 승객 중 누군가가 남자에게 발을 건 모양이었다. 남자는 "으어!" 소리를 지르며 우당탕 넘어졌는데, 하필이면 이쪽으로 머리를 들이대는 게 아닌가. 게이스케는 순간적으로 앉은 채 두 다리를 올리고 두 손과 두 정강이로 남자의 몸을 받아냈다. 누드남의 몸이 덮쳐 온 순간, 온몸에 형언할 수 없는 오한 같은 것이 흐르는 걸 느끼고, 게이스케는 본능적으로 남자의 몸을 차내듯 떠밀었다. 뒤로 나동그라진 남자는 맞은편의 안경 여자를 향해 쓰러졌다. 주변에 있던 사람들은 모두 간발의 차로 화를 피했지만, 안경 여자 혼자 말려들었다. 소중한 안경도 멀리 날아가고, 여자는 남자의 몸에 깔리고 말았다. 게다가 남자의 머리인지 어깨인지가 명치를 찔렀는지 몸을 웅크리고 괴로워하고 있었다.

큰일이다. 게이스케는 낭패라 생각했다. 원래 게이스케는 벌레 한 마리 못 죽이는 사람이지만, 정체 모를 오한과 남자의 미끄덩한 살의 감촉이 영 꺼림칙해서 반사적으로 밀쳐버린 것이다. 자기가 저지른 짓에 당황하면서 벌떡 일어나 남자의 어깨를 붙잡고 여자 위에서 치웠다. 남자와 닿은 순간, 다시 오한이 들었지만 그 감촉을 무시하고 여자의 안부를 확인했다. 게이스케는 제 안의 내향성을 억누르며 "괜찮으세요?" 하고 말을 걸었다.

반면에 누드남은 여전히 기운이 넘쳤다. 다리를 걸어 쓰러뜨린 승객이나 자신을 밀친 게이스케에게 적의를 드러내지 않고 금방 벌떡 일어나서, 또다시 팔을 벌리고 일일이 승객들을 건드리며 폭풍처럼 차 안을 스치고 지나가더니, 그 기세로 문을 열고 옆 차량으로 달려갔다.

뭐지 저건……. 남자가 사라지자마자 긴장이 풀어지며 어색한 분위기가 퍼져나갔다. 다들 말없이 힐끔힐끔 눈을 맞추고 쓴웃음을 짓거나, 아무 행동도 하지 않은 것을 부끄러워하며 눈을 내리깔거나, 남자가 만진 곳을 불쾌하다는 듯 문질렀다.

게이스케는 발밑에 떨어진 안경을 주워서 여자에게 내밀며 다시 "괜찮으세요?"라고 물었다. 여자는 간신히 아픔이 가셨는지 얼굴을 찡그리면서 "아, 감사합니다……" 하고 힘없는 목소리로 대답하며 안경을 받았다. 안경을 벗은 얼굴도, 한 꺼풀 벗은 듯 은근한 색기가 감돌았고, 흐트러진 머리로 미간을 찌푸리는 수심에 찬 표정도 아름다웠다. 게이스케는 평소 버릇대로 여자를 빤히 바라보며 고개를 꾸벅 숙였다.

"죄송합니다. 아까 그 남자를 밀어버리는 바람에……."

"아뇨, 괜찮아요." 여자는 한숨을 내쉬며 안경을 썼다. "갑작스러워서 깜짝 놀랐네요……."

그녀는 게이스케에게 화가 난 건 아닌 듯했지만, 그의 사과에 별 관심이 없는지, 아니면 갑작스러운 사고에 아직 마음이 진정되지 않았는지 제대로 얼굴도 들지 않고 다시 안경을 벗어서 살펴보고 있었다. "죄송합니다, 안경이 휘었나요?" 하고 말을 걸어도 그녀는 계속해서 안경을 만지며 "아뇨, 자주 이래서요……" 하고 무뚝뚝하게 대답했다.

반응을 보아 하니 이 일을 계기로 친해질 수 있을 것 같지는 않았다. 영화도 아니고 보통은 그렇겠지……. 속으로 인생의 쓴맛을 삼키며 자리로 돌아가려던 때였다.

"아니, 이봐요, 지금 뭐 하는 거예요?"

등 뒤에서 긴박한 목소리가 들려왔다.

나이 지긋한 여성이 누군가를 나무라고 있었다. 무슨 일인가 싶어서 소리가 나는 쪽을 보니, 5~6미터 떨어진 곳에서 20대 초반으로 보이는 키 큰 남자가 티셔츠를 훌러덩 벗고 상반신을 드러낸 채, 벨트를 풀고 청바지를 발목까지 내리고 있는 참이었다. 목욕을 하러 들어가는 듯 당당한 태도로, 한 점 망설임도 없이 남색 팬티를 내리고 아무렇지도 않게 음부를 노출했다. 부끄러워하기는커녕, 용케도 지금까지 이런 걸 입고 있었다는 양 기세가 등등한 표정이었다.

다른 승객들은 술렁거리며 새로운 나부裸夫, 누드남 B라고 하자, 아무튼 그 청년과 거리를 두기 시작했다. 사람들의 머릿속을 관통한 생각은 분명 하나이리라. 설마 조금 전의 누드남 A에게 전염된 건가? 어쩌면 노출광 집단에 의한 플래시몹 이벤트일지도 모르지만, 왠지 진상은 더 위험한 것이리라는 예감이 들었다. 아무리 음란한 욕망을 숨기고 사는 노출광이라 해도, 사람들의 시선에 이렇게까지 무심할 수가 있을까. 내면에 감춰진 성적 취향 같은 불안한 것이 아니라, 노출이라는 행위에 대한 확고한 신념이 필요하다. 그리고 그런 신념이 실재한다면, 더는 신념이라 부를 수 없고 분명 광기로 간주될 것이다. 때마침 지금, 눈앞에 펼쳐진 광경이 광기로밖에 보이지 않는 것처럼. 그렇다면, 믿기 힘든 상상이지만, 벗지 않고는 견딜 수 없는 광기가 누드남 A에게서 누드남 B에게로 전염되었다고 봐야 한다. 그러고 보니 누드남 A는 뭔가를 감염시키려는 듯 사람들을 만지며 돌아다니지 않았는가!

아니, 잠깐. 그렇게 치면 나도 녀석과 접촉했잖아. 게다가 안경 여자한테서 남자를 떼어낼 때 먼저 만져버렸는데. 술래잡기도 아니고, 한 번 닿은 정도로 감염되는 거라면 지금쯤 나도 벗고 있어야 하는 게 아닌가? 다른 승객들도 다들 그자와 접촉했으니, 그야말로 공중목욕탕 탈의실처럼 하나둘 벗고 있어야 하는데 그건 아니잖아. 게이스케는 그런 생각을 하며 차내 곳곳을 둘러보았지만, 당연하게도 누드남 B를 제외하고 옷을 벗은 사람은 없었다. 그래. 그럴 리가 있나. 거참, 탈의 충동이 전염되다니 나도 별 황당무계한 생각을 했군. 그렇다면 이건 혹시 동영상 조회 수를 올리기 위해 살신성인의 자세로 퍼포먼스를 벌이는 걸지도 모른다. 보라, 저 누드남 B도 분명 삐뚤어진 인정 욕구를 주체하지 못하고, '날것의 인간'이라는 최후의 눈부신 빛을 발하려 하는 것뿐이다. 실제로 누드남 B는 드디어 운동화와 양말을 상쾌하게 벗어 던지고, 보는 사람까지 시원하게 만드는 완성된 누드남의 모습으로 전철 안이라는 공공장소에 우뚝 서 있었다. 그나저나 저 흡족한 표정이라니!

"아, 이제 좀 살 것 같군! 이런 걸 어떻게 입으라는 건지!"

누드남 B가 환희에 찬 목소리로 외쳤다. "댁들도 다 벗으시라고! 드디어 자연 그대로의 모습으로 돌아갈 날이 온 거야! 어차피 벗게 될 거면 지금 벗어!"

뭔지는 모르지만 기분이 좋아 보이는군, 나도 차라리…….

순간적으로 그런 생각이 뇌리를 스쳐 지나가는 걸 깨닫고 게이스케는 흠칫했다. 왜 이런 생각을 한 거지. 고개를 갸웃거린 순간, 챙 하는 소리가 나서 그쪽으로 눈을 돌렸다. 안경이 바닥에 나뒹굴고 있었다. 아까 주워준 여자의 검은 테 안경이잖아. 뭐야, 휜 부분이 안 펴진다고 짜증 나서 던져버린 건가? 안경 여자에게 시선을 돌린 순간 게이스케는 숨을 삼켰다. 여자는 남색 원피스 옷깃을 잡고 힘차게 머리 위로 끌어 올리더니, 그대로 잡아당겨 훌러덩 벗었다. 그리고 벗은 옷을 허물처럼 바닥에 던져버렸다. 다른 장소였다면 남자들이 눈을 뒤집으며 달려들 만한 장면이었지만, 남자도, 여자도 모두 황급히 그녀의 주변에서 멀어지기 시작했다. 이유야 어쨌든, 남자 중에는 기회만 있으면 벗으려 하는 자들이 있다. 하지만 여자가 벗는 건 보통 일이 아니다. 나라가 무너진다. 이건 진짜다! 지금 이 전철 안에서 어마어마한 일이 벌어지고 있다!

그때 "이번에 정차할 역은 K 역…… K 역입니다. 다음 역은……" 하고 안내 방송이 흘러나왔다. 하지만 기분 탓인지 그 목소리도 어딘가 상기된 것처럼 들렸다.

차장이 있는 맨 마지막 차량에도 이 소동이 전해졌을지 모른다. 뭔가 상황에 어울리지 않는 안내 방송이었지만, 효과가 아주 없던 건 아니었다. 갑작스레 발생한 이상 상황에 모든 승객들이 당황하던 찰나, 다음 K 역에서 내리면 된다는 지극히 단순한 해결책이 모두의 뇌리에 일등성처럼 반짝인 것이다.

한편, 게이스케는 시원하게 벗는 그녀의 모습을 바라보며 너무 예쁘다, 하고 태평한 생각을 하고 있었다. 살결이 비누처럼 뽀얗고 매끈했으며, 너무 뚱뚱하지도, 너무 마르지도 않았다. 튼살도 없었고 벌레에 물린 자국도 없었다. 군데군데 작은 점이 있기는 했지만, 점은 오히려 건강한 생기를 불어넣으며 하얀 살결을 돋보이게 했다. 그런 생각을 하는 동안에도 그녀는 등 뒤로 손을 돌려 베이지색 브래지어 후크를 풀고 보란 듯이 벗어 던졌다. 남자라면 온기가 남은 브래지어를 주워 가보로 삼고 싶었을 테지만, 탈의 충동이 간접적으로 전염될 우려가 있어서인지, 아니면 남자가 전철에서 뜨뜻한 브래지어를 들고 있는 상황 자체에 거부감을 느끼는 것인지, 아무도 건드리려 하지 않았다.

가슴이 훤히 드러났다. 금욕적인 느낌의 작은 가슴도, 단정치 못한 느낌의 큰 가슴도 아니었다. 일본유방협회 회장이 '이 가슴이 정답입니다. 이것이 일본의 가슴입니다'라고 말하며 금고에서 꺼내 올 것 같은, 지고의 명품이었다. 남자들은 모두 마른침을 꿀꺽 삼켰다. 여자는 그 엉큼한 시선을 조금도 두려워하지 않고 쓱 일어나 물 흐르는 듯한 동작으로 팬티를 벗었다. 그늘진 사타구니가 만천하에 드러났다. 조신하면서도 고운 결을 자랑하는, 수줍은 느낌의 음부였다. 여자에게 음모란 필요 없다고 강하게 주장하는 이들조차 납득시킬 정도의 훌륭한 음부였다. 남자들은 이제 침을 삼키는 것도 잊은 채 그저 아연실색했다. 그녀는 숙련된 누드모델처럼 당당하게 선 채 승객들을 둘러보았다. 전철 안 전라의 여자. 성인 영상물에서는 흔한 설정이지만, 실제로 보니, 게다가 그 여자가 전라라는 이름의 고급 드레스라도 걸친 듯한 표정을 하고 있으니, 현실이라는 강고한 성벽에 여자 모양으로 구멍이 뚫리고, 거기서부터 붕괴가 시작되는 듯한 느낌이 들었다.

전철이 서서히 속도를 늦추기 시작했을 즈음, 누드남 B가 옷을 벗고 얼마나 몸과 마음이 가벼워졌는지 확인하려는 듯 팔다리를 돌렸다. 과장되게 심호흡을 하는 모양새가 금방이라도 어디론가 펄쩍 뛸 것 같았다. 또한 B는 몸 곳곳을 긁고 있었는데, 이는 누드남 A에게서도 본 현상이었다. 뭔가 탈의 충동과 가려움증 사이에 관련이 있는 것일까. 그런 생각을 하자, 갑자기 게이스케도 온몸이 근질거리는 것 같은 기분이 들었지만, 그 소양감에 의식이 집중되기 전에, 누드남 B가 드디어 본격적으로 활동을 개시했고 승객들은 혼란의 도가니에 빠졌다. 누드남 B는 A와 마찬가지로, 접촉에 어떠한 의미가 있다고 믿는지, "다들 얼른 벗으라고!"라며 소리친 뒤에 두 팔을 벌리고 다른 승객들을 마구 만지기 시작했다. 실제로 접촉을 통해 탈의 충동이 전염되는지는 불분명했지만, 두 사람을 벗겨버린 전적은 무시할 수 없어서 이번에는 다들 소리를 지르며 죽을힘을 다해 좁은 차 안을 도망쳤다. 그러는 동안에도 누드남 A가 들어온 옆 차량 문에서 새롭게 등장한 60대 아주머니가 전열에 가세하자, 이제 사태는 수습 불가능한 지경에 이르렀다. 더 이상 안경 여자가 아니게 된 아름다운 그녀도 그 광경을 보고 흥분했는지 갑자기 자세를 낮추고 팔을 벌리며 전투태세에 돌입했다. 바로 옆에 있던 탓에 제일 먼저 눈이 마주쳤다. 어, 나? 아무리 아름다운 누드 미녀라 해도, 아직 그쪽 세상으로 뛰어들 마음의 준비가 되지 않았던 게이스케는 뒷걸음질 쳤다.

전철이 미끄러지듯 승강장으로 진입했지만 좀처럼 정차하지 않아서 속이 탔다. 빨리 멈추라고. 마음속으로 외쳤지만, 모두 아는 것처럼 차는 갑자기 멈추지 않는다. 그녀는 입맛을 다시듯 성큼성큼 거리를 좁혀왔다. 이제 끝이다. 체념했을 때, 갑작스레 옆에서 튀어나온 50줄의 대머리 아저씨가 그녀를 끌어안고 함께 바닥으로 굴렀다. 아저씨는 그녀의 국보급 나체에 찰싹 달라붙어, "내가 벗을게! 내가 같이 벗을게!" 하고 침이라도 흘릴 듯 추잡하게 간사이 사투리로 같은 말을 반복했다. 보아하니 지금 이 순간의 쾌락에 모든 것을 내던질 각오가 된 모양이었다. 아아, 차라리 나도 저렇게 될 수 있다면. 한 줌의 부러움이 뇌리를 스쳐 지나갔지만, 너무나도 비루한 그 모습에 절대로 정신 줄을 놓지 않으리라 다짐하며 게이스케는 그 자리를 떴다.

드디어 전철이 멈추고 문이 열렸다. 출입구에 몰려 있던 사람들이 문이 열리는 순간 둑이 터지듯 승강장으로 쏟아져 나왔다. 게이스케도 그 사이에 끼어 있었지만, 전철에서 내리자마자 주변 사람들이 균형을 잃어서, 다른 승객들과 함께 도미노처럼 쓰러졌다. 바로 몸을 일으켰지만 주변을 둘러보자 전철의 모든 출입문에서 공황 상태에 빠진 승객들이 우르르 내리는 바람에, 여기저기서 넘어지거나 소란을 피우거나 고함을 지르거나, 눈이 핑핑 돌 것 같은 거대한 혼란 상태가 발생한 걸 알 수 있었다. 무엇보다 그를 놀라게 한 건, 승객들 중 열 명에 한 명꼴로 누드 남녀가 섞여서 옷을 입은 사람들을 맹렬히 쫓아다니고 있다는 사실이었다. 결국 처음에 나타난 누드남 A는 훌륭히 차량의 끝에서 끝까지 횡단했고, 온 차량에 탈의 충동을 퍼뜨리는 데 성공했다고 봐야 할까. 애초에 그 누드인 1호는 어디서 나타난 걸까. 어느 역에서 알몸으로 탄 걸까, 아니면 갑자기 누드신의 계시를 받아 전철 안에서 벗기 시작한 것일까.

아니, 그런 생각을 할 때가 아니다. 좌우지간 지금은 이 자리에서 도망쳐야 한다. K 역은 고가 역이었는데, 개찰구는 고가 아래에 있었다. 계단은 네 곳에 설치되어 있고, 사람들은 모두 가장 가까운 계단을 향해 달려갔다. 누드인들도 그 뒤를 맹렬히 추격하며 닥치는 대로 사람들을 만졌다. 보아하니 누드인들은 탄생한 순간부터 어떠한 본능에 추동되는 듯했고, 그중 하나가 옷 입은 사람을 만지고자 하는 충동 같았다. 그로써 탈의 충동의 확산을 노리는 듯했지만, 게이스케는 이미 누드남 A와 두 번이나 접촉했음에도 불구하고, 적어도 현시점에서는 벗고 싶다는 충동을 느끼지 못했다. 다른 많은 승객들도 마찬가지로 누드남, 누드녀와 접촉했을 테지만 역시 대부분은 아직 옷을 입고 있었다. 그렇다면 접촉을 통해 탈의 충동에 감염되는 게 아니라, 역시 노출광 집단의 일제 봉기라 봐야 할까. 언뜻 청순 수치가 70쯤 돼 보이던 그 안경 여자도, 실은 오랫동안 노출 욕망을 억압해온 여전사이고, 인터넷에서 만난 동지들과 함께 오늘 거리로 뛰쳐나와 성대하게 벗어보기로 계획한 걸까.

아니, 잘 보라고. 그럴 리가 없잖아. 게이스케는 달리며 재빨리 주변을 둘러보았다. 건너편에 초등학교 고학년쯤 되어 보이는 누드 소년이 보였다. 저렇게 어린 나이에 노출 욕망이 발현되다니, 아무리 변태라 해도 너무 이르다. 자판기 옆에는 허리가 굽은 80대 할머니까지 주름투성이 알몸을 드러내고 있었는데, 설마 저런 흉한 형태로 노익장을 과시하려는 건 아닐 터였다. 무엇보다 저쪽 계단 옆에 있는 역무원이 심상치 않았다. 방금 내린 전철의 차장인 듯한데, 집에서만 큰소리치는 가부장적 남편처럼, 입고 있던 제복을 아무렇게나 벗어 던지는 게 아닌가. 이런 사람들이 노출광 집단의 구성원일 리는 없고, 하물며 과거 미국에서 유행했다던 스트리킹* 부활 축제가 열리는 것도 아닐 터였다. 결국 무슨 일이 벌어지고 있는지는 몰라도, 누드인의 모습이 보이지 않을 때까지 도망치는 수밖에 없었다. 그렇게 결론을 내린 게이스케는 다른 사람들과 부대끼며 우르

---

* 발가벗고 대중 앞에서 달리는 행위.

르 계단을 뛰어 내려갔다.

K 역 개찰구를 나선 뒤로 벌써 세 시간 가까이 지나 있었다. 게이스케는 지금 국도를 낀 해안 공원 너머에 자리한 3층 높이의 상업용 빌딩 옥상에 있었다. 이곳에는 옷을 입은 10여 명의 사람들이 35도의 무더위에 바싹 티들어가며 몸을 숨기고 있었다. 게이스케 옆에는 나이도 먹을 만큼 먹었으면서 구겨진 애니메이션 티셔츠를 입은 50줄의 고지마라는 남자, 자신과 동년배로 보이는 호스트 같은 헤어스타일의 다카쿠라라는 남자, 그리고 중고 옷 가게 점원이라는 금발 쇼트커트의 요시다라는 여자가 있었다. 그들은 드문드문 작은 소리로 이야기를 나누며 아직 옷을 포기하지 않은 문명 세계로부터 구조의 손길이 도착하기를 절망적인 심정으로 기다리고 있었다.

게이스케는 탈의 충동의 진원지가 자신이 타고 온 전철이라고 생각했지만, 그건 착각에 불과했다. 개찰구를 나오자마자 그는 이성과 질서가 지배하던 역 앞에서도 차량 안과 승강장에서처럼, 누드인들에 의한 무도한 행위가 펼쳐지고 있는 걸 목격했다. 아니, 상황은 훨씬 심각했다. 누드인의 비율은 오히려 역 앞이 더 높았다. 사방을 둘러봐도 옷을 입은 사람들은 무질서하게 도망칠 따름이었고, 지하도에서는 여러 비명 소리가 겹겹이 들려왔으며, 육교 위에서도 목숨을 건 추격전이 펼쳐지고 있었다. 마치 좀비 영화의 유행이 한 바퀴 돌아, 이제는 초심을 잃고 건강한 좀비가 등장하기에 이른 것처럼. 저쪽으로 도망쳤다 이쪽에 숨는 등 필사적으로 도피하던 중에 이 상업 빌딩 앞을 지나치던 게이스케를 향해, 애니메이션 티셔츠를 입은 고지마가 옥상에서 얼굴을 내밀고 이쪽으로 올라오라며 손짓했다. 그렇게 한 시간 전쯤에 숨을 헐떡이며 이 착의着衣인들의 오아시스에 도착한 것이다.

빌딩 1층에 입점한 세련된 카페는 이미 누드인들의 습격을 받아 엉망진창으로 변해 텅 비어 있었다. 2~3층은 사무실이었지만, 휴일이라 역시 인기척이 없었다. 옥상으로 통하는 문손잡이는 돌리면 열리는 형태였지만, 열리지 않았다. 노크를 하고 나서야 겨우 문이 열려서 안으로 들어갈 수 있었다. 옥상에 숨어 있던 사람들이 1층 카페에서 테이블을 가져다가 안쪽에서 문을 막아놓고, 반란군 잔당처럼 농성하고 있었던 것이다. 300제곱미터쯤 되는 옥상은 많은 인원을 충분히 수용할 수 있었지만, 내리쬐는 뙤약볕을 차단해줄 만한 시설물이 전혀 없어서 너무나 더웠다. 논리적으로 생각하면 건물 안에 숨는 게 더위를 피하기에는 좋을 것 같았지만, 다들 실내에 숨는 걸 거부해서 결국 여기까지 온 모양이었다. 이유는 설명하기 어려웠지만 게이스케 역시 같은 심정이었다. 아래층 사무실에 숨어 있는 모습을 상상하기만 해도 갑갑해졌다. 누드인이 습격했을 때 독 안의 쥐 꼴이 되는 게 두려운 걸지도 모르지만, 이 옥상도 일단 문이 뚫리면 도망칠 곳이 없는 건 마찬가지니, 다른 이유가 있으리라. 어디서 솟아올랐는지 모를 생리적인 감각이, 착의인들로 하여금 이 개방적인 옥상이라는 요새로 모이도록 했다는 생각밖에 들지 않았다.

하지만 상황은 악화 일로를 걷고 있었다. 사람들은 때때로 얼굴을 내밀어 지상을 살폈는데, 시시각각으로 누드인의 비율이 늘어가서 지금은 보이는 사람 중 8할은 될 것 같았다. 게다가 이 전대미문의 이상 현상이 나타난 건 K 역 주변만이 아니었다. 스마트폰을 통해 연이어 들어오는 정보들을 그대로 믿어도 된다면, 정말이지 믿기 어려운 일이지만 일본 전역, 아니, 전 세계의 도시들에서 누드인들이 동시다발적으로 총궐기한 모양이었다. '누드'와 '팬데믹'을 합친 '누데믹'이라는 신조어까지 일찌감치 등장했고, 그 따끈따끈한 단어는 실시간으로 세상을 멸망시키는, 상상조차 못 한 재앙의 이름으로 선정되어 인터넷 세상을 휩쓸고 있었다.

"예전에 '100번째 원숭이'라는 이야기가 있었는데, 도시 전설 같은……."

애니메이션 티셔츠 차림의 고지마가 특유의 조급한 말투로 말문을 열었다. "어떤 원숭이 무리에서 한 원숭이가 고구마를 씻어 먹기 시작했고, 그걸 본 다른 원숭이들이 흉내를 냈어. 그리고 그런 원숭이가 100마리가 되었을 때 온 세상의 원숭이들이 고구마를 씻기 시작했다는……."

고지마는 기름으로 번들거리는 안경을 낀 남자였는데, 뺨이 푹 꺼져서 빈상이었다. 하지만 이런 상황에서도 표정에는 묘한 기운이 감돌았고, 목소리에도 활기가 넘쳤다. 지금까지 충분히 힘들게 살아왔기에, 이제 와서 누드인이 된다 해도 더 나빠질 게 없다고 포기한 걸지도 모른다.

“어느 집단에서 누군가가 옷을 벗기 시작했고, 그걸 흉내 낸 사람이 100명에 달하자 순식간에 전 세계로 확산됐다는 뜻입니까?”

게이스케가 물었다.

“헛소리야, 헛소리……. 라이얼 왓슨이 헛소리를 지껄인 거지. 예전에 그런 게 유행했던 적도 있거든. 싱크로니시티라고 하던가?” 고지마는 헤어라인이 뒤로 밀리기 시작한 이마에서 땀을 뻘뻘 흘리며 말을 이었다. “하지만 그렇게라도 생각하지 않으면 설명이 안 된다고, 이 상황은…….”

고지마는 그 뒤로도 게이스케가 모르는 용어나 사람 이름을 늘어놓으며 이런저런 가설을 세웠지만, 왠지 모르게 신이 나 보였고, 모든 인간이 알몸으로 돌아가 모든 가치관들이 전복되는 대이변의 시대를 목도할지 모른다는 사실에 환희에 가까운 흥분을 느끼는 것 같았다.

“역시 면역 같은 게 있는 거 아닐까요.” 호스트 같은 머리의 다카쿠라가 끼어들었다. “스튜디오에서 밴드 연습을 하는데 느닷없이 아저씨가 알몸으로 들어오더니, ‘지금 옷을 입고 있을 때야?’라고 알 수 없는 소리를 하면서 마구잡이로 멤버들을 만져대는 거예요. 나하고 베이스 치는 친구는 무사했는데, 잠시 후에 기타하고 드럼 치는 녀석들이 벗기 시작해서, 큰일 났구나 싶었죠……. 그 아저씨가 우리도 꽤 만졌는데, 지금도 딱히 벗고 싶단 마음이 안 드는 걸 보면, 녀석들에게 붙잡혀도 괜찮지 않을까 생각도 들고……."

"잠복 기간 같은 게 있는 거 아닐까요." 게이스케는 조심스레 말문을 열었다. "저는 전철을 타고 있었는데, 녀석들과 접촉한 뒤에 바로 벗기 시작한 사람은 둘밖에 없었어요. 그런데도 지금 돌아다니는 사람들은 거의 벗고 있잖아요. 어쩌면 한번 접촉한 사람은 이르든 늦든 언젠가는 벗게 되는 건지도……."

"맞아. 분명 그런 거야……." 고지마는 이미 백기를 들었다는 투였다. "자네도 전철에서 당했지? 나는 길을 걷다가 당했어. 이제 시간문제겠어. 여기 있는 우리도 결국 모두 벗게 되지 않을까? 뭐, 그건 그거대로 상관없지만. 오늘을 기점으로 인류는 모두 리셋되는 거야. 분명 하느님이 그렇게 정했겠지. 과거에는 대홍수를 일으켜 세상을 리셋했지만, 이번에는 방법을 바꿔서 80억 인류를 모두 누드로……."

그때, 게이스케의 왼쪽에 앉은 금발 여자 요시다는 아까부터 벼룩에라도 물린 것처럼 몸 여기저기를 긁고 있었다. 온몸에 손톱으로 긁은 자국이 나 있었다. 불길한 징조였다. 이것이 누드인들 특유의 행동이라는 사실을 모두가 어렴풋이 눈치채고 있었다.

"많이 가려운가 봐."

게이스케의 말에 요시다가 대답했다.

"네. 어젯밤부터 계속 가려워서……."

가슴이 철렁했다. 게이스케도 어젯밤 내내 온몸이 가려워서 자다가 몇 번이나 깼다. 그리고 지금도 계속 곳곳이 가려워서 긁고 말았다. 가려운 것과 별개로, 여기저기 살짝 저린 느낌도 아침부터 계속됐는데, 둘 다 근본적인 원인은 동일한 것 같아서 영 마음이 불안했다. 이 가려움증과 저림 증상을 따라가다 보면, 언젠가 탈의 충동이라는 대물을 낚게 되는 게 아닐까. 그런 예감에 휩싸여 옥상에 숨은 10여 명을 슬쩍 살펴봤다. 모두들 정도의 차이만 있을 뿐 부자연스러울 정도로 몸을 긁거나 문지르고 있었다. 이건 보통 일이 아니다. 지금 전 세계에서 창궐하는 누데믹과 어젯밤부터 시작된 정체불명의 가려움증은 분명 관련이 있는 것이다.

"그러고 보니 벗은 사람들 중에 이상한 녀석이 드문드문 보이던데." 게이스케는 다른 사람들을 향해 물었다. "피부가 벗겨진 것처럼, 그 부분만 허옇게 된……."

다카쿠라가 맞장구를 쳤다.

"아, 저도 봤어요. 바닥에 주저앉아서 브라질리언 왁싱을 하듯이 스스로 피부를 벗겨내는 사람이 있던데요. 팔꿈치 부분이었는데, 벗겨낸 자리가 뭔가 변기처럼 하얗고 매끈매끈해서, 이거 병 아닌가 싶더라고요."

"알았다!" 고지마가 목소리를 낮추며 말했다. "미국에 13년이나 17년 매미가 있잖아. 일정한 시기에 땅속에서 밖으로 나오는 주기매미 말이야……. 우리 인간도 매미처럼, 오늘을 기점으로 일제히 탈피하는 게 아닐까. 우리는 지금 우화羽化하고 있는 거야!"

"그보다 저 사람, 좀 이상하지 않나요?"

요시다가 팔을 긁으며 고지마의 어깨 너머를 가리켰다.

게이스케는 고개를 돌렸다. 20대 중반으로 보이는, 하얀 폴로셔츠 차림의 덩치 좋은 청년이 이마에 맺힌 땀을 빛내며 쓱 일어나더니 멍한 표정으로 사람들을 둘러보았다. "이봐, 앉으라고. 들키면 어쩌려고 그래!" 옆에 있던 60대 남성이 청년의 팔을 붙잡으며 나무랐지만, 청년은 거들떠도 보지 않고 그 손을 뿌리치더니 두개골이 날아간 듯한 목소리로 중얼거렸다.

"어라? 내가 여기서 뭐 하는 거지……."

큰일이다. 그 순간 모두가 생각했을 것이다. 올 것이 왔다. 예상대로 청년은 때가 왔다는 양 폴로셔츠를 벗기 시작했다. 평소에 몸 관리를 잘했는지 상당한 근육질이었고, 피부도 볕에 적절하게 타서 건강한 느낌을 주었다. 멋지게 옷 벗는 대회라는 것이 존재한다면 순위권에 들 법한 폼이었다. 이렇게 된 이상 아무도 그를 막을 수 없다. 모두 엉거주춤한 자세로 슬금슬금 청년에게서 멀어졌다. 이 옥상을 포기하고 다른 숨을 곳을 찾아야 할 것 같았지만, 하필이면 청년이 옥상 문 앞에 서 있어서 가까이 갈 수 없었다. 고지마가 입을 가리고 비밀 이야기라도 하듯 속삭였다.

"역시 그랬어, 잠복 기간이 있었어."

다카쿠라가 환한 얼굴로 말했다.

"좋은 생각이 떠올랐어요. 차라리 우리도 벗으면 어떨까요? 그러면 녀석들도 자기 동료라 생각해서 내버려두지 않을까요? 나무를 숨기려면 숲에 숨기라고 하잖아요."

"그럼 솔선수범해서 벗지 그래요?" 요시다는 쌀쌀맞게 대꾸했다. "난 절대로 남한테 내 몸 보여주기 싫어요……."

탈의 충동에 몸을 맡긴 청년은 눈 깜짝할 새에 당당한 알몸을 드러내더니, 겨울에 뜨거운 열탕에 들어간 사람처럼 "우오오오오……" 하고 황홀한 신음 소리를 흘렸다. 온다, 모두가 긴장하며 마른침을 삼켰다. 이번에도 어김없이 탈의하라고 강요하겠지. 하지만 예상이 빗나갔다. 청년은 허리에 손을 올리고 비스듬히 하늘을 바라보며 푸른빛에 눈이 시리다는 양 눈을 게슴츠레 뜨며 혼잣말처럼 중얼거렸다.

"아아, 젠장! 시간이 없어! 하지만 나한테 맡겨둬!"

그리고 뒤돌아 잘 짜인 근육을 자랑하더니, 문을 막은 테이블을 던져버리듯 치우고 옥상에서 내려갔다.

모두 한동안 입을 떡 벌린 채 얼빠진 표정으로 서로를 마주 보았다. 조심스레 아래를 내려다보자, 계단을 내려간 청년이 찰박찰박 소리를 내며 역을 향해 맨발로 달려가는 모습이 보였다.

"시간이 없다니 무슨 소리지? 자기한테 맡기라니, 뭘?"

요시다가 타당한 의문을 제기했지만, 물론 모두 아연한 표정으로 고개를 저을 뿐이었다.

하지만 결국 착의인들이 처한 상황은 조금도 나아지지 않았다. 청년이 떠나고 불과 15분 뒤, 빌딩은 어마어마한 수의 누드인들에게 완전히 포위되어 사면초가, 아니, 사면나裸가라 해야 할 궁지에 몰렸다. 누드인들의 무리에 아까 뛰쳐나간 청년이 섞여 있는 걸 제일 먼저 발견한 다카쿠라가 버럭 소리를 질렀다.

"역시 아까 그놈이야! 다른 녀석들을 끌고 온 거라고!"

게이스케는 저도 모르게 탄식을 흘리며 지금 이 상황과 어울리지 않는 푸르른 하늘을 올려다보았다. 세상이 종말을 맞이하려는 순간이다. 하늘 끝의 끝까지 검은 구름이 뒤덮고, 지상에서 펼쳐지는 참극을 성대하게 한탄해야 하는 게 아닐까. 마치 이 묵시록적인 재앙의 도래를 하늘은 이미 허락한 것 같았다.

게이스케는 옥상 끝 콘크리트 난간에 발을 올리고 조심스레 아래를 내려다보았다. 도저히 이 세상 것이 아닌 듯, 섬뜩하면서도 요사스러운 광경이 펼쳐져 있었다. 나체, 나체, 나체의 무리……. 실오라기 하나 걸치지 않은 남녀노소가 빌딩 앞 도로를 발 디딜 곳 하나 없이 빼곡하게 채우고 있었다. 오른쪽을 봐도, 왼쪽을 봐도 200~300미터 너머까지 누드인들이 흘러넘쳤고, 지금 이 순간에도 속속 원군이 들이닥쳤다. 누드인들은 너 나 할 것 없이 도취된 표정으로 이쪽을 올려다보고 있었는데, 그 얼굴에서는 험악한 공격성 같은 건 조금도 찾아볼 수 없었다. 생각해보면 전철에서 마주친 첫 번째 누드인도 그랬다. 흥분으로 상기된 얼굴이었지만, 거기에서 폭력적인 사태를 불러일으키고자 하는 위험한 기운은 거의 느껴지지 않았다. 안경을 졸업한 안경 여자도 곧바로 게이스케에게 달려들려 했지만, 왠지 분별없는 어린아이에게서 위험한 장난감을 빼앗으려는 기운 같은 게 느껴졌다.

하지만 다음 순간 군중 속에 있던 40대의 덩치 큰 누드남이 우렁차게 외치며 주먹을 쳐들었다.

"해방이다! 그들을 해방하라! 새로운 시대의 도래에 그들만 남겨둘 수는 없다! 우리는 결코 동료를 버리지 않는다! 일치단결하여 한시라도 빨리 그들을 해방해야만 한다!"

그에 호응해 도로를 가득 메운 모든 누드인들이 주먹을 쳐들었다.

"해방이다! 그들을 해방하라!"

"해방하라! 해방하라!"

그 대합창은 하늘에 울려 퍼지고, 대지를 뒤흔들며 게이스케의 등줄기를 타고 스멀스멀 기어 올라왔다. 착의인들 중에는 이미 체념하고 주저앉은 이들도 있었지만, 대부분의 사람들은 벌떡 일어나 지옥을 들여다보는 기분으로 아래를 내려다보았다.

첫 함성을 내지른 누드남이 제 선언을 반드시 지키겠다는 양 선봉장이 되어 군중을 헤치고 용맹스럽게 돌진했다. 대체 뭘 하려는 거지? 몸을 내밀어 살펴보니 누드남은 빌딩 외벽에 찰싹 달라붙어 있었다. 그를 따라 다른 누드인들도 차례차례 벽에 달라붙었다. 그들의 몸을 발판 삼아 다시 많은 누드인들이 위로 올라와 조금이라도 높은 곳에 달라붙었다. 게이스케는 예전에 동물 프로그램에서 보았던, 밀림에 사는 군대개미의 무시무시한 행군을 떠올렸다. 단독으로는 지날 수 없는 난관도, 군대개미는 무수한 개체들의 몸을 결합하여 다리나 사다리를 만드는 등 일치단결해 뛰어넘는다. 그렇게 돌진하며 닥치는 대로 먹이를 잡아먹는 것이다. 지금 저 아래를 뒤덮은 누드인들은 군대개미를 방불케 하는 움직임을 보이고 있었다. 3층 빌딩 옥상까지 몸을 이용해 사다리를 만들어, 이 도시에 마지막 남은 착의인들의 요새를 정복하려는 것이다.

누드인들의 사다리는 폭이 10미터에 이르렀고, 위로도 점점 높아졌다. 아니, 그것은 사다리라기보다는 차라리 쿠푸왕의 피라미드를 지을 때 만들어졌다는 거대 슬로프 같았다. 이대로 가다가는 수많은 누드인들이 일제히 옥상으로 쏟아져 들어올 터였다. 하지만 어쩔 도리가 없었다. 옥상에 바위라도 있다면 굴려 떨어뜨렸을 테지만, 그런 게 있을 리 만무했다. 뜨거운 물이라도 있으면 뿌리겠지만 그 또한 있을 리 없었다. 소변 정도는 쥐어짤 수 있겠지만, 누드인들은 의복과 수치심과 함께 위생 관념까지 벗어버린 것 같아서, 언 발에 오줌 누기가 아니라 누드인 얼굴에 오줌 누기가 될 것 같았다.

착의인들은 슬금슬금 뒷걸음질 치며 서로를 마주 봤다. 더는 할 말이 없었다. 겹겹이 쌓인 누드인들의 술렁거림에 에워싸인, 한 줌의 숨 막히는 침묵……. 모두 옷은 입고 있었지만 마음은 벌거벗은 것이나 마찬가지였다. 절망, 불안, 공포, 체념, 그런 감정들이 사람들의 얼굴마다 허무에 젖은 무표정을 자아냈다. 마치 여러 색을 뒤섞으면 회색이 되는 것처럼. 만일 말 너머로 나타난 그 무표정을 향해, 그럼에도 여전히 해야 할 말이 있다면, 이 한마디일지도 모른다. "끝이다……."

실제로 끝이었다. 누드인들은 성난 파도처럼 콘크리트 난간을 넘어 옥상으로 쏟아져 들어왔다. 첫 번째 파도가 한 덩어리가 된 착의인들을 에워싸더니 금방이라도 달려들 것 같은 자세를 취했다. 대부분의 누드인들은 몸 어딘가의 피부가 벗겨져 있었는데, 그 아래로 인간의 것이라고는 믿을 수 없는 창백하고 매끄러운 살이 드러났다. 게이스케의 눈앞에 있는 서른 줄의 갈색 머리 누드남은 얼굴 왼쪽이 머리 측면까지 벗겨져 있었고, 이미 인간의 거죽을 뒤집어쓴 다른 존재로 변해 있었다. 다른 누드인들도 대동소이했다. 팔 한쪽이 모두 하얗게 변하거나, 몸통 앞쪽의 피부가 벗겨져 있거나 해서 이르든 늦든 언젠가는 온몸의 피부가 벗겨지게 되리라는 걸 짐작할 수 있었다. 요컨대 누드인들은 옷뿐 아니라 인간 그 자체를 벗어버리고 있는 것이었다.

아니, 이 판국에 누드인과 아닌 이를 구별 지을 필요도 없다. 이러는 동안에도 게이스케는 왼쪽 팔꿈치가 너무나 가려웠다. 만일 마음껏 쥐어뜯을 수 있다면, 피부가 쓱 벗겨지면서 정체 모를 새로운 살이 모습을 드러내지 않을까. 결국 옷을 벗니 마니 하는 건 사소한 문제에 지나지 않았다. 이런 근본적인 변화가 하루아침에 인간의 몸에 일어날 리가 없다. 오늘 이날을 위해 오래전부터 비밀리에 준비를 해왔고, 때를 기다렸다 탈의 충동이라는 형태로 폭발적으로 표면화되었던 것이리라. 한마디로 이미 늦었다. 몸은 그것을 알고 있다. 이곳에 남은 착의인들은 마음이 그 사실을 알아채지 못했을 뿐, 피부 아래에서는 이미 새로운 생이 맥동하기 시작했을 것이다. 이제 옥상은 누드인들로 가득 찼다. 착의인 주변에 간신히 도넛 형태의 공간이 남겨져 있었지만, 그 외의 곳들은 모두 누드인들로 뒤덮였다.

"서둘러! 시간이 없어! 빨리하지 않으면 그게 온다고!"

어딘가에서 누드인이 언성을 높였고, 그것이 신호탄이 되어 살구색과 하얀색이 뒤섞인 무수한 육체들이 혼연일체가 되어 한꺼번에 밀려왔다. 몇 개인지 모를 팔이 나타나 게이스케의 옷을 붙잡아 당겼고, 전후좌우로 휘둘리는 동안 눈 깜짝할 새에 티셔츠가 갈가리 찢어졌다. 곧바로 한 누드인이 등 뒤에서 게이스케의 목에 팔을 둘렀고, 다른 누드인이 다리에 달라붙어 게이스케는 대자로 쓰러졌다. 피하려는 어떤 노력도 헛수고였다.

그때 한 젊은 누드녀가 배 위에 올라타 귓가를 깨물듯 속삭였다.

"두려워하지 말아요……. 괜찮아요. 모두 괜찮을 거예요……."

그 여자가 고개를 들었을 때 게이스케는 앗, 하고 숨을 삼켰다. 누드녀는 이마에서 오른쪽 뺨까지 피부가 벗겨졌고, 그 아래로 빛이라도 날 것처럼 하얀 피부가 드러나 있었다. 안경을 버린 안경 여자잖아! 전 안경 여자는 느긋하게 씩 미소를 짓더니 게이스케를 내려다보았다. 자비에 찬 듯한 그 눈빛을 받으니, 마음속에 남아 있던 마지막 한 움큼의 저항감도 순식간에 증발하는 것 같았다. 역시 아름답다, 이 여자는. 게이스케는 그렇게 생각했다. 어차피 벗겨질 거라면 이 여자에게 깔려서 벗겨지고 싶다. 그녀가 지켜보는 가운데 벗겨지고 싶다. 그동안에도 다른 누드인들에 의해 벨트가 풀어지고, 청바지가 벗겨지고, 신발을 빼앗기고, 양말이 벗겨져서 게이스케는 눈 깜짝할 새에 갓 태어난 아기처럼 실오라기 하나 걸치지 않은 모습이 되었다.

하지만 그저 옷이 억지로 벗겨진 것뿐이라 진정한 의미에서 이 여자의, 녀석들의 동료가 되었다고 말할 수 있는지는 의문이었다. 녀석들은 모두 스스로 벗어 던지고, 마음으로부터 우러나 누드인이 되었다. 나는 다르다. 겉보기에는 같아도 내 마음은 아직 옷을 입고 있다. 아니, 그럴까. 아까 오른쪽 양말이 벗겨지던 순간, 의심할 여지 없이 알몸이 된 순간, 몸이 가벼워진 느낌이 들지 않았나? '해방'이라는 녀석들의 말처럼, 전 세계를 향해 열리는 해방감 같은 걸 일순 느끼지 않았던가? 사실은 전부터 이러고 싶었던 게 아닌가? 더 빨리 벗어야 했다고 생각하지 않았나?

"왔다!"

누군가가 고함을 쳤다. "드디어 그게 왔어!"

대체 뭘까, 아까도 그게 온다 어쩐다 하더니. 그렇게 생각한 순간 배 위에 있던 그녀가 일어나 눈을 가늘게 뜨고, 아득한 저편을 바라보는 표정을 지었다. 그녀만 그런 게 아니었다. 착의인들에게 몰려들었던 누드인들이 모조리 일어나 같은 방향을 바라보고 있었다. 그 표정은 하나같이 희미한 긴장감을 띠고 있었지만, 왠지 모르게 황홀해하는 기척도 느껴졌다. 무엇이 닥쳐오든, 누드인들이 '그것'을 두려워하는 건 아닌 듯했다.

게이스케도 벌떡 일어났다. 고지마와 다카쿠라, 요시다…….
어느샌가 알몸이 되어 나뒹굴고 있던 다른 착의인들도 모두 일어났다. 서로 마주 보며 순간적으로 멋쩍은 시선을 교환했지만, 지금은 어디를 봐도 천 쪼가리 하나 걸치고 있는 사람이 없었기에 알몸을 부끄러워하기보다는 오히려 계속해서 옷에 집착하고 있던 사실을 겸연쩍어하는 것 같았다.

모두 무엇을 보고 있는 걸까. 게이스케는 북적거리는 누드인들을 헤치고 모두의 시선이 향한 곳으로 나아갔다. 옥상 난간에 이르러, 모두의 시선 끝을 보았지만 뜻밖의 광경이 펼쳐져 있지는 않았다. 빌딩 앞을 가로지르는 국도, 그 너머로는 곳곳에 야자수가 자란 한여름의 해안 공원이 자리하고 있었다. 오른쪽에는 오늘의 목적지였던 현립미술관이 있고, 그 외벽에 붙은 '현대의 나부전'의 현수막이 바람에 펄럭이고 있었다. 하지만 사람들의 시선은 훨씬 먼 곳을 향하고 있었다. 하늘을 보고 있는 걸까. 아니면 바다일까.

하늘은 역시 이상할 정도로 맑고 푸르렀다. 오래전 잃어버린 푸른 하늘을 기억 속에서 갈고닦아, 존엄하고 아름다운 모습으로 떠올리고 있는 것 같았다. 솜사탕을 떼어놓은 듯한 작은 구름 몇 개가 수평선 위에 떠 있었고, 그 아래로는 평온한 군청색의 바다가 펼쳐져 있었다. 잔잔한 해수면이 여름 햇살을 반사하며 존재하지도 않는 최고의 나날들처럼 눈부시게 빛나고 있었다. 출퇴근길에 전철을 타고 매일 K 역을 지나쳤지만, 이곳에서 바라보는 바다가 이토록 아름다웠던가. 게이스케는 누드인들 사이에서 상황에 어울리지 않게 그런 감상에 젖었다. 그나저나 이 경치 속에 대체 뭐가 있다는 걸까. 어느샌가 곁으로 다가와 선 여자가 그의 마음을 읽은 것처럼 아름다운 손으로 저 먼 곳을 가리켰다.

"수평선을 봐요……."

게이스케는 눈에 힘을 줬다. 오른쪽 끝에서 왼쪽 끝까지 일직선으로, 수평선 부근의 푸른빛이 유독 짙어진 것 같았다. 하지만 그게 어쨌단 말인가. 빛의 방향에 따라 바다가 이렇게 보이는 날도 있겠지. 하지만 머릿속에서 누군가가 날카롭게 속삭였다. 아니야. 저건 빛의 방향 같은 것과 상관없다. 저것은 확고한 실체를 가진 무언가다. 게다가 저 넓은 수평선을 지배할 정도로 거대한 무언가……. 그 무언가는 아직 저편에서 공손하고 침착하게 있었지만, 그 고요함은 과시할 필요 따위 전혀 없을 만큼 거대한 힘을 지니고 있었다. 갑자기 맥이 빨라지며, 관자놀이가 경련하듯 뛰었다. 가만히 바라보고 있으려니 그 파란 선이 조금씩 굵어지는 게 아닌가. 마치 이쪽을 향해 엄숙하게 다가오는 것처럼. 밀려오는 것처럼.

"저게 뭐지……."

"새로운 세계죠."

게이스케의 물음에 그녀가 대답했다. "우리는 모두 새로운 세계에서 살아갈 거예요. 이 새로운 모습으로……."

그 말을 신호로, 서 있던 누드인들은 저편에서 시선을 거두고 다시 움직이기 시작했다. 털을 고르는 원숭이처럼 모두 곁에 있는 사람에게 손을 뻗어, 인간의 잔재인 피부를 잡고 벗겨냈다. 피부가 벗겨질 때마다 모두 작은 신음을 흘렸지만, 고통을 견딘다기보다는 오히려 희열에 찬 소리처럼 들렸다. 그녀 역시 게이스케의 왼팔을 향해 손을 뻗었다. 흠칫해서 왼쪽 팔꿈치를 보자 이미 손바닥 크기만큼 피부가 벗겨져서, 푸르스름하고 매끄러운 살이 모습을 드러내고 있었다. 옷을 벗길 때 실랑이를 벌이다 피부까지 같이 벗겨진 모양이다. 그곳에 손을 댄 순간, 희미한 쾌락의 파문이 온몸으로 퍼져나가는 듯한 기분이 들었다. 이어서 인간의 피부가 달라붙어 있다는 갑갑함에 가까운 불쾌감이 솟아올랐다. 역시 그렇다. 나도 이제 누드인인 것이다.

그녀의 손가락이 부드럽게 게이스케의 피부를 벗겨냈다. 새살에 바람이 닿는 감촉이 한없이 좋았다. 한 꺼풀 벗겨낼 때마다 자신이 세상을 향해 열려가는 게 느껴졌다. 게이스케는 조심스레 그녀의 얼굴로 손을 뻗어, 오뚝한 코에 반쯤 붙은 피부를 살며시 붙잡았다.

"준비됐어?"

그렇게 묻자 그녀는 요염한 미소를 지으며 말했다.

"벗겨줘. 전부 벗겨줘……."

***

전 세계의 많은 도시들과 마찬가지로 K 시는 이윽고 하늘을 찌르는 큰 해일에 휩쓸려 바다 밑으로 가라앉았다. 많은 건물들과 구조물, 탈것들이 파도의 폭력적인 위력에 의해 속수무책으로 파괴되었고, 크고 작은 잔해로 변해 멀리 산 쪽으로 밀려갔다. 바다의 첨병이 된 잔해들은 도시와 자연을 평등하게 뒤흔들었고, 파괴했으며, 집어삼켰다. 게이스케가 옥상에 진을 쳤던 3층 빌딩은 가까스로 형태를 유지했지만, 지금은 햇빛도 닿지 않는 바다 깊숙이 가라앉아, 수많은 문명의 묘비 중 하나로서 영겁의 잠에 빠져들었다.

무섭게 밀려온 큰 파도와 해수면의 급격한 상승으로 적잖은 누드인들이 목숨을 잃었지만, 그래도 많은 이들이 살아남았다. 파괴와 폭거의 극한까지 치달았던 바다는 몇 주 동안 혼탁했지만, 이내 거대한 분노를 가라앉힌 것처럼 투명함을 되찾았다. 석 달이 지나자 인류가 건설한 전 세계의 도시들은 다양한 바다 생명들의 보금자리로 변해 활기를 되찾았다.

그중에는 누드인들의 모습도 보였다. 작살을 들고 먹이를 찾아 헤엄치는 사람이 있는가 하면, 연인과 장난을 치듯 헤엄치는 이들도 있었다. 삼삼오오 무리를 지어 가족처럼 다정하게 헤엄치는 이들도 있었으며, 아무 망설임 없이 홀로 유유히 헤엄치는 이도 있었다. 또한 바다 밑 폐허에 드나들며 문명의 유산을 옮겨놓는 누드인들의 모습을 곳곳에서 볼 수 있었다. 누드인들은 인간이었던 시절을 하나도 잊지 않았고, 자신들이 이룩한 문명과 역사를 다시 배우며 하나라도 더 기억에 새겨서, 언제일지 모를 먼 미래로 계승해야 한다는 걸 알고 있었다.

그런 가운데 한 쌍의 남녀가 손깍지를 끼듯 다정하게 붙어 과거의 해안선 부근에 자리한 커다란 3층 건물로 헤엄쳐 들어갔다. 그 건물은 과거 현립미술관이라 불리던 곳이었다. 앞뜰에는 현대적인 철제 조각 작품이 여러 개 설치되어 있었지만, 대부분은 해일에 송두리째 쓸려 갔고, 거대한 인간의 얼굴을 본뜬 조각품 하나만 따개비와 해초에 뒤덮여 쇠락하는 예술의 운명을 한탄하고 있었다. 1층 입구 부분은 통유리 구조였지만, 이제 유리는 한 장도 남지 않았고, 멸망한 관람객을 영원히 기다리듯 어둡고 공허한 큰 입을 벌리고 있었다.

1층 로비로 들어서면 햇빛은 닿지 않는, 농밀한 어둠이 눈앞에 펼쳐진다. 하지만 그 어둠 속에서 갑자기 두 개의 빛이 출현했다. 두 누드인의 육체가 야광 벌레처럼 푸르스름한 빛을 발하기 시작한 것이다. 그 빛은 희미했지만, 두 사람 주변을 어렴풋이 비추기에는 충분했다. 바다가 육지를 침범하며 흘러 들어온 대량의 토사와, 여기저기 흩어져 썩어가는 온갖 잡동사니들이 두 사람의 눈에 비쳤다. 갑작스러운 빛에 놀란 물고기와 게들이 발걸음을 돌리거나 그늘에 숨어 먼발치에서 두 사람의 탐험을 지켜보았다.

어렴풋한 하얀빛에 에워싸인 두 사람의 모습은 불씨를 머금은 물빛의 양초 같았고, 마치 이 세계에 이끌려 나타난 저승의 존재 같은 고요한 아름다움이 느껴졌다. 몸에 털은 하나도 없었고, 피부는 도자기처럼 매끈했다. 손가락과 발가락 사이에는 물갈퀴가 달렸고, 헤엄치기 위한 근육이 온몸에서 꿈틀거렸다. 그럼에도 두 사람의 지성과 지각은 인간이었던 시절과 조금도 달라지지 않았고, 오히려 더욱 민감해져서 가까이에만 있어도 서로의 마음을 파악하고 대화를 나눌 수 있었다.

엘리베이터 옆 계단을 발견한 두 사람은 마주 보며 고개를 끄덕인 뒤 2층으로 헤엄쳐 올라갔다. 노출 콘크리트 벽에 '현대의 나부전'이라 적힌 패널이 아직 남아 있었다. 그 밑으로 오른쪽 방향의 화살표가 있었고, 오른쪽에는 입구처럼 보이는 것이 있었다. 두 사람은 그곳을 지나 전시실로 들어갔다. 하얀 벽지가 너울거리는 벽에는 작품명과 작가명이 표시된 캡션이 아직 군데군데 달려 있었지만, 제일 중요한 작품은 물결에 쓸려, 곳곳이 벗겨지고 뒤집어져 무참한 모습으로 바닥에 나뒹굴고 있었다. 두 사람은 널브러진 작품을 주워서, 자신의 빛에 비추어 예술가들의 꿈의 흔적이라 할 수 있는 나부들의 모습을 감상했다.

2층을 둘러보고 3층으로 올라간 두 사람은 다른 곳보다 한층 큰 전시실에 도착했다. 가장 눈에 띄는 곳에 거대한 그림이 걸려 있었다. 이 건물에 들어와서 해수면 상승을 겪고도 벽에 붙어 있는 작품을 보는 건 처음이었다. 두 사람은 숨을 삼키며 서로 마주 본 뒤 조심스레 그 그림을 향해 다가갔다. 다른 작품은 하나도 남김없이 바닥으로 떨어졌는데, 어째서인지 그 그림만은 잠시 잠들어 있었을 뿐이라는 듯 벽에 커다란 등을 단단히 붙이고 바다에 가라앉은 거인처럼 평온하게 눈을 감고 있는 것 같았다. 두 사람은 작품 소개가 적힌 캡션을 읽었다. 작품명은 〈어머니 바다〉, 작가는 가스가 고로라고 했다. 크기는 가로 3.49미터에 세로 7.77미터, 2001년 작, 목판에 유채…….

두 사람은 몸에서 발하는 빛을 최대한 쥐어짜, 그림에 얼굴을 가까이 대고 구석구석 핥듯이 감상했다. 리얼리즘과 장식성이 혼재되어 있었고, 무수한 꿈들이 물결의 형태로 혼돈 속에서 몸부림치는 것 같았다. 석 달 동안 바다에 가라앉아 있던 탓인지, 곳곳에 물감이 벗겨져 나가기도 했지만 이 어두운 폐허의 품속에서 그 색채는 눈부시도록 선연했다.

전철 광고에 실렸던 건 이 그림의 한가운데를 일부분만 잘라낸 것이었다. 수십 명의 벌거벗은 여자들이 한데 뒤섞여 거꾸로 소용돌이치는 거대한 파도를 이루고 있었다. 그 바로 왼쪽에는 많은 벌거벗은 남자들이 혼연일체로 이뤄낸 또 하나의 큰 파도가 그려져 있었는데, 마치 사랑을 갈구하듯 금방이라도 여자들의 파도를 덮칠 것 같았다. 그 왼쪽에는 다종다양한 물고기들이 만들어낸 큰 파도가 있었고, 그 위에는 형형색색의 새들이 만들어낸 큰 파도가 있었다. 그 밖에도 고래와 돌고래, 소와 돼지, 코끼리와 사자, 거북이와 뱀…… 살아 있는 모든 생물들이 풍요로운 파도가 되어 목제 화판 위에서 넘실거렸고, 우뚝 솟아 날아오르려 하고 있었다.

이내 벌거벗은 여자와 남자의 파도 오른쪽에서 갓난아기

들이 신나게 놀고 있는 작은 파도를 발견한 두 사람은 저도 모르게 서로를 마주 봤다. 갓난아기들은 모두 제 앞에 펼쳐진 끝없는 미래를 바라보며 빛나는 미소를 머금고 있었다. 그것을 바라보는 두 사람의 얼굴에도 어느덧 웃음이 떠올랐다.

두 사람은 누가 먼저라 할 것도 없이 손을 뻗어 깍지를 낀 뒤 끌어안았다. 어깨에 팔을 두르고, 다리를 포개고, 입술을 탐했다. 두 사람이 발하는 빛은 한층 환해졌고, 그들을 지켜보는 〈어머니 바다〉를 밝혔다. 생명이다, 몸을 섞으며 두 사람은 생각했다. 이 그림은 바다의 초상이자, 또한 생명의 찬가이다. 해수면 상승으로 많은 생명들이 바다의 먼지가 되어 사라졌다. 수천 년에 걸쳐 이룩한 문명도 순식간에 사라졌다. 영혼의 결정이라 할 수많은 예지叡智를 잃었으며, 성취와 폭력, 희열과 비애의 역사도 망각의 구렁텅이로 가라앉고 있다.

하지만 다시 시작할 수 있다. 새로운 생명을, 새로운 문명을 여기서부터 창조하면 된다. 새로운 지혜를, 새로운 역사를 여기서부터 만들어나가는 것이다. 두 사람은 하나가 되어 환희와 욕망에 전율하며, 사랑을 속삭이며, 희망을 이야기하며, 널찍한 전시실을 마음껏 누비며 암흑 속의 작은 등불이 되어 언제까지고 춤추듯 유영했다.

옮긴이의 말

2009년《증대파에게 고한다》로 제21회 일본판타지노벨대상을 수상하며 데뷔한 작가 오다 마사쿠니는 2022년《잔월기》로 제43회 요시카와에이지 문학신인상과 제43회 일본SF대상을 수상하는 등, 현재 일본에서 가장 주목받는 작가이며, 국내에는《책에도 수컷과 암컷이 있습니다》로 소개된 바 있다.

《화》는 그런 오다 마사쿠니의 단편집으로, 수록된 작품들은 발표 시기뿐 아니라 장르도 호러, 판타지, SF 등 다양해서 일견 제각각인 것처럼 보이지만, 잘 살펴보면 각 단편들에서 중요한 모티프가 되는 건 입(식서), 귀(미미모구리), 눈(상색기), 살(부드러운 곳으로 돌아가다), 코(농장), 머리카락(머리카락 재앙), 나체(나부와 나부)로 모두 인체의 일부이다.

작가에 따르면 12년 전 처음으로 잡지에 실린 단편이 귀를 모티프로 했기에, 몸의 일부에서 발상을 얻은 작품을 계속 써서 언젠가 한 권의 책으로 내고 싶었다고.

각 단편은 어디에나 있을 법한 평범한 일상을 배경 삼아, 어디로 튈지 모르는 기이한 환상을 세밀한 묘사와 뛰어난 필력으로 그려내고 있다. 작가는 누구에게나 친숙한 신체 일부분을 클로즈업해 전혀 다른 기이한 존재로 만들어버리고, 독자는 어느 순간 자기 몸에 강렬한 위화감과 공포를 느끼게 된다. 이렇게 신체로부터 촉발된, 복잡기괴한 인간의 내면과 망상, 광기를 집요할 정도로 섬세하게 묘사함으로써, 평범하기 그지없는 일상이 붕괴하는 순간을 독자의 뇌리에 깊게 각인시킨다.

특히, 정상과 비정상의 경계를 넘는 순간에 대한 묘사가 탁월한데, 선을 넘음으로써 느껴지는 쾌감과 불안, 정상과 비정상이 뒤바뀌는 기묘한 감각을 보여주는 필력에는 감탄을 금할 수가 없었다. 결국 정상과 비정상의 경계란 이토록 쉽게 사라질 수 있는 불안정한 것이며, 그 사실을 깨닫는 순간 평온하던 일상은 공포가 도사린 세계로 변모한다. 누구나 무의식적으로는 알고 있지만 애써 무시하던 사실을 일곱 편의 이야기들은 눈앞에 무섭게 제시한다.

상상력의 극한을 달리는 이 기괴와 환상이 반복되는 일상에 어떠한 파문을 일으킬지, 몹시 기대된다.

최고은

옮긴이 최고은

도쿄대학교 대학원 총합문화연구과에서 석사 학위를 받았고, 현재 동 대학원 박사과정에서 일본 전후 문학을 중심으로 공부하면서 전문 번역가로 활동하고 있다. 옮긴 책으로는 히가시노 게이고의《블랙 쇼맨과 이름 없는 마을의 살인》, 온다 리쿠의《도미노》, 무라타 사야카의《지구별 인간》, 미치오 슈스케의《스켈리튼 키》, 요코야마 히데오의《64》, 모리무라 세이치의 '증명' 시리즈, 미카미 엔의 '비블리아 고서당 사건수첩' 시리즈 등 다수가 있다.

화: 재앙의 책

초판 1쇄 인쇄일 2023년 11월 30일
초판 1쇄 발행일 2023년 12월 05일

지은이 오다 마사쿠니
옮긴이 최고은

발행인 윤호권
사업총괄 정유한

편집 박고운 **디자인** 최초아 **마케팅** 정재영, 윤아림
발행처 ㈜시공사 **주소** 서울시 성동구 상원1길 22, 7-8층(우편번호 04779)
대표전화 02-3486-6877 **팩스(주문)** 02-585-1755
홈페이지 www.sigongsa.com / www.sigongjunior.com

ISBN 979-11-7125-238-1 03830